El evangelio del lobo

EL EVANGELIO DEL LOBO

Beatriz Alcaná

VERSÁTIL
narrativa

Título: *El evangelio del lobo*
© 2024 Beatriz Alcaná

Diseño de la cubierta © Eva Olaya

1.ª edición: noviembre 2024

Derechos exclusivos de edición en español
reservados para todo el mundo:
© 2024: Ediciones Versátil S. L.
Calle Muntaner, 423, piso 2
08021 Barcelona
www.ed-versatil.com

ISBN: 978-84-129398-0-4
Depósito legal: B 19716-2024
Impreso en España
2024 - Estilo Estugraf Impresores S. L.

Para Alba

AL NORTE
DEL DUERO

1935

I. La Montaña de Luna

Martes, 31 de marzo de 1935

El nombre de aquella comarca le había hecho gracia a Céline desde el primer momento. *La Montagne de Lune*. Sonaba a cuento de hadas, a fábula inventada para hacer soñar a los niños con duendes y animales parlantes. Tan apropiado que parecía hecho a medida para ella. Sabía, porque lo había leído en libros de viajes y de aventuras, que existía una Montaña de la Luna en el sur de China; una colina atravesada por un arco semicircular a cuya cumbre se ascendía recorriendo mil peldaños de roca caliza. También tenía noticia de los legendarios Montes de la Luna, en las regiones orientales de África, cuyas cimas permanecían invariablemente envueltas en niebla y cubiertas por un manto de hielo. Había visto ilustraciones de la una y de los otros, y hasta habría sido capaz de señalar dónde quedaban en un mapa del mundo: demasiado lejos.

Aquello era un poco distinto. La Montaña de Luna, *La Montagne de Lune* en la lengua que iba a enseñar a sus alumnas, estaba mucho más cerca del santuario de Roche Amère, al norte de la ciudad de Montauban, desde el que se había acordado su contratación. Todo mucho más prosaico, aunque suficientemente distante como para resultarle atractivo. Con salir de Francia le bastaría. No era necesario que un poeta romántico hubiera apuntado a aquellos parajes como parte de la ruta hacia Eldorado. Tampoco había partido en busca de valles sombríos ni de las fuentes del Nilo. Lo único que Céline pretendía era poner algo de tierra de por medio y ganarse la vida como maestra.

Albergaba, también es cierto, el deseo de cambiar de aires, el natural apetito de la juventud por todo lo exótico y novedoso. Claro que habría preferido subirse a un expreso con dirección al Lejano Oriente, o viajar mucho más al sur, dejando atrás la cordillera del Atlas para adentrarse en el África negra. Quizás —¿por qué no?— embarcarse en un buque transatlántico que la llevase a las tierras de la diosa Cuerauáperi. Pero era realista. El destino ya había sido muy generoso con ella. Muchas de sus compañeras de la École Normale d'Institutrices de Limoges se habrían horrorizado ante la perspectiva de instalarse en un internado español a más de doscientas leguas de su amada Limousin. ¡Qué locura! ¿Y si las asaltaba un bandolero? Tenía algo de anquilosada aquella tendencia a no querer abandonar el terruño, al menos así lo veía ella, que de buena gana se habría recorrido el globo de punta a punta de haber contado con medios para ello. Porque esa era la cuestión; Céline de ganas y arrojo iba sobrada, pero de patrimonio había ido muy justa toda la vida.

Igual por eso ni echaba cuentas de la miseria que la rodeaba en el vagón de tercera clase que había podido permitirse. No pensaba —o prefería no pensar— en lo mullidos que debían ser los asientos de los viajeros que habían pagado por un billete en primera, en lo cómodos que debían ir con espacio para estirar las piernas, sin tener que apretujarse entre las pertenencias y los codos de desconocidos. Seguro que al otro lado del tren se aguardaba con más desahogo la llegada al punto de destino. Céline, que llevaba la vida entera teniendo que aprovechar lo poco que la fortuna le daba de balde, se había agenciado un hueco al lado de la ventanilla y había bajado el cristal lo justo para asomar la nariz y saciar la curiosidad. Apenas hubo quejas al respecto, acaso porque el vagón iba tan lleno que un poco del frescor primaveral de marzo hasta se agradecía. El alivio del aire remozado y la contemplación de un paisaje cambiante —a ratos montañoso, a ratos pura pradera— le servían para entretenerse e ir haciéndose una idea de lo que se encontraría al llegar. Cordilleras arriscadas, espesura de musgo y hayas, vaguadas de un verde mineral por las que discurrían las aguas opacas de un río caudaloso y, aquí y allá, pueblos con sus casitas de piedra y adobe, sus pallozas, sus palomares y algún molino harinero. Puentes de madera que cruzaban regatos, sembrados, iglesias sencillas, ermitas y caminos que unían aquellas aldeas que tenían tan poco que ver con Limoges como un vagón de tercera clase con uno de primera.

Un cambio en el ritmo del traqueteo que acompañaba la marcha del tren sacó a Céline de su recogimiento. ¡Aquella era su parada! Pasó como pudo por entre la turbamulta de viajeros, arrastrando la maleta y con el bolso sujeto debajo del brazo. No le sorprendió descubrir, ya con los dos pies en el andén, que la estación era de lo más humilde: poco más que un apeadero con una caseta de ladrillo y un tejado de pizarra. No había mozos descargando mercancías ni muchachas deseosas de abrazar a sus prometidos. Tan solo ella. Tuvo que comprobar en su libreta que el nombre del letrero de la estación coincidía con las indicaciones recibidas. No se había confundido. Lo confirmó cuando oyó un silbido desde el camino que quedaba al otro lado de la caseta. La clase de silbido que se suelta sin usar los dedos, tan solo dejando salir el aire entre los dientes y el labio. Como quien llama a un perro tiñoso.

—Es usted la que va para Castroblanco, ¿verdad?

Más que preguntárselo, lo dio por sentado un individuo al volante de una camioneta destartalada. La había aparcado de cualquier manera, entre la cuneta y el arcén. Tampoco daba la impresión de que fuera a molestar a nadie. No parecía un camino muy transitado.

—*Oui*, debo serlo —le confirmó Céline.

—El equipaje va en la batea. Usted puede sentarse delante, si quiere.

—¿Disculpe?

¿«Batea»? Aunque llevaba años estudiando castellano, no conocía aquella palabra.

—¡Que las maletas van detrás, pero usted puede venir aquí conmigo, si quiere.

No era la primera vez que le gritaban al percatarse de que era extranjera. Que le diesen voces no servía de nada. Era francesa, no sorda. Que le repitieran lo que querían decirle usando otros términos solía dar mejor resultado. Dejó sus bultos en la parte trasera del vehículo y se sentó junto al conductor, que no hizo ni el intento de encender el motor. Extrañada, carraspeó para llamar la atención del hombre, concentrado liando un cigarrillo que se encendió antes de hacerle caso a su pasajera.

—Hay que esperar por más gente —le explicó, de nuevo a voces.

—¿Más gente?

—Del tren de Madrid. Que llega con retraso. No querrá que eche el viaje solo con usted. No sale a cuenta.

Lo único que quería era que dejara de hablarle a gritos. Se arrepentía de no haberse sentado en la batea, y eso que todavía ni habían arrancado. Además, no le gustaba cómo empezaba a mirarla aquel tipo, con una mezcla de descaro y condescendencia. Céline no aguantó ni diez minutos antes de levantarse y salir de la camioneta con la excusa de estirar las piernas. Aun así, la media hora que tardó en llegar el siguiente tren se le hizo eterna. No veía el momento de que hiciera acto de presencia alguien más y se subiera con ellos a la camioneta. Alguna mujer, a ser posible. Pero toda la compañía que se les aproximó fue la de dos caballeros casi tan jóvenes como ella. Uno, garboso y ágil en cada movimiento, con la pátina del bronceado estival todavía en las mejillas, viajaba ligero de equipaje; tan solo con un bolso de viaje mediano y una especie de caja de madera oscura que recordaba vagamente a una maleta. Parecía lleno de determinación, con una sonrisa pícara y prisa por llegar a su destino. El segundo, que de inmediato inspiró simpatía en Céline tanto por la sencillez de su indumentaria como por su porte desmañado, iba un poco más despacio y arrastraba un baúl de viaje. Al hombro, colgada, llevaba una cartera de piel de la que sobresalían unos lienzos enrollados. Con la mano que le quedaba libre sostenía una guitarra enfundada.

—¡Venga, Darío! No hagas esperar al chófer.

—¡Qué fácil es decirlo! Ven y échame una mano, ¿no?

A regañadientes, el que iba delante se volvió hacia su compañero y lo ayudó a tirar del baúl. Ni aun así se las apañarían bien ellos dos solos. Céline no pudo por menos de acercárseles y ofrecerse a echarles una mano, aunque solo fuera con la extraña caja de madera negra. Después del desagradable encuentro con el conductor de la camioneta, los buenos modales y las sonrisas francas con las que recibieron su colaboración la reconfortaron de una forma inesperada.

—*Mon Dieu!* —exclamó al coger la caja—. ¿Qué transportan aquí?

—Útiles para hacer magia —respondió el de la sonrisa.

—¿Son hechiceros? —le siguió la broma, divertida.

—Qué más quisiéramos —se lamentó el otro después de subir el baúl a la batea. Una vez lo colocaron de manera que no corría riesgo de volcar, la saludó formalmente—. Darío Dolagaray, un humilde estudiante de la sección de Letras de la Universidad Central. Si acaso hago magia con algo, habrá de ser con las palabras.

—No es cosa poca —le reconoció ella el mérito—. Céline Perrault, maestra de primaria. Me dirijo a Castroblanco. ¿Y ustedes?

Al que faltaba por presentarse se le dibujó una expresión de sutil perplejidad al escucharla, pero no dejó que se le ensombreciera demasiado el talante.

—Ya hay una maestra en Castroblanco. Se llama Guillermina. La destinó allí el Ministerio de Instrucción Pública hace tan solo unos meses.

—Es que es amiga nuestra. También vamos a Castroblanco —le aclaró el estudiante de Letras.

Céline se disponía a explicarse cuando un bocinazo de la camioneta los sobresaltó. El conductor se estaba impacientando. Si tenían ganas de parlotear, que lo hicieran por el camino. Como en el fondo no le faltaba razón, y aunque así hubiera sido no les quedaba otra, obedecieron sin rechistar. Esta vez Céline prefirió sentarse detrás, al descubierto, aun a riesgo de que se le quedasen las manos y el trasero helados. Los otros dos viajeros tampoco mostraron interés por ir delante. O bien el humo del tabaco les molestaba tanto como a ella, o bien preferían ir juntos. A fin de cuentas, con el conductor no habría entrado más que uno.

—*Alors*, ¿van a ver a esta amiga suya que es maestra?

—Sí. Bueno, no exactamente... En realidad, ella nos pidió que viniéramos... Somos compañeros de parti...

—Es complicado de explicar —interrumpió el de la sonrisa pícara a Darío—. Usted no es de por aquí, ¿verdad?

Céline asintió. Era consciente de que su acento la delataba.

—Soy de Poitiers.

—*Une demoiselle qui vient d'Aquitaine, comme cette reine médiévale...*

Estaba claro que Darío no solo dominaba el idioma de la forastera, sino que estaba encantado de demostrarlo.

—Mucho más modesta que ella —le contestó en castellano por deferencia al otro joven, que quizás no estuviera tan bregado en lenguas romances—. Voy a Castroblanco para trabajar como profesora de francés en el internado de Nuestra Señora de Roche Amère.

A Darío se le desvió la mirada hacia su compañero, que ni siquiera había levantado la cabeza del suelo de la camioneta, como si le diera lo mismo a qué fuera a dedicarse la señorita. O como si ya lo hubiera deducido por sí mismo. A la profesora le dio la sensación de que no era la primera vez que aquellos dos oían hablar del colegio en el que iba a prestar servicios. Y, por algún motivo que se le escapaba, no parecía hacerles demasiada gracia. Más que un ángel, era como si hubiera pasado un diablo que les hubiera cortado las lenguas.

Con la prudencia propia de quien se sabe forastera en tierra extraña, Céline decidió no hacer preguntas al respecto. Se giró con cuidado para no perder el equilibrio, y echó un vistazo a su alrededor. Las praderas y los campos de centeno habían ido dejando paso a una vegetación más espesa, con hayedos que sombreaban una senda pedregosa por la que solo con dificultad podía transitar aquella camioneta desvencijada. A ratos divisaba el pálido reflejo del sol sobre el río que discurría paralelo al trayecto. Aquellas aguas, siglos atrás, habían ido labrando un desfiladero de paredes sobrecogedoramente verticales. Allí abajo, en el valle, protegido por aquellas moles rocosas, ya se distinguía Castroblanco.

Consideró Céline que había aguardado un tiempo razonable antes de retomar la conversación e hizo el amago de preguntarles si conocían el lugar. Se volvió hacia Darío para abrir la boca, pero se distrajo al oír cierta algarabía en el camino, a lo lejos. Lo que al principio no era más que un murmullo confuso, al poco se tornó un vocerío irritante. Ya se estaban acercando al pueblo, cuando pudo ver quiénes eran los responsables. Dos hombres iban subidos a un carro de varas tirado por una mula consumida. Otros tres lo flanqueaban y caminaban al mismo ritmo. Todos iban armados con escopetas y daban gritos. Aunque no alcanzaba a entender lo que decían, no le dieron buena espina. Habría preferido que el conductor los hubiera adelantado cuanto antes. Por desgracia, la calzada no era lo suficientemente ancha y hubo que esperar a cruzar el puente de entrada al pueblo para poder dejarlos atrás. Al pasar a su lado, a Céline se le escapó un bufido de espanto.

II. El lobo está a la puerta

—¡Ánima san Antonio! ¡El lobo está a la puerta! —vociferaban los hombres—. ¡Ánima san Antonio! ¡A ver cuánto dais por lobo!

Acababa de descubrir con horror qué era lo que transportaban en el carro. Rígido sobre unos puntales para que pudiera apreciarse bien, habían colocado el cadáver de un animal. No hacía falta acercarse mucho para distinguir los agujeros de entrada de los proyectiles que le habían acertado en el lomo parduzco; tampoco para darse cuenta de que lo habían desollado con muy poco esmero y luego habían rellenado la piel con manojos de paja seca. Para que se tuviera tieso, en las patas le habían atravesado unos palos.

—*Ça me glace le sang!* ¡Qué monstruosidad! —exclamó escandalizada.

De la misma opinión debía ser el también descompuesto Darío, que se había quedado con la boca entreabierta y la tez lívida, incapaz de articular palabra.

—¿Acaso teme a los lobos? —le preguntó el otro caballero a la maestra. Saltaba a la vista que a él aquella escena no le había afectado tanto, aunque tampoco parecía que le agradase lo más mínimo.

—Temo a los hombres que son capaces de cometer tales atrocidades con una pobre bestia —replicó ella.

Nada más escuchar aquella declaración tan tajante, al joven se le relajó la mandíbula y de paso el ceño. Darío, que había recuperado el color, se atrevió a ponerse en pie con una mano apoyada en uno de los bordes de la batea. Quería observar con más detenimiento aquella siniestra procesión que tan insólita se le antojaba.

—Darío es un urbanita. Tendrá que excusar su malsana curiosidad.

Malsanas o no, las ansias de conocimiento del estudiante no tardaron en verse colmadas, quizás demasiado para su gusto. En cuestión de minutos llegaron a Castroblanco y el conductor aminoró la marcha. En otras circunstancias, Céline habría apreciado el particular encanto de sus calles empedradas y de sus casitas con balcones de madera y tejados de pizarra. Por desgracia, en ningún momento llegaron a perder de vista el carro que transportaba al lobo muerto. Lejos de acallarse, los gritos de los cinco cazadores fueron a más. Se detuvieron casi al mismo tiempo que la camioneta y en la misma plaza cuadrangular.

—¡Ánima san Antonio! ¡El lobo está a la puerta! —vociferaban—. ¡Ánima san Antonio! ¡A ver cuánto dais por lobo!

Repitieron su irritante cantinela una y otra vez hasta que algunos lugareños se acercaron al carro y les entregaron unas monedas. Ni Céline ni Darío entendían muy bien qué estaba ocurriendo. El tercer pasajero se mantuvo impertérrito, sin manifestarse al respecto ni dirigir la vista hacia el cadáver del animal hasta que el conductor se asomó por la ventanilla y les indicó que habían llegado al pueblo. No habían bajado ni la mitad de sus bártulos cuando, entre el gentío que se había reunido alrededor del carro, vieron a una mujer de melena pelirroja muy corta, que les saludaba con la mano y se acercaba a toda prisa.

—¡Es Mina! —anunció Darío con alegría, devolviéndole el saludo.

Ocupados todos como estaban con la macabra atracción, nadie prestó atención a los recién llegados, que solo interrumpieron la descarga del voluminoso equipaje para ser recibidos por su amiga. Primero abrazó a Darío y le pasó la mano por los rizos de la cabeza, como quien bromea con un hermano pequeño. A Céline le extrañó tanta efusividad en una tierra en la que hasta entonces había observado un escrupuloso pudor a la hora de tratarse las hembras con los varones. Escrupuloso, aunque también —todo había que señalarlo— forzado y desabrido. Más aún le extrañó el afecto con el que la mujer estrechó entre sus brazos al segundo de sus amigos, por no mencionar la ternura con la que le sostuvo la cara frente a ella, obligándolo a mirarla a los ojos antes de preguntarle cómo estaba. No le bastaba con una respuesta de cortesía.

—Estoy bien... Estaré bien.

—Sabes que puedes quedarte conmigo, como Darío. No hay mucho sitio, pero nos apañaríamos. No hace falta que regreses allí arriba.

—Te lo agradezco, pero tengo que volver.

Antes de soltarlo, le dio un beso que le dejó una mancha de carmín en la mejilla. Ella misma se la limpió con la yema del pulgar. Luego se giró hacia el otro.

—Nos van a poner verdes, Darío, que lo sepas. La maestra metiendo a un fulano en casa.

—Puedo buscarme una pensión.

—Estaría bueno. Además, aquí no hay de eso —se rio mientras se subía a la camioneta para ayudarlos a descargar. No le fue difícil, porque la falda plisada que vestía no era muy larga y le permitía saltar y agacharse con libertad.

—Mira, Mina, esta es Céline. Hemos coincidido con ella y resulta que va a trabajar en el internado —las presentó Darío.

Las dos señoritas se dieron la mano. Era un alivio que hubiera al menos otra mujer de su edad en el pueblo. Entre la pequeña multitud que ya se reunía en torno al carro había al menos tres o cuatro muchachas que también debían rondar la veintena, pero ninguna parecía tener mucho en común con ella. A una le había entrado una risa tonta e hiposa después de que uno de los cazadores le hubiera puesto una gorra al lobo encima de la cabeza. Otras dos habían tratado de arrimarse, pero salieron asustadas nada más atisbar la tristísima silueta del animal. La única que había permanecido serena era una que sostenía un niño de pecho en brazos y que les había echado una moneda a los hombres.

—Son alimañeros. Comprendo su repugnancia, pero viven de esas limosnas y de las recompensas que les pagan por lo que matan —le explicó la maestra a Céline.

—¿Quién les paga esas recompensas?

—Depende. A veces una junta, a veces el ayuntamiento. Aquí se encarga... Bueno, casualmente el presidente del patronato que administra el internado.

Se notó que Mina se había mordido la lengua. No querría ofenderla, al ir ella a trabajar para ese patronato. ¿Qué otra razón tendría?

—Es cruel —sentenció Céline.

—No diga bobadas. A esos bichos no se los puede dejar con vida. A saber qué le harían a usted esas alimañas si la pillan sola en el monte —refunfuñó el conductor de la camioneta desde su asiento.

—Nada —intervino el joven que acababa de declinar la hospitalidad de su amiga—. Los lobos huyen de los seres humanos. Solo atacan si se sienten en peligro. Y esta señorita no parece tener interés en hacerle daño a nadie.

—¿Y usted qué sabe? —se le encaró el tipo—. Si no habrá visto un lobo en su vida más que pintado en algún cuadro. Aquí hemos tenido lobos para aburrir. Lobos... y lo que no son lobos.

Esto último lo dejó caer con un aire como de reserva, como si quisiera dar a entender algo de lo que no se atreviera a hablar abiertamente.

—Digo yo que algo sabrá. Está hecho un portento de la zoología. En unos meses se doctora —salió en su defensa Darío—. Basta enseñarle cuatro pelos de un espécimen y le saca la taxonomía completa.

—Lo que ustedes digan, pero aligeren que yo no cobro por horas y tengo que dejar a la francesita donde las monjas.

A pesar de que el tono con el que se refirió a ella la molestó profundamente, Céline optó por hacer caso omiso a sus palabras. Era verdad que se estaba haciendo tarde y el internado aún quedaba a unos cinco kilómetros del pueblo. De no ser por lo tortuoso del camino, no habría sido una distancia significativa, pero el colegio femenino Nuestra Señora de Roche Amère se levantaba en la falda de la montaña y no resultaba nada fácil llegar hasta allí.

—A mí también tiene que dejarme con las monjas —le anunció el zoólogo, subiéndose de un brinco a la batea.

—¿Otro maestro?

—No —le respondió con sequedad.

Mientras se ponían en marcha, la multitud que se había congregado en la plaza comenzó a dispersarse. Su interés, más que en los loberos pedigüeños, se iba centrando en Mina y en el extraño al que le había dado la bienvenida al pueblo de forma tan efusiva. Los observaban sin disimulo y murmuraban asombrados. Solo un hombre, un tipo de mediana edad bastante fornido, se les acercó para echarles una mano con los bultos. Al poco, la mujer que cargaba con el niño de pecho se les unió.

—¿No va a decirme qué llevaban ahí dentro?

La única respuesta que obtuvo Céline de su imprevisto compañero de trayecto fue una mueca de lo más intrigante. Igual sí que tenía algo de mago, porque se cuidaba mucho de no revelar sus secretos. De hecho, la prudencia con la que había empezado a comportarse a raíz del encuentro con los alimañeros excitó aún más la curiosidad de Céline. ¿Qué estaban haciendo allí aquellos dos, en medio de las montañas, en una aldea perdida? ¿Por qué uno se había quedado en Castroblanco mientras que el otro se dirigía al internado? ¿Qué transportaban en el baúl, en las carpetas y, sobre todo, en aquella extraña caja negra? No podía volver a preguntar. Habría sido una falta de educación por su parte, así que se mantuvo en silencio. Tras quince minutos de tortuosa ascensión por una carretera colgada de un precipicio, pudo echarle la vista encima al colegio. Asomaba al final del camino, donde la calzada se abría hasta casi desaparecer. La empinada cuesta se allanaba y todo el conjunto quedaba al descubierto para su contemplación. Aquel edificio respiraba un aire medieval, sólido, de piedra tallada en sillares y distribuida entre macizos y vanos, armoniosos, aunque tristemente ennegrecidos por el transcurrir de los siglos.

También el ánimo de Céline se ensombreció, como si se le hubiera metido dentro algo del melancólico espíritu que emanaba del internado. Aquel súbito rapto de pesadumbre se vio roto por un nuevo bocinazo. El conductor ya se lo había advertido. Tenía prisa y su trabajo solo consistía en llevarlos hasta la puerta del colegio. La muchacha se echó el bolso de viaje al hombro y buscó la maleta con la mirada. Su compañero de viaje ya se había tomado la libertad de bajarla por ella.

—¡Miguel! ¡Qué alegría verte después de tanto tiempo!

La maestra dio un respingo al descubrir a su espalda a una monja tan entrada en años como en carnes que los observaba con las manos a la altura del pecho. De alguna manera, su presencia le provocó una suerte de discrepancia interna, como si aquella mujer perteneciera a un universo distinto al que hasta entonces había conocido. Cosa extraña para ella, de sobra acostumbrada a moverse entre tocas y escapularios.

—Lo mismo digo, hermana —respondió el joven sin perder la

sonrisa; y, a continuación, se dirigió a la muchacha—. *Mademoiselle* Perrault, le presento a sor Tránsito.

—Siéntase bienvenida a Nuestra Señora de Roche Amère, *mademoiselle* Perrault.

—Muchas gracias, hermana —contestó ella, agachando la cabeza en señal de respeto.

—Miguel, tu padre te aguarda dentro, en su despacho...

—Me parece estupendo, hermana. Que siga aguardando un rato.

Al volverse hacia él, se dio cuenta de que le había dejado la maleta junto a la puerta de entrada al edificio para echar a andar por una vereda que torcía hacia el este. Con la monja no cruzó una sola palabra más. De Céline al menos sí se despidió.

—¡Cuídese, *mademoiselle*! —le gritó con una mano en alto, que le pareció que tenía cerrada con fuerza.

—¡Diablo de chico! Pasan los años y es que no cambia. Discúlpelo usted, *mademoiselle* Perrault.

Céline sugirió con un suave meneo de cabeza que no le daba ninguna importancia. Era cierto, al menos en parte. Con ella se había mostrado distante, pero no brusco ni descortés. Más bien todo lo contrario. Además, no estaba en disposición de juzgar su fría actitud. No solía equivocarse con las personas y el joven se le había antojado honesto desde que había subido a la camioneta. En realidad, tampoco aquella monja tan oronda y con los mofletes colorados le había transmitido una mala impresión. Si algo la inquietaba era más bien el lugar, el ambiente enrarecido que se percibía nada más acercarse al pueblo y que allí arriba, a las puertas del internado, se había vuelto tan denso que casi podía palparse.

III. Una bruja sin mantilla

Las vecinas de Guillermina Gispert, Mina para los amigos, se habían quedado mirando al verla pasar calle arriba cargada con una caja negra rarísima. Aurora, la viuda de Gregorio, el del molino, caminaba a su lado con su niño en brazos. Pepe, el carpintero, iba detrás de ellas, tirando de un arcón junto a un forastero que las había ido saludando muy educadamente, una a una, como si fueran familia. A Micaela, la hija de la Benita, le había hecho gracia y le había contestado imitando con escaso éxito aquella naturalidad. A su madre le había faltado tiempo para meterla para dentro a escobazos, aunque luego se quedaron las dos husmeando por entre las cortinas, con las narices pegadas a los cristales, mientras Guillermina los invitaba a pasar a todos al interior de la escuela. Al cabo de un rato vieron salir a la viuda y al carpintero. Eso quería decir que la maestra se había quedado a solas con el desconocido. Menuda insensata. ¿Es que no se daba cuenta de que no se iba a hablar de otra cosa en el pueblo? Al caer la tarde, empezaron a temerse, escandalizadas, que hasta se lo hubiera subido a la casa.

—Llevan horas ahí clavadas —se admiró Darío, que podía observarlas desde el ventanuco del cuarto que hacía las veces de cocina y de sala de estar. No había más entrada de luz ni forma de ventilar. Así de humilde era la vivienda de la maestra—. ¿No se aburren?

Ella se encogió de hombros, restándole importancia al asunto, y él lo dejó estar.

—Mi tío te manda recuerdos. Y Elena también —le anunció, cambiando de tema.

—¿Sigue enfadada conmigo?

Fue Darío entonces el que cogió aire y levantó las escápulas antes de responder.

—Te echa de menos.

La maestra no siguió hurgando en el tema y se centró en cuestiones más prácticas.

—Tendrás que dormir aquí mismo. La habitación es demasiado pequeña. Si estiro los brazos, toco las dos paredes a la vez. Por lo menos Pepe nos ha dejado un colchón de lana y unas mantas.

—Como si tengo que tirarme en el suelo —accedió él sin poner pegas.

—No te lo recomiendo. Ya has visto las tablas. Y los techos, y las paredes. El día menos pensado se nos viene todo abajo —suspiró Mina.

—Hemos estado en sitios peores —intentó consolarla.

—¿De verdad? Recuérdame alguno.

El agua del puchero que había puesto al fuego echó a hervir. La retiró del hornillo y le puso cuatro cucharadas del café que acababa de moler. Luego lo removió todo, lo dejó reposar un par de minutos y le sirvió una taza a su amigo, que seguía haciendo memoria en vano.

—No debí haberle pedido a Miguel que viniera.

—Podría haberse negado.

—No sabe decir que no.

Aburrido de espiar a las fisgonas de las vecinas, Darío se sentó a la mesa camilla y le puso azúcar al café. Mina se sirvió otra taza, solo que ella, en lugar de endulzarlo, le añadió un chorrito de aguardiente. Le tendió la botella a su invitado, por si quería imitarla. Él la aceptó de buen grado.

—Entonces, ponme al tanto de lo que hay.

—Lo que ves. Ni más, ni menos. La escuela se me cae a cachos. Necesita, como poco, que le lijen las paredes y los suelos, que le arreglen las goteras y una mano de pintura. Por dentro y por fuera. Libros, aquí no tienen ni uno. En la pizarra puedo escribir, pero tizas hay las que traje yo. Los pupitres dan pena. Al que mejor está, le falta una pata. De todas formas, no me caben los niños ni montándolos unos a hombros de otros. Y eso que no vienen ni la mitad de los que tocaría. Y cuando llegue el buen tiempo, pues no quiero ni imaginarme.

—¿Y los padres?

—Pasando necesidad.

—Tú déjame a mí —la animó—. ¿Cuándo te he decepcionado?

Mina quería creer en Darío, optimista irremediable, pero era ella la que llevaba meses dándose de bruces contra la dura realidad. Era verdad, eso no podía negárselo, que habían lidiado antes con la lacra de la pobreza, del analfabetismo y de la desconfianza, pero nunca habían tenido que enfrentarse con un obstáculo como el que los esperaba en Castroblanco.

—Esto es distinto. Las misiones están de capa caída desde que cambió el Gobierno. Habéis venido medio de tapadillo, sin permiso del Patronato, ni del Ministerio ni de nadie. Encima, a otros pueblos habíamos ido porque nos habían llamado. El alcalde o quien fuera. Aquí se lo ofrecí y casi me hacen una pira en la plaza por bruja. Y la culpa... Te puedes imaginar de quién es la culpa.

—Del padre de Miguel.

A Mina le supo mal tener que darle la razón, aunque no había sido el único responsable. Fue el alcalde, don Blas, quien en su día le hizo entrega de las llaves de la escuela antes de mostrarle, con orgullo, el ruinoso aspecto que presentaban tanto las instalaciones como el mobiliario. Eso no le cayó de susto. Algo más desprevenida la cogió el hecho de que el cura, don Ezequiel, los acompañase. ¿A cuento de qué tenía que meterse él en los asuntos de la escuela? Tanto uno como otro subieron con ella a la planta de arriba para enseñarle la vivienda de la que podría hacer uso. Al constatar las condiciones en las que se hallaba, les preguntó dónde se había hospedado el anterior maestro. Don Blas y don Ezequiel se habían mirado el uno al otro sin comprender muy bien la pregunta. Allí, ¿dónde sino? De no haber apestado la casa a orines, la joven habría inspirado con fuerza para tranquilizarse. Se conformó con hacerles notar que igual sería conveniente poner algo de orden. El alcalde seguía sin entender y le señaló una vara de madera que colgaba de una alcayata en la pared, «por si tenía que enderezar a los chicos». Mina no daba crédito. El cura, por su parte, se ofreció a bendecirle la casa, porque era verdad que no recordaba haberlo hecho antes. Ni el uno ni el otro destacaban por sus luces. En Castroblanco, quien de veras hacía y deshacía a su antojo no contaba con un bastón de mando ni con un incensario; solo con dinero y una incontestable autoridad.

—Tendrías que haber visto cómo estaba esto, Darío. Me pasé días enteros limpiando. Y lo mismo con la escuela.

Se sintió un poco estúpida al recapacitar sobre lo que había dicho. Castroblanco era su primer destino oficial, pero antes se había pasado meses recorriendo aldeas con Miguel, con Darío y con los demás. Habían visto de todo. No era cosa excepcional encontrar aulas improvisadas en establos y maestros haciendo vida en el sobrado. Una vez, hasta los había recibido un infeliz que daba las clases en la sala de autopsias del cementerio municipal. Quejarse habría estado de más. Sabía dónde se metía cuando se había apuntado al Cursillo de Selección de Personal del Ministerio.

—Has hecho una buena labor. Y mejor que va a quedar, ten fe.

No mentía. Estaba convencido de que Mina había llevado a cabo un esfuerzo tremendo. Por lo menos la escuela la había dejado impoluta y con los bancos colocados de manera que todos los alumnos pudieran ver la pizarra. Peor pintaba el problema de la falta de luz, porque solo había una ventana, igual que en la planta de arriba, diminuta, y encima orientada hacia el norte. Electricidad no tenían, y con el candil de aceite que ella bajaba cada mañana, apenas daba para iluminar a los de la primera fila. La única forma de que entrase una pizca de claridad era dejando la puerta abierta y tampoco es que sirviera de mucho. Al llegar el invierno, empezó a hacer demasiado frío y le tocó volver a cerrar para que los niños no se le arreciaran. El maestro al que ella sustituyó se llevó al marcharse el brasero de cisco con el que se calentaba los pies, así que tuvo que agenciarse otro. No fue difícil ni particularmente caro, pero a los pocos días se percató de que no todos los niños disponían de uno. Los había que sí traían alguna suerte de hornillo pequeño de sus casas y se lo ponían debajo de los bancos, pero otros tenían que aguantarse tiritando con las manos remetidas debajo de los sobacos. Llegaban con los mocos congelados porque no tenían ni para pañuelos. Así era imposible que prestaran atención ni que sostuvieran entre los dedos sus pizarrines. Pedirle a la Dirección General que tomara cartas en el asunto era casi como sentarse a esperar a ver si brotaban estufas del suelo, de manera que hizo de tripas corazón, y le expuso la situación al alcalde.

—Pero mujer, usted si tiene frío lo que debe hacer es cogerle una miaja más de cisco a cada uno de los que sí llevan brasero y ya está.

El padre Ezequiel, a su espalda, asintió con las manos cruzadas sobre la barriga, dándole la razón a don Blas. Mina tuvo que pegarle un par de vueltas a aquella respuesta antes de comprender que no solo no pensaban hacer nada para mejorar las condiciones de los alumnos, sino que ni siquiera iban a suministrarle carbón para la escuela. Daban por descontado que iría tirando a base de quitarles a los niños parte del suyo. Frustrada, se fue por donde había venido. Antes de llegar a la calle, oyó a los dos hombres apostando entre risotadas a que aquella señorita tan fina no les duraría ni hasta Navidades, que antes haría las maletas y se volvería a la capital. Semejante vilipendio hizo que le hirviera la sangre y que le entrasen todavía más ganas de no rendirse. Al día siguiente, se fijó en que el cacharro que algunos usaban de brasero era en realidad una lata de sardinas de las de kilo con un alambre a modo de asa. Lo que ardía dentro ni siquiera era cisco, sino unas pocas ascuas que enterraban entre un puñado de paja y burrajos. No hacía un gran servicio, pero era mejor que nada. Conseguir unas latas para los que ni con eso contaban no fue complicado. Las perforó con un punzón y, como no encontró alambre, les hizo un asa con hilo de bramante. Luego, a falta de cisco para llenarlas todas, se las apañó llenándolas con una mezcla de hojarasca y estiércol seco que olía a rayos, aunque por lo menos prendía y algo les templaba los pies a los niños.

Con un poco de maña y los materiales que tenía más a mano, Mina se las fue ingeniando para parchear algunas de las muchas carencias de la escuela. Por ejemplo, como allí no había ni un mapa, echó un par de tardes en dibujarlos ella misma con carboncillos y acuarelas. Hizo uno de la península ibérica y otro del continente europeo. Luego se animó con un mapamundi que le quedó estupendo. Satisfecha, los colgó en la pared, al lado de la pizarra. Tenía muy buena mano con el dibujo. En parte se debía a cierto talento natural, en parte a las lecciones que había recibido de su abuelo paterno, que había sido profesor de pintura en la Escuela de la Lonja.

Pero no se daba por conforme. Le habría gustado contar con más y mejor equipamiento. Alguna figura anatómica de cera con la que enseñar a los niños cómo era el cuerpo humano por dentro, o un globo terráqueo, porque a algunos no les terminaba de entrar en la cabeza que la Tierra fuera redonda. Le partía el alma entrar cada día en el aula y verla tan desangelada. Por no tener, no tenían ni un armario; tan solo una alacena empotrada con los estantes vacíos. Lo único que pudo hacer al respecto fue salir a dar un paseo por la orilla del río y recoger unas flores amarillas que crecían entre las malas hierbas. Cortó también algo de brezo y unas ramitas de endrino y preparó un ramillete que metió en un vasito con agua. Lo colocó en la balda de en medio de la alacena; lo movió un poco a la izquierda, luego a la derecha. Lo giró un par de veces hasta que le pareció que llenaba algo el espacio. Con el transcurrir de las semanas y de los meses, otras piezas fueron sumándose a las plantas: un ábaco de madera que les hizo Pepe, muestras de minerales, y hasta lo que resultó ser el fósil de algún artrópodo más o menos ovalado con antenas y tres pares de patas.

Sola, Mina había llegado hasta donde le había sido humanamente posible. Por eso les había escrito a ellos, a Darío y a Miguel, para que hicieran por ella lo que antes habían hecho juntos por tantos otros en su lugar. Por ella, por sus alumnos y por la gente del pueblo.

—Las cosas van a cambiar a mejor, ya lo verás.

Si lo que pretendía Darío era animar a su amiga, no lo estaba consiguiendo. Lejos de arrancarle una sonrisa, lo que hizo fue traerle a la mente otro de los problemas a los que se enfrentaba.

—No cambian, Darío, no cambian. Y si lo hacen, no sé yo si no será a peor. El primer día que tuvimos clase, me encontré con cuarenta críos. Algunos eran tan chiquitajos que casi ni andaban y me los traían sus hermanos mayores cogidos de la mano. Me decían que tenía que hacerme cargo yo, que para algo les habían mandado una mujer, que las madres se habían ido a sembrar o a ordeñar las cabras. ¿Qué le enseño yo a una criatura que no levanta tres palmos del suelo? Luego me di cuenta de que casi mejor así, porque en cuanto crecen, ya no vienen más a clase. Los tengo de hasta nueve o diez años en el mejor de los casos. De ahí para arriba, ni uno. Y niñas ni eso.

—¿No hay ni una niña? ¡Eso contraviene la ley!

—Desde que obligaron a tirar los tabiques para juntarlos a todos, los padres no dejan que vengan a clase. He intentado convencerlos por las buenas, pero no hay forma. Dicen que hacen más falta en casa, que a ver si no quién va a cuidar de los pequeños.

—¡Pero si te los traen a ti! —replicó contrariado.

—Bueno, ya sabes cómo funciona esto. Aquí hay mucha miseria, Darío, y muchos prejuicios. No puede sorprenderte tanto. Algo tiene que ver el cura, que les dice que no pueden mezclarlas con los niños, que se les echan a perder, pero también es verdad que a muchas tienen que mandarlas al campo. O a servir a la ciudad, que, si me apuras, es peor.

—¿De verdad me quieres decir que no hay ni una niña en este pueblo que vaya a la escuela?

—Claro que las hay. —Mina señaló hacia lo alto, no hacia el techo comido de goteras, sino hacia un lugar que quedaba más lejos y que desde allí no podían ver, pero que tenían muy presente—. Están en el internado.

El optimismo de Darío Dolagaray era motivo de bromas entre sus amigos y compañeros de partido. No es que fuera un ingenuo, solo que a veces se empeñaba en no aceptar que la realidad pudiera ser tan cruda como los demás querían hacerle ver; pero ni siquiera él era tan cándido como para pensar que unos campesinos pudieran permitirse mandar a sus hijas al colegio de Nuestra Señora de Roche Amère.

Estaba al corriente de lo que costaba estudiar en aquel internado. Miguel no había tenido reparos en contárselo. Solo las familias acomodadas podían afrontar el pago de la matrícula. Y luego venía el coste de los uniformes, de la manutención y de todos los demás servicios. Aunque era muy elevado, no había curso en que docenas de niñas no se quedasen en lista de espera. No existía otro centro con semejante reputación en muchos kilómetros a la redonda. Además, ¿dónde mejor iban a estar que en aquel antiguo monasterio reconvertido en colegio, con sus almas puras a salvo de influencias perniciosas? Al menos según la versión de Miguel, eso era lo que pensaban los padres que encerraban a sus pequeñas allí para que las educaran, y más comúnmente las madrastras que no deseaban tenerlas cerca.

—Pero no todo es malo, Darío. En Castroblanco hay gente estupenda. Pepe, por ejemplo.

—¿El carpintero?

—Sí. Quiso presentarse a alcalde hace dos años, pero ya sabes cómo van estas cosas. Aquí no se había votado nunca a cuenta de la ley Maura. Y cuando tocó hacerlo, se votó lo que dijo el cura. Si se hubiera votado otra cosa, pues se habría sacado el puchero de debajo de las faldillas o se habría resucitado a algún lázaro.

Darío, al que lo de la política le venía de familia, pilló al vuelo las referencias, y más cuando no hacía ni año y medio que habían pasado por unas elecciones generales cuyos resultados le habían sabido a peras amargas. Lo del puchero Mina lo decía por la práctica de esconder papeletas falsas en las cazuelas y meterlas de tapadillo en las urnas para alterar los resultados. Lo de resucitar lázaros venía por otra práctica igualmente sucia y con un punto de lobreguez: la de hacer votar hasta a los muertos con tal de que el resultado satisficiera al cacique de turno.

— Pepe es buena persona. Con el maestro que había antes no se entendía. Normal. Pepe es republicano. El maestro, tradicionalista. Encima le había dado clase de chico y se conoce que lo tundía a collejas. Pero a mí vino a verme a la mañana siguiente de instalarme, por si necesitaba algo. Si las ventanas ya no tiemblan cuando hace viento es gracias a él, que ha arreglado los travesaños y ha cambiado las bisagras. Le he hablado de lo que queremos hacer, y dice que contemos con su ayuda para lo que haga falta. Y Aurora estaría encantada también, pero a ella me da apuro pedirle nada. Demasiado tiene con lo suyo.

—Perdió a su marido hace poco, por lo que me ha contado.

Mina torció el gesto. Era una historia triste, aunque no en el sentido en el que su amigo suponía.

—Más que perderlo, yo diría que se libró de él. Era el dueño de un viejo molino que lleva años parado. Una mala bestia que la mataba a palos. No sé si te has fijado en que cojea un poco. Es porque no le soldó bien el hueso que se le partió cuando la tiró escaleras abajo. Si soy yo, lo tiro a él por la ventana —declaró con seguridad—. Pero este se murió solo. Era un borracho. Se cayó al río y se ahogó. Bien empleado le estuvo.

A Darío no se le pasó por la cabeza contradecirla.

—Es muy joven. Espero que pueda rehacer su vida.

—Podría, si la dejasen. El niño es hijo póstumo del mastuerzo y por ley le toca en herencia el molino, que si se vuelve a poner en funcionamiento podría dar un buen dinero. Ya lo verás; está subiendo al internado. Ella quiere hacerse cargo, ponerlo otra vez en marcha para ganarse la vida sola y olvidarse de maridos, pero la gente no lo ve bien. Dicen que una mujer de esa edad lo que tiene que hacer es volver a casarse. Pretendientes no le faltan, hazme caso.

—Lo creo. Es guapa.

A Mina le salió sin querer una sonrisa maternal. El pobre Darío, al que tanto le gustaban las mujeres, no tenía suerte con ninguna, y eso que no era mal mozo. Muy moreno, de ojos grandes y expresivos y mentón fuerte, de esos que tanto agradan a las muchachas, contaba además a su favor con buena labia y don de gentes, pero de poco le servían todos sus atributos. Ella había elaborado una teoría al respecto, aunque nunca la compartiría con él por miedo a ofenderlo.

—Se la rifarían aunque fuera fea como un sapillo pintojo. El que la lleve al altar, se queda con el molino. Y eso es mucho decir. La tienen harta. Ya no sabe cómo darles largas sin despertar resentimientos.

A Darío se le apuntó una mueca de ensoñación en la cara.

—«Así que Penélope durante el día tejía la gran tela y por la noche, colocadas antorchas a su lado, la destejía».

Muy propio de él lo de citar a los clásicos. Cuando se trataba de Homero, a veces se arrancaba con dialectos arcaicos del griego. Debía estar ya cansado para conformarse con una vulgar traducción de la *Odisea*.

—Literalmente. Aurora es mañosa con la aguja y el dedal. Esas cortinas me las zurció ella. Y este tapete también. Pero lo que de verdad quiere es aprender a leer y a escribir, y algo de matemáticas para que no la engañen. Por eso nos conocimos. Cuando se enteró de que llegaba una maestra al pueblo, se me acercó muerta de la vergüenza. No quiero ni imaginar lo que debió costarle reunir el valor. ¿Qué iban a decir las vecinas?

—¡Ay, el «qué dirán»!

—No lo sabes tú bien —le previno Mina, al tiempo que se levantaba de la mesa para abrir un cajón de la cocina. Sacó una especie de paño negro con bordes de encaje y lo desplegó ante Darío—. Como le advertí que no pensaba cobrarle una peseta, mira lo que me trajo el alma cándida.

—¿Otro tapete? —aventuró el joven.

—¡Una mantilla, Darío! Me trajo una mantilla porque iban diciendo de mí que igual es que no tenía y que por eso no me veían en misa los domingos.

A Darío le dio la risa. Echó la cabeza hacia atrás y luego otra vez hacia delante para darse una palmada en la pierna al tiempo que soltaba una exclamación.

—¡Acabáramos!

—Acabemos, sí, acabemos. Que mañana es día de escuela, y yo tengo que ocuparme de cuarenta zagales.

IV. El monasterio

Céline Perrault sería, con diferencia, la más joven de las profesoras en el internado, además de la única laica. El resto eran religiosas que pertenecían a la congregación de Notre Dame de Roche Amère, un instituto de origen francés dedicado a la enseñanza. Se habían establecido allí a finales del siglo anterior, atraídas por la promesa de que en aquellas tierras siempre se respetarían sus prerrogativas en lo concerniente al magisterio. Había sido más por precaución que otra cosa, no siendo que al líder republicano que ostentaba el cargo de ministro de Instrucción Pública en Francia, el descreído Jules Ferry, le diera por expulsarlas también a ellas del país, como había hecho con sus homólogos masculinos. A la hora de la verdad, por muy recalcitrante que fuera su ideario anticlerical, Ferry tenía otros objetivos más ambiciosos que el de librarse de cuatro monjitas. La mayor parte de las que se marcharon volvieron a los pocos años a Francia, aunque unas pocas decidieron quedarse y fundar un colegio.

Debió darles pena aquel adiós definitivo a su viejo santuario en Montauban, pero encontraron motivos en la Montaña de Luna para no abandonarla. O, mejor dicho, se los proporcionaron bajo la forma de un antiguo monasterio franciscano que convertirían en su nuevo hogar. Lo curioso fue que lo hicieron acogidas por la misma familia que años antes lo había adquirido aprovechándose de una ley de desamortización muy parecida a la que las había empujado a ellas a abandonar Francia. El patriarca de la familia, Julián Montalvo, se había hecho por una miseria no solo con lo que quedaba del cenobio, sino también con todas las fincas colindantes que hasta entonces les arrendaban los despreocupados franciscanos a los labriegos de Castroblanco. Tan jugosa transacción se había llevado a cabo en connivencia con la comisión municipal, encargada del reparto de los bienes desamortizados, y había supuesto un empujón económico de primer orden para su floreciente linaje. Lo de cederle —algunas décadas después— el usufructo del monasterio a las monjas pudo deberse al remordimiento. Después de todo, los Montalvo se sentían algo responsables de la expulsión de los infelices frailes franciscanos. La amenaza de excomunión que habían lanzado los obispos sobre los traicioneros adquirientes hacía ya años que había quedado en nada; no obstante, el peso de la culpa era algo muy católico de lo que resultaba difícil desprenderse.

Luego estaba, por supuesto, el hecho de que poco podía hacerse con aquel edificio ruinoso. En un principio, a don Julián le habían interesado únicamente las tierras, pero la mole de piedra medieval venía con el fardo y alguna utilidad tendría que hallarle. A nadie se le ocurrió cuál hasta que una de sus hijas, doña Ana María Montalvo, pensó que podría venirles al pelo para apañarse un palacete en el que pasar los veranos. Pronto se dieron cuenta de que el plan hacía aguas por todas partes. Ni los franciscanos destacaban por su apego a las comodidades ni doña Ana María por su buen juicio. Aquel monasterio no se había diseñado para el disfrute de los placeres mundanos. Además, su estado era calamitoso. Debía hacer ya mucho tiempo que las misas se celebraban en una capillita minúscula, porque de la iglesia original solo se conservaban una nave y el suelo. Faltaban por completo las techumbres y solo permanecía entera una parte de los muros. En mejores condiciones se encontraba el claustro, austero y robusto, aunque al menos en pie. Las bodegas, los cilleros, la cocina y el refectorio tenían un pase. La biblioteca, al igual que la sala capitular, había salido sorprendentemente indemne.

Pero los Montalvo eran obstinados, por no decir caprichosos. Ana María no cejó en su empeño por reconvertir el monasterio, al menos en parte, en una residencia vacacional. Asesorada por un arquitecto amigo de su padre, decidió que solo remodelaría el ala este. Así, el granero, el calefactorio y las celdas de los frailes se echaron abajo sin contemplaciones. La biblioteca se respetó, aunque se modificó su estructura para poder anexarse a la nueva morada. Se abrió un pasillo que la comunicase directamente con el claustro, que era su debilidad, y se distribuyó el espacio resultante en acogedores dormitorios, dos salones de amplias dimensiones, un despacho para el cabeza de familia, una cocina moderna, una despensa y hasta un par de cuartuchos destinados a albergar a la servidumbre. Todas estas reformas se fueron sufragando con los beneficios que los Montalvo se habían asegurado al incorporar aquellas propiedades a su hacienda, amén de otras inversiones que también les reportaban sus buenos dineros, en especial las relacionadas con la extracción de hulla en las cuencas carboníferas.

Tenían mucho por lo que estar agradecidos. Si hubieran sido agnósticos, se habrían decantado por el azar o por los enredos de las comisiones municipales. Como se seguían teniendo por buenos creyentes —por mucho que hubieran arramplado con los bienes de los franciscanos— decidieron que era al Señor a quien debían su buena fortuna. Por eso, y puede que también para congraciarse con las autoridades eclesiásticas, que tras la restauración de la monarquía habían recuperado su influencia sobre los asuntos terrenales. ¿Y qué mejor manera que demostrar su gratitud que devolviendo una parte de lo que se habían agenciado? En concreto, la parte que no habían convertido en vivienda. Por suerte, las monjas eran pocas, como mucho, una docena. De entrada, bastó con adecentarle una celda a cada una y componer las zonas comunes. El desembolso más generoso llegó cuando los Montalvo se comprometieron con la fundación del colegio para señoritas. Tampoco les supo mal donar todo lo que fuera menester. Para entonces el negocio de la minería había despegado a lo grande gracias a la providencial apertura de una línea de ferrocarril, que facilitó el transporte del carbón a las ciudades del norte. El empuje definitivo les llegó cuando en Europa estalló la Gran Guerra y el carbón español alcanzó, a falta de más competencia, un valor nunca antes visto. Era como si de veras contaran con la gracia y el desvelo divino.

En cuestión de medio siglo, el vínculo entre los Montalvo y la congregación se volvió indisoluble. El colegio, dotado de los mejores medios gracias a los beneficios de la hulla, se convirtió en el centro educativo en el que todos los padres de las clases medias ascendentes deseaban inscribir a sus hijas. De aquella prosperidad, algunas migajas llegaban a Castroblanco; tampoco demasiadas. De vez en cuando, alguna aldeaniega se aventuraba a preguntar si no necesitarían una muchacha para servir. La respuesta casi siempre era la misma: de las tareas serviles ya se hacían cargo las novicias pobres. En el internado solo ponían un pie las monjas, las alumnas y los miembros de la familia Montalvo, a quienes tanto debía la congregación. Y, si acaso, sus criadas, el mozo que se encargaba del establo y algún jardinero que adecentaba los setos del claustro. Siempre gente de confianza.

De toda esta historia Céline estaba al tanto no porque se la hubiera contado sor Tránsito de camino a la humilde celda que iba a ser su cuarto, sino porque había hecho sus indagaciones antes de partir de Montauban. Las religiosas retornadas a Francia habían mantenido un estrecho contacto con las que se habían quedado en la Montaña de Luna. Entre ellas estaba la entonces jovencísima hermana Joanne Catherine, más tarde conocida como madre Joanne. Ella, precisamente, había pensado en su antigua alumna, Céline Perrault, como candidata para el puesto de profesora de francés en el colegio de Castro-blanco. Las razones habían sido variadas. Por un lado, sabía de su deseo de conocer mundo. Hablaba cuatro idiomas y no le tenía miedo a nada. Qué entregada misionera habría sido aquella muchacha de haber mostrado la más mínima inclinación por tomar los hábitos. Por otro, no conocía a más maestras cualificadas y dispuestas a mudarse a un país que muchas se figuraban plagado de bandoleros. Existía una tercera razón, y era que la madre Joanne quería ver a Céline lejos de Montauban. De hecho, quería verla lejos de Francia. Y no porque la detestase. Al contrario.

Joanne Catherine había sentido predilección por ella desde aquel lunes de octubre de 1919 en el que había llegado al santuario de la mano de una de las hermanas que llevaban la inclusa. Le cayó en gracia por la inocencia con la que le sonreía mientras el resto de niñas mantenían la cabeza gacha y la mirada perdida. Céline, sin sombra alguna de recelo en sus inmensos ojos aguamarina, aguardaba con entusiasmo cada palabra de la madre priora. Lo hacía sin dejar de mover adelante y atrás las piernecitas, que le colgaban de la silla enfundadas en los leotardos grises del uniforme.

La pequeña de ojos de berilo no la decepcionaría. Se convertiría, no tardando mucho, en una de las estudiantes más aventajadas de la institución. Se le daban particularmente bien las lenguas muertas y las matemáticas, aunque iba a destacar sobre todo en geografía. De no haber sido una de las internas becadas —lo que quería decir que no tenía donde caerse muerta—, la madre Joanne la habría animado a ir a la universidad. En cualquier caso, Céline tampoco mostró mayor interés en ello. Su falta de vocación conventual solo era comparable a su ferviente deseo de trabajar como maestra.

A Joanne Catherine, su posición como priora del santuario

de Roche Amère le facilitó la tarea de conseguirle a la muchacha una bolsa de estudio con la que acceder a la École Normale d'Institutrices de Limoges. También lo habría tenido fácil para encontrarle empleo en algún colegio de la región, pero era muy consciente de que eso no habría hecho feliz a una jovencita a la que, de todas formas, empezaba a convenirle poner tierra de por medio. Y qué mejor manera de hacerlo que en una comunidad desgajada de aquella en la que se había educado.

Las hermanas de Castroblanco vestían el mismo hábito color ceniza que las de Montauban, con un cíngulo de lino y una toca negra hasta los hombros, y todas, sin excepción, portaban un crucifijo de madera sobre el pecho. Cuando entró en su cuarto, Céline comprobó con pesar que le habían dejado un atuendo no idéntico, aunque sí muy similar, sobre la cama. Siempre había detestado el uniforme que le habían hecho vestir durante su etapa de alumna. Este era aún peor. Al menos no había toca y, según le aclaró sor Tránsito, no tendría la obligación de vestirlo fuera del horario de clase, aunque la madre Agnès vería con buenos ojos que libremente decidiera hacerlo.

—Ni que decir tiene que, de igual manera, su condición de laica no le impediría abrazar por su propia voluntad los votos de pobreza, obediencia y castidad que todas aquí hemos emitido.

—Lo tendré en cuenta —prometió Céline, que se sabía lo suficientemente pobre como para tener que obedecer mientras su sustento dependiera de ello. En lo que concernía a la castidad, era muy consciente de dónde se había metido. Escasas tentaciones podrían ofrecerle los placeres de la carne en un lugar como aquel.

—Deje aquí sus cosas. Ya tendrá tiempo de deshacer la maleta. Ahora acompáñeme, que la madre Agnès la recibirá con gusto.

Por mucho que se muriera de ganas de quitarse los zapatos y tumbarse a descansar, Céline asintió con paciencia y siguió a la hermana escaleras abajo. Acostumbrada como estaba a la arquitectura ligera y luminosa del santuario de Montauban, ni las pesadas bóvedas de cañón ni las monolíticas pilastras del monasterio llamaron su atención. Si acaso algo lo hizo, fue la oscuridad reinante en toda la planta superior. Solo la galería del claustro se veía libre de las tinieblas que muros adentro todo lo anegaban. Los ojos de la maestra tardaron unos segundos en adaptarse a la claridad del día después de haber estado sumergida en la espesura de las sombras. La madre Joanne se equivocaba al creer que en Castroblanco hallaría un reflejo de su amado santuario occitano. Céline había crecido en un lugar en el que todo emanaba luz y color, donde los espacios eran altos, radiantes, abiertos, y donde los inmensos ventanales invitaban a levantar la cabeza para dejarse deslumbrar por sus formas caprichosas. El encanto del lóbrego monasterio leonés al que había llegado era otro bien distinto; uno que tardaría más en aprender a apreciar. Si es que llegaba a hacerlo.

—Por aquí, *mademoiselle* —le indicó la hermana Tránsito; o acaso la reconvino cuando advirtió que Céline aminoraba su paso y volvía la cabeza hacia la ringlera de niñas que recorría la panda opuesta del claustro. La francesa acató la orden, pero la curiosidad fue más fuerte que el deseo de agradar y no pudo reprimir la tentación de echar otro vistazo. ¿Cómo no hacerlo si aquellas pequeñas, todas con sus faldas gris plomo y sus blusas con cuello de puntas anchas, iban a ser sus pupilas? Caminaban deprisa, en formación, divididas en dos filas perfectas y dirigidas por otra monja mucho más espigada que la rolliza sor Tránsito. Le recordaban tanto a aquella Céline chiquilla que había sido no tantos años atrás, que se le escapó una sonrisa estúpida cuando descubrió a una de las internas observándola también a ella. Fue como mirarse en un espejo que le devolviera su reflejo del pasado. Por eso sacudió la cabeza hacia atrás cuando una mano sin apenas carne golpeó la mejilla de la niña. Casi pudo notar la impresión de la palma abierta al estrellarse contra su cara, aunque eso fue lo de menos. Lo que de verdad le dolió fue la humillación. Sintió que su amor propio había salido tan malparado como el de la pequeña.

—¡La fila, Paulina! ¡Cuidado que es mala esta cría!

La niña apartó la mirada y volvió a marcar el paso al ritmo de las demás. Ni siquiera abrió la boca para quejarse, pero le cayeron dos golpes más de la monja. El primero fue otro sopapo en la misma mejilla. El segundo, una colleja que ya le llegó por detrás. A Céline se le arrebujó el ceño. También ella, en Montauban, había padecido a hermanas como aquella que, sin duda, disfrutaban haciendo sufrir a las internas, especialmente a las más vulnerables.

—Por aquí —insistió sor Tránsito, como si no hubiera visto nada fuera de lo común—. No hagamos esperar a la madre Agnès.

«¿O qué?», se preguntó Céline antes de detenerse frente a un portón en la panda sur del claustro.

La hermana llamó con los nudillos a la puerta. Mientras esperaba respuesta, se avió con un par de tirones el escapulario, que se le había arrugado un poco a la altura de la cintura. Pasaron unos segundos hasta que oyeron una voz al otro lado que les dio permiso para entrar. La monja tomó aire y obedeció. Antes de hacer pasar a Céline, dobló la rodilla en señal de reverencia y pronunció con tono tembloroso el mismo saludo que solían emplear todas las religiosas de la congregación.

—Que el Señor la guarde, madre. *Mademoiselle* Perrault está aquí —se dirigió a la priora y, de inmediato, al darse cuenta de que no estaba sola, también a su acompañante, que se había levantado nada más entrar la monja—. Buenas tardes, don Marcial. Discúlpeme usted; no lo había visto. Su hijo Miguel ha llegado hace apenas unos minutos en el mismo coche.

—Bueno, ¿y dónde está? —quiso saber el hombre, entrado ya en años, con las sienes pobladas de canas y la frente de arrugas.

La monja, cohibida, se encogió de hombros. Semejante muestra de irresolución disgustó a la madre priora, que atravesó con la mirada a la cabizbaja sor Tránsito. Por suerte para ella, la hermana no parecía ser la principal de sus preocupaciones. Es posible que *mademoiselle* Perrault tampoco lo fuera, pero allí estaba y no podían ignorarla.

—*Mademoiselle Perrault* —la saludó don Marcial con una educación exquisita—. *Soyez le bienvenue au Collège* Nuestra Señora *de Roche Amère. J'espère que votre voyage n'a pas été trop désagréable.*

—*Merci beaucoup, monsieur Montalvo. Le voyage a* été *plaisant, mais aussi long.*

No se atrevió a mencionar abiertamente que estaba tan cansada como para tumbarse todo lo larga que era en la cama y dormir hasta que amaneciera. Sin embargo, don Marcial asintió con la cabeza y dio a entender sin necesidad de pronunciar una palabra en su correctísimo francés que excusaba por completo cualquier signo de fatiga. Más rígida fue la actitud de la madre Agnès, que la estudió de arriba abajo antes de hacerle una única observación a modo de recibimiento.

—¿No le ha indicado la hermana Tránsito que debe vestir un atuendo apropiado?

Desconcertada, Céline agachó la cabeza, no solo por rehuir la mirada acusadora de la madre priora, sino para comprobar por sí misma si tan improcedente era su vestimenta. Llevaba unos zapatos de cordones, una falda por debajo de la rodilla y una sencilla chaqueta de lana por encima de la blusa. Como mucho, el problema podía residir en que se había dejado abiertos los dos botones de arriba; aunque ni siquiera dejaban ver el nacimiento del escote. Por puro instinto se apresuró a abrochárselos. Lo hizo con una sola mano, habilidosamente. Al terminar, acarició con la yema de los dedos una medallita de plata de Notre Dame de Roche Amère que llevaba colgada del cuello.

—Discúlpeme, madre. En adelante pondré más cuidado —se excusó sin entender muy bien por qué.

—Más le vale hacerlo. No sé cómo de relajada será la atención al decoro en Montauban, pero aquí nos tomamos muy en serio nuestros votos.

—Bueno, madre, *mademoiselle* Perrault no ha pronunciado ningún voto —trató de quitarle hierro al asunto el señor Montalvo.

La priora cabeceó con expresión mortificada antes de dejar clara su postura al respecto.

—Es lo que nos toca aguantar por culpa de este vaivén de gobiernos y desgobiernos —renegó con las mandíbulas en tensión—. Ya me contará por qué no pueden seguir dando clase la hermana Prudence y la hermana Natividad, como toda la vida.

Don Marcial, haciendo acopio de paciencia, respondió a la madre Agnès.

—Porque no tienen el título de maestras.

—¿Y eso para qué hace falta? Memeces de rojos.

—No le digo que no —le concedió en tono conciliador—, pero hasta que se rectifiquen los atropellos cometidos durante los periodos de desgobierno, es lo que toca, aunque solo sea por si acaso. Entre tanto, tampoco me parece a mí que apañarnos con *mademoiselle* Perrault sea tan grave. Piense en ello como una solución temporal.

Así que eso representaba su presencia en el colegio: una solución temporal. Un mal menor con el que había que apechugar por culpa de un decreto que había entrado en vigor tres años atrás y que prohibía impartir clase a quienes no contasen con habilitación para ello.

—Podría ser peor —insistió don Marcial.

—Eso es cierto —reconoció de mala gana—. Podríamos habernos topado con otra mesalina como la maestra del pueblo, que igual podría ser hija de un matarife que de un tonelero. De *mademoiselle* Perrault al menos tenemos referencias... Buenas referencias.

Lo mucho que le costó a la madre priora articular aquellas últimas palabras le hizo comprender a Céline que serían lo más parecido a un cumplido que escucharía de los labios de aquella mujer.

—Porque usted no es hija de un tonelero, ¿verdad, *mademoiselle* Perrault?

A la madre Agnès le tembló la barbilla arriba y abajo. Céline no acertó a determinar si se estaba riendo o no hasta que transcurrieron unos segundos en los que una sensación de angustia se apoderó de ella.

—No —respondió tan rápido como le fue posible.

Su padre llevaba años muerto, pero mejor que nadie se enterase de quién había sido en vida. No si quería conservar el empleo, aunque fuera una solución temporal.

5. Aguas impuras

Siguiendo cuesta arriba en dirección noreste, a unos diez minutos del internado y detrás de un muro de pizarra, se encontraba el viejo camposanto del monasterio, que de viejo en realidad tenía poco. No hacía ni treinta años que se había empezado a enterrar allí a las monjas y a los miembros de la familia Montalvo que habían ido falleciendo en ese tiempo, aunque este era un detalle que se solía pasar por alto cuando se mencionaba el cementerio. La razón era que habían tenido que llevarse a cabo unas maniobras un tanto lúgubres a la hora de consagrar aquella parcela. Demasiado lúgubres incluso para lo que vendría siendo usual al tratarse de un lugar destinado a enterrar muertos.

Todo el problema había surgido a cuenta de otra ocurrencia de doña Ana María, la hija de don Julián Montalvo y tía abuela de Miguel. Para tribulación suya, ni a ella ni a nadie de su familia le corría por las venas una sola gota de sangre azul. El dinero era nuevo y el apellido carecía del lustre que da el abolengo. Eso era algo que, aunque no lo dijera, le pesaba en el alma como una lápida de mármol alabastrino. De haber sido la heredera de la fortuna familiar, le habría resultado sencillo componérselas para casarse con algún marqués empobrecido. Ese enlace habría bastado para conseguirle la ansiada pátina de esplendor a la descendiente de una larga tradición de abaceros venidos a más. Por desgracia, Ana María había tenido la desdicha de nacer la última y encima mujer. De la herencia no iba a ver más que las migas. Para colmo de males, la naturaleza no solo no había sido generosa con ella a la hora de elegirle el sexo y el orden en el que venir al mundo: tampoco de belleza había tenido a bien dotarla. De nariz horriblemente chata, frente estrecha, piel picada de viruela y cabello encarrujado, a nadie le cupo jamás duda de que no iba a enamorar en la vida a caballero alguno, porque encima de simpatía tampoco andaba sobrada. Resignada, comprendió que nunca sería bienvenida entre las filas de la nobleza, y se conformó con hacer lo mismo que hace todo aquel que anhela lo inalcanzable: emularlo.

En ese sentido sí se salió con la suya. Lo de llevar una vida ociosa lo tuvo siempre a la mano. Primero fue su padre y luego su hermano mayor quienes se ocuparon de los negocios. El carácter antojadizo y descuidado no le hizo falta ni cultivarlo, porque ya lo gastaba de natural. Por casona solariega podía hacer pasar, a fuerza de imaginación, la que se habían hecho construir en el monasterio de la Montaña de Luna. La guinda del pastel se le ocurrió cuando ya peinaba canas retorcidas y la parca empezó a rondarla. Su padre, don Julián Montalvo, se había hecho erigir un mausoleo en la mejor zona del cementerio de León, muy cerca de la capilla del Santo Cristo. Allí reposarían sus huesos y los de su señora, pero a su caprichosa hija también se le agotaban los días y no pensaba avecindarse con plateros y picapleitos por toda la eternidad. Tanto insistió que acabó por convencer a su hermano mayor para que, llegado el momento, todos los Montalvo descansaran en el mismo cementerio en el que se había inhumado primero a los frailes y después a las monjas. Al fin y al cabo, eso era lo que habían hecho a lo largo de los siglos muchas familias de notables: hacerse enterrar en una iglesia o en un monasterio. ¿A cuento de qué iban a ser ellos menos?

Con el transcurrir de los años y de las defunciones, a los despojos de los franciscanos se fueron sumando los de doña Ana María, los de su hermano, los de la esposa de su hermano... Así hasta que un verano, el obispo —con el que los Montalvo supervivientes guardaban una excelente relación— les hizo una visita y les aconsejó bendecir aquella parcela, no fuera a ser cosa que a los frailes se les hubiera pasado por alto en su día y estuvieran dando sepultura a sus difuntos en una tierra sin consagrar. El asunto fue que, mientras el prelado elegía salmos y oraciones que reflejasen con claridad la doctrina de la Iglesia acerca del tránsito al más allá, alguien se percató de que aquellas tierras que iban a ser salpicadas con agua bendita se irrigaban ya con las de un manantial que nacía un poco más arriba. De este fontanal se nutrían los pozos tanto del monasterio como del pueblo. Esto último daba un poco igual, pero que los habitantes de la casa estuvieran apaciguando su sed con las mismas aguas que habían desgastado los cráneos y las tibias de tanto interfecto le revolvió a más de uno las tripas y hasta la paz de espíritu.

Para poner solución a tan desagradable inconveniente, no quedaba otra que desplazar el cementerio unos cientos de metros más hacia el este, y así sortear el curso del acuífero contaminado. Se trasladaron las lápidas y los cuerpos, al menos los de los muertos recientes, es decir, los de las monjas y los de los Montalvo. Las humildes tumbas de los frailes se dejaron donde estaban, más que nada porque se hallaban bastante apartadas del manantial y porque en su caso poco quedaba ya que mover. Malo habría de ser si, después de tanto tiempo, quedaba por allí algún incorrupto cartílago capuchino.

Así fue como se quiso relegar el viejo cementerio al olvido. Se corrió un velo sobre el incidente, pero hubo a quien le costó más quitarse de la cabeza el hecho de que allí hubiera llevado cadaverina hasta la manzanilla del desayuno. La que peor lo pasó fue doña Raquel, esposa de don Marcial Montalvo y futura madre de Miguel. Torturada desde la infancia por una tendencia enfermiza a la obsesión, llegó a convencerse a sí misma de que todos los habitantes del monasterio estaban malditos por culpa de aquellas aguas impuras. De poco sirvió que su esposo tratase de hacerla entrar en razón, y que el propio obispo se sentase con ella y le explicara que no habían cometido sacrilegio alguno y que sus almas no estaban condenadas. También un par de médicos hablaron con la atribuladísima dama para hacerle ver que, aunque habían hecho lo correcto al trasladar el cementerio, no tenía de qué preocuparse. Ella, su marido y sus hijos estaban a salvo. Ya habrían querido otras mujeres gozar de su lozanía y fecundidad. Cinco retoños nada menos le había dado a don Marcial. Cinco varones como cinco robles nacidos sin complicaciones de cinco embarazos. Y uno más que venía de camino, porque, de aquellas, estaba de nuevo encinta.

El fruto del sexto y último embarazo de doña Raquel habría de ser otro niño tan hermoso como sus hermanos, pero a la pobre desgraciada no se le fueron las ideas sombrías de la mente, en parte porque su antaño envidiable salud se había deteriorado y el horizonte se le presentaba nubloso. Ahora sí tenía motivos por los que recelar de lo que el futuro le deparaba. El pequeño Miguel vendría al mundo un 23 de junio de 1909. Su madre sería enterrada tan solo seis semanas más tarde en el cementerio que ya sustituía al que tantos disgustos le había originado.

En el nuevo camposanto las tumbas de las monjas eran todas parecidas, con cruces negras de herrería y una losa muy sencilla sobre la tierra. Las de las tres prioras que habían precedido a la madre Agnès en el cargo se distinguían del resto porque las cruces eran algo más elaboradas. Había que atravesar por entre todas ellas para llegar a los sepulcros de los Montalvo. De entre ellos, el único que sobresalía era el de doña Ana María, con una lápida de mármol que levantaba tres palmos del suelo y un ángel de piedra velando su sueño eterno. Los demás miembros de la familia no habían apostado por tanto boato. En nada se diferenciaban, por ejemplo, las tumbas de los abuelos de Miguel de aquellas de las religiosas. Justo detrás, ya al lado del muro de pizarra, quedaba otra igual de discreta; la última en haberse excavado:

Raquel Ruiz Velasco
1869-1909
Amada esposa y madre

Junto a aquella fue a acuclillarse Miguel. Cogió un libro que llevaba en su bolso de viaje, uno no muy grueso, más bien una especie de separata con las pastas amarillentas. *Eumastácidos nuevos o poco conocidos*, se titulaba. El propio autor, Cándido Bolívar Pieltain, se lo había regalado pocos días antes de irse de Madrid para que, si le apetecía y encontraba un rato, le echase un ojo durante el viaje. Al menos eso le había dicho. En realidad, contaba con que lo hiciera; el doctorando había sido uno de sus mejores alumnos, aunque la entomología no era ni por asomo su campo de estudio favorito. No se había equivocado el profesor Bolívar. El trabajo lo había leído en el tren y le había sobrado tiempo para tomar unas notas sobre un par de cuestiones que, ya a la vuelta, discutiría con él. Si lo había sacado no era para consultar las diferencias estructurales entre saltamontes y langostas, sino porque dentro guardaba una azucena blanca que unos días antes había puesto a secar. Depositó la flor sobre la tumba y, como no era la clase de persona que iría a un cementerio a rezar, se tomó unos minutos para deleitarse con el aire fresco y el paisaje montañoso. Ateo recalcitrante, no aspiraba a entrar en comunión con divinidad alguna. Necesitaba, no obstante, hacerlo de tanto en tanto con la naturaleza.

Decidió, al cabo de unos minutos, que ya había renovado a suficiencia el vínculo con la tierra que lo había visto nacer y se fue dando un rodeo. No le corría prisa regresar al monasterio, así que se entretuvo examinando unas escarbaduras que le parecieron de jabalí y unos excrementos de conejo. Nada fuera de lo común. Lo que de verdad llamó su atención fue el hallazgo de unas huellas en el borde de la vereda. Eran estilizadas, no muy profundas, y seguían un trazado recto, como si el animal que las hubiera dejado tuviera perfectamente claro a dónde se dirigía, rápido y sigiloso, apoyando tan solo la punta de los dedos —cinco en las patas delanteras, cuatro en las traseras—, nunca el talón, dejando bien marcadas en la tierra sus garras afiladas.

No era frecuente que los lobos se aventurasen tan al sur, ni siquiera para perseguir a alguna presa. Demasiado cerca del pueblo para lo que era habitual en ellos. Y encima uno solo, quizás una hembra o un macho joven, a juzgar por el tamaño de la pisada. No tenía demasiado sentido. De haber hallado aquellas huellas unas semanas antes, durante la época de celo, Miguel habría pensado en algún animal apartado de la manada tras un enfrentamiento con el macho alfa, pero ya entrada la primavera, debía haber otra explicación. De cualquier modo, no eran buenas noticias. Hembras o machos, los lobos solitarios solían volverse más incautos y agresivos por una simple cuestión de supervivencia. En grupo, podían organizarse para cazar ciervos, corzos o jabalíes. Solos, tenían que apañárselas con alguna liebre despistada o hasta carroña. Si el hambre los obligaba a ello, podían acabar agenciándose el alimento en corrales y rediles. Y cuando eso ocurría, el precio por sus pellejos se triplicaba.

Sobre estas y otras posibilidades siguió elucubrando Miguel hasta que, casi sin darse cuenta, llegó al monasterio. A su casa —en la que había nacido y en la que ya solo vivía su padre— se accedía por una entrada independiente en la fachada este del edificio. No era que no pensara pasarse por el colegio a saludar, pero primero quería soltar el equipaje y asearse. Subió al que había sido su dormitorio, dejó el bolso sobre la cama y entró en el cuarto de baño. Allí abrió el grifo de la bañera y, mientras esperaba a que se llenase, se asomó a la ventana. Al ser el benjamín le había correspondido la habitación más sencilla de todas. Nunca le había importado que su cuarto fuera más chico que el de sus hermanos y que en lugar de balcón contase tan solo con ventanas. Una daba al bosque, y con eso le bastaba. Desde la otra, que era minúscula y estaba en el baño, podía asomarse al claustro si se subía a la taza del retrete. De niño lo había hecho mucho, las más de las veces para observar a las internas que tanta curiosidad le despertaban. Poco sospechaba que, nada más cumplir los siete años, a él también iban a meterlo en un colegio muy parecido, solo que administrado por agustinos.

Puede que para rendirle un homenaje a aquel niño que había sido y al que, cual lobo solitario, habían expulsado de su hogar, Miguel bajó la tapa del inodoro y se subió para mirar a través del ventanuco. Ver no vio nada, pero oyó una voz muy familiar. Era la de su padre, que se dirigía en tono condescendiente a una jovencita que se limitaba a responderle con los más respetuosos monosílabos: la muchacha a la que habían conocido de camino al monasterio. Entre que hablaban los dos en francés, que no le interesaba demasiado su conversación y que ya tenía edad para morirse de vergüenza si lo pillaban husmeando, optó por cerrar la ventana y bajarse del retrete. Luego se desnudó y dejó la ropa sucia en el suelo antes de meterse en la bañera. ¿Qué más le daba a él lo que se estuvieran contando su padre y la forastera? Seguro que la habían hecho venir por recomendación de algún obispo gabacho. Cualquier cosa con tal de no contratar a una de las tantas jóvenes maestras que habían obtenido su título en los últimos años. No era la primera vez que echaban mano de subterfugios para que todo siguiera igual; lo mismo que habían hecho cuando Azaña decretó que los centros educativos debían dejar de estar en manos de la Iglesia.

Hecha la ley, hecha la trampa.

Cambios habían consentido; todos insustanciales. Aunque la nueva Constitución dictaba que ni las órdenes ni las congregaciones religiosas podrían en adelante dedicarse al ejercicio de la docencia, a la hora de la verdad, los colegios se renombraron como instituciones privadas y pasaron a ser administrados por familias vinculadas a cada congregación. En el caso del colegio de Castroblanco, el lazo no podía ser más estrecho, así que no hubo ni que pensárselo. Tan solo había un aspecto en el que, llegado el caso, la Inspección de Educación podría haber intervenido: la mitad de las monjas que daban clase en Nuestra Señora de Roche Amère ni siquiera tenía el título de maestra. Era un problema al que debía ponérsele remedio rápida y discretamente. Y aquella tal Céline Perrault formaba parte del plan para sortear una ley a la que, de todas formas, casi nadie había hecho caso y, menos ahora, después de que la coalición encabezada por Lerroux y sus socios cedistas hubiera dejado claras sus intenciones rectificadoras; hablando en plata, la Constitución del 31 podía decir misa, que ellos pensaban hacer lo que les diera la gana.

No pintaba bien la cosa para la gente como Miguel, y menos después de la fallida huelga general del pasado octubre, así que más les valdría ser cautelosos. Muchos de sus correligionarios todavía permanecían en prisión a la espera de ser procesados. Si no se hubiera andado con cuidado, podrían haber hablado más de la cuenta delante de la recién llegada. Especialmente Darío, al que siempre se le desataba la lengua cuando tenía delante a una mujer bonita. Y a él todas las mujeres le parecían bonitas. Aquella —la francesa— no podía ser una excepción, porque encima atesoraba todas las características que volvían loco a su compañero de peripecias: una sonrisa franca y un semblante angelical. Y para rematar, aquellas dos larguísimas trenzas castañas que le caían sobre los hombros y un flequillo muy tupido que le llegaba justo hasta los ojos, de un azul verdoso muy claro.

La viva estampa de Beatriz guiando a Dante por cada una de las esferas del Paraíso. Por si fuera poco, se daba la circunstancia de que Darío, como buen esteta, era muy dado a defender teorías de lo más variadas acerca de la belleza. Según una de sus favoritas, no existía la hermosura verdadera sin imperfección. Pues bien, Miguel estaba seguro de que, más que de sus ojos navegables o de su frondosa cabellera, de lo que su amigo se había quedado prendado había sido de la particular nariz de la muchacha, demasiado grande y masculina como para aportarle la armonía que tanta falta le habría hecho a un rostro que, por lo demás, él nunca se habría girado a mirar dos veces de habérselo encontrado en algún café o en los locales de la Federación Universitaria Escolar.

Con ojos claros u oscuros, con trenzas o sin ellas, con nariz prominente o respingona, lo único que a Miguel le importaba era que no descubriese sus planes antes de tiempo. Si Céline Perrault estaba allí era porque compartía el ideario de su padre, así que, mientras no se demostrase lo contrario, no era de fiar.

De todas formas, no tenía intención de dedicar un solo minuto más de su tiempo a pensar en ella. Había otras cuestiones a las que darle vueltas. Por ejemplo, cómo se las iban a apañar para sacar adelante la empresa en la que se habían embarcado. Aquella misión iba a ser distinta a todas las demás. Esta vez estaban solos y debían actuar con cautela. No convenía que nadie se enterase demasiado pronto de lo que se traían entre manos. Sobre todo quienes podían tener interés en sabotearlas. El alcalde o el cura, por ejemplo. O su padre.

Por eso era tan importante que la chica francesa no se enterase de nada. Podía parecer todo lo angelical que quisiera y derrochar sonrisas y encanto, que Miguel no se fiaba de ella. «Darío es un bendito y cualquiera puede engatusarlo, pero a mí no se me engaña tan fácilmente», se repitió antes de sumergir la cabeza en el agua tibia de la bañera. Agua que quizás —¿quién sabe?— hubiera circulado años ha por entre los huesos de algún fraile capuchino.

6. Auto de fe

A Darío Dolagaray no lo habría despertado ni un bombardeo. Dormía a pierna suelta allá donde lo pillase la modorra, y ya podía estar tronando, que ni se inmutaba. Esta característica suya podía deberse, en opinión de sus amigos, a que nunca había roto un plato y descansaba, en consecuencia, con la conciencia tranquila. Él, sin embargo, no se tenía a sí mismo por un bendito y la atribuía más bien a la herencia familiar. En concreto, a la que le venía por parte de su abuela paterna, que también había sido capaz de dormir como un tronco hasta el fin de sus días. Se debiera a una cuestión moral o al legado de la difunta señora de Dolagaray, Mina pudo bostezar, desperezarse, asearse, vestirse, freírse un par de huevos, desayunar y hasta dejar la cama hecha sin que Darío pestañease. Unos minutos antes de las nueve, lo dejó roncando en el colchón que le había preparado en el suelo de la cocina y bajó a la escuela para ir encendiendo los braserillos que había improvisado para los niños.

El reloj de pulsera que Darío había dejado a su lado, sobre un taburete, marcaba casi las once cuando se espabiló. Le costó un poco reconocer el entorno y recordar qué estaba haciendo en tan humilde chamizo, pero en cuanto se tomó un café y unas rebanadas de pan con queso se sintió con fuerzas para enfrentarse al nuevo día. Nuevo para él, porque el resto de habitantes de Castroblanco ya llevaba horas en danza. Se puso el abrigo, cogió el sombrero y descendió los dos tramos de escalones que separaban la vivienda de la escuela. Pegó la oreja a la puerta y escuchó a Mina leyendo un poema a los niños.

Dicen que no hablan las plantas, ni las fuentes, ni los pájaros,
ni el onda con sus rumores, ni con su brillo los astros.
Lo dicen, pero no es cierto, pues siempre cuando yo paso,
de mí murmuran y exclaman:
Ahí va la loca soñando
con la eterna primavera de la vida y de los campos,
y ya bien pronto, bien pronto, tendrá los cabellos canos,
y ve temblando, aterida, que cubre la escarcha el prado...

Darío lo reconoció al vuelo. *En las orillas del Sar* era uno de los libros que más le gustaban a su amiga. Seguro que lo estaba recitando de memoria. Se agachó y echó un vistazo por el ojo de la cerradura. Solo vio un rimero de cogotes infantiles y, tras ellos, la figura garbosa de Mina Gispert, que sostenía un ejemplar de pastas ocres entre las manos. No se había equivocado al suponer que, en realidad, el libro era pura puesta en escena. La maestra ni siquiera lo miraba. Tenía la frente levantada y los ojos cerrados. Los alumnos atendían embelesados, aunque no le quedó muy claro si por la belleza de los versos o por la pasión que ponía ella al declamar. El mundo había ganado una entregada docente... a costa de perder una actriz portentosa.

—¿Vosotros también pensáis que las plantas no hablan? ¿O alguna vez habéis oído a las fuentes y a los pájaros murmurar y exclamar al veros pasar por su lado?

Algunos niños se echaron a reír, pero ninguno se atrevió a responder.

—A ver si es que estáis un poco sordos y por eso no los habéis oído nunca.

Más risas.

Los tenía comiendo en la palma de la mano. Por lo menos hasta que llegase el calor y tuvieran que abandonar las clases para ir a segar centeno o a cuidar las vacas. También Darío debía ausentarse y atender otros quehaceres, aunque de buena gana se habría sumado a la clase, como otro alumno, para escuchar a su amiga recitar más versos. Por desgracia, no había ido hasta la Montaña de Luna para recrearse con las lecciones de literatura de Mina.

Desde el descansillo al que conducían las escaleras de la casa se podían abrir dos puertas, las dos de madera vieja y carcomida. Una era la de la escuela, por la que había que pasar sí o sí para salir a la calle. La otra daba a una suerte de patio desastroso del que Mina había arrancado brazadas de zarzas y malas hierbas para que los niños pudieran jugar. Ocupaba un terreno de unos cincuenta metros cuadrados, poca cosa comparada con los espacios de los que habían dispuesto en el pasado: plazas, vaguadas y una vez hasta el auditorio de la casa consistorial. Pero tendría que hacerles el servicio. Además, aquel patio de planta irregular y suelo de tierra yerma podía, echándole imaginación, recordar a un corral de comedias. Y eso, a Darío, que tenía alma de comediógrafo, le ponía el corazón en marcha. Cierto era que las casas adyacentes no contaban con ventanas ni con balcones desde los que asomarse, que instalar graderíos quedaba por completo fuera de sus posibilidades, y que más les valdría confiar en que hiciera buen tiempo, porque allí no había toldo para protegerse de la lluvia ni forma de conseguir uno. Luego estaba el asunto de convencer a los vecinos para que les siguieran el juego, aunque eso nunca había sido un problema. Como habría dicho Miguel, tenían la magia de su lado.

Por el momento, lo único que podía hacer Darío era echar mano de un lapicero y una libreta en la que tomar notas, sacarse una cinta métrica del bolsillo de la chaqueta y doblar el espinazo para medir el largo y el ancho del solar antes de ponerse a calcular cuántas almas les cabrían allí dentro. En estas andaba cuando la puerta de la escuela se abrió como si le hubieran atizado una patada desde el otro lado y cuarenta niños salieron en estampida para apoderarse del patio. Uno de los más altos, medio rubio y algo narigudo, llevaba bajo el brazo una pelota confeccionada con restos de badanas y trapos recosidos. Se disponía a tirarla al suelo para empezar el juego con sus compañeros cuando se quedaron todos con la mirada fija en Darío, al que habían sorprendido en cuclillas, echando cuentas en un rincón de aquel patio que les pertenecía. Los mayores estaban más cerca del desconocido porque habían salido los primeros. Los más pequeños tuvieron que echarse a los lados para poder verlo bien. Todos se quedaron en silencio. Algunos ya habían oído rumores de que la maestra había metido a un hombre en su casa, pero no esperaban encontrárselo allí. Y menos con esa cara de susto.

—¿*Ezte* es el querido de la *ceñorita*? —se arrancó uno de los más chiquitajos, que ceceaba de mala manera, igual porque le faltaban los dos paletos. Le cayó una colleja de inmediato, por bocazas. No se la propinó ella, que acababa de salir también al patio y que además nunca le habría puesto la mano encima a un niño, sino el de la pelota, que estaba más colorado que una cereza picota.

—¿Tú qué dices, pitañoso? —le abroncó con la mano en alto, amenazándolo con otro cate si no cerraba el pico.

—Basilio, que no te vea yo que vuelves a tratar así a tu hermano. Pegar es de cobardes —le recordó Mina—. Y no, Gabriel. Darío no es ni mi novio ni mi querido ni nada más que un buen amigo que ha venido aquí para enseñarnos un montón de cosas divertidas. Sed educados y dadle la bienvenida.

Obedecieron en seguida, pero todos con la boca pequeña y los ojos clavados en el suelo, entre reticentes y vergonzosos. Todos salvo Gabriel, que alzó su naricilla hacia la maestra y continuó desembuchando sin remilgos.

—*Puez* padre dice que *ez* el querido de *uzté*, que menuda *zuerte* tiene el cacho cabrito.

Al pobre crío no le dio tiempo ni de terminar de sorberse los mocos antes de que su hermano le soltase otra castaña, más fuerte que la primera. Esta vez fue a Darío al que se le subieron los colores.

—Yo no soy el novio de la señorita Mina —se apresuró a dejar claro.

—¿No ha venido a pedirle la mano, entonces? —quiso quedarse tranquilo el hermano mayor de Gabriel, al que tampoco le hacía gracia la posibilidad de que a la señorita le diera por casarse y mandaran en su lugar a otro maestro como el que tenían antes, del que lo único que había aprendido era dónde picaban más los coscorrones.

—No —contestaron al unísono los dos sospechosos de ir a contraer nupcias. Luego se miraron el uno al otro y se reafirmaron en la negativa con más convicción todavía—. ¡No!

—¿Y a qué ha venido *entoncez*, *ci* puede *zaberce*? —perseveró Gabriel mientras se rascaba el colodrillo. No acababa de fiarse de aquel extraño.

La explicación de Mina no les había convencido. Si iba a enseñarles montones de cosas divertidas, ¿a qué esperaba para comenzar? Porque, por el momento, lo único que había hecho aquel tipo tan fino había sido extender una cinta métrica en el patio donde jugaban al balón. Y eso de divertido no tenía nada. Lo mejor, pensó Darío, iba a ser ofrecerles una muestra de lo que les esperaba antes de que perdieran del todo la paciencia y lo lincharan allí mismo. Algunos, sobre todo los mayores, no tenían pinta de creerse que no se hubiera plantado en el pueblo para llevarse a la maestra.

Con algo de miedo en el cuerpo, cruzó por entre la marabunta y se metió en la escuela. Los críos lo observaban como si estuvieran a punto de saltar sobre él en cualquier momento; silenciosos, tensos. Salió bien parado y llegó a la puerta, solo porque Mina estuvo al quite y tiró hacia atrás de un par de ellos antes de que le metieran una patada en la espinilla. Los niños se quedaron junto a ella, expectantes, y al cabo de unos minutos, el forastero se asomó de nuevo al patio y les hizo un gesto para que volvieran al aula. Les pidió que lo siguieran y que se colocasen en torno a la mesa de la señorita. A él no le hacían ni caso, pero a Mina nadie le llevaba la contraria, así que fue ella quien tuvo que hacerles un gesto para que obedecieran. Aunque era ya mediodía, seguía sin entrar mucha luz en la escuela, de manera que hubo que encender un candil para iluminar un poco la pared de la que Darío había colgado un cuadro. Casi era mejor así, porque le daba un toque fantasmagórico que le venía estupendamente. Los niños se quedaron con la boca abierta cuando se encontraron con aquella pintura tan grande —de al menos metro y medio de alto y casi otro metro de anchura— enganchada con cuerdas de las mismas alcayatas que sujetaban la pizarra al muro.

Ni que decir tiene que no era la primera vez que contemplaban imágenes de temática religiosa. En la iglesia había dos cuadros todavía más grandes que aquel: uno del martirio de san Juan Bautista y otro del de san Andrés, ambos de escaso valor artístico. También tenían la talla en madera de un Cristo crucificado que presidía el templo desde no se sabía ni cuándo. Por el estilo, Mina habría dicho que era de mediados del siglo XII. Por el barniz amarillento y la suciedad que acumulaba, también habría aventurado que no le habían pasado ni un paño por encima desde entonces. Aparte de aquellas imágenes, no podía decirse que abundasen en Castroblanco las oportunidades de contemplar obras de arte. Y la que les había llevado el extraño no se parecía a nada que hubieran visto antes.

Lo primero que les admiró fue la cantidad de gente que había allí pintada; por lo menos veinte o treinta personas. O igual hasta más si se ponían a contarlas todas. Mínimo cuatro eran frailes, uno de ellos sentado en lo alto de una tribuna bajo un dosel dorado. Un poco más abajo dormitaba otro que parecía cura y vestía una casulla también dorada. A los niños se les dio un aire a don Ezequiel, si don Ezequiel hubiera llevado peluca. Dos hombres en pie sostenían pergaminos, como si se dispusieran a leer lo que en ellos estaba escrito. Acaso ya lo hubieran hecho. Debajo, unos soldados iban a caballo y otros apuntaban con lanzas a un par de presos a los que conducían al cadalso, como si fueran perros, con una cuerda atada al cuello. Por si fuera poca humillación, les habían hecho vestir sambenitos y los habían coronado con caperuzas picudas de cartón. Pero lo más llamativo era la pareja de reos desnudos que ya ardía en la hoguera. Eso y la actitud de indiferencia que exhibía todo el público representado, como si el tormento y la muerte de aquellos infelices no los conmoviera en absoluto.

—¿Van a matar a esos hombres? —preguntó con espanto uno de los niños más chicos.

Darío lo miró muy serio y asintió.

—¿Qué han hecho? —quiso enterarse un absorto Gabriel.

El forastero adoptó una expresión intrigante y respondió con otra pregunta.

—¿Sabéis qué es un auto de fe?

Los niños movieron sus cabezas a los lados para indicar que no tenían ni idea.

—Pero sí habéis oído hablar de la Inquisición, ¿verdad?

—Eran *curaz* y *frailez* que mandaban quemar a *loz infielez*. El padre Ezequiel *ciempre* dice en *miza* que tenía que volver para poner orden, porque *eztá* todo que *ez* un guirigay a cuenta de *loz ateoz*.

Aunque le costó lo suyo entender lo que quería decir el renacuajo desdentado, Darío se dio por conforme con la explicación.

—Eh... Más o menos, Gabriel, más o menos. Los autos de fe eran las ceremonias públicas en las que los condenados por la Inquisición eran entregados a las autoridades civiles, se los conducía al cadalso y, finalmente, eran ejecutados. Si habían admitido sus faltas y mostraban arrepentimiento, la forma de ajusticiarlos era algo menos cruel, pero si no... ¡los quemaban vivos!

Se escucharon exclamaciones de asombro y algunos de los chavales abrieron muchísimo las bocas y los ojos, sobrecogidos. Era de esperar su reacción, ya que Darío acompañaba sus comentarios con gestos de lo más histriónicos. Llevaba el melodrama en las venas. La maestra se llevó la mano izquierda a la cara, tapándose con los dedos hasta la frente. Ya se veía venir las repercusiones de irles a los niños con semejantes historias. No iban a faltar preguntas espinosas ni bromas de mal gusto en lo que restaba de semana. O igual hasta de mes.

—¿Y *loz* del cuadro eran *ateoz*?

—No, Gabriel. Eran herejes. Cátaros.

—¿No creían en *Dioz*?

—Sí lo hacían, pero a su manera.

—No pudiste traer *Las Meninas*, no —se quejó Mina entre dientes.

—La selección fue cosa de Miguel.

—Ya me suponía.

—Además, no me cabía el lienzo en la cartera.

Solo entonces cayó ella en la cuenta de dónde podía haber salido aquella pintura, que no era precisamente una reproducción cualquiera, de esas baratas que circulaban por ahí y que no hacían justicia a los originales.

—Darío...

—Dime —atendió a Mina, que señalaba con la punta del meñique al cuadro.

—Esta no será la copia que hizo Eduardo Vicente para Cossío.

Él se encogió de hombros entrecerrando los ojos, demasiado satisfecho con el efecto que había causado la pintura en los críos como para preocuparse por nada más.

—Peor sería si me hubiera traído el de Berruguete.

—¿Sabe Cossío que lo has cogido?

Darío Dolagaray apretó los labios.

—Cossío no sabe ni que estamos aquí. Y mejor que no se entere, que no está el hombre para que le demos muchos disgustos. El día menos pensado, el disgusto nos lo da él a nosotros.

7. SEIS HERMANOS

A sus casi sesenta años, al patriarca de los Montalvo ya no le apetecía recibir muchas visitas en su despacho del antiguo monasterio de Castroblanco. El padre Ezequiel era quien con más frecuencia se pasaba a conversar con él. Lo hacía siempre que subía a decir misa en la capilla del colegio. A veces lo acompañaba el alcalde, y entonces era cuando más se alargaban los encuentros, algo que don Marcial sobrellevaba lo mejor que podía.

En la ciudad no le importaba echar mañanas enteras en discutir con sus socios acerca de porcentajes y dividendos. Claro que, si no le importaba, era en gran medida porque ya solo iba muy de cuando en cuando. Su hijo mayor, Santiago, había tenido la decencia de descargarlo de sus obligaciones y hacía años que él podía desentenderse con la certeza de que el timón quedaba en las mejores manos. El primogénito le había salido tan zorro para las finanzas que si alguna vez tenía que llamarlo al orden era para que refrenase una colosal ambición que debía haber heredado de su bisabuelo Julián, al que se asemejaba no solo en el aspecto físico, sino también en el talante. No había más que comparar el retrato del difunto patriarca de los Montalvo con la fotografía de Santiago que su padre, orgulloso, había encargado enmarcar para colocarla sobre su escritorio. No podía señalarse favoritismo alguno en ello. Lo mismo había hecho con las de sus otros cinco vástagos. Solo uno de los marcos de plata esterlina que había dispuesto frente a su sillón ocupaba un lugar de honor: el que protegía la imagen de la difunta doña Raquel, más grande y situado justo en el centro.

Desde que era viudo, la casona de Castroblanco se había convertido para él en un refugio al que cada día le costaba un poco más renunciar, y en el que detestaba ser incordiado con cualquier asunto que no tuviera relación directa con el que se había convertido en su mayor y casi único desvelo: el colegio de Nuestra Señora de Roche Amère.

Eso era algo que a don Blas parecía costarle entender.

—Nada más verla me causó mal efecto. Y yo nunca me equivoco con esas cosas —se vanaglorió el alcalde después de darle un trago a la generosa copa de *brandy* que se había rellenado ya dos veces—. Ese corte de pelo y esos morros pintados... ¡Y los vestidos que se gasta, enseñándole las piernas a todo el mundo!

—No es ejemplo para los niños —se sumó don Ezequiel al furibundo análisis.

Don Marcial se limitaba a asentir en silencio, con los dedos entrelazados delante de la perilla y la vista perdida en el fuego de la chimenea mientras dejaba que el alcalde y el cura se turnaran el uno al otro en su diatriba.

—Desde que llegó al pueblo, no ha hecho más que darnos problemas. A los niños ya no les hace rezar al entrar ni al salir, y encima les ha dicho que no deberían dejar de ir a escuela cuando llegue el buen tiempo, que no tendrían que irse a mover el ganado ni a recoger centeno. Que deberían seguir yendo a clase y leer poemas y yo qué sé cuántas mamarrachadas más. Como si eso fuera a hacerles algún bien.

—Lo que necesita el pueblo son manos que trabajen y no culos que calienten pupitres. Pero, claro, se planta aquí la maestrucha esta con esos aires de ciudad y esa cara de pécora pintada y se piensa que puede ponerlo todo patas arriba.

—Es una deslenguada y una atea.

—A la Aurora, la viuda del Gregorio, le ha metido unas ideas en la cabeza que ahora a ver cómo se las sacamos. A la muy pardilla le ha dado por decir que quiere quedarse con el molino y criar ella sola al niño. ¿Qué se ha creído? El hermano y la madre del Gregorio están que trinan, como es natural.

—Debimos haber tomado cartas en el asunto mucho antes, claro —zanjó el padre Ezequiel.

—No habría sabido cómo —se excusó don Marcial—. La señorita Gispert ganó su plaza limpiamente.

—¿Limpiamente? —se revolvió exaltado el sacerdote—. Limpiar letrinas es lo que debería estar haciendo esa mujerzuela si de este país no se hubiera apoderado el desgobierno. ¡En una casa de corrección y no aquí, pervirtiendo a los críos!

Aunque compartiera sus opiniones, la falta de modales de aquellos dos hombres irritaba sobremanera al dueño de la casona. Alzaban la voz, no controlaban sus nervios y gesticulaban tan exageradamente que un par de veces estuvieron a punto de volcar la botella de *brandy,* que había dejado al alcance del alcalde para no tener que levantarse a servirle cada dos por tres. Al señor Montalvo no le costó demasiado imaginárselo a cuatro patas, lamiendo el licor derramado sobre la alfombra de piel de oso con tal de no desperdiciar una gota. Don Blas era un borracho y un tonto, pero un tonto útil.

—No estamos diciendo que antes hubiera sido fácil intervenir. Lo que decimos es que ahora, después de este escándalo, no queda más remedio que hacerlo —se atrevió a argüir sin soltar la copa—. ¡Que ha metido un hombre en casa! ¡Y lleva allí dos días nada menos! Los niños lo han visto y hasta han hablado con él.

—¡Les enseña estampas de santos y les dice que eran asesinos!

A don Marcial Montalvo se le descompuso el gesto al escuchar aquella acusación. Tenía motivos personales para tratar de quitarle hierro a tan fastidioso asunto, pero bajo ningún concepto estaba dispuesto a consentir que en Castroblanco se blasfemara.

Siempre había sido una persona devota. Y su mujer, más todavía. Los dos se habían desvivido por educar a su progenie en la fe cristiana. Todavía le parecía estar viendo el brillo de felicidad en los ojos verdes de Raquel cuando su segundo hijo, Felipe, les había comunicado su deseo de ordenarse sacerdote. El disgusto que se llevó al enterarse de que, por culpa de una peregrinación a Tierra Santa, no podría bautizar a Miguel.

—Coincido con ustedes en que es intolerable —les concedió finalmente—. Alguien debería darle un tirón de orejas a la señorita Guillermina Gispert, pero veo difícil la cosa mientras no aparten del Ministerio de Instrucción Pública al tibio de Dualde Gómez, que confío en que lo hagan pronto.

—¿Y su hijo, el que está de juez, no podría mover algún hilo para ver si la echan del puesto? —le preguntó un animoso don Blas.

—¿Qué quieren ustedes que haga un magistrado de la Audiencia Provincial a este respecto?

El tercero de sus vástagos, Simón Montalvo, podría haber aspirado a ocupar una plaza en el Supremo de habérselo propuesto, pero le salía urticaria solo de pensar en mudarse a Madrid. Era un hombre de provincias y no iba a cambiar. En ese sentido y en su respeto por la institución de la familia, era el que más tenía en común con su padre.

—¿Y el diputado?

A don Marcial se le escapó un resuello de hartazgo y, sin querer, se le desvió la mirada hacia el retrato de Mateo, su cuarto hijo, que desde muy jovencito se había sentido atraído por la política y no se había dado por satisfecho hasta no hacerse con un escaño. O mucho se equivocaba, o ese no iba a detener ahí su carrera.

—Me parece a mí, don Blas, que igual ahora mismo en las Cortes tienen otros asuntos más urgentes que atender que darle un escarmiento a una maestra de escuela un poco golfa.

—Pues que se lo den a su amigo el blasfemo.

—La blasfemia, por desgracia, hace años que dejó de ser delito en este país.

Igual no debería habérselo recordado, porque a don Ezequiel empezaron a palpitarle las aletas de la nariz y las venas de la frente. La boca, de labios estrechísimos, quedó reducida a una línea oscura debajo de aquella nariz ganchuda y agitada. Había montado en cólera y lo último que le apetecía a don Marcial era que al cura se le reventase alguna arteria y se le muriera en el despacho, de manera que trató de calmar los ánimos.

—Miren, comprendo su malestar, pero igual es solo cosa de tener un poco de paciencia. En cuestión de horas se anunciará un reajuste ministerial. A ver qué pasa entonces. Con un poco de suerte, se rectificarán los desmanes de estos últimos años y pondremos en su sitio a quienes los han aprovechado para sacar los pies del tiesto. La maestra esa, la primera. Eso si es que no hay que disolver las Cortes antes de que acabe el año y volver a votar. Y sabe Dios lo que ocurrirá entonces, porque a este país ya no le queda nada por ver.

—No creo que baste. Aquí, como no ponga orden el ejército...

A don Blas, que iba ya por la tercera copa de *brandy*, se le escapó un hipido delator. Si se venía arriba con sus *sanjurjadas*, no se lo iba a quitar de encima hasta que se hiciera de noche. Todo porque estaba convencido de que el quinto de los hermanos Montalvo, Bartolomé, tenía a su padre al tanto de conspiraciones entre generales de las que luego a ellos no los hacía partícipes. No podía ir más desencaminado. La realidad era que al joven capitán lo único que le interesaban eran las regatas, las cenas de gala y los bailes con los que se agasajaba a los oficiales de Marina como él. A aquel galán de aire distraído, que parecía devolverle la mirada a través del cristal del portarretratos, las intrigas políticas no podían traerle más sin cuidado. Esos enredos se los dejaba a su hermano Mateo, que era el Maquiavelo de la familia.

—¿No pretenderá que se presente aquí un regimiento de infantería para sacar al individuo ese de casa de la maestra?

—Un regimiento no, pero igual la Guardia Civil podía hacer algo —planteó el alcalde muy serio—. ¿O es que nos vamos a quedar de brazos cruzados mientras se amanceban ahí como si tal cosa?

Llegados a aquel punto, fue el propio don Marcial quien tuvo que servirse una copa de *brandy*. Estaba claro que no iban a dejarlo estar. En otras circunstancias, quizás sí hubiera levantado el teléfono para pedir algún favor y que una pareja de guardias les metiera el miedo en el cuerpo a la golfa y al forastero. Por eso insistían tanto don Blas y don Ezequiel, porque en el fondo tenían que escamarles tantos miramientos viniendo de alguien a quien le habría bastado con mover un par de hilos para salirse con la suya.

Ya no se le ocurría al señor Montalvo por dónde escapar para convencer a aquellos dos de que no debían darle tanta importancia a lo que hiciera o dejara de hacer una maestra que iba a durar dos días en Castroblanco. Aunque estaba aguantando más de lo previsto, eso también era cierto. En septiembre, cuando había llegado al pueblo, nadie habría dado una perra por verla acabar el invierno sin volverse a Madrid con el rabo entre esas piernas de las que tanto le gustaba presumir. De eso iba a hacer ya siete meses.

—Les doy mi palabra de que pondré arreglo a esta desvergüenza, pero entiendan que estos son momentos delicados, con todo lo que aconteció en Asturias el año pasado. No conviene armar revuelo y menos por una nimiedad así. A todos nos está tocando tragar más de un sapo. Aquí tengo a la madre priora subiéndose también por las paredes porque, a cuenta de los decretos que se sacaron de la manga Azaña y sus turiferarios, hemos tenido que traer a una seglar para dar clases de francés.

Don Blas, que tenía las mejillas encendidas como brasas por culpa del alcohol, bufó al enterarse.

—¡Otra golfa! Cruce los dedos, que a saber cómo les sale.

Don Marcial fulminó al alcalde con la mirada y le hizo agachar la barbilla, humillado. Sus maneras exquisitas y la serenidad con la que se conducía de habitual no debían llevar a engaño a quienes estaban acostumbrados a relacionarse con él. Detrás de toda esa templanza, lo que latía era la despreocupación de quien tiene la certeza de que es él quien lleva las riendas.

—Por lo poco que he podido tratarla, creo que es una buena cristiana. Viene recomendada por la priora del santuario de Roche Amère, en Montauban.

—Eso es distinto —claudicó don Ezequiel.

Y tanto que lo era. Por mucho que la madre Agnès renegase.

Aún era pronto para juzgarla, pero *mademoiselle* Perrault le había causado una grata impresión. Podía equivocarse, claro. A pesar de que con las mujeres nunca se podía estar seguro, a aquella, al menos de entrada, no le encontraba tacha alguna. Ojalá la tal señorita Gispert hubiera mostrado la mitad de su recato. Claro que eso, tratándose de una de las amistades de Miguel, su sexto y más díscolo descendiente, habría sido pedir demasiado.

En realidad, el pequeño de los Montalvo no siempre había sido una fuente inagotable de disgustos. No cabía duda de que algo lo diferenciaba del resto de sus hermanos, pero su padre lo achacaba a las tristes circunstancias de su llegada al mundo. Al haberse quedado sin madre a las pocas semanas de nacer, todos a su alrededor se habían volcado en exceso con él. La cuestión era que a su alrededor los únicos que habían estado habían sido los miembros del servicio, porque sus hermanos le sacaban unos cuantos años y andaban ya pendientes de otros asuntos que poco tenían que ver con un niño de teta al que hubo que buscar hasta quien lo amamantase. Don Marcial, que de aquellas ya pasaba largas temporadas en el monasterio, tampoco pensaba cargar con un crío tan pequeño, de manera que lo dejaba en la ciudad, donde su secretario jugaba al escondite con él, el aya le consentía todos los caprichos y la cocinera le preparaba sus postres favoritos. Miguel fue un huerfanito feliz, rollizo y de mofletes carnosos que no se espigó hasta que lo metieron interno con los agustinos.

El cambio no solo pudo observársele en la constitución, sino también en la conducta. No terminaba de encajar en un ambiente tan acartonado, con horarios estrictos, castigos humillantes, padrenuestros por la mañana y avemarías por la tarde. Las salidas que habían hecho partirse de risa a criadas y recaderos exasperaban ahora a sus profesores. Que un crío de siete años recitase de memoria a Espronceda y anunciara convencido que de mayor iba a ser pirata o fantasma resultaba enternecedor. Que un adolescente declarase sin tapujos que el mandato divino de tener que trabajar se le antojaba una broma de mal gusto y que, en consecuencia, no se le ocurría mejor profesión que la de comediante, ya no era tan bien recibido. Estas y otras afirmaciones no las lanzaba —al principio— con mala intención, pero a fuerza de comerse varazos en los dedos y sopapos en sus menguadas mejillas, se le acabó retorciendo el colmillo. Antes de cumplir los catorce años, ya habían amenazado con expulsarlo del colegio. Cuando don Marcial se presentó en la ciudad para cantarle las cuarenta, todo lo que el muchacho alegó en su defensa fue que por él podían echarlo de una vez por todas, porque no tenía ningún interés en continuar sus estudios.

—¿Acaso quieres unirte a la Marina, como tu hermano? —le preguntó su padre con sarcasmo, consciente de lo mucho que habría disgustado a su hijo pequeño la disciplina castrense.

—Preferiría unirme a una compañía de variedades, puestos a elegir —había respondido él, sin mostrar pena ni alegría, como quien suelta la cosa más natural del mundo.

A aquel chaval le fallaban casi todas las clavijas que regulan el pensar cuerdo y el obrar prudente. De no haber tenido lugar el parto en la casona, don Marcial hasta habría puesto sobre la mesa la posibilidad de que se lo hubieran cambiado de recién nacido por el retoño de algún músico ambulante. El propio Miguel había llegado a preguntarle a su padre si no lo habían adoptado. Pero esa era otra historia.

Paradojas del destino, las escasas alegrías que Miguel acabaría proporcionándole serían todas de índole académica. Fue dejar el colegio de los agustinos y recuperar su natural disposición hacia el estudio. De paso también recuperó algo del peso que había perdido, lo que no le vino mal, porque en el internado se había quedado en los huesos. Hallaba el mismo placer en devorar los libros que los hojaldres que seguía horneándole cada tarde la cocinera. Por mucho que su padre se negase a verlo, lo que a aquel chico le robaba el ánimo y el apetito no eran las matemáticas, sino los rosarios. Lo único que necesitó para encontrar su camino en la vida fue alejarse del divino faro que llevaba generaciones alumbrando a los Montalvo.

Acaso no estuviera todo perdido. Si le brotaba el seso de la misma que las muelas del juicio, igual todavía podía hacerse de él un hombre de provecho. Sacaba unas notas estupendas y parecía haber dejado atrás su interés por los oficios estrafalarios. Durante el curso, hincaba codos en casa. Los veranos los pasaba en Castroblanco con su padre. Llegado el momento, decidió que lo que quería era ser médico, vocación más que aceptable, sobre todo si se comparaba con las precedentes. Esta determinación no le duró más que unos meses. Antes de acabar el primer año, le comunicó a su padre que iba a abandonar la carrera de Medicina para cambiarse a la de Ciencias Naturales. A este viraje don Marcial no le halló sentido, pero tampoco razones por las que oponerse. El chico daba muestras de haberse enderezado, o al menos eso quiso creer, hasta que la verdad se le reveló cruda y desnuda.

Mateo no era el único de sus hijos que se había dejado seducir por la política. Al benjamín también se le había metido el gusanillo en el cuerpo. Desgraciadamente, mientras el primero había tenido la decencia de aliarse con gentes de bien, al segundo le dio por alternar con la peor morralla de Madrid. Cuando quiso darse cuenta, lo tenía militando con el rojerío más recalcitrante. A pesar de que don Marcial se consoló repitiéndose a sí mismo que sería otra chifladura pasajera, pronto comprendió que las convicciones de Miguel eran firmes, sobre todo cuando se enteró de que andaba recorriendo el país con aquella panda de petulantes antiespañoles del Ministerio de Instrucción Pública, que se dedicaban a corromper almas allá por donde pasaban. Se hacían llamar a sí mismos «misioneros», pero no eran otra cosa que apóstoles del diablo.

Los primeros en retirarle la palabra a su hermano fueron, como era de esperar, Felipe y el propio Mateo. Simón, que era más dialogante, intentó sin éxito que se aviniera a razones. Santiago se limitó a sentenciar que el pequeño de la familia debía haber dado en tonto y se ofreció a pagarle al mejor médico especialista en enfermedades mentales que pudieran encontrar. Bartolomé, que solía tomárselo todo a chanza, le preguntó a Felipe si no tenía mejor algún compañero que practicase exorcismos. Ofendido, el sacerdote le recriminó al joven oficial que se tomase a broma las asechanzas del Maligno y también dejó de hablarle a él. Mateo, que siempre había sido el más cercano a Felipe, se sumó a su enfado e igualmente cortó por lo sano con el marino. A todo esto, la relación entre Miguel y su padre no podía estar más tensa.

Así llevaban los ánimos casi dos años, y por eso don Marcial no supo cómo reaccionar cuando, una semana antes, recibió un telegrama mediante el que su hijo más díscolo le comunicaba que iba a pasar unos días en Castroblanco para visitar a una amiga. Le preguntaba si tendría inconveniente en que se quedara en el monasterio, porque iba con un compañero y los dos no iban a tener sitio en casa de aquella amiga. La respuesta que le dio fue un tanto ambigua, pero dejaba un resquicio a la reconciliación:

> El alma piadosa de tu madre jamás me lo perdonaría
> si te cerrara las puertas de esta casa.
> Tu padre, que te quiere.

Ni por un momento dudó de que la amiga a la que se refería fuera la señorita Gispert, como tampoco le costó imaginarse de qué la conocía ni qué relación los unía con el misterioso compañero que viajaría con él. Todos bolcheviques. Todos apóstoles del diablo.

No había mentido al decirle que lo quería. Al contrario. Acaso por ser el menor, acaso por su condición de huérfano inmaduro, era por el que sentía más afecto. Necesitaba protegerlo a toda costa. Entonces más que nunca. Sabía de buena tinta que a Lerroux iba a tocarle incorporar al menos dos ministros más de la CEDA al Gobierno, que no habría clemencia para con los insurrectos que habían participado en las revueltas de octubre y que todo castigo se antojaría liviano a quienes exigían medidas contundentes. Don Marcial habría sido uno de ellos de no haber estado ocupado levantando cada dos por tres el teléfono para tratar de averiguar si el nombre de Miguel estaba entre los de los detenidos o, peor, entre los de los más de mil muertos de los que se hablaba. Por suerte, si el botarate de su hijo había participado en la tentativa de asalto de la Presidencia del Gobierno, se las había apañado para no dejarse coger preso. Pero era cuestión de tiempo que diera un traspié. Y entonces... Entonces solo Dios sabía lo que sería de él.

Solo tenía que mirar a los ojos de don Blas o de don Ezequiel para darse cuenta de que no veían la hora de cobrarse la revancha por los agravios sufridos. Y como ellos, tantos otros. Mientras, los cachorros de la República —Miguel el primero de ellos— abrazaban sin medias tintas la doctrina marxista de Largo Caballero y promovían la revolución. Tarde o temprano aquello se les iría de las manos y lo pagarían caro. Y él se alegraría, pero no podía consentir que fuera la sangre de un Montalvo la que se usase para limpiar las afrentas.

—Entonces —lo devolvió don Ezequiel al presente—, ¿qué medidas propone usted tomar con la maestra?

Le costó retirar los ojos del retrato de Miguel. No era una fotografía reciente. ¿Qué edad podía tener cuando se la tomaron? ¿Dieciséis o diecisiete años, a lo sumo? Tan inexperto todavía, tan espontáneo, tan niño. Tan bobo. Tan necesitado de que alguien más listo y con más tiros pegados mirase por él.

—Ustedes déjenme a mí y no se preocupen de la maestra, que yo sabré cómo actuar.

8. Las últimas oraciones del día

No era que le importase, al contrario, pero a Céline la habían engañado un poco cuando le habían dicho que iba a ocuparse de las clases de francés. En realidad, más que engañarla, se habían quedado cortas al explicarle sus obligaciones. En cuanto le entregaron sus horarios, impecablemente caligrafiados en una cuartilla de papel, se dio cuenta de que no solo iba a hacerse cargo de las lecciones de su lengua materna, sino también de las de Geografía, de las de Matemáticas y de las de Arte. De las de Historia Sagrada se siguió ocupando sor Prudence, una de las monjas que carecía del título de maestra. La madre Agnès no había dado su brazo a torcer en ese aspecto. A su modo de ver, en el colegio podía presentarse el ministro en persona que a ella no iban a convencerla de que aquella materia fuera a impartirla nadie mejor que la vieja hermana. Es probable que las principales interesadas, las alumnas, hubieran mostrado su acuerdo de habérseles preguntado su opinión. Sor Prudence estaba ya tan mayor que no veía ni las letras de las Escrituras, así que, cuando no se acordaba de lo que decía algún pasaje, se lo inventaba. Además, solía quedarse dormida encima del atril, circunstancia que las niñas aprovechaban para hacer de las suyas sin que la anciana se enterase de nada. A la presbicia de la hermana Prudence había que sumarle una contumaz sordera, un principio de demencia y una abulia que nadie habría osado tomar por pereza, porque eso constituiría un pecado capital y a aquella señora se la tenía por venerable.

A Céline no le había sentado mal tanta carga lectiva. Más bien lo contrario. Le bullían en la sangre las ganas de ponerse a trabajar mucho y de inmediato. Para eso llevaba preparándose toda la vida. Pocas cosas había deseado tanto como subirse a una tarima frente a un grupo de niñas y empezar a transmitirles todo lo que antes otras maestras le habían enseñado a ella. La noche antes de su primera clase casi no había podido conciliar el sueño por la ansiedad. Su conocimiento del español era amplio y exhaustivo, pero demasiado académico, del tipo que se obtiene en los libros y no se practica en el día a día. Quizás le faltase soltura o fluidez. Quizás no estuviera en condiciones de impartir clases en otra lengua que no fuera la suya. Se moría por empezar, pero ¿y si lo hacía mal? ¿Y si resultaba que no servía para la docencia? La mera posibilidad la martirizaba.

Sus temores eran por completo infundados. Céline estaba preparada más que de sobra. Dominaba las materias, se explicaba bien, tenía un don para detectar cuándo las alumnas se aburrían y sabía darles un respiro cambiando las dinámicas o con explicaciones algo más distendidas. Por si fuera poco, estaba a punto de descubrir que de carisma tampoco iba corta. A las internas del colegio no les quedaba otro remedio que atender a las monjas sin rechistar, pero a ella le hacían caso porque lo que les contaba les resultaba interesante. Una maestra que les sacaba tan solo ocho o nueve años suponía toda una novedad para las alumnas. Que les hablase de exploradores en busca de las fuentes del Nilo para que recordaran los nombres de las cordilleras africanas, y que dibujase conejos en la pizarra para explicar las progresiones geométricas era algo inaudito. Cierto que a Céline le habría gustado que sus obligaciones en el colegio le hubieran dejado algo más de tiempo para prepararse con calma las clases y —¿por qué no?— para solazarse ella misma, pero a Castroblanco había ido a trabajar y no podía quejarse.

Solo se había topado con dos o tres contrariedades con las que realmente le costaba lidiar. La primera había sido que la madre Agnès siguiera insistiendo en que se pusiera aquella ridícula indumentaria, mezcla de hábito monjil y de uniforme escolar. La segunda era que, por lo visto, también se esperaba de ella que participase en las oraciones como parte del Oficio divino. Igual no en todas, porque en Nuestra Señora de Roche Amère se seguían al dedillo las indicaciones del Libro de los Salmos y se rezaba siete veces al día, pero sí en la mayoría. Si ya andaba apurada para dar de sí todo lo que requerían sus tareas docentes, tener que dedicarse a rezar siete veces al día terminaba de complicárselo. Pero lo que más le había dolido no era tener que renunciar a sus ratos de asueto, que habría preferido entretener leyendo o explorando los alrededores del monasterio, sino algo de lo que se había percatado rápidamente y que le había provocado un profundo malestar: algo que no le afectaba tanto a ella como a una parte de sus alumnas.

Para inscribir a una niña en el colegio de Nuestra Señora de Roche Amère no bastaba con pagar la matrícula, que ya ascendía a una cifra nada desdeñable. Si se carecía de los contactos adecuados, era casi del todo imposible conseguir una plaza, lo cual no dejaba de antojarse paradójico entre familias a las que, en realidad, poco o nada importaba que sus hijas aprendieran gramática o aritmética. Lo que se pretendía no era transmitirles conocimientos, sino inculcarles valores. En concreto, la clase de valores que harían de ellas perfectas esposas y madres: modestia, recogimiento y virtud. Del internado podía salirse sin tener ni idea de cómo resolver una ecuación de primer grado, pero nunca sin saber cómo gobernar al servicio, cómo enseñar a rezar a los hijos, cómo mimar al marido, cómo hacer encaje o cómo tocar algún nocturno de Chopin para demostrar a las visitas que los padres de la anfitriona habían invertido un capital en su educación.

Sin recomendación era del todo imposible entrar en un colegio como aquel. Sin dinero tampoco era sencillo, aunque existía la posibilidad; al menos desde hacía unos veintipocos años, cuando el patronato que presidía don Marcial Montalvo había creado unas becas para niñas pobres. Lo había hecho para rendir homenaje a la memoria de su difunta esposa, doña Raquel Velasco, que había sido una de las alumnas de aquella institución y que había tenido la desgracia de morir a consecuencia de unas fiebres puerperales. La idea de sufragar los gastos a estas niñas desfavorecidas había nacido de la propia doña Raquel, que en su lecho de muerte había sentido el impulso de limpiar su conciencia de todas las faltas que hubiera podido cometer en vida. Desde entonces, no habían faltado dos o tres alumnas por curso a las que se distinguía por las suelas desgastadas de sus zapatos y las blusas con puños raídos. En su día Céline también había sido una de aquellas niñas becadas. A ella no le había pagado los estudios la familia Montalvo, pero sí otro patronato similar. Siempre se había sentido afortunada por poder acceder a una educación idéntica a la que recibían las niñas más ricas.

En Castroblanco, sin embargo, las cosas se hacían de otra manera.

A la nueva maestra le extrañó que, ya el primer día, al llegar al aula, sor Tránsito estuviera esperando en la puerta para llevarse a un par de alumnas.

—¿No se quedan a la clase de Francés? —quiso averiguar ella con inocencia.

La hermana había soltado una risita de sorpresa, como si la mera posibilidad se le antojara absurda.

—No. A estas les damos economía doméstica, que les será de más provecho.

Aunque la clase de Música no la impartía ella, sino sor Brígida, Céline no tardó en descubrir que a las lecciones de piano tampoco asistían todas las niñas. Incapaz de contener su curiosidad, preguntó durante la comida a qué se debía aquella exclusión. La única respuesta llegó en forma de otra pregunta: «¿De qué habría de servirles el solfeo a quienes nunca podrán pagarse otro instrumento que un cencerro?». Fue precisamente a la hermana Brígida a la que se le ocurrió la jocosa réplica, pero todas las que estaban sentadas a la mesa dejaron entrever que la habían encontrado de lo más simpática. Todas salvo la priora, que mostró su descontento mediante un sutil carraspeo que las hizo enmudecer. No es que no compartiera el punto de vista de la profesora de Música, pero no iba a permitir que el refectorio se convirtiera en una taberna donde soltar gracietas. No fueron necesarias más reconvenciones. Estaba claro que, si no deseaba ganarse la antipatía de las demás, más le valdría no plantear cuestiones que dieran pie a agudezas de tipo alguno. Ni siquiera a una tan burda como la de la hermana Brígida.

Tal y como acabaría averiguando Céline, la asignatura de Economía Doméstica ni siquiera existía. Los planes de estudio de Nuestra Señora de Roche Amère no habían sido diseñados pensando en señoritas a las que pudiera llegar a preocuparles la economía. Ni la doméstica ni ninguna otra. Las cuentas ya las llevarían sus esposos. Eso si no querían pagarles a otros para que lo hicieran por ellos. Y gestiones como ir a comprar acelgas al mercado tampoco les quitarían el sueño. Lo que hacían con las becadas cuando las sacaban del aula era llevárselas a la cocina y ponerlas a pelar patatas o a fregar pucheros a las órdenes de sor Gúdula. Si acababan, las mandaban a barrer las escaleras o, si consideraban que se habían portado mal, a restregar los suelos armadas con un cubo de agua y lejía y un mechón de esparto. Alumnas eran, aunque solo a medias. Tenían más suerte que aquellas otras a las que, también con diez o doce años, habían puesto a servir o a cargar con cántaros de agua sin haber tenido oportunidad de aprender a juntar las letras, pero el trato que se les dispensaba tenía poco que ver con el que Céline había disfrutado en Montauban.

El consuelo era que a estas niñas que estudiaban gracias a la beneficencia y al cargo de conciencia de una mujer que llevaba más de veinte años muerta, al menos se les proporcionaba vestido, alimento y una cama en la que dormir.

El vestido era el mismo uniforme que llevaban todas las demás internas. En ese aspecto no había diferencia alguna, salvo por el hecho de que las otras estrenaban faldas y chaquetas cada nuevo curso, mientras que a las becadas se les iba haciendo entrega de las prendas que a las mayores les iban quedando demasiado estrechas. A estas pobres, sor Lucía les enseñaba en la clase de costura a arreglar cremalleras rotas y a darle la vuelta a los cuellos deslucidos de las camisas para que durasen un poco más. Solo después las ponía a bordar pañuelos como al resto de sus compañeras.

Comer, comían juntas en el refectorio, incluidas las hermanas, que se sentaban cerca de la madre Agnès, en la mesa principal. Luego, distribuidas de acuerdo a su edad, se colocaban las internas. El respeto por el orden era estricto, así que a ninguna se le habría pasado por la cabeza quejarse por tener que compartir espacio con una compañera que no fuera de su agrado. Tampoco es que estuviera consentida la charla durante las comidas. Las monjas podían permitirse algún comentario en voz baja, pero a las niñas que hablaban en el comedor se les retiraba el plato de inmediato para que aprendieran a mantener el silencio.

También dormían todas las alumnas en el mismo dormitorio, una sala enorme en el último piso del edificio, con techos abuhardillados y ventanas enrejadas. Céline no entendió muy bien qué función cumplían aquellos barrotes. No se le ocurrían demasiados peligros de los que protegerse allí arriba, en la falda de la montaña, y menos en la segunda planta. Tenían aspecto de haberse instalado siglos atrás, quizás al poco de construirse el monasterio o puede que hasta a la vez. No tardaría en percatarse de que todas las ventanas del edificio habían sido protegidas con hierro forjado, incluida la de su propio cuarto, que estaba en el mismo pasillo que el dormitorio de las internas. Según le explicó sor Tránsito, se lo habían asignado para ahorrarle el inconveniente de tener que recorrer cada noche medio colegio antes de irse a dormir, ya que era a ella a quien le correspondería hacer el último recuento de internas y apagar las luces después de comprobar que todas se habían metido en la cama. También sería responsabilidad suya velar por su buen comportamiento durante la noche. Aquel cuarto, antes de su llegada, se lo habían ido turnando las novicias y las hermanas más jóvenes, porque las celdas de las demás monjas estaban en la otra punta del edificio, encima del nuevo calefactorio, y les habría supuesto un engorro tener que levantarse en mitad de la noche y acercarse para comprobar que todo estaba en orden.

Tampoco le supo mal aquel encargo, que se sumaba a los muchos que ya le habían confiado. Le gustaba rezar con las pequeñas las últimas oraciones del día, preocuparse de que se hubieran arropado bien, remeterles las mantas por debajo del colchón para que no se quedaran frías y desearles dulces sueños antes de cerrar la puerta del dormitorio. Le daban algo de pena si se paraba a pensarlo. No hacía tanto que Céline había sido una de ellas. Sabía perfectamente lo que se sentía al no tener quien le diera a una un beso de buenas noches. Pero tampoco hizo falta que pasaran más que un par de días para que cambiara de opinión, por lo menos con respecto a un grupo de las más mayores.

El incidente tuvo lugar a eso de las once y media, cuando se suponía que todo el mundo debía estar durmiendo. Céline acababa de dejar sobre la mesilla un libro de viajes que hablaba de las selvas vírgenes de América del Sur. Pese a encontrarlo fascinante, hacía un rato que notaba cómo se le cerraban los ojos. Ya estaba medio dormida cuando le pareció oír unos ruidos que venían del dormitorio de las internas: carcajadas. Esperó un minuto a ver si cesaban. Eran niñas, al fin y al cabo, y ella, al contrario que la madre priora, no tenía nada en contra de la alegría. Por desgracia, las risas no solo no se detuvieron, sino que fueron a más. Tendría que ponerse seria y recordarles que debían guardar silencio y dormirse si no querían que las castigasen.

Se puso su bata, encendió el quinqué de alcohol que usaba para leer y se lo llevó con el fin de iluminar el pasillo sin tener que dar las luces. Quería evitar que fuera otra —sor Gúdula o sor Brígida, que se las gastaban mucho más duras— la que disciplinase a las noctámbulas. Al llegar al dormitorio y abrir la puerta, las risitas fueron acalladas por siseos. Habían advertido su presencia. Igual no hacía falta reñir a nadie. Mejor así. Ya se había dado la vuelta para regresar a su cuarto cuando oyó un sollozo contenido. Una de las chiquillas estaba llorando; una de las que dormía junto a la ventana del fondo. Preocupada, se dirigió a su cama y le preguntó qué ocurría. Incluso bajo la tenue luz del quinqué la reconoció. Era la niña que había recibido un par de cachetes en el claustro el mismo día de su llegada. No dejaba de gimotear, pero no había manera de sacarle una explicación para su inconsolable pena.

—Que te calles ya, Paulina, que nos la vamos a cargar todas por tu culpa —la increpó otra, tres camas más allá.

—Eso, y no seas chivata —añadió una vocecita en medio de la oscuridad.

—Chivata y encima cochina —se sumó una tercera que hizo que se volvieran a oír unas risillas ahogadas.

El inesperado insulto hizo que el llanto de la niña se redoblara. Céline no podía consentir aquella actitud, en primer lugar, porque suponía una falta de respeto hacia ella misma, que era su maestra, pero también porque la ponía enferma aquella exhibición de crueldad. Indignada, encendió las luces, se cruzó de brazos en mitad del dormitorio y exigió que alguna de las implicadas le aclarase lo que estaba sucediendo. Ninguna parecía muy por la labor. Las tres que habían amenazado a la que lloraba se mantuvieron en sus trece, con los ojos fijos en el suelo y las barbillas altas.

—Tendré que ir a buscar a alguna de las hermanas, a ver si a ellas sí les queréis contar qué es eso que os hace tanta gracia —trató de intimidarlas.

Y funcionó.

Las niñas se miraron entre ellas. Estaba claro que, al menos una, la más alta, no pensaba abrir la boca. Hasta se permitió el lujo de levantar la mirada y clavársela a Céline, desafiante. Las otras dos titubearon. Finalmente, fue la más pequeña quien confesó.

—Es que Paulina no se cambia la camisa para dormir. Se mete en la cama con la misma que lleva por el día. Y eso es una guarrería.

Lo soltó en un tono acusatorio, como si al hacerlo no se estuviera delatando a sí misma ni a sus amigas, sino a la propia Paulina. La más alta de las tres le atizó un codazo de reprobación por haber revelado el motivo de las burlas; Céline comprendió que estaba diciendo la verdad y que la señalada se avergonzaba de ello. Mejor actuar con discreción, porque si el asunto llegaba a oídos de las hermanas, la infortunada tendría tanto o más que perder que sus compañeras.

—Ven, anda —le dijo—. Y vosotras a la cama. No me hagáis enfadar. ¡Ya!

Céline se admiró de sí misma. No tenía ni idea de que podía ponerse así de seria si hacía falta. Tanto como para que la obedecieran a la primera y sin rechistar. No estaba muy segura de poder mantener aquella posición de autoridad mucho tiempo, porque su carácter distaba mucho de la rigidez con la que se conducía, por ejemplo, la madre Agnès. Lo importante era que, al menos aquella vez, la interpretación había funcionado. Se llevó a Paulina de la mano hasta su propia celda, le sonó los mocos, se agachó y la cogió de los hombros para que la mirase de frente. Quería demostrarle que podía confiar en ella.

—Eres una alumna becada, *n'est-ce pas*?

No hacía falta que respondiera. Claro que lo era. Saltaba a la vista.

—Yo también lo fui. No aquí. En Francia. Mi padre se murió y no me quedó dinero ni para comer pan duro. Yo también he llevado camisas dos tallas más grandes y dos tallas más chicas. Y no pasa nada. No eres peor por ello. Si estás aquí es porque alguien se ha dado cuenta de lo mucho que vales. *D'accord*?

A Paulina le corrieron otros dos lagrimones por las mejillas antes de asentir. Céline tuvo que limpiarle la nariz dos veces más.

—Y ahora dime, ¿es verdad que duermes con la misma camisa con la que vas a clase? ¿No tienes un camisón?

Volvió a mover la cabeza, ahora hacia los lados, para indicarle que no.

—Pues a eso hay que darle arreglo.

Resuelta, se puso en pie y abrió su maleta. Ni siquiera había sacado toda su ropa porque, por poca que fuera —que lo era— aquella humilde habitación no contaba con más mobiliario que una mesilla sin cajones y un armario de un solo cuerpo en el que apenas cabía nada más que su ridículo uniforme gris ceniza y un par de blusas. Además del que llevaba puesto debajo de la bata de algodón, había metido otro camisón viejo que no abrigaba demasiado, pero que le haría el apaño a Paulina hasta que pudiera conseguirle algo mejor. Se lo tendió para que se lo probara y la niña se quedó de piedra.

—*Allez, allez!*

Tímidamente, se quitó la camisa, sucia y descosida, y se puso el camisón que se le ofrecía. Le quedaba muy largo. Tanto que se lo pisaba. Era normal. Aunque no muy alta, Céline era ya una mujer adulta, mientras que Paulina seguía siendo una niña de ocho o nueve años con pinta de haber pasado hambre. Se le marcaban tanto las clavículas que parecía que estuvieran a punto de escapársele del cuerpo. Si volvía de esa guisa al dormitorio, solo conseguiría que se burlasen todavía más de ella.

—Espera aquí —le pidió.

Había que encontrar una solución. Aunque fuera temporal.

9. GUIÑOLES

Para atravesar los pasillos de la planta superior, a Céline no le quedó otra que guiarse apoyando las manos en las paredes. Podría haberse llevado con ella el quinqué de alcohol, pero prefirió dejárselo a Paulina. Lo último que necesitaba la pobre criatura era quedarse a oscuras. Lo más complicado fue bajar por las escaleras. Tuvo que hacerlo muy despacio, avanzando con los pies descalzos poco a poco para no resbalarse y acabar rodando por los peldaños. Una vez llegó al claustro, el resplandor de la luna en cuarto creciente le facilitó algo el recorrido hasta el taller en el que sor Lucía enseñaba a las niñas a bordar.

Con mucho cuidado de no hacer ruido, giró la manilla del picaporte y empujó la pesada puerta con el hombro. Era noche cerrada y no esperaba hallar a nadie dentro. Hacía ya un par de horas que todas las hermanas se habían retirado a sus celdas después de rezar las completas en la capilla. Por eso la pilló desprevenida encontrarse la luz encendida. Por un instante valoró la posibilidad de darse la vuelta y regresar por donde había venido. Solo después de asomar la cabeza y no ver a nadie decidió que se habrían olvidado de apagar la lámpara al salir. Echó otro vistazo para asegurarse de que estaba sola y cerró la puerta por si a alguien le daba por ponerse a deambular por las galerías del claustro. Tenía más o menos claro lo que había ido a buscar y confiaba en hallarlo a la primera. Unas tijeras, una bobina de hilo blanco, una aguja... y un dedal, no fuera a pincharse, que siempre había sido un completo desastre en todo lo tocante al arte de la costura. En Montauban a duras penas había conseguido distinguir una puntada de cadeneta de una de cruz. Haciendo un esfuerzo, logró recordar que alguna vez le habían explicado que, para los tejidos ligeros lo suyo era coser los dobladillos enrollados. Por desgracia no tenía ni idea de cómo se hacían, así que Paulina tendría que conformarse con uno sencillo.

Trasteó por entre las estanterías hasta que dio con lo que necesitaba. Tan menudos utensilios no ocupaban demasiado, por lo que se los metió en el bolsillo de la bata y se dispuso a abandonar rápidamente el taller de sor Lucía. No le agradaba la idea de dejar más tiempo sola a Paulina. Y no lo habría hecho de no haberla sobresaltado el estrépito de un bote lleno de corchetes al caerse al suelo. Lo había volcado sin querer al golpearlo con el codo. El ruido que hicieron al desparramarse sobre las baldosas de barro no fue tan escandaloso como para despertar a las hermanas. Lo que le produjo a Céline un súbito retortijón en el estómago fue la visión de cientos de piececitas de latón esparcidas por toda la sala, y la también súbita toma de conciencia de que tendría que recogerlas todas antes de regresar a su habitación.

Maldijo su suerte y se acuclilló para terminar cuanto antes con la tediosa tarea. Dejó el bote en el suelo y fue metiendo dentro ganchos y presillas. Lo más complicado fue recuperar los que habían quedado debajo de los muebles. Tuvo que encorvarse y estirar al máximo los brazos para llegar a cada esquina. Al final solo le quedó un hueco que limpiar de corchetes: el espacio que quedaba bajo la mesa de la maestra. Estaba casi segura de que no habrían rodado hasta tan lejos, pero más le valía asegurarse, no fuera a ser que a la mañana siguiente se le clavase alguno a sor Lucía en la suela de la sandalia y fuera a purgar las culpas alguna alumna inocente.

Fue justo entonces cuando se abrió de golpe la puerta de la sala de costura. Quienquiera que estuviera entrando en el aula lo hacía silbando y sin miramientos. ¿La habrían oído trastear? ¿O sería tan solo que alguien se había acordado, de repente, de que no había apagado la lámpara y había vuelto para enmendar el descuido? ¿Qué se suponía que debía hacer? ¿Salir de su fortuito escondite o permanecer acurrucada para ahorrarse explicaciones? Caviló por un instante y llegó a la conclusión de que lo primero que debía averiguar era ante quién iba a revelar su presencia. Echó el cuello hacia un lado, sin levantarse, y se dio de bruces con lo último que habría esperado encontrar. En lugar de un par de sandalias y los bajos de un escapulario, se topó con unos zapatos de caballero y las perneras de un pantalón. De la impresión, Céline alzó la cabeza y se dio un coscorrón con la esquina de la mesa.

Lo primero que vio a continuación fue un reguero de estrellas. Lo segundo, el semblante estupefacto de Miguel Montalvo, que la observaba sin acabar de entender qué hacía la profesora de francés en el taller de costura, metida debajo de una mesa, a aquellas horas de la noche. Tan abochornada se sintió ella que no acertó a pronunciar una sola palabra, ni siquiera para preguntarle a él qué estaba haciendo allí, a las mismas intempestivas horas, con una caja de cartón llena de útiles de costura en un brazo y tres rollos de tela en el otro.

—*Mademoiselle* Perrault, ¿se ha hecho usted daño?

Por supuesto que se lo había hecho, pero no iba a quejarse. Demasiado ridícula era ya la situación como para rebajarse más aún. Aunque, bien mirado, ya estaba en el suelo. Iba a ser difícil caer más bajo.

—*Non, ce n'était rien.*

El joven soltó la caja y las telas y extendió su mano para ayudarla a incorporarse. Se le notaba casi tan incómodo como a ella, pero era demasiado correcto como para saltarse los más básicos preceptos de la cortesía. No solo le ofreció su muñeca para que se apoyase, sino que le acercó la silla de sor Lucía para que se sentara. Al hacerlo, a Céline se le cayeron del bolsillo las tijeras y el dedal. Miguel se agachó para devolvérselos y se quedó mirándolos extrañado.

—Se me ha descosido un camisón —se justificó ella antes de que le hiciera ninguna pregunta. Miguel se encogió de hombros, como dándole a entender que no era asunto suyo. Luego volvió la mirada hacia la caja llena de alfileteros, botones, canillas, madejas de lana, y hasta un par de punzones. Lo suyo iba a ser más complicado de justificar.

—A mí el pijama.

O era lo primero que se le había pasado por la cabeza o simplemente un chascarrillo para dejar claro que no pensaba darle explicaciones. Una vez pasado el susto, y después de sacudirse el polvo de la bata, el primer impulso de Céline fue disculparse por su esperpéntica actuación. Llegó a articular unas pocas palabras en un tono compungido. No estaba fingiendo en absoluto. De verdad se sentía estúpida. Miguel, entre tanto, se mantenía imperturbable. Le importaba un comino lo que estuviera haciendo en el aula de costura en mitad de la noche, debajo de una mesa o subida al armario. Asintió con la cabeza y cargó de nuevo con todo el material que había ido a recoger. Solo entonces, tal vez un poco molesta por la indiferencia que él estaba manifestando, Céline se atrevió a poner en duda el absurdo pretexto que él acaba de esgrimir. Estaba a punto de abrir la puerta para marcharse cuando lo llamó por su nombre.

—*Monsieur* Montalvo... Es así como se llama, ¿no?

—Sí —le confirmó volviéndose hacia ella.

—¿Le importa si le pregunto para qué se lleva todos esos útiles y esas telas?

—No, no me importa —contestó sin inmutarse.

Céline esperó unos segundos y, al no obtener otra respuesta, agitó su mano en el aire para expresar su impaciencia.

—Me los llevo para hacer fantoches —le reveló al fin.

Lo dijo con la misma naturalidad con la que le habría comunicado que los estaba trasladando a un almacén para hacer hueco, como si no debiera sorprenderla.

—¿Fantoches? —repitió ella. Le sonaba a *fantômes*, pero eso no podía ser. ¿Había fantasmas en el colegio? Y, de ser así, ¿necesitaban remendar las sábanas con las que cubrían sus espectrales contornos? Por un instante, la joven se dejó contagiar de su indolencia y estuvo a un paso de dar por buena la explicación. Bien mirado, probablemente lo fuera, porque se le antojaba difícil que se le hubiera ocurrido algo tan pintoresco de no ser cierto.

—Guiñoles —le aclaró con un término que sí le resultaba familiar.

Solo cuando él ya había agarrado con la mano libre el pomo de la puerta, volvió a hablarle.

—¿Está al tanto sor Lucía de que ha cogido todas esas cosas?

Miguel arrugó la barbilla y alzó las cejas. Céline empezaba a estar un poco cansada de sus silencios; no solo de los que tanto le estaba costando romper aquella noche, sino de todos los que le había brindado desde que se habían conocido. Sabía que se había instalado en la vivienda familiar anexa al colegio. Se lo había contado sor Tránsito, que era con diferencia la menos reticente de las hermanas a conversar. Llevaba apenas diez días en el colegio, pero ya en un par de ocasiones lo había sorprendido asomado a un ventanuco que daba al claustro. Debía ser el de su habitación. Aunque lo había saludado tímidamente con la mano, él había hecho como que no la había visto. En el jardín del propio claustro también se lo había encontrado una mañana, tan temprano que todavía estaba amaneciendo. Ella le había dado los buenos días con mucha educación. Miguel, tras mirarla de arriba abajo sin disimular su estupor, apenas había podido contener una sonrisa mordaz. Céline vestía el absurdo uniforme que el colegio le había proporcionado y aquella actitud no le había servido para sentirse mejor. No es que pensara que lo había hecho adrede, pero tampoco se había tomado la molestia de ocultar lo ridícula que la veía de aquella guisa.

Buena gana de negar que, aquella mañana, se había prometido a sí misma que en adelante iba a odiar a aquel joven tan desaprensivo por haber herido sus sentimientos. A la hora de la verdad, el enfado le había durado poco. Primero porque Céline no era de naturaleza rencorosa y segundo porque aquella misma noche, sin querer, había oído voces que venían del ala este del edificio. Era tarde y quería dormir, de manera que fue a cerrar los postigos exteriores para ver si así mitigaba un poco el ruido y podía conciliar el sueño. Al abrir la ventana oyó los gritos con más claridad y pudo distinguir que quienes discutían eran don Marcial y Miguel. No es que fuera de su incumbencia lo que tuvieran que decirse el uno al otro, pero tal era el tono de la riña que se enteró de todos los improperios y los reproches que se estaban lanzando. Habría preferido no haberlo hecho. No estaba acostumbrada a escuchar palabras tan gruesas y mucho menos entre padres e hijos. Si hubo una afirmación que le revolvió el estómago y la obligó a cerrar las ventanas de una vez por todas fue la que pronunció don Marcial: «¡Y pensar que tu madre dio la vida por traerte al mundo! ¡Ojalá te hubieras muerto tú y no ella!».

Quizás no hubiera sido más que una de esas barbaridades que se escapan en el calor del momento, algo que se dice pero que no se piensa. Tenía que haber sido eso, sí. ¿Qué padre habría podido desear algo tan terrible a un hijo? Ninguno. Sin duda debía haberse arrepentido de haber pronunciado aquellas frases en cuanto habían salido de su boca, aunque ya no hubiera forma de borrarlas. Céline experimentó de inmediato una súbita compasión por Miguel. ¿Cómo iba a odiarlo? No podía ni imaginar lo mal que debía haberse sentido. Solo quienes habían venido al mundo llevándose a sus madres por delante podían hacerse una idea de la carga que arrastraban. Ella también era la hija huérfana de una madre que había fallecido al poco de dar a luz. No podía odiarlo porque la lástima que le inspiraba era mucho más poderosa que el odio.

Claro que una cosa era que no pudiera odiarlo y otra que se fuera a contentar con aquel mutismo exasperante.

—*Monsieur* Montalvo, no quiero meterme donde no me llaman. Soy la primera que ha bajado aquí a escondidas para coger hilo y tijeras sin pedirle permiso a nadie, pero puede creerme cuando le digo que tengo buenos motivos para ello y que lo retornaré todo a su sitio. Lo que se lleva usted, *au contraire*, no es poca cosa, y deduzco que este no es el primer viaje que echa, porque al llegar me encontré la luz encendida. También sé que su padre es el principal benefactor de este colegio y que está usted en su derecho a tomar lo que le plazca, ya que en última instancia les pertenece —le concedió la francesa antes de exponer sus objeciones—. Sin embargo, por las mismas razones espero que comprenda que, si se lleva todo ese material con usted y no lo dice, mañana sor Lucía lo echará en falta y querrá dar con el responsable. El Señor me libre de juzgar a nadie, pero no me extrañaría que, de no aparecer el verdadero culpable, acabasen acusando a alguna alumna inocente. *Probablement* a alguna de las becadas, que, no me pregunte el porqué, suelen ser las primeras sospechosas de cualquier travesura.

Miguel había atendido a su discurso con los ojos muy abiertos, en silencio, como casi siempre. Por un instante, Céline creyó que iba a dejarla con la última palabra en la boca y que se iba a marchar sin hacerle el más mínimo caso. Se equivocaba. Estaba visto que hablar no era lo suyo, al menos en su presencia, porque la noche antes no le había costado soltarle más de una fresca a su padre. Pero algunos gestos valen más que mil palabras.

Se tomó unos segundos para reflexionar. Después, volvió a dejar los bártulos en el suelo y miró a su alrededor en busca de algún cuaderno. Encontró uno sobre la mesa de la hermana Lucía y le arrancó una hoja. Sacó una pluma del bolsillo de su chaleco y se apoyó en una de las sillas en las que se sentaban las niñas a bordar. Escribía deprisa, con letras grandes y redondas. Le bastó un solo párrafo para ventilar la cuestión antes de estampar una firma sin rúbrica en medio de la página. Dejó la nota sobre la mesa después de repasarla un par de veces para asegurarse de que se había expresado con claridad y volvió a cargar con los trastos.

—Que pase usted una buena noche, *mademoiselle* Perrault —le deseó antes de dejarla sola en el aula de costura—. Y no se olvide de devolver el hilo y las tijeras cuando haya remendado su camisón, no vayan a poner a alguna niña mirando a la pared por un descuido suyo.

Lo mereciera o no, seguía sin sentirse capaz de odiar a Miguel Montalvo. No era solo por el sentimiento de conmiseración que la embargaba al recordar la riña que había tenido con su padre. Había algo más. O quizás era lo que le faltaba a sus maneras para que pudieran provocar auténtica inquina: maldad. Cierto era que le había disparado una buena pulla antes de marcharse, pero el tono en el que lo había hecho no había sido particularmente hiriente, sino más bien divertido. Además, aunque había desvalijado el taller de sor Lucía, al menos había tenido la decencia de no desoír sus observaciones. Esto último pudo comprobarlo por sí misma cuando cogió la hoja de papel y leyó la nota en voz baja:

Estimada hermana Lucía:

Advertirá que ha sido sustraída una cantidad ingente de aparejos de esta aula. Le agradecería de todo corazón que no cometiera la injusticia de mortificar por ello a ninguna alumna, ya que he sido yo quien se los ha llevado. No tengo intención alguna de devolverlos, pero le aseguro que se les dará buen uso.

Atentamente,
Miguel Montalvo Ruiz

Se quedó pensativa con la nota en la mano, casi ausente. Por un momento olvidó que tenía prisa, que Paulina debía llevar esperando ya un rato y que podía estar angustiándose al verse sola. Dejó la confesión sobre la mesa de sor Lucía, apagó las luces y subió las escaleras de vuelta a su cuarto. Allí encontró a la pequeña, hecha un ovillo en su camastro, tapada hasta la barbilla con la manta de lana que le habían dejado las monjas para protegerse del frío. Parecía tan frágil que no pudo despertarla. Si hubiera sido más fuerte, la habría llevado en brazos hasta su camita en el dormitorio de las internas, pero todo lo que pudo hacer fue moverla un poco hacia la pared y tumbarse junto a ella. Dormirían las dos en aquel catre tan estrecho. Ya la despertaría temprano a la mañana siguiente y entonces le metería los bajos al camisón. Total, con la rapiña que había llevado a cabo Miguel, nadie iba a fijarse en si faltaba una tijera más o un dedal menos.

Guignols, nada menos. ¿Quién iba a fabricar guiñoles con un mal propósito? Todos los niños amaban los guiñoles. Paulina, sin ir más lejos, allí dormidita como la tenía a su lado, habría disfrutado como una loca de haber podido asistir a una representación, y hasta se habría olvidado por un rato de lo mal que se lo hacían pasar sus compañeras de colegio. No. No podía albergar un alma perversa alguien que fuera a fabricar guiñoles.

«Guignols», se repitió con los ojos cerrados. Antes de darse cuenta, Céline empezó a soñar y se le dibujó una sonrisa en los labios.

10. EL VIGÍA EN LA TORRE

A la torre del campanario solo podía accederse con una llave que el padre Ezequiel custodiaba con un celo extremo. Cuando Basilio y Gabriel, los monaguillos, tenían que subir a tocar las campanas, les abría la puerta él mismo, e inmediatamente volvía a guardársela como si estuviera protegiendo una cucharilla de plata de una urraca codiciosa.

A los dos hermanos, que eran los hijos pequeños de Jonás, en verdad les venía dando un poco lo mismo. Encontraban divertida la tarea de llamar a misa; eso no podían negarlo. Subían los escalones de dos en dos emocionados y, nada más llegar al tercer cuerpo de la torre, Gabriel se agarraba como un mono de la maroma que colgaba del badajo para que el tañido de las campanas llegase hasta al último rincón de Castroblanco. Pero ni uno ni otro habrían sabido qué hacer allí arriba mucho más rato. Las fechorías las cometían todas abajo, en la iglesia, que era donde les merecía la pena. Por ejemplo, cuando el cura los mandaba a pasar el cepillo. Meter la mano en la cestilla en la que los fieles habían echado las limosnas habría estado feo. Además, seguro que don Ezequiel los habría pillado. Hacía como que no, pero no les quitaba el ojo de encima. Las únicas con las que podían jugársela un poco era con las que tiraban los mozos que escuchaban la misa desde el coro. Cuando se agachaban a recoger esas monedas que habían caído debajo de los bancos era cuando deslizaban alguna en el bolsillo de sus pantalones. Los chavalillos se decían a sí mismos que no hacían mal, porque el dinero les hacía más falta a ellos que al cura, que encima de estar gordo como un tonel se las daba de generoso, pero era de higos a brevas cuando les regalaba media docena de huevos, todos casualmente echados a perder.

Esto el sacerdote se lo barruntaba y algunos domingos les hacía sacarse los bolsillos hacia fuera para asegurarse de que no lo estaban engañando. Gabriel, que era el más espabilado de los dos, se escondía las monedas donde podía. A veces en un zapato, a veces en el cinturón o hasta debajo de la lengua, si hacía falta.

En la torre del campanario no había manera de rascar una perra chica, así que a los muchachos del Jonás les traía sin cuidado que el cura les tuviera vedado el paso. Tampoco él lo hacía por lo que pudieran llevarse. Allí arriba no había nada más que una gran campana de bronce, y veía complicado que fueran a robársela. Aunque de Gabriel se habría esperado cualquier cosa. Era un auténtico bicho, más listo que el demonio el condenado, con lo chiquitajo y lo flaco que había salido. Si no se andaba con ojo, el muy granuja acabaría cayendo en la cuenta de qué era lo que don Ezequiel protegía con tanto afán.

Siempre decía que le daba miedo que los críos se hicieran daño, que el día menos pensado se iban a soltar antes de tiempo de la maroma, se iban a caer por algún vano y luego a ver cómo vivía él con el remordimiento. No era del todo cierto. Se llevaba bien con el Jonás, más que nada porque él y su mujer le hacían caso en todo, pero si alguno de sus muchos retoños se partía la crisma tampoco se iba a sentir responsable. Si les tenía prohibido subir para cualquier otra cosa que no fuese llamar a misa, era porque no quería que metieran aquellas narices llenas de mocos en sus asuntos. Concretamente en un asunto en el que tenía bastante interés: controlar lo que hacía y deshacía el populacho.

A don Ezequiel le habían regalado hacía años unos binoculares marca Gläser. Se los había traído de Alemania un sobrino que estaba estudiando allí. No es que fueran muy potentes, pero le iban de maravilla para observar desde la torre de la iglesia lo que se cocía en las calles de Castroblanco. A veces hasta se podía ver lo que acontecía dentro de alguna casa en la que se hubieran dejado el visillo descorrido. No lo hacía empujado por la curiosidad, como les pasaba a las comadres del pueblo. Don Ezequiel no chismorreaba con nadie. Habría estado bueno. Lo hacía porque era su deber, porque a él, y a nadie más que a él, le correspondía velar por la salvación de sus almas inmortales. ¿Y cómo iba a hacerlo si no estaba al tanto de las fechorías de los fieles? Obligación de confesarse no tenían más que una vez al año, lo mismo que de comulgar, y a la hora de la verdad no había forma de exigirle a nadie que cumpliera con el sacramento de la reconciliación. Para alentarlos un poco, apuntaba los nombres y de tanto en tanto se pasaba a hacer una visita a los que sí habían cumplido. Les llevaba una especie de credencial que recortaban los monaguillos en un cartón y que firmaba él mismo. Rara era la casa en la que no se le agradecía la atención con unos huevos o una botella de vino.

Además, cuando oficiaba lanzaba indirectas. Luego, ya en privado, dejaba caer que fulano y zutano llevaban años sin hacer penitencia, para que los vecinos los mirasen mal y, atando cabos, se dieran por aludidos. En este aspecto, las mujeres eran sus mejores aliadas. Pero no bastaba. La gente no lo contaba todo. Siempre se guardaban lo peor para ellos mismos. ¿Qué iba a sacar él en limpio de que Tomasa hubiera tomado caldo de gallina en viernes de Cuaresma? ¿O de que Felisa se sintiera mal por haberle atizado demasiado fuerte al niño pequeño y le hubiera saltado las narices en sangre? Lo que necesitaba saber era de dónde habían salido los huesos y los pellejos con los que Tomasa había hecho el caldo. O qué había hecho el pequeño de Felisa para enfadar tanto a su madre. Eso costaba sacárselo. De no haber sido por aquellas excursiones a lo alto de la torre, a don Ezequiel se le habría escapado la mitad de lo que se cocía en

Castroblanco. Por ejemplo, no se habría enterado de que habría sido Eulalia, la hermana de Tomasa, la que le había dado los huesos de pollo a espaldas del marido. Ni de que el pequeño de Felisa no había hecho nada y su madre se había desquitado con él después de que se rieran de ella en la plaza porque su señor esposo iba invitando a chatos en el bar cuando todos sabían que en casa no tenían ni para patatas.

Su buen esfuerzo le costaba a don Ezequiel subir los doce tramos de escaleras, pero lo hacía con agrado, convencido de que el sacrificio sería recompensado algún día. El Creador no podía pasar por alto tanto desvelo. Otro en su lugar no se habría tomado la molestia y aquella tarde, sin ir más lejos, no se habría percatado de que algo fuera de lo común estaba pasando en el patio de la escuela.

A menudo miraba hacía allí, sobre todo desde que el año antes se había mudado la nueva maestra. Por desgracia, no le servía de mucho, porque la muy suripanta casi no salía de casa; y cuando ocurría, era solo para darse paseos por la orilla del río o sentarse a leer en el poyo del patio. Lo hacía, eso sí, con unos escotes y unas faldas que eran un escándalo. Y no tenía poca ropa precisamente. Era una vanidosa. Don Ezequiel le había contado por lo menos tres pares de zapatos y cinco o seis blusas distintas, todas de unos colores bien llamativos. Estaba claro que a la mamarracha lo que le gustaba era destacar. Se pintaba los labios a diario y, en lugar de cubrirse la cabeza, presumía de unas ondas en el pelo que no podían ser naturales. Cada vez que se la cruzaba, pensaba en el placer que le habría producido arrancárselas a tirones, o por lo menos afeitárselas para que escarmentara.

No solía tener mucha compañía aquella Jezabel de tres al cuarto. Lógico, porque habría hecho falta ser un inconsciente para dejarse ver con ella. A lo sumo se pasaban por su casa el carpintero, que siempre había sido otro tarambana, y la viuda de Gregorio. Esa sí que le daba pena, porque nunca había sido mala chica y a cuenta de la bruja aquella se iba a echar a perder. La estaba llevando por el mal camino con la excusa de enseñarle a juntar las letras. Como si fuera eso lo que le hiciera falta. A la Aurora el que la había sacado de la miseria había sido su difunto esposo. Y ahora, en lugar de guardarle el debido respeto a su memoria, se dejaba comer la mollera por la maestra. Y por el forastero aquel medio loco que había venido de Madrid. Seguro que fornicaban los dos todas las noches, los muy viciosos.

Aquella tarde, sin embargo, comparsa le sobraba a la mona. Lo sabía porque podía verlos a todos desde el campanario. Llevaban horas en el patio de la escuela. Ella, su amigo el rarito, Aurora, Pepe el carpintero y otro al que no conocía, pero que le quería sonar de algo. Lo que faltaba. No tenía suficiente con abarraganarse con uno que metía dos maromos en casa. ¿De dónde habría salido? Si el primero tenía pinta de ser un pelele, este le daba hasta peor espina. Se movía con más soltura, con la cabeza muy erguida, como diciendo «aquí estoy yo». Y para colmo era más alto y más apuesto. Un peligro en toda regla.

Enervado, don Ezequiel apoyó los codos en el saliente del vano y se inclinó hacia delante para enfocar mejor al grupo. Aquel extraño tan seguro de sí mismo, la maestra y Pepe estaban montando algo que parecía una tarima. Les estaba quedando bastante curiosa. Normal. El carpintero tenía fama de trabajar bien. El nuevo tampoco se daba mala maña. Y la maestra se había arremangado y clavaba puntas como si fuera un tío. No era la primera vez que la veía comportándose como un marimacho. El día antes habían estado parcheando y pintando la fachada de la escuela. Ella llevaba una camisa de hombre, se había hecho un nudo a la cintura con lo que le sobraba de largo y se había puesto manos a la obra con una brocha, sin sentir la menor vergüenza. ¡Pero si hasta se había subido al tejado a cambiar las tejas rotas! Lo de aquella mujer era un atentado constante contra las leyes de Dios. Aurora, entre tanto, le explicaba al primer forastero cómo tenía que hilvanar unas telas con las que andaban. Por más que intentó aguzar el ojo, no fue capaz de averiguar qué era lo que andaban cosiendo. Parecían unas cortinas o algo así.

Lo peor era que tenían al crío de Gregorio allí con ellos, en un canastillo que su madre mecía con la rodilla. Pobre criatura. En un momento dado, hasta lo sacó del cesto y se lo ofreció al extraño para que lo acunase en sus brazos. Si el molinero hubiera podido levantar la cabeza, le habría faltado tiempo para derrengarla a palos. Lástima que se hubiera muerto tan pronto. Había sido un hombre de los que hacían falta, de los que se vestían por los pies, no como aquellos dos perantones que habían venido de Madrid, que uno se pasó la tarde cosiendo y pintando unas pelotas que eran como cabezas de muñecas, y el otro... Bueno, del otro no podía decir gran cosa porque se había limitado a seguir las indicaciones que le había ido dando el carpintero. Un martillazo aquí, una punta allá. Se arrimaba demasiado a las mujeres, eso sí. Sobre todo a la maestra, que le hacía carantoñas en la cara cada dos por tres. Él se dejaba, como si tal cosa. Y el otro, el que dormía con ella desde hacía semana y media, ni se inmutaba. Estaba más interesado en darle coba a la viuda, que hasta le agarró la mano para mostrarle algún truco de costurera, como si eso fuera algo que debiera incumbir a un varón. O como si fuera cabal ir por ahí toqueteando a extraños. Y más siendo ella una viuda tan reciente.

Por regla general, el sacerdote no echaba más de una hora u hora y media en lo alto de la torre. Tenía más o menos controlada la rutina de los vecinos de Castroblanco y sabía cuándo tenía que volverse hacia la era de Casimiro para pillarlo dormitando en lugar de arando la tierra, y cuándo hacia el río para pillar a Dolores llorando porque las demás tenían tajuelas para apoyarse cuando iban a lavar la ropa, mientras que a ella su madre le decía que no fuera tan delicada y clavara las rodillas en la tierra. Una vez oscurecía, no tenía mucho sentido perder el tiempo en el campanario. La gente se retiraba a sus casas y cerraba puertas y ventanas. Nadie que albergara intenciones honestas tenía por qué salir de noche. ¿Qué podrían encontrarse? Solo brujas y lobisones. A aquellos cinco no parecía importarles. El padre Ezequiel tuvo que quedarse hasta las tantas allí encaramado, arrecido. Le daba miedo ir a por un abrigo, no fuera a perderse algún detalle revelador precisamente en lo que bajaba y subía escaleras. Por lo menos, aunque ya hubiera oscurecido, algo se veía, porque la maestra había sacado una especie de foco al patio y alumbraban la plataforma que habían levantado. Hasta escaleras le pusieron: una a cada lado y otra delante. Cosa extraña. ¿Qué uso pensarían darle a aquella estructura de madera?

Terminaron a eso de las nueve y media, pero aún echaron un rato en charlar unos con otros allí fuera. Y eso que el relente calaba los huesos. Ya podían tener ganas. Solo cuando estaban a punto de dar las diez, se despidieron. Pepe acompañó a Aurora hasta su casa, y la maestra y su amigo se metieron en la escuela. Resultó que el otro, el que quería sonarle de algo y no recordaba de qué, había dejado una motocicleta aparcada en la puerta. Desde el campanario no podía verse, por eso don Ezequiel se sorprendió cuando lo vio alejarse subido en ella. La mayor sorpresa le sobrevendría al percatarse de que el camino que estaba tomando el jovenzuelo era el que conducía a la falda de la montaña: en concreto al colegio de Nuestra Señora de Roche Amère.

El desconocido estaba demasiado lejos y la noche demasiado fosca, pero gracias a los binoculares podía seguir la luz del faro de la motocicleta. No había duda. Iba al monasterio. Por desgracia, tan pronto como apagó el motor, el sacerdote le perdió la pista. Al final, la tarde que había empleado en hacer de vigía sí que había dado sus frutos, aunque más en forma de preguntas que de respuestas. ¿Quiénes eran esos forasteros? ¿Para qué habían montado esa suerte de tablado en el patio? ¿Por qué hacían chapuzas de balde en la escuela? ¿Con cuál de los dos estaba liada la maestra? Porque dormía con el de los rizos, pero luego le daba besos al otro. ¿Y a qué se acercaba él al monasterio? Algo no encajaba de ninguna manera. Le habría preguntado a don Marcial, pero no quería enfadarlo. Igual con tacto y paciencia acababa sonsacándole información, porque algo tenía que saber. Nadie ponía un pie allí arriba sin su consentimiento.

Don Ezequiel cenó dándole vueltas al enigma y se fue a la cama rumiando. Entre los regüeldos de las sopas de ajo y la intriga casi no pudo pegar ojo. Se giró veinte veces sobre sí mismo, sacudió la almohada para ahuecarla y se frotó el entrecejo. A eso de las cuatro y cuarto tuvo que incorporarse porque se estaba orinando. Los años, que no perdonaban. Eso y que lo mismo se había pasado con el tempranillo.

Sin levantar las nalgas del colchón tiró de la bacinilla que guardaba debajo del catre y empezó a remangarse los bajos de la camisola. Ya había comenzado a aliviarse cuando tuvo una revelación. Fue como si un rayo de luz hubiera entrado por la ventana y se le hubiera estrellado en la frente para iluminarlo. ¡Pues claro! ¡Ya lo tenía! Si la sabihonda de la maestra ya había intentado convencerlos unos meses atrás. ¿Cómo había podido olvidarlo? Le había ido con el cuento al alcalde y casi se lo camela. Menos mal que entre él y don Marcial lo cogieron por banda y le explicaron al ingenuo de don Blas la clase de campaña que quería llevarles al pueblo aquella ramera de Babilonia. Ni que decir tiene que se negaron a dejar que aquel tropel de canallas, con sus pedanterías y sus barbarismos, vinieran a comerle la cabeza a la gente de Castroblanco. ¡Misioneros, se hacían llamar! ¡Qué descaro! ¡Si eran los predicadores del mismísimo demonio!

De repente todo cobraba sentido para don Ezequiel. Y tal fue la satisfacción que experimentó que hasta se olvidó de que acababa de hacer sus necesidades dentro de la bacinilla y por poco no metió el pie dentro. Todo por culpa de aquellos jovenzuelos que de ningún modo se saldrían con la suya mientras a él le quedase un hálito de vida en el cuerpo.

11. *Loups-garous*

Céline no había vuelto a oír risas ni llantos en el dormitorio de las niñas. Sin embargo, no se dejaba llevar a engaños; estaba segura de que las burlas hacia Paulina y hacia el resto de alumnas pobres no habían terminado solo porque le hubiera regalado un viejo camisón que había tratado de ajustarle con sus escasas dotes como zurcidora.

En menos de una semana ya se había fijado en que incluso a la hora de recibir castigos existía una suerte de jerarquía. Si era la hija de una familia acaudalada la que dejaba comida en el plato, el detalle se pasaba por alto. Por el contrario, cuando se trataba de una de las becadas, la hermana Gúdula se levantaba de su banco y la humillaba a gritos delante de todas las demás, llamándola desagradecida por despreciar unos alimentos a los que la gente como ella no tenía acceso, y quizás tampoco derecho.

—Seguro que tus hermanos se quitarían unos a otros de la boca estos garbanzos que para ti no merecen la pena —le había recriminado a una pequeña de ocho años ante la mirada satisfecha de la madre priora.

Aunque no podía decir nada, a Céline no se le escapaba que, a la hora de repartir el guiso, en los peroles de los que se servía a las monjas abundaba el jarrete, el tocino entreverado y hasta alguna punta de jamón, mientras que en los de las internas solo había manitas de cerdo. A los cuencos de las estudiantes más humildes casualmente solo caían berzas, patatas y algún hueso pelón. De buena gana les habría cedido a aquellas infortunadas los escasos trozos de carne que a ella le tocaban cada día. A Céline ni siquiera le gustaban, pero era consciente de que ese acto de generosidad habría soliviantado a la madre Agnès.

Las hermanas eran las primeras que fomentaban los comportamientos discriminatorios, por lo que no era de extrañar que las niñas los imitaran. Un camisón viejo no iba a dar al traste con años y años de eficaz aleccionamiento. Por eso, cuando Céline volvió a oír ruido de camas correrse y voces alborotadas en el dormitorio de las chicas, lo primero que pensó fue que debía estar teniendo lugar otro episodio parecido al de la noche en la que había terminado bajando al aula de costura. De mala gana, se levantó, se echó la bata por encima y se calzó unas alpargatas. Esta vez la iban a oír; y le daba igual quién fuera el abuelo o el padrino de las responsables. No eran horas de estar despiertas y menos dando gritos. Abrió la puerta disgustada, sin llamar antes siquiera. En realidad, esta era una deferencia que solo ella tenía, ya que las hermanas nunca avisaban antes de entrar en el dormitorio de las niñas. Esperaba encontrarse a Paulina o a alguna otra lamiéndose las heridas, encogida en su cama, mientras sus hostigadoras se reían con crueldad.

Para su sorpresa, lo que halló fue una escena bien distinta.

Unas pocas parecían hacer guardia junto a las ventanas mientras otras, las más, se acurrucaban en una esquina, parapetadas tras un par de camas que habían arrastrado hasta allí. Cualquiera habría pensado que las estaban usando a modo de barricada.

—¿Puede saberse qué está pasando aquí? —les preguntó Céline.

Las chiquillas se miraron unas a otras sin decir nada. Finalmente, una de las mayores se atrevió a hablar.

—Hay algo ahí abajo, en el jardín. Está arañando las puertas.

—Ha trepado hasta aquí arriba. Lo hemos sentido golpeando la persiana —aseguró otra.

—¡Es un lobo! —chilló una de las que estaba en el rincón.

—Los lobos no trepan por las fachadas —les dijo Céline, y luego se aproximó con paso firme a la ventana para asomarse al exterior. No vio nada por lo que debiera preocuparse y decidió abrirla con cuidado. Lo único que llamó su atención fue una marca en las lamas de la persiana, como de un impacto. Lo observó con detenimiento antes de volver a cerrarla—. Y que yo sepa tampoco lanzan piedras.

—¡Entonces... serán lobisones! —balbuceó una de las pequeñas. Las otras se estremecieron.

—¿Lobisomes?

Céline nunca había oído aquella palabra.

—*Loups-garous* —tradujo Paulina con un temblor en la voz.

Aquella expresión sí que le resultó familiar. Se la había encontrado en los cuentos que había leído de niña, y también en algunas novelas góticas que había devorado en su adolescencia con una mezcla de placer e indulgencia. Ahora bien, ¿cómo habían llegado aquellas párvulas prisioneras a adquirir conocimiento sobre tan siniestras criaturas? ¿Y por qué creían que eran reales?

Céline resopló. Aquella demostración de superchería rebasaba con mucho lo que estaba dispuesta a tolerar. ¿Quién les habría inculcado aquellas creencias irracionales? ¿Habría sido cosa de aquellas monjas que supuestamente estaban al cargo de su educación? No lo descartaba, aunque veía más probable que les hubieran llegado chismes y bulos a través de la gente del pueblo. Al colegio no entraba casi nadie; si acaso, el jardinero. En la casa de los Montalvo, por otra parte, sí que servían un par de mujeres y un mozo de cuadras a quienes quizás hubieran escuchado contar historias sobre seres humanos que se transformaban en monstruos durante las noches de luna llena.

Loups-garous. Lo que le faltaba por oír.

—*Oh, quelle bêtise!* No existen los hombres lobo. Ni las brujas ni los ogros.

Ninguna de las niñas se atrevió a llevarle la contraria por mucho que el miedo siguiera dominándolas. Estaban convencidas de que, de existir alguna amenaza para ellas, tenía que ser enteramente humana. Y estaba dispuesta a demostrárselo. Cogió un candil del aparador y un atizador de la chimenea y les pidió a las niñas que se quedaran dentro del dormitorio. Ella misma iría al jardín a echar un vistazo. No debían temer nada. Las ventanas contaban con unas buenas rejas que las protegerían de cualquiera que intentase entrar desde el exterior.

Decidida, Céline bajó las escaleras y atravesó el vestíbulo. Nada más salir al exterior, se arrepintió de no haberse echado también una chaqueta por encima, aunque no se dejó amedrentar por el frío ni por los pasos que sintió al otro lado del parterre. Levantó el candil y empuñó el atizador con más fuerza. No podía verlo, pero estaba convencida de que había alguien allí.

—¡Largo de aquí, *scélérat*! —gritó sin achantarse—. ¡Hace falta ser miserable para divertirse asustando a unas pobres niñas!

Por un instante, reinó el silencio. Hasta el viento que corría entre los árboles se detuvo. Aquella completa quietud duró lo justo para que a Céline se le erizasen los vellos de la nuca cuando volvió a oírse un ruido sordo detrás de los matorrales. Intentó mantener sus nervios bajo control. Podía tratarse de un zorro o de un jabalí. Un oso ya se le antojaba mucho más improbable. Sin embargo, algo en las tripas le decía que había seres humanos detrás de aquella broma pesada. Hombres, seguramente con intenciones indignas y perfectamente capaces de arrojar piedras a las ventanas para asustar a unas crías. Hombres con dos brazos y dos piernas sobre las que erguirse, como la figura que acertó a distinguir en la oscuridad, entre la espesura de hierbas y arbustos, a solo unos metros de ella. La sombra no se mantuvo en pie más que unos pocos segundos antes de volver a echarse al suelo con una agilidad que dejó pasmada a la maestra, que estuvo a punto de girarse cuando alguien desde el vestíbulo del colegio la llamó por su nombre. Si se quedó inmóvil al oír un ruido de pisadas acercándosele fue porque, de puro terror, los músculos del cuerpo no le respondieron. Sintió una ráfaga de aire en la cara y vio pasar a toda velocidad la silueta de un animal giboso y contrahecho.

Muerta de miedo, Céline dio unos pasos atrás y se apoyó en la puerta para no perder el equilibrio. Al hacerlo, se dio cuenta de que se había clavado algo en la palma de la mano, como espinas, y alzó el candil para descubrir unos arañazos muy profundos a la altura del picaporte. Antes de que pudiera reaccionar, alguien tiró de ella hacia el interior del colegio y cerró de un portazo. Era Miguel Montalvo, que la había arrastrado de vuelta al vestíbulo. Comprendió enseguida que también había sido él quien la había llamado unos segundos antes.

—¿Lo ha visto usted? —lo interpeló sin apartar los ojos de la puerta, temiendo que fuera a abrirse en cualquier momento y que lo que quiera que fuese aquello los atacase.

Como si la inquietud de la joven francesa fuera por completo infundada, Miguel permaneció imperturbable y se limitó a cogerle con delicadeza la mano que se había lastimado para examinársela. Se la movió un poco para que la luz la iluminase mejor y le hizo estirar los dedos, como si estuviera valorando la gravedad de la herida.

—¿Qué demonios era eso? —insistió ella.

—Apuesto a que nada remotamente parecido a lo que quiera que esté usted pensando. Ahora veamos qué puede hacerse con esas astillas.

—¡Astillas, *bien sûr*! Esa cosa ha astillado la puerta de un zarpazo. Venga usted conmigo y se lo enseñaré.

Céline se soltó y extendió la mano hacia el pomo de la puerta, convencida de que, si le mostraba una prueba, no le quedaría otro remedio que creerla. Hasta se olvidó del miedo. El orgullo pesaba más. Tenía que demostrarle que había visto algo abominable en el jardín. Algo capaz tanto de levantarse sobre sus cuartos traseros como de correr sobre cuatro patas. Algo que, además, había acertado con una piedra en la persiana del cuarto de las niñas. Eso si es que no estaban en lo cierto y en realidad había trepado hasta allí arriba. ¿A qué clase de animal se enfrentaban?

Antes de que pudiera siquiera acercarse a la puerta, Miguel volvió a cogerla de la muñeca para impedirle que diera un solo paso más.

—No es una buena idea, *mademoiselle* Perrault. Mejor venga usted conmigo antes de que se le infecten esas heridas tan feas.

En parte porque todavía llevaba el susto en el cuerpo, en parte porque acababa de recordar que nada bueno podían hallar al otro lado de la puerta, terminó cediendo a los deseos de Miguel y lo acompañó a la enfermería en la que sor Águeda atendía a las internas cuando se resfriaban o se torcían un tobillo.

Era una antesala pequeña, de paredes blancas alicatadas con azulejos hasta media altura, que olía a alcohol y a llanto contenido. Allí, en dos alacenas, se guardaban apósitos, vendas, gasas, un termómetro y frascos con toda clase de ungüentos y medicinas, incluyendo uno de aceite de bacalao que hizo torcer el gesto a Céline nada más verlo. Por suerte para ella, lo que a Miguel le interesaba era una botella translúcida que estaba justo al lado. La dejó sobre una mesita auxiliar y abrió un cajón del que sacó una batea redonda de metal, un pellizco de algodón y unas pinzas que esterilizó con cuidado después de lavarse las manos.

—Siéntese en ese taburete y extienda el brazo derecho —le pidió a Céline.

A continuación, empapó el algodón con el líquido de la botella y se lo pasó despacio por la palma de la mano. Escocía un poco, así que la paciente dio un respingo. Fue lo único que notó, porque le extrajo las tres astillas que se había clavado con tanta pulcritud que ni se enteró. Dos eran tan diminutas que podrían haberle pasado desapercibidas. La última, sin embargo, era más larga y se le había metido tan adentro que la sangre empezó a brotar nada más sacársela. Miguel tuvo que limpiársela muy bien antes de colocarle un apósito sujeto con una venda.

—Parece más de lo que ha sido. Cuando me vean las niñas, van a pensar que me han mordido... *Les filles!* ¡Se van a preocupar si no vuelvo!

Se había relajado tanto que hasta se atrevía a bromear, pero en seguida se dio cuenta de que la situación no tenía ni pizca de gracia. Por supuesto que se iban a preocupar. Y eso era lo último que necesitaban.

—Tengo que volver con ellas —insistió después de darle las gracias a su particular enfermero—. Deben estar asustadas. Creen que eso que hemos visto ahí abajo es un hombre lobo.

—Y usted, ¿qué es lo que cree haber visto? —quiso saber él, cuidándose mucho de manifestar su opinión al respecto.

Ella se encogió de hombros. La verdad era que no tenía ni idea.

—A menudo vemos solo lo que otros se empeñan en hacernos ver —le advirtió Miguel, recuperando el talante cordial del que había hecho gala al conocerla en la estación de tren—. Muestre un poco de cordura. Suba a tranquilizar a esas niñas. Dígales que solo era un jabalí escarbando en busca de comida.

—Eso no era un jabalí.

—Tampoco un lobisón.

—Dígame entonces qué era.

Aunque dudó durante unos instantes, Miguel acabó dando su brazo a torcer y le ofreció la respuesta que tanto anhelaba.

—Sospecho que alimañeros borrachos disfrazados con pieles tratando de asustar a la gente para justificar sus matanzas y seguir cobrando por ellas. Por desgracia, no puedo acusarlos sin pruebas —admitió con resignación—. Y ahora vuelva a la cama y procure dormir, que mañana tendrá que madrugar si quiere ir a rezar maitines.

A Céline no le agradó el comentario. Tampoco la mirada desdeñosa que le había dirigido al pecho antes de soltárselo. Por un segundo creyó que le miraba el escote abierto del camisón y se cerró la bata. Luego se dio cuenta de que era la medallita de Notre Dame de Roche Amère lo que le había causado aquel súbito rechazo y se la metió por dentro de la ropa.

—No es usted religioso.

Podría habérselo preguntado en lugar de afirmarlo con rotundidad, pero habría estado de más.

—Soy un hombre de ciencia, *mademoiselle*.

—Podría ser las dos cosas.

—No lo creo. Siempre he pensado que cuando dos fuerzas contrapuestas, como lo son la fe y la razón, pugnan dentro de la mente humana, una acaba por imponerse.

La joven estuvo a punto de contestarle que discrepaba de esa teoría suya. Luego comprendió que no era el momento oportuno para enzarzarse en discusiones de índole filosófica y se conformó con esbozar una sonrisilla de escepticismo que debió contrariar a su oponente tanto como la más aguda de las réplicas que hubiera podido elaborar.

—No está de acuerdo conmigo, ¿verdad? —la provocó para que hablara.

Ella se resistió y tan solo levantó la cabeza, sin ocultar lo divertida que encontraba su insistencia en discutir. Al hacerlo se dio de bruces con la mirada molesta de Miguel. No se había fijado hasta entonces, pero tenía unos ojos negros tremendamente expresivos, enmarcados por dos cejas tupidas, bien definidas y con el ángulo superior muy pronunciado.

Se trataba, por supuesto, de una ilusión óptica. Sabía que los ojos negros, al igual que los violetas, no existían. Estos últimos eran, en realidad, ojos de un azul muy claro, mientras que los de color negro no eran más que ojos con el iris de un marrón tan oscuro que, en determinadas condiciones, hasta se confundía con la pupila. Ese era el caso de los de Miguel. A la luz del día se habría revelado su verdadero tono castaño. Allí, bajo la de una lámpara, se antojaban puro carbón; como el que se había extraído de las montañas para hacer rico a su bisabuelo.

Inmersa en tan irrelevantes reflexiones, Céline perdió la noción del tiempo. Se había quedado absorta tratando de resolver el enigma que ocultaban aquellos ojos negros, olvidándose por completo de que lo que estaba escudriñando no era un cuadro colgado en la pared de un museo, sino la mirada de un hombre. Y eso, aparte de poco decoro, demostraba una injustificable falta de sentido común. Lo mismo podría haberse muerto de la vergüenza que del susto cuando un chasquido de los dedos de Miguel la sacó de su embelesamiento.

—¿Se le ha ido el santo al cielo, *mademoiselle*?

—*Le saint au ciel*?

—Es una expresión hecha.

—¿Y qué quiere decir?

—Es algo que le ocurre con cierta frecuencia a las jóvenes francesas que gustan de deambular durante la noche por los pasillos de monasterios antiguos, como si fueran las heroínas de algún folletín gótico.

—Se está burlando de mí.

—No lo dude.

—*Ce n'est pas juste!* No deambulo por gusto. La otra noche necesitaba coser un camisón...

—Y esta ha salido a cazar hombres lobo.

—*Incroyable! Vous êtes intraitable!*

Su indignación no era del todo fingida, aunque había mucho

de impostura. Mitad ofendida, mitad contagiada por la risa de Miguel Montalvo, Céline hasta se permitió el lujo de olvidar el apuro por el que acababa de pasar un minuto antes y, lo que parecía aún más difícil, el miedo que se había apoderado de ella en el jardín. Tanto fue así que hasta se rio de sí misma y de lo absurdo de todas las situaciones por las que estaba pasando en la Montaña de Luna.

—Me alegra verla más distraída, *mademoiselle* Perrault. Pero insisto en que debería volver arriba, calmar a las niñas y descansar un poco. Y, ya que estamos, si me permite que le haga otra sugerencia, yo en su lugar prescindiría de sus paseos nocturnos. No es que tenga nada que temer, salvo, claro está, las iras de la madre Agnès... llegado el caso de que la descubra. De pequeño, esa mujer me daba más miedo que cualquier monstruo.

Antes de despedirse de él y de regresar a la planta de arriba, a Céline no le quedó otra que asentir con la cabeza y prometer que en adelante procuraría seguir sus bienintencionados consejos. A fin de cuentas, aquel joven de ojos oscuros, casi negros, era la única persona que había conseguido inspirarle algo de confianza desde que había llegado al colegio de Nuestra Señora de Roche Amère. Por no mencionar el hecho de que también había sido el único que había podido hacerla reír desde entonces. Y eso era, con diferencia, lo que más agradecía.

—Si le apetece caminar, le recomiendo que mejor madrugue y salga a dar una vuelta por el bosque. Mientras lo haga de día, le garantizo que no se topará ahí fuera con nada más peligroso que lo que pueda hallar aquí dentro.

12. LA MADRE VIUDA

Aunque no había pasado más que algunos veranos en el viejo monasterio, Miguel conocía bien la liturgia de las horas. Las hermanas de Nuestra Señora de Roche Amère nunca faltaban al primer oficio de lectura de la mañana, pero era raro que alguna saliera del edificio antes del amanecer. Si se levantaba temprano, tendría tiempo de minimizar el efecto que los zarpazos iban a tener en la comunidad de religiosas y, sobre todo, en sus alumnas.

Cambiar la puerta, que debía llevar siglos unida a la piedra con goznes de hierro, no era una posibilidad. Lo único que podía intentar era lijar un poco la madera para que las marcas no llamasen tanto la atención. Iban a verlas igualmente, pero si conseguía disimular la profundidad de las hendiduras quizás no se dejasen llevar tanto por el pánico... ni por las supercherías.

No era extraño que a la chica francesa se le hubieran clavado astillas en la mano. Observándolo con detenimiento, el estropicio había sido importante. Cuatro garras afiladas como cuatro cuchillos habían penetrado en la madera para dejar sus marcas inconfundibles. Aquello no podía haberlo hecho un animal corriente. Y era eso, en el fondo, lo que convenía a los alimañeros que creyera la gente del pueblo. Solo había algo a lo que le tuvieran más miedo que a los lobos.

Tampoco es que hubiera tenido nunca demasiada relación con los habitantes de Castroblanco. Hacía años que no pisaba el pueblo. Nadie allí abajo podía ponerle cara al pequeño de los Montalvo. Él tampoco los conocía demasiado, salvo a las dos doncellas y al mozo de cuadras, que de todas formas vivían en la casona y solo bajaban a la aldea a hacer algún mandado o los días de fiesta. Sin embargo, Miguel estaba muy al tanto de cómo pensaban y en qué creían los vecinos de su padre. Por eso prefirió perder horas de sueño y buscar herramientas en las cuadras antes de que saliera el sol.

De no haber hallado allí lo que necesitaba, habría tenido que ir a echar un vistazo en la caseta del jardinero. Se hizo sin problemas con todo lo que requería, se lo metió en los bolsillos del pantalón, le acarició el lomo a Coral —la más vieja de las tres yeguas que descansaban en las caballerizas— y volvió a la entrada. Primero procedió a pulir los zarpazos con una lija de hierro para eliminar las astillas. Luego derritió un poco de cera sobre las marcas para rellenarlas con la ayuda de una esponja que frotó en el mismo sentido de la veta de la madera. Este procedimiento funcionó solo con los rasguños más superficiales; los más profundos tuvo que arreglarlos incrustando uno a uno más trozos de cera dura. Esperó un rato mientras el sol empezaba a despuntar en el horizonte. Luego le dio otra pasada con la esponja para igualarlo todo y por último aplicó una capa de barniz con una brocha. Ni él mismo esperaba un resultado así de aceptable. Se sintió tan orgulloso que puso los brazos en jarras y contempló embelesado su obra.

Regresó a las cuadras con una sonrisa de satisfacción que se le borró al poco de devolver todos los bártulos a su sitio. ¿Cómo no se había fijado antes? Al fondo del establo, donde el suelo ya no estaba cubierto de paja sino de arena, habían levantado un bastidor con tablas. No se le había dado todavía ningún uso. Al menos de momento, aunque Miguel estaba seguro de cuál era el motivo por el que lo habían montado allí. En silencio, dio una vuelta por la cuadra. Aprovechó para hacerle otra carantoña a Coral y, al pasar junto a ellas, también a Púrpura y a Tormenta, las otras dos yeguas, no fueran a sentirse celosas. No vio nada al principio, tal vez porque retrasaba inconscientemente el momento de aproximarse a las pesebreras de granito, que llevaban años sin usarse y que habían sido arrastradas hasta un rincón. De largo debían medir dos metros y tenían como un codo de profundidad. Estaban, eso sí, llenas de un agua sucia que apestaba como mil demonios. Venciendo la repugnancia, se arremangó la camisa hasta el hombro y metió el brazo dentro. Nada más advertir un tacto suave y resbaladizo en sus dedos, confirmó sus peores sospechas.

No es que le sorprendiera, aunque sí le revolvió el estómago. Nada quedaba ya de la satisfacción que había experimentado tan solo unos minutos antes. Quería y no quería cerrar el puño y tirar hacia arriba. Anhelaba, indignado, echar por tierra el infecto proceso que se estaba llevando a cabo y, al mismo tiempo le acobardaba hacerlo, consciente como era de hasta qué punto iba a repugnarle. Si en lugar de granito macizo hubiera estado hecha de madera, habría volcado la pesebrera de una patada.

Ya había empezado a sacar el brazo del agua cuando notó en los tablones, bajo sus pies, una leve vibración. Pasos. Apenas si eran perceptibles, pero en el silencio vivo del alba habría distinguido hasta el aleteo de un mosquito. Tenía a alguien a su espalda, todavía en la entrada de la caballeriza, observándolo sin decir nada. Repasó mentalmente todas las posibilidades. Descartó la mayoría por improbables y al final dudó entre dos personas. Si se decantó por una sin necesidad ni de girar el cuello fue por un presentimiento, algo parecido a una corazonada.

—*Mademoiselle?*

—*Bonjour, monsieur* Montalvo.

De nuevo aquella vocecita dulce, aquellas erres guturales y aquellas úes con los labios fruncidos. ¿Acaso se había tomado la sugerencia de la noche antes como algo remotamente parecido a una invitación? Debía ser aún más inocente de lo que habría jurado hasta entonces.

—*Excusez moi*. No era mi intención importunarle, pero he visto que alguien había reparado la puerta y al oír ruidos en el *étable*, he supuesto que quienquiera que lo hubiera hecho andaría por aquí.

Todavía en el suelo, de rodillas y con el brazo metido en el agua túrbida, Miguel la miró de reojo y asintió de mala gana. Relajó los dedos y se limpió la mano en la pernera del pantalón después de sacarla del pesebre. Tardó unos segundos en comprender que no estaba enfadado con ella, que no era culpable de nada. Lo que estaba era molesto con la situación. Habría preferido ahorrarle a la señorita Perrault el mal rato que él, inevitablemente, iba a tener que pasar.

—Comprendo.

¿Qué otra cosa iba a decirle?

—*Monsieur*, ¿puedo preguntarle qué está haciendo ahí agachado?

A la muchacha le tembló un poco la voz, como si ya temiera no ir a encontrar nada bueno. Con todo, se atrevió a dar unos pocos pasos hacia él.

—Mojaba unos paños viejos... para limpiar la puerta de la entrada —mintió. Y lo hizo tan mal que *mademoiselle* Perrault se acercó todavía más y pudo ver, asomando en la superficie del agua sucia, unos pocos pelos pardos que difícilmente habrían podido pasar por trapos.

Inesperadamente, fue ella quien introdujo su mano blanca y delicada en la pesebrera. Al contrario que él, no se lo pensó dos veces y arrastró hacia fuera su miserable contenido.

—*Oh mon Dieu! Quelle horreur!* —exclamó tras soltar un amago de sollozo.

Dejó caer de nuevo la piel del lobo. Empapada como estaba, pesaba demasiado para que hubiera podido sacarla del todo del agua. Había tenido la mala suerte de ir a tirar precisamente del cuello, por lo que lo primero que vio del desgraciado animal fue una cabeza sin ojos, aunque todavía con su afilada dentadura completa. Desprovista de cualquier resto de carne o de huesos, a duras penas pudo distinguir el hocico y las orejas. La parte superior del pellejo se desplomó sobre el canto de la pesebrera y quedó colgando, medio torcido, deforme y grotesco, como el despojo que ya era.

—Le doy mi palabra de que no tengo nada que ver con esto —se apresuró a defenderse Miguel ante el estupor de la francesa, que se giró hacia él todavía conmocionada.

Ella aún desvió la vista hacia lo que quedaba del lobo un par de veces más, como si esperase encontrar algo distinto, como si no quisiera creer lo que sus ojos le mostraban. Cuando al fin se repuso lo suficiente de la impresión, levantó la cabeza antes de hablar.

—No lo dudo, *monsieur* Montalvo.

¿Cómo iba a hacerlo? Había sido testigo de su indignación cuando se habían cruzado con la ruda comitiva de alimañeros con la que habían llegado al pueblo.

—¿Es el mismo animal que vimos aquel día? —le preguntó.

Miguel se agachó de nuevo junto a los restos del lobo y sacó más piel del agua para examinarla con detenimiento. Dio con las dos patas delanteras; estudió las pezuñas y el largo de las extremidades. Luego encontró la cola y también le dedicó unos segundos antes de asentir.

—Un adulto, de unos cuatro o cinco años. Probablemente el macho alfa. Su muerte traerá desequilibrio a la manada.

—¿Cómo ha llegado hasta aquí? ¿Y por qué lo han metido ahí dentro?

—Lo habrán traído los alimañeros después de pasearlo por los pueblos de los alrededores. Mi padre les paga por ellos y luego manda curtir las pieles, cuando no lo hace él mismo. Tienen que estar algún tiempo sumergidas antes de que las estiren sobre un bastidor de madera para raspar los restos de carne y grasa que puedan quedar, y después dejar que se seque.

—*C'est abominable!* —juzgó sin medias tintas.

Él se encogió de hombros.

—Soy de la misma idea, pero muchas personas no lo ven así. Dirían que son alimañas, que hay que exterminarlas y que lo mejor que puede hacerse con ellas son abrigos o alfombras, que me temo será el destino de este pobre.

Resultaba evidente que la francesa no era una de esas personas. Compartía su sensibilidad, que no tenía nada de impostada, y manifestaba claramente su desprecio hacia aquellas costumbres. No podía deberse a su origen extranjero. Miguel estaba al tanto de que también en Francia los lobos se habían perseguido hasta casi extinguirlos. Tan solo había una región en la que se creía que podía quedar alguna manada, la tierra de los últimos lobos de la estirpe francesa. Caprichos del destino, era la misma en la que se había formado ella como maestra: Limousin.

—*Mademoiselle* Perrault...

—Llámeme Céline, se lo suplico. *Mademoiselle* Perrault es como me llaman las niñas y las hermanas, y ya empieza a parecerme ridícula tanta formalidad al dirigirse hacia mi humilde persona. Echo de menos que alguien pronuncie mi nombre.

—Céline, pues —accedió Miguel, súbitamente rendido a la petición de una muchacha en la que unos días antes se había jurado no confiar—. ¿Le gustaría acompañarme a dar un paseo a caballo por el bosque? Hay algo allí arriba que querría mostrarle y que espero ayude a disipar esta horrible visión.

—Las hermanas notarán mi ausencia.

—No hasta el desayuno. Tendremos un par de horas. No está muy lejos. Si nos damos prisa...

No fueron necesarios nuevos argumentos.

—Sí —aceptó ella sin darle más vueltas.

Puede que fuera una insensatez, que se estuviera jugando la confianza de la priora y hasta su puesto de trabajo al decirle que sí, pero la muchacha se subió sin dudarlo a la yegua que Miguel ensilló para ella. Le contó, por el camino, que había aprendido a montar en Montauban, donde las monjas tenían un percherón al que ataban a un carro que les servía para cargar alimentos o llevar a las hermanas a la estación de tren cuando tenían que viajar. Lo llamaban Bandit, un nombre que no le pegaba en absoluto. Era tan noble el caballo que, pese a estar acostumbrado al tiro, se dejaba montar sin problemas. Por supuesto, todas las niñas querían probar la grupa de Bandit, así que tenían que esperar su turno con paciencia. Algunas se aburrían antes y preferían marcharse a saltar a la comba o a jugar al *escargot*.

—La vida en el santuario de Notre Dame de Roche Amère era muy distinta a esto que tienen ustedes aquí —se lamentó Céline.

—¿Distinta? ¿Cómo puede ser distinta? Un colegio religioso es lo que es. Rezos, horarios estrictos, misas, reglazos en los nudillos... Y tufo a cirio y a sotana.

Céline sonrió antes de responderle.

—El único tufo que recuerdo en el santuario es el de las camelias del jardín. Ese y el de la lluvia cuando empapaba el patio de tierra al que salíamos a jugar. Aquellas tardes borrascosas eran las mejores, por mucho que le extrañe. La madre Joanne nos sentaba a todas en torno a ella y empezaba a contarnos historias maravillosas.

—Déjeme adivinar: vidas y milagros de santos —se mofó Miguel.

—Oh, no, no, *mon ami. Le Petit Poucet, Le Chat botté, La Barbe bleu...*

—¿Barba Azul?

—*Oui*, Barba Azul.

—No me imagino a nuestra madre Agnès leyéndoles cuentos a las niñas.

—*Moi non plus* —tuvo que reconocer Céline—. Pero la madre Joanne sí lo hacía. Y nos dejaba montar a Bandit a horcajadas y jugaba con nosotras al *escargot*.

Había algo en el carácter de la joven francesa que despertaba la simpatía de Miguel. No era, como había supuesto, una mojigata ni una santurrona. Sí que poseía un aire sutilmente ingenuo, como de ininterrumpido despiste. No le daba, sin embargo, la impresión de que tuviera ni un pelo de tonta. Más bien al contrario.

—¿No pretenderá hacerme creer que todas las monjas en Montauban eran tan amigables como esa madre Joanne?

—*Bien sûr que non*. También estaban *sœur* Louise y *sœur* Juliette, que nos obligaban a rezar de rodillas y nos ponían mirando a la pared con los brazos en cruz cuando la madre Joanne no estaba. ¡Oh, y la madre *Thérèse*! Esa sí que era mala. Si no hubiera infierno, solo para ella habría que inventarse uno. Nos hacía recitar de memoria los nombres de todos los profetas, y si nos equivocábamos con alguno, nos daba con una vara. Yo me los sabía todos, pero me atizaba igualmente. Por sabihonda, me decía. Se habría llevado bien con la madre Agnès.

Tan abstraída iba Céline en su conversación que más de una vez se olvidó de guiar a Tormenta. Por suerte, aquella yegua gateada se sabía el camino de memoria. Solo por si acaso, Miguel, que iba delante a lomos de Coral, se detenía de tanto en tanto y la vigilaba con el rabillo del ojo.

—Le está muy agradecida a esa madre Joanne.

—Ella me consiguió este empleo.

—A pesar de eso, quiero decir.

—*Un travail est un travail*. Me pagan por enseñar, que es lo que más me gusta. *En plus*, estoy conociendo otro país. ¿A usted no le gustaría viajar y conocer mundo?

«Buena pregunta», pensó Miguel. Pero eso no se lo dijo. De pequeño había jugado mucho con un globo terráqueo que debía haber pertenecido a alguno de sus hermanos mayores. Lo hacía girar con fuerza, cerraba los ojos y señalaba al azar algún punto del planeta. Se decía a sí mismo que allí donde fuera a posarse la punta de su dedo sería donde viviría cuando se hiciera mayor. Pero mayor ya se había hecho y no se le antojaba probable que fuera a viajar demasiado. No mientras quedase tanto por hacer en su propio país.

—¿Y qué otros lugares le gustaría conocer, Céline?

—No sé. El Lejano Oriente o América.

—¿América?

—*Oui*, ¿por qué no? No me dirá que no le haría ilusión visitar Perú y recorrer el Valle Sagrado y el Camino del Inca. O ir a México para contemplar el Popocatépetl desde el paso de Cortés...

De buena gana habría dejado que la joven siguiera explayándose. Era la viva imagen del entusiasmo y le divertía escucharla, pero habían llegado a un punto del bosque en el que tendrían que bajarse de las yeguas y continuar unos pocos metros a pie. Ataron las riendas a un árbol antes de emprender el ascenso por la cada vez más empinada ladera. Si a Céline le resultaba engorroso moverse por entre las hayas, no daba muestras de ello. Tampoco se había quejado por tener que montar a caballo con una falda que le llegaba a los tobillos. Parecía tan acostumbrada a ello que ni siquiera había necesitado ayuda para subirse al lomo de Tormenta. Miguel, por su parte, solo le encontraba a su compañía un inconveniente: la muchacha francesa era ágil como un corzo... y locuaz como una cotorra.

—¿Usted ha viajado mucho, *monsieur* Montalvo?

—¿Yo? No, no demasiado —le respondió en un susurro—. Guarde silencio, si no le importa. Estamos ya muy cerca.

—*Oui, oui, d'accord* —acató ella de inmediato, aunque tardó menos de un minuto en olvidar su propósito de enmienda y volver a hablar—. Algunos de estos árboles son enormes. ¿Cuánto cree que pueden llegar a med...?

No pudo acabar su frase porque Miguel le tapó la boca con la mano. Le supo muy mal tener que hacerlo de aquella forma tan brusca, sobre todo porque no tenían ni por asomo la confianza necesaria. Pero no quedaba otra si no quería echarlo todo a perder. En cuanto la joven comprendió que ya no debía emitir ni un solo sonido, la cogió de la muñeca y la llevó por la espesura del bosque. Desde allí divisaron una suerte de montículo hecho con piedras tan arrebozadas de musgo y de hojarasca que se confundían con la fronda del suelo. La entrada, sucia y oscura, no era más que un hueco de un metro de alto por medio de ancho.

—Oh, *monsieur*, no pensará que voy a meterme ahí dentro.

Por toda respuesta, Miguel se encogió de hombros. Después sacó un bulto de un morral que llevaba a la espalda y lo lanzó por encima de la techumbre musgosa antes de acuclillarse para meterse en el refugio de pastores. Reticente a seguirlo, Céline se quedó de pie y con los brazos cruzados delante de la covacha hasta que, con un bufido de fastidio, Miguel volvió a asomarse al exterior y le pidió con un gesto de hastío que entrara con él.

—Dígame una sola cosa que crea que puede pasar aquí dentro que no pudiera ocurrir también ahí afuera.

—Dígamela usted a mí, ya que tanto interés tiene en que me meta en ese chamizo.

—Querida Céline, le doy mi palabra de que no tengo ninguna intención deshonesta. Es más, le seré del todo sincero: me resulta difícil siquiera verla a usted como a una mujer. Viste como una monja, tiene un acento irritante y una nariz ominosa. Ahora, ¿sería tan amable de acompañarme?

Aquel arrebato de franqueza había sido excesivo. Miguel se dio cuenta de ello nada más dejar que saliera de su boca. Por suerte, la joven no era de las que se ofendía con facilidad. Refunfuñó en francés algo que él no pudo entender y vaciló un poco más al agacharse para acceder el refugio. Una vez dentro, tuvo que insistirle en que se callara, porque no dejaba de farfullar en su idioma. Algo referente a su nariz, sin duda. Solo tras chistarle un par de veces más logró que se mantuviera en absoluto silencio mientras vigilaba a través de una abertura alargada en el lado opuesto a la entrada. Esperaron un buen rato, y finalmente él le indicó con el dedo índice que se arrimase para disfrutar también del espectáculo. Lo primero que Céline vio fue una oquedad en las rocas que tenían frente a ellos, como una cueva poco profunda. Nada muy llamativo. Cuando casi dejó escapar una exclamación de asombro fue al ver un animal aproximándose muy tímidamente al bulto que Miguel había arrojado.

—¡Es un lobo! —le dijo en voz muy baja, aunque entusiasmada.

—Una loba. Pondría la mano en el fuego a que es de la misma manada del lobo que mataron los alimañeros.

—¿Cómo puede saberlo?

—Los lobos se emparejan de por vida. Salvo que las condiciones sean excepcionalmente buenas, y aquí no lo son, solo los alfas se aparean. Esta hembra va a tener cachorros y ha abandonado su manada. Apostaría a que tuvo que hacerlo al morir el macho porque, de lo contrario, habría tenido que enfrentarse a las otras lobas para mantener la posición y poder criar a sus lobeznos. Por eso está aquí, lejos de su territorio y sola, sin posibilidad de cazar en grupo jabalíes o corzos. Me imagino que llevará semanas alimentándose de carroña o, con suerte, de conejos.

La loba se movió en círculos alrededor del bulto antes de tantearlo con su hocico afilado. Lo olisqueó con suspicacia antes de clavar los colmillos en lo que desde el refugio parecía papel de estraza y lo sacudió de un lado a otro para vaciar un contenido que comenzó a devorar con avidez.

—¿Qué ha metido usted ahí?

Miguel sonrió malicioso.

—Tripas de monja.

Céline se apartó un instante del agujero para dirigirle una mirada de desaprobación.

—Entresijos que le he robado a la hermana Gúdula. Intestinos de cordero y patas de cerdo.

—¿Por qué se los trae?

—Porque, cuando el hambre pueda más que el temor a los humanos, se acercará al ganado y acabará atacando a alguna oveja para alimentarse. Y eso es lo que los alimañeros están deseando que ocurra. Les conviene que la gente sienta miedo, cuando lo cierto es que esta loba nunca se habría separado de su manada si ellos no hubieran matado al macho. Ahora está aquí, sola, famélica y desorientada. Por eso le traigo comida, para salvarle la vida. A ella y a los lobeznos que lleva en el vientre.

Se lo explicó todo a media voz, susurrándole al oído para no hacer ruido y no espantar a la loba, que rebañó hasta el último menudillo. Céline, entre tanto, no se apartaba de la abertura, maravillada por la extraordinaria presencia de la criatura.

—No deje de hacerlo. Prométame que no va a consentir que le hagan daño —le imploró, aunque por su tono más bien parecía que se lo estuviera exigiendo.

A Miguel lo conmovió hasta tal punto la angustia que vio reflejada en aquellos ojos implorantes que se sintió impelido a prometérselo, por mucho que supiera que en aquella batalla tenía todas las de perder.

13. LA BIBLIOTECA

A resuelto no había quien ganase al bueno de Darío Dolagaray. A diligente tampoco.

A él se debía que la mañana antes Castroblanco hubiera amanecido empapelado de octavillas y carteles. Se anunciaba en ellos que, desde aquel mismo domingo y a lo largo de las semanas siguientes, serían bienvenidos en la escuela todos los vecinos que quisieran pasarse a visitar el particular Museo del Pueblo que habían medio improvisado. Además, se les invitaba a asistir al espectáculo de variedades que se ofrecería en el patio al caer la noche. Se recomendaba llevar una silla de casa, ya que la velada podía alargarse. Por si todas estas novedades no fueran suficientes para poner patas arriba la inalterable monotonía de la villa, también informaban de la apertura de una biblioteca de libre acceso para todo el que deseara tomar prestado algún libro. Los voluntarios —que no podían llamarse misioneros a sí mismos porque no contaban con el visto bueno del prácticamente desmantelado Patronato de las Misiones Pedagógicas— habían llevado con ellos siete docenas de volúmenes de lo más diverso, amén de papel para forrarlos y fichas y talonarios en los que apuntar cada préstamo. La intención era que la biblioteca se ubicase en la escuela de forma definitiva.

Todo esto quedaba bien claro en las cuartillas que Darío había repartido de mano en mano, pero lo que de verdad despertó expectación fue que él mismo se subiera a lo alto de la fuente de la Plaza Mayor y pregonara tanta buena nueva con la ayuda de un altavoz. Lo hizo, en primer lugar, porque tenía un don innato para llamar la atención y ganarse la simpatía de sus congéneres, y también porque sabía que la mayor parte de los habitantes del pueblo eran analfabetos y no habrían podido descifrar los carteles. Vergüenza no le dio ninguna; ganas le puso a raudales, e ingenio tanto como pudo, que no fue poco. No le resultó demasiado difícil congregar a niños y adolescentes ni tampoco a las mujeres que cargaban con cántaros de agua y se detenían a escuchar su perorata al verlo en lo alto de la fuente. Fue con diferencia a los hombres a los que les costó más mostrar interés en el ceremonioso pisaverde. A ellos y a las señoras más viejas, que pegaban el oído, muertas de curiosidad, aunque temerosas del qué dirán si se aproximaban al forastero. Alguna, sin embargo, se retiró con disimulo el pañuelo de la oreja para entender mejor lo que decía.

Y es que a Darío no había quien lo ganase a la hora de echarle cara a la vida, quizás porque —como buen rousseauniano— siempre lo acompañaba el convencimiento de que todos los seres humanos eran de natural bondadosos. Lo único que necesitaban era la oportunidad de demostrar que podían convivir y colaborar libremente los unos con los otros. Ese era el propósito que se había marcado como meta personal y no iba a ser fácil hacerle desistir.

Además de los carteles, había colgado más copias de cuadros dentro de la escuela y hasta en la pared del patio: *El sueño de Jacob*, de Ribera, *Las hilanderas,* de Velázquez, y otras diez reproducciones de menor tamaño: *Caprichos*, *Desastres de la guerra* y *Disparates* de Goya. Mina prefería no saber cómo se las había apañado para hacerse con todas ellas sin que se enterasen en el Ministerio. También prefería mantenerse ignorante respecto a cómo se habían hecho con el lote de libros. La cosa era que allí estaban, dispuestos para que se les diera el mejor uso posible.

Al principio habían ido asomándose solo los más jóvenes, tímidos y casi con cuentagotas. Mina les había dado la bienvenida en la puerta. Al igual que había ocurrido con los niños, la copia del *Auto de fe* les había fascinado. La iluminación, a base de candiles de aceite repartidos por los pupitres, le confería un añadido de dramatismo al espacio. La sinfonía en si menor que sonaba en un gramófono lo redoblaba. Darío les fue explicando lo que representaba cada cuadro. La ejecución de unos herejes, un pasaje del Antiguo Testamento o un antiguo mito griego demudado en escena costumbrista. Mozos y mozas atendían a las explicaciones con la misma solemnidad con la que habían escuchado misa aquella misma mañana, sin atreverse a preguntar ni a dar opinión alguna. Esto último a Darío le frustraba un poco. Al menos encontró algo de consuelo cuando vio que uno de sus aguafuertes favoritos, *Estragos de la guerra*, les atraía especialmente. Le asombraba la audacia compositiva que había derrochado el pintor aragonés al proyectar aquella pequeña obra maestra. Pequeña en cuanto a sus dimensiones, porque a él le causaba verdadera admiración y le congratulaba que provocase un efecto similar en otras personas. Por desgracia, se equivocaba al creer que se detenían frente a la reproducción para deleitarse.

—Estos que no tienen colores me gustan menos —le dijo un mozo a otro que tenía al lado—. No se sabe ni lo que hay pintado. Están como peor hechos.

—Sí —le dio la razón su amigo—. Eso de en medio parece una tía con las patas para arriba y los tetes al aire.

Se echaron unas risas agitadas, como si hubieran cometido alguna travesura al señalar los pechos de la mujer a la que la contienda había arrebatado la familia, el hogar, la vida y la compostura.

—Lleva los senos al aire porque estaba amamantando a su bebé en el momento de morir —apuntó Mina sin rastro de disgusto ni de paternalismo, tal y como les habían enseñado a conducirse en las Misiones—. ¿Veis? Justo debajo está el pobre niño, muerto como ella.

Los chicos se acercaron y asintieron con los ojos muy abiertos, sin bríos para más bromas. De haber reunido el valor suficiente, habrían ofrecido sus disculpas a la maestra. No lo hicieron. Ella tampoco se lo tuvo en cuenta. Llevaba bastante tiempo en el pueblo como para haberse dado cuenta de que «por favor», «gracias» y «lo siento» eran expresiones que rara vez dirigía un hombre a una mujer. Ni siquiera a una tan educada como ella.

—*Estragos de la guerra* es un prodigio de un artista en estado de gracia. Pero es triste, y aquí no han venido ustedes a pasarlo mal —los animó Darío, y acto seguido se los llevó a ver una reproducción de *El asno literato* que les devolvió las ganas de chanza.

Mina no se engañaba. Era consciente de que, por mucho que se esforzara, nunca la respetarían como a un varón. Desde que había empezado a trabajar en la escuela de Castroblanco, todo el mundo había dado por supuesto que maestro ya no había y que lo que les habían enviado desde la capital era un aya que les vigilaría a los niños hasta que tuvieran edad de ponerlos a arar o a cuidar ovejas.

Le despertaba sentimientos contrapuestos ver cómo a Darío lo tomaban más en serio pese a ser mucho más despreocupado. ¡Si hasta le sacaba un par de años! Pero daba lo mismo. Al menos, y esta era la parte buena, a él y a Miguel sí había alguna posibilidad de que les hicieran caso. Tenía suerte de contar con ellos. No se quitaba de la cabeza, sin embargo, que igual había abusado de la confianza y la amistad que los unía. Si hubieran ido a Castroblanco como habría tocado, después de redactar un informe desde el Ayuntamiento para solicitar que el pueblo se incluyera en el recorrido de las Misiones Pedagógicas, todo habría sido diferente. Mina lo había intentado por las buenas y, casi tenía convencido a don Blas, cuando el padre Ezequiel se enteró por terceros del asunto y montó en cólera. El sacerdote le dijo de todo al alcalde, lo puso de majadero para arriba y le advirtió que lo que aquella metomentodo había querido colocarles no era más que una arenga a favor de la degeneración moral.

En el fondo sabía que, aun en el supuesto de que don Ezequiel no se hubiera inmiscuido, la idea no habría salido adelante. En algo no le faltaba razón al cura: el alcalde era un majadero de cuidado, además de un pelele que a duras penas habría acertado a situar su propio municipio en el mapa. El hombre al que habría tenido que convencer para que las Misiones Pedagógicas hubieran llegado a Castroblanco ni siquiera vivía en el pueblo. Hacía años que se había recluido en el antiguo monasterio franciscano y no toleraba que se mencionaran en su presencia tales iniciativas. El motivo, más allá de discrepancias ideológicas, tenía que ver con la indisciplina de un joven estudiante de Ciencias que ya asomaba por la puerta.

—¡Miguel! —lo saludó como tenía por costumbre, con un abrazo bien fuerte y dos besos en las mejillas.

Aunque se había retrasado un poco, no iba a afeárselo. Demasiado sacrificio estaba haciendo al volver a una comarca que solo le traía malos recuerdos. Ojalá se hubiera ofrecido cualquier otro cuando ella pidió ayuda a sus antiguos compañeros para montar algo parecido a lo que habían hecho en las Misiones. Pero tuvo que ser Miguel, por supuesto, el que levantase el brazo para presentarse voluntario. Siempre dispuesto, siempre en pie de guerra. Una guerra distinta a la que había censurado Goya en sus *Desastres*, una que se disputaba en las escuelas y en los corrales en lugar de en las trincheras.

A fuerza de recorrer carreteras de mala muerte, se había forjado entre los tres jóvenes una amistad de película. Habían llevado con ellos libros, discos, proyectores y, sobre todo, esperanza. A veces en camiones polvorientos; a veces a lomos de mulas, la única manera de transitar por los senderos llenos de riscos que comunicaban unos pueblos con otros.

A falta de mula, a Miguel aquella tarde lo acompañaba una mujer: la francesa que había entrado a trabajar en el colegio Nuestra Señora de Roche Amère. Algo cuando menos curioso, después de llevar días quejándose de las suspicacias que la extranjera le generaba. Mina, que era todo cortesía, la recibió efusivamente y le preguntó qué tal se estaba adaptando a su nuevo entorno. Aunque aún no había tenido ocasión de tratarla, le daba en la nariz que no iba a caerle mal. Quizás fuera cierto que irradiaba un sutil *je ne sais quoi*, algo así como un aire de ingenuidad que a personas con más tendencia a juzgar a los demás podía poner al límite de la exasperación. Pero a la maestra le bastó conversar cinco o diez minutos con ella para darse cuenta de que no albergaba ni una pizca de maldad ni de gazmoñería.

—Me alegra que haya podido pasarse por este pequeño Museo del Pueblo que hemos compuesto aquí.

—*Oh, bien sûr!* ¡Ni siquiera sabía que habían montado ustedes esta maravilla! Fue Miguel quien me habló de ello esta mañana, después de dar un paseo a caballo por el bosque... ¿Quiere usted creer que hemos visto una loba? *Absolument incroyable!* Aunque no sé si debería haberle hablado de ello, ahora que lo pienso —recapacitó en alto antes de reducir su voz a un susurro confidencial—. No le diga que se lo he contado, *s'il vous plaît*. Me refiero a lo de la loba.

—No lo haré —le prometió con una sonrisa igualmente cómplice.

—¿Es Schubert eso que suena? —le preguntó con un dedo estirado, como si señalase a algún punto indeterminado en el aire y no al gramófono que reproducía el disco.

—La *Sinfonía Inacabada* —confirmó Mina.

—Venero a Schubert —confesó *mademoiselle* Perrault—. Les estoy enseñando a algunas de mis alumnas a tocar *Serenade* al piano. O al menos lo intento. Tampoco es que yo sea una virtuosa, *précisément*. Y usted, *mademoiselle* Gispert, ¿también procura inculcar el amor por la música a sus pupilos?

Ante aquella pregunta, Mina no supo si echarse a reír o a llorar. Enseñarles música a sus alumnos. Ojalá esa hubiera sido una posibilidad.

—Mire a su alrededor, señorita Perrault —le sugirió sin acritud—. ¿Le parece que en esta escuela disponemos de pianos o violines? Esto es muy distinto del colegio en el que usted trabaja.

A pesar de que habían hecho cuanto había estado en sus manos, el estado de la escuela seguía distando mucho de lo deseable.

—*Évidemment* —reconoció *mademoiselle* Perrault con apuro después de echar otro vistazo—. Le ruego que me disculpe por la impertinencia.

—Oh, no, amiga mía. No se disculpe, por favor. Ni que usted pudiera hacer algo.

—Ojalá pudiera hacer algo siquiera por mis propias alumnas. No todas reciben la educación que debieran. *C'est une injustice.*

—Bueno, Nuestra Señora de Roche Amère tiene una reputación excelente. No digo que yo comparta su ideario, pero es un privilegio estudiar allí. Fíjese, por ejemplo, que esas niñas no solo aprenden francés, sino que lo hacen con una maestra nativa. Mis alumnos no podrían ni soñar con algo así.

—No todas las niñas en Roche Amère disfrutan de ese privilegio —se quejó amargamente la señorita Perrault antes de exponer lo diferente que era el trato hacia unas y hacia otras, incluso a la hora de darles de comer.

A Mina no le extrañó tanto lo que *mademoiselle* Perrault le contó como la valentía —o la imprudencia— que demostró al hacerlo ante una desconocida, sobre todo porque no escatimó a la hora de manifestar sus propias valoraciones personales. Empezaba a comprender por qué, a pesar de sus suspicacias iniciales, Miguel la había invitado a la escuela de Castroblanco. Quizás, bajo aquella apariencia candorosa, un tanto atolondrada, latiera un espíritu tan rebelde y apasionado como el de su amigo. Y quizás, solo quizás, igual de inconsciente.

—Comprendo su indignación. Consuélese pensando que al menos esas alumnas suyas que estudian gracias a la beneficencia son más afortunadas que estos pobres míos.

La chica francesa asintió, no muy convencida, y esbozó una sonrisa tan dulce que a su interlocutora se le subieron los colores. Y no era habitual que eso le ocurriera. Se acordó, casi como por arte de magia, de alguien que sonreía de una forma muy parecida, con una calidez capaz de templarla por dentro. Mina tuvo que devolverle la sonrisa. Se sentía a gusto a su lado. ¿Por qué no iba a ser así? Al fin y al cabo, las dos tenían más o menos la misma edad, además de una vocación común. Lo único que no entendía era cómo pensaba aquel ángel de ojos verdes sobrevivir en un ambiente como el que debía reinar allí arriba, en el internado.

Mientras Darío entretenía a los curiosos que poco a poco iban acercándose a la escuela, Miguel revisaba que todo estuviera a punto para la función de la noche. La tarima, sin clavos sueltos; el generador, a punto para arrancar; los discos, cerca del gramófono... Pero fue la recién inaugurada biblioteca lo que captó la atención de *mademoiselle* Perrault. Recorrió con la punta de los dedos los lomos de los que ocupaban la balda más alta y cogió uno de tapas bermejas.

—¡*La isla del tesoro*! —exclamó entusiasmada antes de señalar otro—. ¡Y también *Le Tour du monde en quatre-vingts jours*! Es mi favorito. —La edición que habían llevado a Castroblanco era una traducción al castellano, pero la había reconocido al instante—. Algo de suerte sí tendrán sus niños si pueden disfrutar de estas lecturas. En Roche Amère están vedadas.

—¿Qué mal podría hacerles Julio Verne a esas niñas?

—Exaltar su imaginación, según la opinión de la madre Agnès. *Comme si c'était une mauvaise chose!* ¿Los leerán con usted los niños?

—Y espero que lo hagan también los padres, si es que se atreven a venir.

—¿Por qué no iban a hacerlo?

La maestra se lo pensó antes de contestar.

—Por timidez, porque les dé apuro, porque el padre Ezequiel les ha dicho esta mañana en misa que venir aquí es poco menos que un pecado mortal...

De esto último la había informado Aurora.

—*Mais non!*

Bien fuera gracias a las artes cautivadoras de Darío, que salía de tanto en tanto a la calle y volvía con quienquiera que se hubiera topado después de convencerlo para que entrara a conocer el museo y la biblioteca, bien porque la curiosidad podía más que el miedo al fuego eterno, la escuela iba llenándose de gente. Se asomaban acobardados, pero al rato ya se les notaba a gusto. Hubo una mujer de mediana edad en quien Mina se fijó más que en el resto. Era menuda, con la cara redonda y el pelo entrecano. Le costó mucho decidirse a atravesar la puerta y, cuando lo hizo, se quedó quieta, sin moverse ni tocar nada hasta que uno de los dos pequeñajos que la acompañaban la cogió de la mano y tiró de ella.

—¿Es usted la madre de Gabriel?

Tenía que serlo, porque uno de los niños era él y el otro su hermano mayor, Basilio.

—Higinia, para servirla —se presentó con la cabeza gacha.

Mina se permitió no solo cogerle la mano temblorosa para estrechársela, sino revolverle acto seguido el pelo al tunante de Gabrielín, que había ido directo a la estantería de los libros y se había puesto a hojear *Los tres mosqueteros*. La chica francesa lo observaba divertida. Su madre se apresuró a reprenderlo.

—¡Deja eso, Gabriel! ¡Que no es tuyo y te va a pegar la señorita!

Las dos maestras se miraron la una a la otra, sorprendidas, y se echaron a reír.

—¿Cómo voy a pegarle yo a un crío? Encima a Gabriel. Si es el mejor alumno que tengo. Además, esos libros los han traído estos amigos míos —señaló a Darío y a Miguel— para que ustedes los lean. Los chicos y los mayores. Pueden tomar prestado el que quieran. Solo hace falta que me lo digan para que yo lo anote y que lo devuelvan cuando lo hayan leído. Venga, coja uno que le guste y lléveselo.

—No, no. Si yo de esas cosas no entiendo —declinó el ofrecimiento sin moverse del sitio, mirando de reojo la estantería.

A Mina no le hizo falta indagar más. Comprendió de inmediato que la madre de Gabriel no sabía leer.

—No se apure. Si usted quiere, por las tardes, cuando acabe la faena, puede venir aquí y yo la ayudaría a soltarse con las letras y con lo que le haga falta. Todo gratis, por supuesto. A usted y a quien le apetezca.

La mujer primero se puso del color de las cerezas maduras y se rascó las manos, nerviosa. Luego se echó a reír ella sola, desconcertada ante tan absurda propuesta.

—No, no. Quite, quite. Se lo agradezco, pero eso no es para mí. ¿Qué quiere? ¿Que me llamen miles de picias como a la Aurora y me pongan de *esvariá* para arriba? Eso de aprender es para los muchachos, que ellos todavía están a tiempo —opinó con amargura.

—*Mais ce n'est pas vrai, mon amie* —intervino *mademoiselle* Perrault, tan contrariada que no se paró a pensar que ni la iba a entender.

—Lo que la señorita Perrault quiere decir es que nunca es tarde —le aclaró Mina—. Y usted tiene pinta de ser una mujer inteligente. Debe serlo para haber criado a un chaval tan espabilado como Gabriel. Es el mejor de la clase —le confesó en voz más baja.

Al escuchar aquellas alabanzas, se volvió hacia el niño, que se había sentado en el suelo, con las piernas entrecruzadas, y se había puesto a leer la novela de Alejandro Dumas mientras su hermano daba vueltas de un lado a otro, pegándole paraditas a una cucaracha muerta. El orgullo de madre la animó y la hizo crecerse lo suficiente como para mirar a los ojos a la señorita Guillermina.

—¿De verdad lo cree?

—¡Claro que sí! De hecho, me alegra muchísimo que haya venido usted aquí para que podamos hablar de este tema. Últimamente noto que él y Basilio están dando en faltar mucho a clase.

—Es que se los necesita con el ganado —los excusó sin perder un punto de dignidad.

—Lo entiendo —se apresuró a concederle Mina—, pero me asusta que se eche a perder el talento de Gabriel para los estudios.

—¿Y qué quiere que yo le haga? —La mujer se encogió de hombros—. Tenemos muchas bocas que alimentar. Son siete hijos. Gabriel es solo el más pequeño. Basilio y él son los únicos que seguimos mandando a la escuela... y no creo que su padre lo consienta mucho más tiempo.

—Hay becas y bolsas de ayudas. En el caso de Gabriel, yo podría echarle una mano. Conozco a gente en el Ministerio...

—Deje, de verdad se lo pido —se negó ella, aunque a la maestra le pareció que, por un instante, había brillado en aquellos ojos consumidos un destello de ilusión.

—Solo le sugiero que lo valoren. Háblelo con su marido...

Al mencionar al padre de los niños, el destello se extinguió. Higinia se apartó amedrentada, dando unos pasitos cortos hacia la pared, y movió la cabeza hacia los lados, como indicando que no había nada de lo que hablar. A Mina le habría gustado insistir. Se negaba a dar a Gabriel por perdido, y más cuando lo veía transportado como por arte de magia a la Francia del siglo XVII, y todo gracias al poder de unas letras que se le negaban solo por haber nacido pobre. Pero no pudo hacerlo. Darío no dejaba de llevar a la escuela más y más lugareños, atraídos por su labia y por la promesa de un espectáculo que no olvidarían jamás. Tenían que atenderlos a todos y Miguel solo ya no se bastaba. Al menos la chica francesa se había unido espontáneamente a su causa y recibía con una mezcla de entusiasmo y cortesía a los que se iban sumando a la visita al humilde Museo del Pueblo.

Sí que era peculiar, aquella *mademoiselle* Perrault. Demasiado para la sombría rigidez que imperaba en Nuestra Señora de Roche Amère. ¿Se habría tomado un segundo para figurarse qué pensarían las monjas cuando descubrieran que el hijo bolchevique de don Marcial se la había llevado a pasear a caballo por la montaña, a ver lobos y hasta a una arenga republicana? No, claro que no. A Mina solo le hizo falta fijarse en cómo a la francesa se le iban los ojos detrás de Miguel. Lo buscaba, puede que inconscientemente, lo situaba frente a un cuadro o a la puerta del patio y volvía a concentrarse en saludar a los vecinos del pueblo o en colocar sillas frente a la tarima. La vieja historia de siempre. ¿Quién no se había sentido así alguna vez en la vida? Ella misma lo había hecho. Aún le pasaba de cuando en cuando. Echaba de menos los besos, los abrazos y, sobre todo, despertarse al lado de la piel amada. Pero no podía ser. Su lugar estaba en Castroblanco. Si flaqueaba, se obligaba a pensar en los niños, en Gabriel y en los demás, y en sus madres, y hasta en don Blas y en el padre Ezequiel; la rabia se volvía más poderosa que el dolor de la ausencia y reunía la energía necesaria para seguir adelante.

14. MAGIA

El sol se puso un poco antes de las nueve de la noche. Fue el momento idóneo para que dieran comienzo a la función. Siempre lo hacían con un retablo de fantoches, que era la parte con la que más disfrutaba Darío Dolagaray, y eso que él no solía manipular los guiñoles. Se quedaba en una esquina y esperaba a que todo el mundo hubiera ocupado su asiento. Después de presentarse a sí mismo y a sus compañeros, le explicaba al público qué estaban haciendo allí y qué era lo que iban a ver. A continuación, se apoyaba con su guitarra en una silla y comenzaba a pulsar las cuerdas mientras las cortinillas del pequeño teatro se iban descorriendo y aparecían dos muñecos de brazos pequeñitos y cabeza enorme. A uno le daba voz Mina y al otro Miguel, ambos agachados y ocultos en los bajos del teatrillo.

Darío alternaba la música de su guitarra con la narración de un romance muy popular: el de *La doncella guerrera*. Había quien ya lo conocía al haberse transmitido de forma oral de generación en generación; había quien lo escuchaba por vez primera e igualmente se deleitaba con las andanzas de la mocita aragonesa —o sevillana, según otras versiones— que se vestía de hombre para ir a luchar contra los franceses en lugar de tener que hacerlo su padre, ya anciano.

> —Pregonadas son las guerras
> de Francia con Aragón,
> ¡cómo las haré yo, triste,
> viejo y cano, pecador!

Era Miguel el que interpretaba al viejo, distorsionando la voz para que pareciera rota y fatigada. Mina, en el papel de la doncella, le daba la réplica.

—No maldigáis a mi madre,
que a la guerra me iré yo;
me daréis las vuestras armas,
vuestro caballo trotón.

Darío temió que la chica aquitana se tomara a mal la referencia a las guerras con sus compatriotas, pero un rápido vistazo le bastó para cerciorarse de que no solo no se había ofendido, sino que estaba pasándoselo igual de bien que los niños y las niñas que se habían sentado a su alrededor.

—¿Cómo me he de llamar, padre?
—Don Martín el de Aragón.

No dejaba de tener su retranca la historia, o al menos Darío así lo veía. Después de batallar codo con codo durante dos años, el hijo del rey le confesaba a su madre ¡no una, sino hasta tres veces! que bebía los vientos por su compañero en la contienda, el bravo don Martín de Aragón. Era Miguel, obviamente, el que daba una voz menos impostada al guiñol del enamoradizo príncipe.

—Herido vengo, mi madre,
amores me han de matar;
los ojos de don Martín
roban el alma al mirar.

Al final, como no podía ser de otra manera, el andrógino caballero desvelaba su identidad y el delfín podía dar rienda suelta a sus amores. Era un desenlace de lo más convencional para una historia en la que Darío, más que enredos y mascaradas, advertía una referencia poco velada a las auténticas inclinaciones de un heredero al trono. En cualquier caso, servía para ganarse a la audiencia desde el arranque de la velada. Hombres, mujeres y niños rompieron a aplaudir cuando los dos títeres, el de la doncella y el del príncipe, unieron sus cabezas de papel maché y simularon darse un beso.

Todo iba según lo previsto. Mejor incluso, porque seguía llegando gente a la escuela. Los más previsores llevaban su propia silla. A otros Pepe los acomodó en los bancos que habían sacado del aula. A algunos les tocó quedarse en pie. Todos se divertían. Al final no había sido tan difícil vencer sus reticencias y convencerlos de que el cura exageraba. El ambiente era tan distendido que hubo quien, al volver a sonar música en el gramófono, hasta se levantó del sitio y dio unos pasos de baile.

Lo suyo, se lamentó Darío, habría sido que pusieran algo de un gusto más popular, *Doña Francisquita* o *La Verbena de la Paloma*, pero Miguel juró haberse olvidado todos los discos de zarzuela en el viejo almacén del Patronato. Seguramente lo había hecho adrede, porque detestaba el género chico con toda el alma. Solo a regañadientes había consentido colocar en el plato giratorio del gramófono *El amor brujo*, aunque la cara del estudiante fue un poema durante la mayor parte de la audición. Todo lo contrario que la de *mademoiselle* Perrault, a la que Mina había reservado un hueco en primera fila.

Pegados a los pies de la chica francesa se habían sentado Basilio y Gabriel, los hijos de la mujer con la que Mina había estado hablando un rato antes. No eran los únicos. Para la chiquillería no había asientos, ni falta que les hacían, porque no ponían pegas a tirarse al suelo por mucho que sus madres los amenazaran con curtirles el lomo si se manchaban la ropa de los domingos. Parecía como si todos aquellos pequeñajos con camisas remendadas y pantaloncitos cortos quisieran colocarse cerca de la extranjera. No era de extrañar, primero porque los trataba con un mimo al que no debían estar muy acostumbrados y segundo porque era una auténtica beldad. O así al menos se le antojaba a Darío, que no podía dejar de volverse hacia aquellos ojos verdemar por mucho que lo intentase. Tampoco es que le pusiera demasiado empeño al asunto. Tímido no había sido nunca y no iba a empezar a serlo ya entrado en la veintena. Además, contaba a su favor con la destreza musical. Nada para encandilar a una mujer como una exhibición de talento artístico, y el madrileño estaba convencido de que lo suyo con la guitarra era puro arte.

Razón no le faltaba. Prueba de ello fue el entusiasmo con el que se recibieron los primeros punteos y acordes que hizo sonar cuando apagaron el gramófono y llegó su momento de lucirse. Qué magia poseerá la música en directo que no consigue capturar grabación alguna. Magia que debió atrapar a la muchacha francesa, porque el fulgor en su mirada no podía ser únicamente fruto del reflejo de la luna en cuarto creciente. Idéntica era la emoción que la dominaba a ella y la que mantenía a los críos con el alma en vilo, las bocas entreabiertas y las pupilas fijas en el escenario. Idéntico gozo, idéntico deleite, pero un fuego muy distinto al fondo de los ojos verdes. ¿Arderían gracias a su destreza con las seis cuerdas? Así lo creyó Darío, aunque solo durante unos minutos, los justos para venirse arriba y brillar sobre las tablas como pocas veces lo había hecho. Luego se dio cuenta de que no era a él a quien observaba con arrobo, sino al compañero que tenía a su espalda.

A Miguel siempre le costaba un poco soltarse, y eso que desde muy chico había sentido gusto por la actuación. A fuerza de compartir tablas, Darío había llegado a la conclusión de que lo único que le ocurría a su colega era que le encantaba hacerse de rogar. Por eso se demoraba unos segundos antes de empezar a declamar con la más perfecta entonación y los gestos más convincentes. ¿Cómo iba a tenerle miedo al respetable un joven con su presencia y sus facultades? ¿O acaso sí había un punto de modestia en aquella dilación suya? Quizás lo juzgase Darío injustamente porque la envidia le nublaba el entendimiento, y eso que Miguel era, más que un amigo, un hermano. Se demoraba, sí, y eso le daba a él la oportunidad de disfrutar de unos instantes de gloria hasta que su compañero daba un paso adelante y comenzaba a recitar. Entonces quedaba eclipsada la guitarra y los sentidos solo atendían al rapsoda.

Proclive a elegir versos de Tirso de Molina o de Góngora, tenía Miguel la costumbre de ceder a otros misioneros el honor de recitar composiciones de carácter más llano. Que en Castroblanco hubiera escogido *El romance de la loba parda* únicamente podía explicarse por ser tan solo dos los integrantes de la particular expedición, tres si contaban a Mina.

—Estando yo en la mi choza pintando la mi cayada,
las estrellas altas iban, y la luna rebajada.
Mal barruntan las ovejas, no paran en la majada;
vide venir siete lobos por una oscura cañada,
venían echando a suertes a ver a quién le tocaba.
Le tocó a una loba vieja, patituerta, cana y parda
que tenía los colmillos como puntas de navaja...

Era raro que se hubiera decantado por ese y no por otro poema, no solo porque no fuera de su estilo, sino porque en él se narraban las vicisitudes de una loba ya achacosa a la que se describía con bastante crueldad y que, finalmente, hallaba la muerte desgarrada por los dientes de los siete perros de un pastor. De nuevo se trataba de un final que deleitaba a la concurrencia, pero que Miguel aborrecía. No hizo falta esperar mucho para entender qué había empujado al joven zoólogo a recitar aquel romance.

—¿Dónde vas loba bonita? ¿Dónde vas loba adorada?
—Voy por el mejor pimpollo que tengas en la majada.
Dio tres vueltas al redil y no pudo sacar nada
y a la otra vuelta que dio, sacó una amapola blanca.

Ya debía haberse imaginado que algo tramaba nada más verlo con esa sonrisa de tunante en los labios. Había introducido cambios en el romance, respetando métrica y rima, aunque alterando por completo el sentido de la historia. Donde el original hablaba de una loba maldita, Miguel lo hacía de una bonita. Donde los perros obedecían la voz de su amo y daban caza a su presa para que el pastor se hiciera con su pellejo una zamarra, un zurrón y unas polainas, él ponía el canto de una cigarra, un gorrión y unas dulzainas. La loba, ni que decir tiene, salía bien parada y volvía al bosque con los suyos sin recibir ningún daño.

—¡*Ezo ce* lo *eztá* inventando! ¡No *ez azí*! ¡A la loba parda la matan *loz perroz*!

Gabriel se sabía el romance de memoria, y como él mucha más gente en el pueblo, pero solo el mocoso tuvo arrestos para quejarse de la versión espuria que acababan de escuchar.

—¿Y tú cómo estás tan seguro? —le preguntó Miguel con los brazos en jarra y una mueca de granuja.

—¡Porque me la *cé* mejor que *uzté*!

—Pues ven aquí arriba y demuéstralo —le retó sin perder el buen humor.

El niño aceptó de buena gana. Se puso en pie de un brinco y se subió al escenario sin dudarlo. Su madre, al fondo, se encogía muerta de vergüenza y murmuraba entre dientes que iba a ponerle el trasero morado nada más volver a casa.

—¿Te sabes entero el *Romance de la loba parda*?

—Entero.

Con un gesto de su mano abierta, Miguel le pidió que comenzara. El niño carraspeó y se puso muy tieso antes de abrir la boca. Darío, mientras tanto, punteó una sencilla melodía con la guitarra para acompañar al chaval. La que estaba más preocupada era Mina, temerosa de que alguien fuera a burlarse del ceceo de Gabriel. Los niños podían ser crueles; sus padres, mucho más. Por suerte, todos se mantuvieron en respetuoso silencio hasta que el crío terminó. Si estaba nervioso, supo disimularlo. No trastabilló ni una vez, no se comió una palabra ni alargó una sola sílaba más de la cuenta. A Darío hasta le pareció que se le había suavizado el defecto que arrastraba en el habla, pero el semblante intranquilo de la maestra no se relajó hasta que Miguel no se rindió al talento del chiquillo con un aplauso que contagió al resto del auditorio. Incluso la madre de Gabriel tuvo que dejar a un lado el sofoco inicial para hincharse de orgullo ante el desparpajo de su hijo.

Cuando regresó a su sitio, feliz y satisfecho, la joven francesa le pasó la mano por el pelo enmarañado y se inclinó hacia delante para decirle unas palabras de alabanza al oído. Al niño se le iluminó más aún la cara y hasta se puso un poco colorado. Darío se dijo a sí mismo que su reacción no habría sido distinta de habérsele acercado así a él. Tan absorto estaba en sus ojos verdes y tanto le dolía contemplarlos cautivos de la figura de Miguel que al final tuvo que hacer un esfuerzo para apartar la mirada. Más le valdría fijarse en las reacciones de los vecinos que se habían reunido allí. Se les veía contentos, divertidos, a ratos hasta excitados. El patio ya se había llenado y aún seguía llegando más gente. Hubo tres personas —dos hombres y una mujer— que llamaron particularmente su atención. Entraron con la función ya iniciada y lo hicieron como queriendo pasar desapercibidos; algo difícil, ya que se distinguían de inmediato del resto de lugareños, no solo porque se les notase otro porte, sino porque enseguida se levantaron tres o cuatro paisanos para cederles humildemente sus asientos. Los hombres tenían que ser el cura y el alcalde. Panzudos los dos como toneles, calvo como una tortuga el primero, repeinado el segundo, se sentaron más bien hacia atrás, pegados a la puerta de la escuela. La mujer, seca como cecina de atún y con las piernas combadas, debía ser la esposa de don Blas.

A Darío le resultaron los tres igualmente antipáticos, pero se sintió complacido al ver que también ellos, que tantas trabas le pusieron a su pequeña Misión, se habían acercado a disfrutar del espectáculo. Con un poco de suerte, igual hasta terminaban dándose cuenta de que no había nada malo en lo que hacían. Tan solo el noble propósito de llevar algo de cultura a una gente a la que se le había negado el acceso a un patrimonio que no dejaba de ser suyo. ¿Cómo, sino, tendrían la oportunidad de escuchar las rimas de Gustavo Adolfo Bécquer y los poemas de Juan Ramón Jiménez? Poemas que a Miguel le costaba recitar porque expresar emociones nunca se le había dado muy bien. Por eso, para sentirse más cómodo, evitaba dirigirse directamente al público cuando tenía que hablar de besos y de latidos del corazón. En su lugar, se refugiaba en la actitud serena de su amiga Mina, pendiente de él desde una esquina. Solo hubo dos personas a las que aquellos últimos versos no debieron agradar en demasía.

Uno fue el orondo sacerdote, que se revolvió en su silla al oír algo relativo a la desnudez en la noche azul, en la tarde verde y en la mañana celeste. ¿Qué sabría de desnudeces y de sensualidad aquel infeliz, que solo veía pecado donde no había más que belleza?

La otra disgustada era *mademoiselle*, también infeliz a su manera, víctima al igual que el párroco de su ignorancia y, encima, de un afecto no correspondido. Más le valdría a Darío concentrarse en las cuerdas, porque en aquel curioso cuadrilátero de predilecciones el único a quien nadie miraba como miran quienes desean ser mirados resultaba ser él. Decepcionado, casi agradeció que el tiempo dedicado a sus queridas letras llegase a su fin y Mina encendiera el proyector transportable que habían llevado a Castroblanco dentro de la caja negra que tanta curiosidad había despertado en Céline Perrault. «Magia», le había asegurado Miguel que contenía, y en cierto modo no le había mentido, porque a mucha de esa gente debió antojársele que era cosa de hechicería aquello del cine.

Primero proyectaron un documental sobre animales de las regiones árticas que los dejó fascinados. Osos blancos, morsas, zorros y hasta narvales se dejaron ver en la pantalla mientras el gramófono hacía sonar música de piano. Después llegaría el turno de los cortos de Chaplin. Un fin de fiesta ameno e inofensivo que les haría soltar alguna que otra carcajada, y puede que también una lagrimilla. *Charlot en la calle de la paz* gustó a todo el mundo. *Charlot, sastre de señoras,* aún más. La que les dejó un resabio agridulce fue la cinta con la que dieron por terminada aquella primera sesión, *El vagabundo.* Era, con diferencia, la favorita de Darío.

Llegó la hora de despedirse, ya bien entrada la noche. Antes, Darío les agradeció a todos que hubieran acudido a su llamamiento y les recordó que en unos días volverían a ofrecerles un espectáculo similar con nuevas actuaciones y películas diferentes. Mientras tanto, quedaban invitados a pasarse cuantas veces quisieran por el Museo del Pueblo y por la biblioteca. Mina, de pie en la puerta de salida, fue estrechando una a una las manos de los asistentes que abandonaban su escuela. Al hacerlo, ella también les agradecía que les hubieran prestado su tiempo y su atención, y de paso les hacía entrega de un pliego de unas treinta hojas con tapas de cartulina. Muchos no sabían ni qué era, pero lo recibieron con gratitud. A punto estuvieron de saltársele las lágrimas a la maestra. Llevaba meses en Castroblanco y nunca hasta entonces se había sentido tan bien acogida como aquella noche. Solo un episodio enturbió la que habría sido una velada perfecta. Uno muy desagradable que protagonizaron el alcalde y el cura cuando Mina les tendió su mano conciliadora y, de paso, uno de aquellos cuadernillos. Don Blas no se negó a devolverle el saludo y poco le faltó para aceptar también el obsequio. Seguramente lo habría hecho de no haberse interpuesto la mano rolliza del padre Ezequiel, que se lo arrancó a Mina de la suya para tirarlo al suelo.

—¡Apóstoles del diablo! —les llamó en un tono tan agresivo que Miguel saltó del escenario y se dirigió a la puerta para defender a su amiga.

Un gesto tan caballeroso como innecesario. Ni a la joven le hacía falta que dieran la cara por ella, ni don Ezequiel permaneció un segundo más en la escuela. Les lanzó una mirada desafiante y abandonó el lugar enfurecido. El alcalde, ofuscado, lo siguió como un perrillo faldero. Tras él salió su esposa, que se giró hacia Mina con la barbilla tiesa y también le lanzó un improperio.

—¡Golfa!

Darío no daba crédito a semejante grosería. También él había bajado a toda prisa de la tarima para acercarse a Mina. *Mademoiselle* Perrault le había salido al paso, no para detenerlo, sino para unírseles si hacía falta. No entendía lo que estaba ocurriendo, pero le bastaba con haber sido testigo de los modos rudos del sacerdote para tomar partido.

—*Qu'est ce que c'est?* ¿Por qué se ha puesto así el padre? —preguntó al ver a la maestra agachándose para recoger el pliego.

Después de la escena que había brindado el párroco, fueron bastantes los que prefirieron no coger los los que les siguieron ofreciendo.

—Es una copia de la Constitución. Solemos repartirla en todos los pueblos a los que vamos —le explicó Mina.

—¿Y es habitual que levante tanto revuelo?

—Solo cuando lo mandan el cura o las monjitas —ironizó Miguel.

Aquel fue un comentario que dejó algo desencajada a la señorita Perrault. Darío era muy consciente de que a veces su compañero no sabía ponerle límites a su mordacidad y atormentaba sin pretenderlo a quien no lo merecía.

—En este país las cosas... están convulsas —quiso aclararle con la mejor intención.

—Estoy al tanto, *mon ami*.

Por supuesto que lo estaba. Lo dejaría patente aquella misma noche, durante la cena en casa de Mina a la que aceptó de buen grado unirse. Tomaron una sopa de truchas preparada con pan de hogaza, refrito de ajos y pimentón que les supo a gloria, y luego se quedaron charlando hasta tarde. A Darío lo que más le impresionó no fue que la chica expresara algunas opiniones sorprendentemente liberales para venir de un colegio de monjas, ni que estuviera al tanto de todas las revueltas y conflictos que se habían producido en un país que no era el suyo, sino que asintiera convencida con aquella cabecita castaña cuando la anfitriona le preguntó si quería ponerle un chorrito de aguardiente al café.

El reloj de la cocina marcaba las doce y cuarto cuando Miguel recordó que debían regresar al monasterio. Él podría haberse quedado y dormir en cualquier rincón. La señorita Perrault, sin embargo, lo había acompañado con la condición de que la llevara de vuelta a una hora prudencial. Aunque eso ya no iba a ser posible, no podía alargar mucho más su ausencia si no quería que se notara demasiado. No es que pudieran prohibirle que abandonase el internado en su día libre, ya que no era una alumna, pero a la madre priora no le haría gracia si se enteraba de que había estado todo el día y parte de la noche enredando con los misioneros. Y a ella tampoco le entusiasmaba la idea de dejar solas a las niñas. Antes de acostarse, quería pasarse por el dormitorio común y echar un ojo para asegurarse de que todas estaban durmiendo.

—¿Qué te parece *mademoiselle* Perrault? —se interesó Mina por la opinión de su amigo cuando ella y Miguel se hubieron alejado ya en la vieja Gimson Patria camino de la montaña.

—Me parece que voy a proponerle matrimonio.

A la maestra le entró la risa.

—Tienes que dejar de encapricharte de todas las mujeres que se cruzan en tu camino, Darío, o ninguna te tomará en serio.

15. Flores para Raquel

El padre Ezequiel devoraba con avidez los amarguillos que sor Gúdula le había llevado al despacho de la madre Agnès. Algún malpensado habría podido juzgar erróneamente que encadenaba un bocado con otro por pura glotonería, que se rendía al pecado de la gula sin presentar batalla. La priora, que lo llevaba tratando lustros enteros, sabía que el sacerdote no era en particular goloso. Cuando andaba con los nervios excitados, lo mismo le daba que le pusieran delante un plato de garbanzos que una bandeja de rosquillas. Todo iba para adentro. Comía, no por hambre ni por gusto, sino por pura zozobra del ánimo.

Aquella ansiedad era la misma que le había impedido conciliar el sueño y la que lo había empujado a presentarse en el colegio Nuestra Señora de Roche Amère a primerísima hora de la mañana, cuando las internas todavía estaban desayunando y las clases ni habían dado comienzo. La priora lo había recibido de mala gana, a sabiendas de que no podía hacerlo esperar, aunque le había sabido mal no poderse quedar con sus subordinadas en el refectorio. La disciplina se empobrecía cuando ella se ausentaba, y eso no era conveniente.

—¡Un descaro! ¡Una pura provocación! —rabiaba el padre Ezequiel—. Que si marionetas, que si música, que si unas películas que tampoco creo que le hagan ningún bien, ni mucho menos ninguna falta, a familias que lo que tienen que hacer es pensar en trabajar... Todo artimañas para meterles mandangas en la mollera. Uno allí subido, dándoselas de trovador, hablando todo el rato de desnudeces y sinvergonzonerías delante de los niños; el otro con la guitarrita, y la maestra... ¡La maestra es la peor! ¡Repartiendo panfletitos ahí al final, con ese morro de lagarta que tiene!

—Ya me han llegado relatos de ella —se limitó a observar la priora, que mantenía la calma.

—Se amariza con los dos. Con uno se conoce que no le basta. El de la guitarra, el que anda zascandileando por el pueblo, es al que ha metido en casa. ¡Pero es que hay otro! Uno más alto que se deja ver menos.

—¿Y dice que la escuela estaba a reventar de gente?

—No cabía la punta de un alfiler.

—¿No les advirtió usted en misa que no fueran?

—¡Claro que lo hice! ¡Y de nada sirvió! Esta gente está perdida. Les mueven un cascabel delante de las narices y allá que lo siguen. Luego quieren estos iluminados de la capital que sepan lo que tienen votar, si no saben ni conducirse.

La madre Agnès ni le daba ni le quitaba la razón. Ni siquiera asentía. Para ella buena parte del problema residía en la ineptitud del párroco para guiar a su rebaño, pero nada habría sacado en limpio echándoselo en cara. Por muy priora que fuera, no dejaba de haber nacido mujer. De haberle recriminado algo al sacerdote, la habría puesto en su lugar sin templanzas. Mejor sería buscar un remedio mientras todavía estuvieran a tiempo.

—Esto no puede consentirse. ¡Hay que ponerlo en conocimiento de don Marcial!

—Ya se lo he dicho. Ahora mismo no se encuentra aquí. Vuelva al pueblo y no pierda de vista a esos alborotadores, que yo pondré al señor Montalvo al tanto de lo que está pasando en Castroblanco. Estoy segura de que él sabrá cómo actuar.

Con estas terminantes palabras, la monja dio el asunto por concluido, al menos por el momento. Se puso en pie y acompañó al padre Ezequiel hasta el claustro, donde se despidió con todo el respeto que estaba obligada a mostrarle.

—Confío en usted para que le exponga a don Marcial la gravedad de los hechos. Si no cortamos estos excesos de raíz, solo Dios sabe lo que llegaremos a ver —machacó una vez más antes de enfilar el pasillo que conducía a la salida.

—Pierda cuidado. Estoy tan preocupada como usted.

Y ciertamente lo estaba, aunque también atisbaba una oportunidad en medio de la contrariedad para ganarse más todavía el favor de su principal benefactor. La madre Agnès no había jugado una partida de cartas en la vida. No le eran familiares las reglas del mus ni las del cinquillo, pero eso no le impedía reconocer la ocasión de guardarse un naipe en la manga de la túnica. Uno que no pensaba enseñarle al padre Ezequiel mientras no fuera inexcusable. La priora del monasterio había llegado por sí sola a la conclusión de que el hijo pequeño de don Marcial, Miguel, estaba metido en aquel perverso aquelarre sobre el que había ido a advertirles el cura.

Tampoco es que la revelación la hubiera pillado de nuevas. Corría el runrún hacía tiempo de que el benjamín de los Montalvo había salido con el cerebro del revés. A su padre no le importaba mentar a ninguno de sus cinco hijos mayores, y motivos no le faltaban. Era para estar bien orgulloso de todos ellos. De las andanzas del chico, no obstante, costaba más sacarle algo en claro. Que sí, que estaba en la Universidad Central, que pretendía doctorarse, que novia no le conocía... Por el monasterio hacía años que no se le había visto el pelo, y ahora que había vuelto era como si lo hubiera hecho solo para enzarzarse con su padre noche sí y noche también.

A la madre Agnès nunca le había gustado. Ni siquiera de pequeño.

Lo recordaba vagamente, porque a Castroblanco lo habían

llevado de higos a brevas y nunca había percibido ninguna virtud en él que lo hiciera memorable. Un niño tirando a gordo, siempre con los mocos colgando y necesitado de atención, del que saltaba a la vista que iba a ser difícil hacer un hombre. La priora solo se había equivocado a medias al juzgar a la criatura. Trazas viriles sí había acabado adquiriendo, por lo menos en lo tocante a su aspecto físico. Bien parecido, talludo y con inmejorable color, podría haber pasado por digno entre sus hermanos. Podría, de no haberse torcido. Era un secreto a voces que el hijo menor de don Marcial Montalvo se había declarado incondicional del ideario republicano, algo que cualquiera con dos dedos de frente fingía ignorar en presencia de su padre; la madre Agnès no era una excepción a esa regla, pero eso no significaba que no pudiera tener una conversación privada con él. Una en la que le previniera como la perfecta amiga y confidente que esperaba que reconociese en ella.

No veía, en consecuencia, la hora de que el padre Ezequiel dejara de entretenerla con sus murgas y se marchara de una vez. Debían ser ya las nueve, porque estaba oyendo a las internas salir del refectorio. Eso era que habían acabado de desayunar. Volvió la mirada hacia la escalera y vio a un grupo dividido en dos filas. La hermana Tránsito las gobernaba severa para que mantuvieran el orden. Justo detrás de ellas iba otra tropa un poco más numerosa, también distribuida en dos hileras simétricas. Al frente de estas iba la francesita que les habían endilgado. Iba a tener que llamarle la atención, porque el día antes había faltado a todos los oficios. Alguno podía excusársele. Lo que no iba a consentirle era que descuidara la liturgia de aquella manera, y menos en domingo.

—Da gusto verlas, tan rectas... —se solazó el sacerdote con la visión de las niñas idénticamente uniformadas y dóciles—. Las tienen bien enseñadas.

—Nos esforzamos para que así sea —se preció humilde la madre priora, aunque de buena gana habría añadido: «no como usted con sus feligreses».

—Esa muchachita que va ahí delante —señaló de repente a *mademoiselle* Perrault—, ¿es la francesa que ha llegado hace poco?

—Ella es, sí.

—¡Hum! —rumió sin quitarle ojo.

—A mí tampoco me agrada, pero hay que reconocer que al menos es diligente.

—No lo dudo. Es solo que juraría que la vi anoche en la escuela, sentada delante del todo.

—Eso no es posible, padre. Esta chica vive aquí, con nosotras. No se mezcla con los del pueblo y no tiene forma de bajar a Castroblanco.

—Pues le digo que allí estaba, riéndoles las gracias a los tres depravados esos. Cómo bajó hasta el pueblo y cómo volvió después, eso ya no me incumbe... Aunque, ahora que lo comenta, hace unos días vi a uno subiendo en motocicleta por la carretera. ¡Lo que faltaba! Ándese con ojo, madre, que lo mismo se está beneficiando a la francesita. Si es que de las extranjeras es imposible fiarse. Bueno —lo dejó estar finalmente—, quede usted con Dios. Y no se olvide de poner al corriente de todo a don Marcial en cuanto pueda.

La priora le dio su palabra de que lo haría y lo despachó de una vez por todas. La misma ansiedad que había impulsado al sacerdote a hincharse de amarguillos almendrados, la dominaba a ella entonces. Se volvió hacia la galería en la que había visto a *mademoiselle* Perrault con la esperanza de encontrarla todavía allí, pero ya se había ido.

Atravesó el claustro todo lo deprisa que le permitieron sus años y se dispuso a salir al exterior en busca de don Marcial. No le había mentido al padre Ezequiel; era cierto que no estaba en el colegio. Lo que no le había dicho era que intuía dónde encontrarlo porque había visto al jardinero armándole un ramillete de flores un rato antes. Uno sencillo, de peonias y clavelinas, adornado con hierbas y ramitas secas.

Plantarse en el cementerio habría supuesto un error mayúsculo. A don Marcial no le habría sentado bien que fuera nadie a importunarlo mientras iba a visitar la tumba de su difunta esposa; ni siquiera la madre Agnès. Al camposanto iba solo, y solo deseaba permanecer al pie de la sepultura. A veces no se entretenía más que un par de minutos después de dejar el ramo sobre la lápida. Otras, echaba la mañana entera. Con frecuencia volvía al colegio de un humor de perros y con los ojos enrojecidos. Lo más prudente sería esperarlo cerca de los parterres y hacerse la encontradiza. Igual le tocaba esperar un rato; no quedaba otro remedio si quería hablar con él cuanto antes.

Tuvo suerte aquel día la priora, porque no habían dado ni las diez cuando lo vio aparecer a lo lejos por el camino del cementerio. Largo como un día sin pan, cabizbajo aunque tranquilo. Para disimular, la monja fingió estar inspeccionando las plantas que adornaban la puerta de acceso al monasterio. Dio la casualidad de que aquella ocurrencia le hizo sacar a don Marcial un tema de conversación que a la madre Agnès le vino a pedir de boca.

—Buenos días, madre. Menudo estropicio nos han hecho las bestias en la entrada, ¿eh? Las ramas de los arbustos rotas, el suelo escarbado, la puerta hendida...

La priora estaba al corriente de los desperfectos, pero tampoco le había dado hasta entonces más importancia de la debida. Era cosa corriente que los jabalíes y otros animales se les metieran en el jardín y lo dejaran todo sucio y tronchado. Un lance como otro cualquiera de los que podían acontecerles al vivir tan retiradas. Había oído rumores de que dos noches atrás las internas habían estado un poco más revueltas de lo habitual porque se había repetido uno de aquellos episodios. Fruto de las historias que les debían haber contado sus nodrizas de chicas y de las infames lecturas que sus madres les consentían durante el verano, a algunas les había dado por fantasear con la idea de que eran monstruos y no puercos salvajes los causantes de aquellos destrozos. Gran parte de la culpa la tenían también los aldeanos, buena gana de negarlo. El populacho, basto y sin cultura, creía a pies juntillas en cuentos de viejas. Leyendas sin pies ni cabeza sobre serpientes aladas y lobisones. Nunca sacaban el tema más que con la boca chica, pero todos se persignaban cuando oían nombrar a aquellas criaturas imaginarias en cuya existencia a veces parecían tener más fe que en la del mismísimo Espíritu Santo. Que aquellas creencias absurdas hubieran llegado a oídos de unas niñas bien instruidas solo podía tener una explicación: que se las hubieran transmitido las alumnas becadas.

De poco servía que la madre Agnès les tuviera terminantemente prohibido mencionar siquiera aquellas leyendas. Los relatos sobre lobisones corrían sin remedio por el colegio y cualquier suceso fuera de lo corriente reavivaba la fantasía en sus cabecitas atolondradas.

—Buenos días, don Marcial. Ya vi que había pintado el jardinero.

—El jardinero no mueve un dedo si antes no se lo digo tres veces.

—Entonces...

—Habrá sido mi hijo. Se ve que le sobra el tiempo.

—No es mala cosa que lo ocupe en algo juicioso.

Eran ya muchos años de tratarse el uno al otro. Demasiados como para que el tono con el que la priora había soltado aquel comentario le pasara desapercibido. Había querido decir algo más. Algo que no se atrevía a soltar por las buenas, pero que tampoco llevaba intención de guardarse para sí.

Don Marcial asintió con el ceño arrugado, dispuesto a escuchar lo que tuviese que decirle, aunque no allí afuera, donde cualquiera podría pegar la oreja a la ventana y enterarse de lo que hablaban. Se recogieron en circunspecto silencio dentro del despacho del ya escamadísimo padre de familia y cerraron la puerta después de asegurarse de que nadie rondaba por los pasillos.

—¿Qué ha hecho ahora Miguelito?

No se anduvo con rodeos. Quería salir de dudas a la mayor brevedad posible, y eso que algo ya se temía, porque no era ningún ingenuo. La monja tampoco era de andarse por las ramas, pero lo delicado de la situación le exigió cierta prudencia.

—Ha venido el padre Ezequiel.

—¿Tan temprano? No es propio de él.

Claro que no lo era. Así podía ir haciéndose a la idea de la gravedad del asunto que deseaba tratar.

—Recordará, don Marcial, que hace unos meses la maestra esa de la escuela del pueblo quiso persuadir a don Blas para que viniera aquí una de esas mal llamadas Misiones Pedagógicas que van de pueblo en pueblo predicando el ateísmo.

Con los vellos de la nuca ya erizados, el hombre asintió después de tragar saliva.

—Aquello no llegó a parte ninguna.

—Pues le ha dado lo mismo. Resulta que se ha traído no a uno, sino a dos amigos, y han transformado la escuela en un circo. Se quieren ganar a la gente con películas y marionetas. Han montado una biblioteca sin pedirle permiso a nadie. Vaya usted a saber con qué clase de libros indecentes estarán aleccionando a los niños.

—Y teme usted que Miguel sea uno de esos amigos.

Temer no se temía nada. Habría puesto su avejentada mano en el fuego apostando a que sí lo era y ni se le habría templado.

—El padre Ezequiel todavía no ha caído en quién es y yo no le he dicho nada, pero ya sabe usted que las mentiras tienen las patas muy cortas y las mujeres, la lengua muy larga.

Esta apreciación la ornamentó con un movimiento desdeñoso de la barbilla y una mirada de reojo al escritorio de don Marcial. El alcalde y el sacerdote no solían reparar en los retratos de los seis hermanos Montalvo porque se aposentaban en las sillas, se dejaban servir una copita de jerez y unas golosinas, y permitían que fluyeran sus pensamientos sin filtro, convencidos de que ninguna palabra suya caería en saco roto. La priora, sin embargo, se tomaba de tanto en tanto la libertad de rehusar el asiento que se le reservaba. Se daba una vuelta o dos por la estancia, clavaba los ojos de rapaz en las cabezas de corzo que colgaban de las paredes y se asomaba a la ventana para contemplar el escarpe de la montaña. Este desenvuelto deambular le permitía fisgar las fotografías de los Montalvo; las de los seis hijos vivos y la de la madre muerta.

Conocía la monja al dedillo la fisonomía de cada uno de los hijos de don Marcial. No se parecían mucho entre ellos. El mayor, por ejemplo, tenía una mirada profunda, ojeras pronunciadas y carrillos como acorchados. El siguiente era de rostro enjuto y facciones rectas. Por puro capricho divino, el segundo más pequeño había salido rubio; el único entre cinco morenos. Solo ese y el tercero habían sacado los ojos claros de su madre, aunque eso no se apreciaba en aquellas imágenes de tonos sepias. Más que por hermanos, se les habría podido tomar por primos en segundo grado.

La cuestión era que a todos ellos los habría identificado con solo verles las orejas. Al que menos, si acaso, al errático Miguel. Y con todo lo habría señalado sin titubeos de habérselo encontrado en la plaza o en misa. Esto último en el improbable caso de que hubiera asistido a alguna.

—Tendré unas palabras con él, aunque el mal hecho está si ya montaron anoche su numerito.

—Llevan voluntad de armar otros —le advirtió la priora sin quitarle ojo a la imagen del hijo descarriado.

También don Marcial miraba fijamente uno de los retratos, pero no era el de ninguno de los muchachos, sino el de su esposa. La monja, que se dio cuenta, echó un rápido vistazo a la fotografía de la difunta y luego apartó la mirada. Raquel Ruiz Velasco siempre le había provocado un rechazo visceral. La recordaba adolescente, prácticamente niña. Entonces la futura señora de Montalvo todavía vestía el uniforme gris ceniza de las alumnas de Nuestra Señora de Roche Amère y ella ni era madre ni había adoptado el nombre por el que en adelante la conocerían. A Raquel la había metido interna su madrastra, probablemente para perderla de vista. Había sido una estudiante dulce, remilgada y no muy inteligente. Solía olvidarse de sumar las que se llevaba al dividir, silabeaba al leer y sentada al piano no podía tocar con menos arte ni armonía. No atesoraba más prendas que su carita de ángel, una mansedumbre exquisita y una devoción cristiana que rayaba en el fervor. No hacía falta ser un lince para prever que, llegado el momento, haría una casada pluscuamperfecta. No obstante, lo que cautivó de aquella muchachita al también muchacho Marcial Montalvo no fueron todas aquellas señales de excelencia, sino sus inmensos ojos de verde aguamarina.

Raquel tardaría un par de años todavía en abandonar el colegio y ni siquiera entonces se consideró de recibo formalizar el compromiso. Hubo que darle tiempo al tiempo, no fuera a ser cosa que cogiera mala prensa el internado a cuenta de aquel idilio entre pubescentes. A las niñas se las mandaba a Nuestra Señora de Roche Amère para que hiciesen matrimonios provechosos al salir de allí, no antes. Es bien sabido que por temprano se perdió el almendro.

Entre cautelas y miramientos, al final los tortolitos tardaron seis años más en pasar por el altar. Seis años de noviazgo que a la hermana Agnès —todavía le faltaba bastante para ser madre— le supieron a peras amargas. A la niña Ruiz le tenía ojeriza y no iba a ser plato de gusto aguantarla con frecuencia en el monasterio; peor aún llevaría el tener que tratarla con deferencia cuando tiempo atrás podría haberle cruzado aquella carita de espíritu celeste solo por salirse del renglón. Pero lo que más rabia le dio, de largo, fue verla feliz con su esposo, los dos cómplices, los dos radiantes y enamorados.

La hermana Agnès creía odiar a doña Raquel de Montalvo por su carácter blando. Se mentía a sí misma, por supuesto, y con malos rendimientos. En el fondo era consciente de que lo suyo, más que un odio azaroso, era fruto de la simple envidia, de los celos y, en última instancia, de un deseo impuro que debía ser purgado.

Rumiaba la religiosa que, al volver a su celda, iba a tener que ajustarse al torso las cadenillas de hierro que le mortifican las carnes cuando requerían penitencia y rectificación. Entre tanto, mientras permaneciera en el despacho de don Marcial, el diablo podría correrle libremente por el cuerpo.

—Hay algo más que ha llegado a mis oídos.

La monja quería hacerse de rogar, paladear los instantes previos al clímax del señalamiento.

—¿Algo relacionado con Miguel?

—Me temo que sí. Verá, don Marcial, su hijo baja mucho al pueblo.

—Coge la vieja motocicleta de su hermano Bartolomé.

—Pues se conoce que no lo hace solo. Además de con esa caterva de pervertidos, lo vieron en compañía de una mujer. No son chismes de comadres. Me lo ha contado el padre Ezequiel.

—¿Una mujer del pueblo?

—No, don Marcial. No es una mujer del pueblo. Ni siquiera del país.

—Explíquese, madre —le exigió él, ya muy tenso.

Ajena a otros gozos, ninguno podía competir con el que le producía poner en su sitio a sus semejantes. Sobre todo, a las mujeres; en especial a las jovencitas de temperamento dulce, rostro angelical y ojos verdeazulados.

—Es la francesa, don Marcial. Miguel se entiende con *mademoiselle* Perrault.

16. Pájaros en la cabeza

Pese al incidente con don Ezequiel, Mina y Darío se sentían satisfechos con la buena acogida que había tenido su humilde misión. El patio de la escuela se había llenado, casi todo el mundo lo había pasado bien y, por lo que habían oído, la gente se moría de ganas de repetir la experiencia. No había razón para que no fuera así. Lo tenían todo a punto: el generador de gasolina, el proyector, las películas, los guiñoles, la guitarra de Darío...

No era un mal presagio lo estupendamente que había marchado la biblioteca durante aquellos cuatro días. Ya con menos timidez, los vecinos de Castroblanco se habían ido dejando caer por la escuela al salir los niños de clase. Curioseaban los libros que habían dispuesto en las baldas y preguntaban a la maestra. Los que más éxito tenían era los que incorporaban estampas vistosas, en especial los que tenían que ver con ciencias naturales. Les costaba pedir consejo, pero al final se atrevían.

—¿Libros con santos no tienen?

—¿Con santos? ¿Se refiere a los de historia sagrada? —preguntaba extrañado Darío.

—Quiere decir ilustrados, ¿verdad, señor Quinciano? —atinaba más Mina.

Eran los que mejor funcionaban, aunque les seguía dando reparo llevárselos a sus casas. Dejaban que la maestra apuntase su nombre en el talonario de préstamo y salían a hojearlos al patio, donde había más luz.

—Pueden llevárselos ustedes y traerlos dentro de unos días —les insistía ella.

—¡Quiá! Buena gana, si solo es por pasar las páginas y mirar los dibujos. Juntar las letras no sé.

Si hubieran sabido, no habrían tenido que firmar con el dedo en el talonario.

—Yo les enseño. Vengan un rato por las tardes y nos ponemos a ello.

Los hombres, ante el generoso ofrecimiento, se reían a carcajadas y hacían gestos con las manos como espantando moscones. Encontraban absurda la sugerencia. Las mujeres, aunque iban menos, luego se quedaban más rato en la biblioteca. Ellas también se reían; con discreción, eso sí, con una mezcla de vergüenza y coraje.

—¿Y usted, Felisa? ¿No se animaría? Mire que yo tengo buena mano para enseñar.

La maestra les ponía ojitos de recental, pero no había manera. No era por falta de ganas, deducía, sino por el qué dirán. Siempre el dichoso qué dirán.

—Ay, señorita Guillermina, usted lo que busca es que a una la llamen loca por las calles.

—¿Por aprender a leer?

—¡Y por menos!

Lo grave es que Felisa no exageraba. A Aurora llevaban meses poniéndola a caer de un burro. La parte positiva, que también la había, era que ya podía leer en voz alta sin que se le enredase la lengua. Tenía sus motivaciones, aparte de hacerse cargo del patrimonio que había heredado del bruto de su marido. Quería contarle cuentos a su hijo. A ella, de chica, como se había criado en un hospicio, no le habían contado apenas; y los pocos que conocía, no le gustaban demasiado. No eran siquiera cuentos, sino anécdotas atribuidas a santos. Que si un niño recriminándole a san Agustín sus esfuerzos por desentrañar con la razón los misterios divinos, que si san Francisco de Asís quemando el cesto que tanto le había costado trenzar porque le había quedado tan bonito que lo distraía de la oración... Puesta a contarle historias sin pies ni cabeza a su hijo, mejor que por lo menos fueran tan entretenidas como las que colmaban los libros de fábulas que le dejaba Mina.

—Ofrecido queda, en serio. Denle una vuelta.

Tampoco era cuestión de ponerse cansina. Más le valía ir convenciéndolos poco a poco. El cine y la música habían demostrado ser los mejores incentivos a la hora de atraer público. Siempre lo eran. Luego, para que echase a andar lo de la biblioteca y lo de las clases para adultos, habría que ponerle paciencia. Pero seguro que al final prendía la semilla. Lo notaba en las risillas sibilinas y en los ojos entrecerrados. Querer, querían. O habrían querido si les hubiesen dejado.

Ese era el espíritu con el que se acercaban a la escuela la mayor parte de los habitantes de Castroblanco. Titubeantes, agitados, deseosos de enterarse de qué maravillas se cocían allí dentro. Solo había que dejarles al alcance de la mano el arte y el conocimiento para que ellos la extendieran con ilusión. Por desgracia, esa mayoría no incluía al total de los vecinos. También los había que farfullaban alguna injuria al pasar por delante de la puerta. Eso cuando no escupían con desprecio para hacer notar su repulsa ante las actividades que allí se llevaban a cabo.

Uno de los que puso mala cara al arrimarse a la escuela fue Jonás, el padre de Basilio y de Gabriel. Mina no lo había tratado nunca; solo lo conocía de vista. Pepe le había dicho que se llevaba bien con don Ezequiel y que, aunque en casa no iban sobrados de nada —más bien al contrario—, no había semana que no mandase a alguno de sus siete críos a hacerle la rosca al cura con una cesta de huevos o una liebre desollada. También le había dicho que con el anterior maestro había tenido amistad porque a los dos les gustaba la caza una barbaridad.

—Buenas tardes —lo saludó Mina, algo sorprendida de verlo

allí, y al mismo tiempo esperanzada—. No nos conocemos. Soy la maestra, la señorita Guillermina.

Le tendió su mano abierta. El hombre apenas la miró de reojo. Tampoco le devolvió el saludo. Se quitó la boina castellana con la que se cubría la cabeza, prematuramente canosa donde le crecían cabellos, encarnada donde estaba pelón o afeitado. Lo hizo al ver al fondo el cuadro de Berruguete, no por respeto a ninguno de los allí presentes. Alguien le había explicado que tenían colgada en el aula la imagen de un santo y dedujo que debía ser aquella. También se destapó el cogote el mozalbete que se mantenía a su espalda, medio tieso medio acobardado, seguramente debido al temor que le infundía su padre. Tenía que ser uno de los hermanos mayores de Gabriel.

—De sobra sé quién es usted.

Con el tono ya dejó claro que no hacía la visita en son de paz. La maestra, pese a todo, conservó la urbanidad.

—Y yo adivino que estoy ante el padre de Gabriel y de Basilio.

—De esos y de otros cinco que le he hecho a esa de ahí. —Señaló con el dedo pulgar, sin girarse hacia ella, a una afligida Higinia que aguardaba de pie en el quicio de la puerta, como si una fuerza siniestra le impidiera poner un solo pie en el interior de la escuela. La mujer se había echado un pañuelo negro sobre la cabeza y lo había estirado hacia delante para taparse un poco la frente y las mejillas. Si lo que pretendía era esconder los cardenales, no lo lograba. No eran solo moretones; llevaba la ceja derecha tan en carne viva que aún se distinguía el brillo de la sangre. A Guillermina Gispert se le pusieron los vellos de punta y le costó articular palabra.

—Sí... A veces hablan de sus hermanos —continuó por decir algo.

—Pues que no hablen tanto. Y usted lo mismo, aplíquese el cuento.

—¿Disculpe? —se revolvió la maestra contrariada.

—Que no se meta donde no la llaman.

—¿Dónde me he metido yo que no fuera asunto mío? —quiso enterarse ella.

No estaba acostumbrado Jonás a que una hembra le replicase, y al muchacho que había llevado con él le faltó tiempo para echar el pecho un poco hacia delante, como si se dispusiera a encararse con la sabihonda aquella que había osado responderle así a su padre. Mina no se amedrentó y le sostuvo una mirada que de inmediato se tornó esquiva.

—¿A cuenta de qué tiene que decirle nada a la Higinia de que si el chico debe estudiar? ¿Quién le ha pedido a usted parecer?

—Soy su maestra. Y Gabriel vale un imperio. No es cabal dejar que se eche a perder cuando yo podría ayudarlo...

—¡Chitón! —la mandó callar con un dedo en alto—. A usted no le ha pedido ayuda nadie.

—Eso es cierto —tuvo que concederle, a pesar de que lo que le pedía el cuerpo era contestar con idéntica vulgaridad—, pero Gabriel...

—¡Ni Gabriel ni mierdas! Ninguno de los mayores ha estudiado y de caraba estaría que ahora el pequeño fuera a ser más que ellos. Como vuelva a meterle pájaros en la cabeza a la Higinia, me planto aquí con la escopeta, la agarro por esos pelos coloraos que tiene y la arrastro hasta la plaza para meterle tres tiros delante de todo el pueblo.

Aquella amenaza ya fue a todas luces inadmisible. No había forma de dejarlo estar. Encima la había proferido a voz en grito, por lo que todos los presentes, tanto dentro de la escuela como en el patio, se volvieron hacia el vocinglero alarmados. El único que dio un paso al frente para enfrentársele fue Darío Dolagaray.

—¿Puede saberse qué barbaridades está soltando usted? Discúlpese con la señorita de inmediato, hombre.

—Avisada queda —le recordó el hombre a Mina, de nuevo señalándola con el dedo torvo—. Y usted quítese de en medio, no siendo que todavía tenga que soltarle un sopapo.

Sopapo no llegó a darle ninguno al bueno de Darío, aunque un manotazo en el pecho para apartarlo sí que se llevó. Poco dado a perder los estribos, el estudiante no le entró al trapo. Se quedó de piedra, eso sí, sin saber cómo actuar ante semejante escena. ¿Qué se hacía en tales casos? ¿Se buscaba un abogado? ¿Se denunciaban los hechos en el puesto de la Guardia Civil? Algo le decía que ni lo uno ni lo otro habrían valido de mucho. La cosa quedó así y el bruto se largó por donde había venido, seguido de su hijo y su abochornada esposa.

—¿Estás bien, Mina?

Estaba perfectamente, con la cabeza bien alta y sin dejar que le tiritase ni una pestaña. Le preocupaban, mucho más que su propia integridad, la del pequeño Gabriel y la de su madre, Higinia. Notaba una congoja desgarradora en la garganta, la que se siente cuando se contiene el llanto o la rabia. Dejó que Darío la cogiera de la mano para infundirle ánimos y soltó un bufido para liberarse un poco de la tensión. Lo que peor le sabía, aparte del daño que Jonás podía seguir haciéndoles a Gabriel y a Higinia, era que el muy necio había conseguido enrarecer el ambiente poco antes de dar comienzo la función.

—No le hagas caso, Mina —la consoló su amigo—. ¿No ves que es un patán? Lo malo es que con los números que montan el cura y este sujeto, cualquiera les hace ahora la competencia.

La maestra tuvo que forzar la sonrisa; no estaba de humor para chistes malos. Tendría que disimular, fingir que las amenazas no le habían hecho mella y dar lo mejor de sí misma en el escenario. Todo pasaba por calmarse lo suficiente y tratar de olvidar el mal rato que le había hecho pasar aquel tipo tan obtuso. Y Gabriel... Pobre niño. Mina veía muy poco probable que su padre fuera a permitirles ni a él ni a sus hermanos acudir a la velada aquella noche. Que les prohibiera volver a la escuela no quería ni pensarlo, aunque tampoco era descabellado. Aquel hombre era una mala bestia, una condena para todo el que tuviera la desgracia de vivir bajo su yugo.

—Era amigo de Gregorio —comentó muy bajito Aurora, que había presenciado el embate desde un rincón del aula.

—¿Quién? ¿El padre de Gabrielín? —le preguntó Darío.

Aurora asintió mustia.

—Igual de malos los dos. La Higinia no puede darme más pena.

—Debería mandarlo a paseo.

—¡Qué fácil es decirlo, Darío! —le reprochó Mina—. ¿A dónde va una madre con siete bocas que alimentar?

—Ninguna mujer debería dejarse hacer siete hijos —manifestó Aurora muy seria—, y menos siete varones.

—Los que mande el Señor, Aurora —le recordó una de las vecinas que se había asomado al Museo del Pueblo antes de que empezara la función.

—Siete varones nunca, Jacinta —perseveró ella, más grave, casi enfadada.

—¿Por qué no, Aurora? —quiso enterarse Darío, muerto de curiosidad.

—Porque el séptimo viene maldito. Igual que si llegan al mundo la Noche de San Juan o la de Viernes Santo. A esos niños los ojos se les ponen verdes y amarillos a la luz de la luna; y a la del fuego, rojos como brasas. Son esclavos de la montaña hasta el día de su muerte.

No bromeaba. Se santiguó al pronunciar aquellas frases, porque a Aurora ningún cura iba a meterle miedo, pero no dejaba de ser una persona devota y tan temerosa de Dios como del demonio.

—Lástima tener solo una hermana mayor, porque no me importaría que se me volvieran los ojos verdes. Los tengo del color de la canela, apagados y caídos hacia los lados. Los galanes de verdad tienen los ojos grandes y claros, verdes, azules o grises. Los ojipardos como yo, no tenemos nada que hacer frente a ellos.

—No sabe usted lo que dice —le advirtió la viuda—. Esos niños nacen sin alma humana y se les mete dentro la de una bestia. No son enteramente hombres ni enteramente fieras. Son monstruos, Darío, lobisones que sembrarán de sangre las tierras que crucen.

Por mucho que tratase él de quitarle hierro a un asunto que se le antojaba poco sensato, Aurora no recobraba la sonrisa. Solo volvió un poco en sí cuando oyeron en la calle el ruido de un motor. Tenía que ser Miguel, que se acercaba en la motocicleta. Ni siquiera cuando entró en la escuela se disiparon los nubarrones. Tuvieron que ponerlo al día de lo que había ocurrido. Gracia no le hizo ninguna, aunque tampoco fingió sorpresa. Ya se esperaba él, más que nadie, la poca simpatía con la que los más estrechos de mente iban a recibir los vientos de modernidad que traían con ellos.

—¿Y *mademoiselle* Perrault? ¿No ha venido hoy contigo?

A pesar de que Darío se había cuidado de no hacer partícipe a su amigo de su debilidad por la chica francesa, no se le escapaba el interés y hasta la desazón con que había preguntado por ella. Incluso Mina se dio cuenta, centrada como estaba en atender al público que se iba presentando para disfrutar de otra noche de cine, música y poesía. Era extraño que, con el éxito que habían cosechado días atrás, no hubiera llegado ya mucha más gente. ¿Habría intensificado don Ezequiel sus admoniciones?

—Céline no podrá bajar esta noche. Apenas he podido verla. Me ha cogido medio a escondidas en un pasillo y me ha dicho que la madre priora la trae por el camino de la amargura. No le quita el ojo de encima y la carga de trabajo para que no pueda escabullirse ni un segundo. Ahora quiere que se ocupe de llevar a las niñas al refectorio, sin faltar ni a una comida. Y que asista a todos los rezos con las hermanas, lo mismo a maitines que a completas.

—¿Maitines y completas? ¿Tan de continuo necesitan comunicarse con el Altísimo en ese colegio?

—Tanto como a la priora se le ponga en esa nariz de tubérculo que tiene —le respondió.

Aunque era consciente de que no tenía ninguna oportunidad de conquistarla, a Darío le dio pena que *mademoiselle* no fuera a bajar a verlos actuar aquella noche, ni seguramente ninguna otra, a juzgar por el tono de indignación con el que Miguel había expuesto la situación. También Mina se disgustó al conocer las malas nuevas. Ya sospechaba, y así se lo había hecho saber a sus amigos, que aquella jovencita no iba a encajar en el colegio y que le iba a tocar pasarlo mal.

Como no había mucho más que pudieran hacer por ella, aparte de lamentar su ausencia, los tres jóvenes cambiaron de tema y procuraron tenerlo todo a punto antes de que llegase más gente. Empezaban a temerse, eso sí, que no fuera a repetirse el lleno de la inauguración. No faltaban ni quince minutos para la hora programada y todavía no se había ocupado la mitad del aforo. Algo no marchaba como debía. Se lo llevaban temiendo un rato cuando oyeron voces a lo lejos, calle abajo, como aproximándose desde la plaza. Era un griterío que no hacía presagiar nada bueno. Que las campanas de la iglesia se arrancaran a repiquetear con un toque constante y apresurado no ayudó a calmar los ánimos. Ya estaba medio auditorio en pie, dispuesto a salir a la calle para enterarse de lo estaba pasando fuera cuando se oyó un golpe. Alguien había entrado en la escuela dando un portazo. Era don Blas, con media camisa por fuera y las carnes blancuzcas del vientre asomándole por encima del cinturón. Iba tan sofocado que le costaba articular palabra. Le bastó con pronunciar una sola, cuando al fin recobró algo de aliento, para que todos entendieran lo que ocurría.

—¡Lobos! —gritó fuera de sí.

Y acto seguido un mozo se le asomó por detrás y terminó de arrojar luz sobre la tragedia.

—¡Han atacado al ganado! ¡Ha sido una matanza! ¡Docenas de reses muertas y otras tantas malheridas! ¡Gallinas, vacas y ovejas!

—¿Dónde? —preguntó Miguel.

—¡Por todas partes! No han dejado un coto ni un boyal sin charco de sangre.

El horror se apoderó de los presentes. No era para menos. Quien más y quien menos, todos tenían algo que perder si era cierto lo que contaba el mozo. Y tenía visos de serlo. No podían quedarse allí. Debían comprobar de inmediato si entre las bajas se contaba alguno de los animales de los que dependía su sustento.

—¡Que no cunda el pánico, señores! —les pidió el alcalde mientras se remetía la ropa por dentro del pantalón—. Ya hay a lo menos tres o cuatro batidas en marcha con sus buenas rehalas de alanos y podencos. Se ha hecho cargo de todo don Marcial. Quien quiera sumarse y tenga escopeta, cepos o veneno, ya sabe que paga de buena gana mientras el bicho esté muerto.

A Miguel tuvo que agarrarlo disimuladamente del hombro Mina, porque le faltó poco para echársele encima a don Blas cuando oyó el nombre de su padre.

—Que te pierdes, Montalvo —le susurró la maestra al oído, llamándole por el apellido, como hacía siempre que no quería que se dejara llevar por un arrebato.

—Esto no lo han hecho los lobos —le garantizó a su amiga con los dientes apretados—. Esto ha sido cosa de mi padre.

17. El rostro vuelto hacia la luna llena

¿Cuántas veces al día rezaban en Nuestra Señora de Roche Amère? Maitines, laudes, nonas, vísperas, completas... Céline empezaba a sospechar que le habían añadido horas al oficio solo por fastidiarla. No recordaba haber pasado tanto tiempo arrodillada en el santuario de Montauban. Pero en Castroblanco las cosas eran distintas.

—«Siete veces al día te alabaré» —le recordó sor Brígida ante su estupor—. ¿No leían el Libro de los Salmos en Francia?

No, que ella recordase. La madre Joanne era más de cuentos que de salmos. Victor Hugo, Guy de Maupassant, Jean de La Fontaine... Sobre himnos y súplicas no la habían aleccionado demasiado.

Las horas muertas en la capilla eran, con diferencia, las que peor llevaba. El resto de tareas que la madre Agnès le había encomendado no resultaban tan fastidiosas, aunque igualmente suponían un impedimento a la hora de sortear la disciplina del colegio. No era solo la obligatoriedad de acudir a todos los rezos; además, le había encargado que se ocupase de llevar a las niñas al comedor a la hora del desayuno, a la del almuerzo y a la de la cena. Y nada de desaparecer una vez que se hubieran sentado a la mesa. Si no quería probar bocado, era muy libre de no hacerlo; pero abandonar el refectorio no era una opción. Tenía que quedarse hasta el final para vigilar de nuevo a las niñas, ya fuera de vuelta a los dormitorios o de camino a las aulas. Después, entre clase y clase, a la sala de costura, a vigilar que ninguna levantase la cabeza de la labor. Y si a sor Prudence le daba por desaparecer, lo que ocurría cada vez con mayor frecuencia porque se le iba la cabeza y se desorientaba, también tenía que salir a buscarla al jardín o al cementerio.

Entre unos mandatos y otros, daba la sensación de que a la madre priora lo que le interesaba era tenerla cautiva en el monasterio.

Después de la segunda tanda de responsorios, a Céline se le cerraban los ojos de sueño. Estaba convencida de que el último «amén» lo había balbucido en medio de un sopor que amenazaba ya cabezada. Un codazo de sor Tránsito la libró justo a tiempo de las iras de la madre Agnès. Con la mano delante de la boca para disimular los bostezos, cruzó el claustro y subió las escaleras. En aquellas somnolientas condiciones, atravesar el larguísimo pasillo que conducía al dormitorio de las chicas sin tropezarse con sus propios pies tenía que considerarse un milagro. Si al pasar junto a su cuarto no sucumbió a la tentación de meterse de nuevo en la cama fue solo por una combinación de miedo a la priora y voluntad divina. Eso y unos ruidos de disparos que la alarmaron un poco. Nunca antes había oído nada parecido y prefería no pensar qué podía ser.

Con alguna legaña todavía entorpeciéndole la visión, fue contando una a una a las niñas mientras formaban las filas que mantendrían obedientes hasta sentarse frente al plato de desayuno. Inés, Jimena y Dorotea, las primeras. Detrás, Anita, Clara y Victoria, que no guardaban silencio por mucho que Céline se lo pidiera, porque estaban muertas de risa.

—*Oh, mon Dieu!* ¿Puede saberse qué os traéis entre manos?

Nada bueno, eso seguro. Aquellas tres lagartijas eran las mismas que unas noches atrás habían hecho llorar a Paulina. También eran las mismas a las que siempre había que reñir en clase para que atendiesen, que le sacaban la lengua a sor Tránsito por la espalda y se mofaban de sus andares gallináceos.

—Nada, *mademoiselle* Perrault —respondió Anita, la más chica de las tres, poniéndose muy formal de repente.

—Menudencias, pequeñeces —añadió Clara, que era la mediana, con una sonrisilla farisaica.

—Del tamaño de un piojo —remató Victoria lo que sin duda era una broma privada que hizo que varias niñas volvieran a desternillarse. A otras, por el contrario, no les hizo tanta gracia y hundieron las barbillas en el pecho sin atreverse a levantar la mirada.

Céline se veía venir un nuevo incidente infame. Si no cortó el asunto de inmediato fue porque todas, incluida ella, dieron un respingo al oír otra serie de disparos en el monte. La única a la que no pilló de sorpresa fue a la mayor y más taimada de las tres hostigadoras.

—No seáis cobardicas. Son solo los cazadores, que suben a la montaña porque el señor Montalvo les paga para que limpien el bosque de lobos.

—¿Y tú cómo lo sabes, Victoria?

—Porque me entero de todo —presumió con un mohín petulante—. Si no fuera por él, los lobos vendrían al colegio y nos atacarían. Y ya sabéis lo que pasaría entonces.

Un poco de fantasía, en su sana medida, nunca le hacía daño a nadie. Pero lo que Victoria pretendía era meterles el miedo en el cuerpo a sus compañeras, sobre todo a las más pequeñas. A Céline no le gustó aquella actitud y se propuso enmendarla de inmediato.

—*C'est un non-sens!* Aquí no tenéis nada que temer. Me da más miedo que se le escape un tiro a alguno de esos alimañeros que cualquier ataque de un lobo. Los lobos no comen seres humanos, y mucho menos abren puertas ni se cuelan por las ventanas.

—Los lobos igual no, pero...

Había sido una de las alumnas becadas la que se había atrevido a abrir la boca. No era algo habitual.

—¿Pero qué, *mon coeur*? —la invitó la maestra a continuar.

—Hay seres que no son del todo ni lobos ni hombres, y a esos sí que hay que temerlos —respondió con voz temblorosa.

—¿Otra vez con esas historias de *loups-garous*?

Céline se desesperó. No le cabía duda alguna de que habían sido las mayores las que habían convencido a las pequeñas de que en el bosque se ocultaban lobisones sin otro afán que devorarlas mientras dormían. Lo hacían para reírse de ellas, por puras ganas de matar el tedio, pero el sufrimiento de las niñas que se creían esas patrañas era muy real.

—No son solo historias, *mademoiselle* Perrault. Pregunte a la gente del pueblo y se lo explicarán —le garantizó otra de las internas—. Castroblanco está maldito. Los lobos de estos bosques no son criaturas del Señor, sino del demonio. Si uno te muerde y sobrevives, te conviertes en lobisón. Si bebes agua de una de sus huellas, lo mismo.

—O si te quedas dormida en el bosque con el rostro vuelto hacia la luna llena —apuntó la que había hablado antes.

—O si eres el séptimo hijo nacido de una misma madre —recordó Anita para regocijo de Victoria, que parecía encantada de ver a sus compañeras vencidas por un temor tan ridículo—. O si...

—*Suffisant!* —detuvo Céline la interminable enumeración—. Está visto que en estos montes es más fácil transformarse en hombre lobo que torcerse un tobillo. Si no queréis ver cómo me convierto yo en un ogro de cuidado, ya podéis poneros en marcha. Hace tres minutos que todas ustedes, *mademoiselles*, deberían estar desayunando.

Cuando era necesario, sabía ponerlas firmes. Y era capaz de hacerlo sin perder siquiera el buen humor, por mucho que la exasperase la actitud soberbia de aquellas tres muchachas que no cobijaban otra cosa en sus rubias cabecitas más que faenas y picardías. La única que permanecía inmune al carisma de la maestra era Victoria, precisamente la más rubia de todas ellas, que le sostuvo la mirada, altiva, cuando pasó por su lado. Hasta le dio la impresión de que le había murmurado algo a su compañera en la fila. Algo acerca de piojos. Céline hizo como que no había escuchado nada y se centró en llevar bien la cuenta de las niñas. Tres, seis, nueve... Dieciocho... Treinta y tres... ¡Faltaba una!

—¿Dónde está Paulina? —preguntó preocupada al percatarse de que no la había visto todavía.

Risas a medio contener. Guiños y codazos por toda respuesta. Alguna chistando para mandar callar al resto.

—Igual le ha picado un piojo y se ha convertido en liendre —bromeó Clara para regocijo de muchas de las internas.

—¿Qué os pasa hoy con los piojos? —se puso más seria Céline.

—Nada —mintieron un par de ellas.

—Ayer algunas escucharon a sor Águeda diciéndole a sor Lucía que hay plaga en el colegio, que habían visto a las internas rascándose la cabeza y que le habían encontrado liendres por lo menos a tres o cuatro. No sabemos a cuáles y ninguna ha querido confesar que los tiene, aunque está claro quiénes son —relató Anita sin apuro alguno.

—¿Y quiénes pensáis que son?

—¡Las becadas! —señaló sin dudarlo ni un instante—. No se lavan y van siempre sucias. Mi madre me dice que no me arrime a ellas, que al final van a pegarnos hasta la sarna.

Tuvo que contenerse para no arrearle un bofetón a la mocosa. Tomó aire y trató de conservar la tranquilidad. No podía dejarse llevar por la rabia. Las muchachas no tenían la culpa de que les hubieran grabado a fuego todos aquellos prejuicios... aunque de lo que sí eran responsables era de utilizarlos para lastimar a las alumnas más humildes.

—*Mademoiselle* Perrault —dio un paso al frente una de aquellas estudiantes pobres, quizás envalentonada por vez primera en su vida ante el desprecio constante de sus compañeras—, Paulina se ha escondido en el baño. Esta noche alguien le ha hecho una fechoría.

Se oyó un rumor creciente en la fila, a medias sorprendido, a medias indignado, y luego, mucho más claro, pudo distinguirse entre el cuchicheo un «chivata» y un «garrapata» que sonaron a amenaza. Céline fulminó a las intrigantes con la mirada antes de salir al pasillo en busca alguna hermana que se ocupara de llevar a las crías hasta el refectorio. Tuvo suerte y se topó con sor Tránsito mientras bajaba las escaleras. La monja, tan cumplidora como de costumbre, no se negó. Únicamente quiso saber qué excusa debía darle a la madre Agnès para justificar la ausencia de *mademoiselle* Perrault.

—Tan solo comuníquele a la madre priora que una de las niñas se halla indispuesta y que me he quedado con ella en el dormitorio para no incordiar a la hermana Águeda. Es probable que no se trate de nada grave.

—Estas niñas... Se quejan de todo y luego no tienen ni la patada de una mosca —suspiró sor Tránsito con fastidio.

En cuanto se vio libre de la encomienda y la fila de internas marchó camino del claustro, Céline cerró la puerta del dormitorio y llamó con los nudillos a la del baño. Paulina no quiso abrir hasta que no le dio su palabra de que estaba sola e, incluso cuando lo hizo, corrió a esconderse de vuelta a una esquina, detrás del último lavabo. Dio igual; podía verla de todas formas, hecha un ovillo en el suelo, con el camisón que ella misma le había regalado y que seguía quedándole algo grande a pesar de los remiendos. Mantenía la frente entre las rodillas y las manos entrelazadas en la nuca. Ni la postura doblegada, ni las lágrimas que le corrían hasta la barbilla, ni el gimoteo ni el tembleque que se había apoderado del cuerpecito de la niña inquietaron tanto a la maestra como el pañuelo que se había anudado a la cabeza.

—¿Qué te han hecho, Paulina, *ma fille*?

La muchachita fue incapaz de articular palabra para relatarle las humillaciones por las que la habían hecho pasar; en su lugar, se llevó la mano al pañuelo y tiró de él hacia atrás para dejar al descubierto el destrozo que le habían ocasionado sus compañeras de dormitorio. Raparla no habían podido, por no contar con utensilios para ello, pero trasquilones le habían pegado tantos y de tan mala manera que a la pobre parecía que le hubieran arrancado el pelo en lugar de cortárselo con tijeras.

—Esto ha sido cosa de Victoria, ¿verdad?

No hizo falta que se lo confirmase.

—Escucharon a las hermanas quejarse de que había piojos y decidieron que tenía que ser culpa mía, por sucia.

Tanto conmovió a Céline la confesión de semejante tormento que casi se le escaparon las lágrimas.

—Tú no eres sucia, *ma fille* —le recordó Céline, y luego le dio un beso en la cabecita pelona—. Eres lista y guapa y tienes un gran corazón.

—Eso no es verdad.

—Sí que lo es.

—Y entonces, ¿por qué me odian?

A eso no supo qué contestarle, porque ninguna de las respuestas que le vinieron a la mente habría calmado un alma tan injustamente castigada. Todo lo que pudo hacer Céline fue sentarse a su lado en el suelo y abrazarla con fuerza.

—No lo sé, *ma fille*.

Se quedaron así un rato, reconfortadas al menos con el contacto cálido de otro ser humano en el que sí podían confiar, las dos con el alma partida en mil pedazos. Llevaba *mademoiselle* Perrault tan poco tiempo en el colegio Nuestra Señora de Roche Amère que le parecía del todo imposible aborrecerlo ya con semejante afán. De buena gana se habría plantado en el refectorio para soltarle a la madre priora y a las consentidas de sus internas lo que pensaba de ellas y de sus métodos. Claro que eso no iba a poder hacerlo. En primer lugar, porque si se marchaba de Roche Amère sería con una mano delante y otra detrás. Céline no disponía de más patrimonio que los pocos francos que la madre Joanne le había metido *en douce* dentro del libro de fábulas de Iriarte con el que le había enseñado castellano. La buena madre Joanne era, precisamente, la segunda razón que le impedía largarse de Castroblanco dando un portazo. No quería decepcionarla, con todo lo que había hecho por ella; y mucho menos ahora, que ya iba mayor y sufría cada vez más achaques. Ojalá tuviera pronto noticias de ella. Le había escrito nada más cruzar la frontera, pero todavía no había recibido respuesta. No debía preocuparse, se repetía. Era demasiado pronto; ya llegaría carta de Montauban. La tercera razón por la que se negaba a darse por vencida era que no pensaba abandonar a Paulina ni a las otras alumnas becadas. Tenía la obligación de hacer algo por esas niñas que tanto le recordaban a sí misma: la huérfana a la que la madre Joanne había tendido una mano misericordiosa cuando más la había necesitado.

Había otro incentivo que frenaba a Céline a la hora de renunciar. Uno acerca del que le costaba reflexionar con frialdad. Se trataba del interés que habían avivado en ella los tres jóvenes a los que había conocido nada más llegar a Castroblanco, con los que compartía la pasión por la cultura y la enseñanza. No había podido disfrutar apenas de tiempo en su compañía, pero algo había prendido en ella aquella noche que pasó en la escuela del pueblo, primero con los guiñoles y con la poesía, después cenando una sencilla sopa de trucha y, por último, agarrada a la cintura de Miguel Montalvo de regreso al internado. Se decía a sí misma que era ese el respetable estímulo, el del amor por la cultura, el que la agitaba por dentro cuando pensaba en ellos.

No habría sido sensato reconocerse debilidades menos decentes y más particulares.

—Espera aquí, Paulina.

La niña asintió y se quedó en el baño hasta que su maestra volvió con una tijera en la mano derecha.

—¡No! ¡No me corte más el pelo, por favor!

Aunque entendía las reticencias de la pequeña, no quedaba otro remedio que igualar un poco la escasa cabellera que le habían dejado. Así no podía quedarse, y con un pañuelo en la cabeza no podía mandarla a clase. Las monjas no lo habrían consentido por mucho que ellas también se cubrieran con velos y griñones y, en cualquier caso, no era de recibo que Paulina tuviera que pasarse meses con la cabeza tapada por culpa de unas niñas consentidas.

—Escucha, *mon coeur*, dentro de algún tiempo podrás volver a hacerte tus coletas, pero ahora tenemos que buscar una solución para ese pelo tuyo tan bonito.

—¿Bonito? ¡Pero si me han dejado calva! Bonito el de usted, que le llega casi por la cintura y siempre lo lleva limpio y bien cepillado.

—Estas melenas tan largas ya no están *à la mode*. Ahora todas las actrices llevan el pelito corto, a lo *garçon*, y están guapísimas.

A Céline le habría gustado enseñarle las portadas de las revistas en las que aparecían Louise Brooks o Anita Page, con sus peinados sofisticados justo por debajo del lóbulo de la oreja, pero no habría sabido dónde conseguirlas. Ojalá pudiera llevar a Paulina a una sesión de cine de las que organizaban Miguel y sus amigos. Ni siquiera creía que pudiera volver ella algún día. Al pensar en los misioneros, se acordó de Mina y sintió una punzada en el pecho que se resistió a identificar como celos.

—La maestra de la escuela de Castroblanco lleva el pelo cortísimo, con la raya a un lado y unas ondas preciosas. Si la vieras, querrías imitar su peinado.

—¿Es guapa?

—Muchísimo —tuvo que reconocer—. Estoy segura de que todos los hombres están enamorados de ella en secreto.

Sobre todo uno, que no apartaba de ella sus ojos negros mientras recitaba palabras de amor.

—Yo no soy guapa. Y no quiero enamorar a nadie. Me basta con que las demás niñas no se rían de mí.

No lo harían. No al menos mientras estuviera en su mano impedirlo. Céline abrió el grifo y, después de colocarle una toalla sobre los hombros, le mojó a Paulina el pelo. No iba a poder imitar el estiloso corte que lucía Guillermina Gispert; de eso era muy consciente. Tampoco estaba segura de que hubiera sido adecuado para una niña tan pequeña. Lo que sí tenía que conseguir era disimular las trasquiladuras que tan a mala fe le habían dejado a una pobre cría a la que no halló ni una sola liendre en la cabeza. Eso y levantarle la moral, costase lo que costase.

Sintió de repente un furor que le nacía del pecho, habría dicho que del mismo corazón. Como una rabia incontenible, la clase de pasión intensa que no puede contenerse y que le rebosa a una por donde haga falta, porque en el cuerpo no cabe. No podía reprimirlo más. No sin volverse loca. Por eso hizo lo que hizo: porque no tenía otra forma de rebelarse.

Antes de ponerse manos a la obra con Paulina, Céline Perrault enderezó el cuello, se sujetó sus propias trenzas y, para pasmo de la chiquilla, les metió dos tijeretazos. Tuvo que repetir el movimiento cuatro o cinco veces más; su melena era demasiado frondosa para cortarla de un tajo. O lo había sido, porque ahora el cabello, liberado de ataduras, apenas le llegaba a la altura de los hombros.

—¿Qué ha hecho, *mademoiselle* Perrault?

«Demostrarte que no estás sola», quiso expresar con una convincente sonrisa. Pero había algo más, algo que la había empujado a seguir un impulso irreflexivo. ¿Miedo? ¿Envidia? ¿Celos?

Ya era tarde para arrepentirse. Desde el monte les llegaron más ruidos de disparos. Céline dejó caer las trenzas al suelo y se obligó a sí misma a concentrarse en lo que de verdad importaba: devolverle la alegría a Paulina.

18. Falsas expectativas

A don Marcial nunca le había hecho demasiada gracia tener que tratar con los loberos. Sabía que era necesario, pero si ya le costaba tolerar la presencia del resto de lugareños, la de aquellos patanes lo sacaba de quicio. Eran unos miserables que invariablemente intentaban engañarlo con ardides tan burdos que habrían sonrojado a un niño de seis años. Resultaba extraordinaria la maña que se daban a la hora de echar las cuentas y pedirle lo acordado por cada pieza, cuando le constaba que ni uno solo de ellos habría sido capaz de escribir su propio nombre en un papel. Hasta expresarse hablando les costaba, aunque, de alguna manera, al final se las apañaban para hacerse entender. Por desgracia, no le quedaba otro remedio que habérselas con ellos.

—Niceto, hagan ustedes el favor de no poner cepos tan cerca del camino. ¿Es que quiere que meta un casco la yegua?

Al lobero le faltó tiempo para quitarse la gorra y asentir seis o siete veces seguidas. Luego él mismo manipuló la trampa que le había señalado el señor Montalvo antes de retirarla. A don Marcial, en realidad, no era que Púrpura se hiciera daño lo único que le preocupaba. Sabía que Miguel se tiraba los días allí arriba, solo en la montaña, y temía que fuera a pasarle algo. Podía ser Coral la que pisara un cepo y lo tirase sin querer. De una mala caída, podía el chico hasta matarse. Y luego estaba el tema de los tiros extraviados. Mucha de aquella canalla no sabía ni apuntar en condiciones. En cuanto divisaban una sombra moviéndose entre los árboles, les podía el ansia y apretaban el gatillo sin pensárselo dos veces. Lo mismo les daba matar un corzo que una garduña. En el monasterio se le habían presentado hasta con un urogallo muerto, a ver si les daba algo por él, y eso que por los pájaros les tenía advertido que no le iban a sacar un real. Osos, gatos monteses y tejones los pagaba gustoso, aunque la verdad era que le traían sin cuidado. Ya no sabía ni qué hacer con las pieles. Lo que anhelaba don Marcial y mejor retribuía eran los lobos.

—¿Nada?

—Por ahora nada, señor Montalvo. Pero lobos *tié* que haber.

—¿Han encontrado algún rastro?

—¡Qué va! Es cosa rara. Ni una pisada ni cagarrutas... *Ná* de *ná*. Como si hubieran *venío* con una escoba detrás para barrerlo todo. Pero haber *tié* que haber.

Tanto como con una escoba igual era exagerar. Lo que no descartaba del todo don Marcial era que, en efecto, alguien se estuviera preocupando de borrar las huellas. Alguien obsesionado con aquellas criaturas que mataban por matar.

—Lo mismo no han sido lobos —dejó caer el tío Urbano, uno de los vecinos que había subido al monte para sumarse a la batida.

—Lobos... o medio lobos. Ya me han *entendío* —sentenció el alimañero, y acto seguido se persignó—. Muertos unos, muertos otros.

—¡*Ná*! Yo no creo en esas mandangas de lobisones —manifestó el otro su parecer, sin darle tampoco más importancia de la debida.

El alimañero se revolvió de inmediato, como si le hubiera pillado metiéndole la mano en el morral para robarle la botellina de vino. Aunque Urbano no lo había dicho con intención de molestar a nadie, el cazador se encaró con él y se puso hasta violento.

—¡Lobos *tié* que haber! Y de lo otro, también. Si no, ¿a qué lo de ahí abajo?

Con «lo de ahí abajo» se refería a la matanza de animales que se había llevado a cabo la noche antes. Ovejas muertas, novillas desangradas y alguna vaca que del susto había perdido el ternero que esperaba. Era como si todos los lobos del monte se hubieran puesto de acuerdo para liquidar cuantas más cabezas de ganado mejor, recorriendo los kilómetros necesarios para que no quedase una parcela en la que no corriera la sangre.

—No digo que lobos no haya. Siempre ha habido. De lo otro... Ahí ya no entro. Cada cual que crea lo que le convenga —se explicó el tío Urbano sin dejarse amedrentar—. Lo que no se me va de la cabeza es que yo he visto la escabechina y a mí hay algo que no me cuadra. Las becerras están muertas, eso no hay que ponerlo en duda, pero esas heridas... No sé. Esas heridas no son de boca de lobo.

—¡Pues serán de cosas peores! —insistió el cazador fuera de sí.

Mientras no le salpicasen de barro, por don Marcial como si los dos cretinos aquellos llegaban a las manos. De sobra sabía que a los alimañeros les interesaba que la chusma creyera esas leyendas, y que, por eso, de cuando en cuando, dejaban alguna comadreja colgando de un árbol, bien a la vista, con las tripas fuera. O salían por la noche al monte y montaban follón para que los oyeran y pensasen que se trataba de lobisones. Eso cuando no iban más allá y daban golpes en las ventanas o hacían marcas en las puertas, imitando las que habrían dejado semejantes bestias. Alguna vez, después de excederse con el orujo, hasta se habían ido a molestar a las internas de Nuestra Señora de Roche Amère. Lo encontraban divertido, los imbéciles de ellos. Había tenido que llamarlos al orden para recordarles que al colegio ni se acercaran, pero cuando se emborrachaban, no atendían a razones.

En lobisones, don Marcial Montalvo ni creía ni dejaba de creer. Aquellas historias no eran nuevas en Castroblanco. Siempre se habían contado y muchos las daban por ciertas. Había quien sostenía que eran lobos que en las noches de luna llena se erguían sobre sus patas traseras y crecían hasta alcanzar la altura de un gigante. Había quien pensaba, por el contrario, que se trataba de hombres a los que un conjuro transformaba en bestias. Fuera como fuera, corrían incansables por el monte en busca de presas a las que asesinar o transmitir su maldición. Si no hallaban humanos con los que desquitarse, la emprendían con el ganado. Tal era su sed de sangre.

A decir verdad, las leyendas sobre hombres lobo le habrían traído sin cuidado de no haber sido por los lúgubres acontecimientos que habían precedido a la muerte de su esposa. En el caso de Raquel, la creencia en semejantes paparruchas no podía achacarse a la incultura. Venía de buena familia y había sido educada con esmero. El problema fue que, al haber pasado tantos años interna en Nuestra Señora de Roche Amère, los rumores prendieron en tan inocente cabecita y acabaron por florecer cuando menos falta hacía. Estando encinta de Miguel, se apoderaron de ella las más diversas manías. Primero, que estaban todos malditos por haber bebido de las aguas impuras que discurrían bajo el camposanto. Después, que tenía que ser su hijo Felipe, que acababa de ordenarse sacerdote, quien cristianizase al hermanito que estaba por nacer. El peor y con diferencia más aguzado de los desvaríos fue el que le entró con los lobos. A doña Raquel no le dejaban conciliar el sueño los aullidos que llegaban desde el bosque. Daba igual que se cerrasen ventanas y postigos; seguían desvelándola noche tras noche; y las de luna llena eran con diferencia las peores. A fuerza de no dormir, la salud de la mujer se fue resquebrajando. El ánimo se le malogró y perdió tanto el apetito que de nada servía recordarle que tenía que comer por dos; no comía ni por medio. Los aullidos no se lo permitían. Se le habían metido tan dentro que los sentía hasta a la luz del sol. Y eso que, aparte de ella, nadie en el monasterio había oído nunca aquellos aullidos de los que no hacía más que quejarse.

Fue de aquellas que don Marcial entró en contacto con los alimañeros. Lo hizo para encargarles que no dejasen un lobo vivo en el monte, convencido de que así pondría remedio a la inquietud de su esposa. Aquello fue en balde. Con lazos y cepos mataron media docena lobos, pero a doña Raquel no dejaron de perseguirla sus voces tristes y prolongadas. Con tal de demostrarle que ya no había nada que temer, su marido la llevó al establo para que viera con sus propios ojos de berilo los cadáveres de las bestias. Aquella fue la más desgraciada ocurrencia, porque la visión de los cuerpos la trastornó más aún. Si antes escuchaba a las bestias en su interminable duermevela, a partir de entonces también las vería. El peligro ya no estaba en el bosque; ahora podía sentirlas merodeando alrededor de su cama, clavándole sus ojos amarillos, acechándola, abriendo sus mandíbulas amenazantes y arañando con sus zarpas el suelo del dormitorio.

El declive físico y mental de doña Raquel llegó a tal extremo que su esposo lo dispuso todo para llevársela de vuelta a León. El consejo facultativo de pasar el embarazo en el campo, que tan buenos resultados había dado con las cinco primeras gestaciones, se reveló de lo más inconveniente para el sexto. Miguel habría nacido en la ciudad de no haber notado su madre unos dolores como de cólicos que alarmaron a don Marcial y le hicieron llamar al médico. Para cuando el galeno quiso llegar al monasterio, a la pobre mujer ya se le había escapado media vida piernas abajo. Las sábanas, antes blancas, se habían tornado enteramente púrpuras.

Que no perdiera al niño fue un milagro que en Roche Amère agradecieron dedicándole una novena a Su Señora, quien, sin duda, había intercedido ante el Altísimo para salvar al nonato. Prueba de ello fue que al décimo día doña Raquel mejoró notablemente y no volvió a mencionar ni aullidos ni ojos amarillos. Era como si se hubiera borrado de su memoria cualquier recuerdo de aquellos meses feroces que había pasado. Don Marcial respiró aliviado y se consagró en cuerpo y alma al cuidado de su mujer, que se fue recuperando lo suficiente como para traer al mundo a su sexto hijo, pero no tanto como para sobrevivir a una infección puerperal con la que no pudieron ni los coloides de plata, ni el mercurio ni los arsenicales. Seis semanas le duró la compañía de su amada mujer después del parto. Seis semanas de fiebres y nuevos delirios que terminaron cuando Raquel expiró jurando que los lobos la rondaban, que habían vuelto para llevarse a su hijo con ellos a la montaña.

A don Marcial lo único que le importaría en adelante sería no volver a oír un aullido en toda su vida, y si para eso tenía que involucrarse con semejante morralla, pues por lo menos que no le levantasen jaquecas. En los bosques de Castroblanco no iba a quedar un lobo vivo. Eso lo tenía por seguro.

—No sé yo. Uno de los mozos esos que ha venido a hacer teatro y a poner películas en la escuela fue nada más despuntar el sol a ver la matanza y para mí que atinó bastante cuando dejó caer que esas heridas son demasiado limpias para que las hayan hecho los lobos. Será un lechuguino, pero razón no le falta. A las vacas no les han comido las tripas; las han *degollao* a cuchillo. Y a las ovejas lo mismo.

Sin querer o queriendo, a Urbano se le viró la mirada hacia la navaja que el alimañero llevaba colgada del cinturón. Don Marcial se dio cuenta y pensó enseguida en la cantidad de trastornos que le estaba ocasionando la visita de Miguel. Ojalá se hubiera quedado en Madrid, con el hocico metido en sus libros, abriendo ranas o lo que quiera que hiciera, en lugar de pasarse el día en el bosque, desbaratando huellas, enterrando heces y evidenciando el descuido con el que los loberos habían actuado la noche antes al darle matarile al ganado. Valiente panda de disminuidos con la que había ido a pegar.

—¡Pues si no han sido los lobos, habrán sido medio lobos! Esos tienen las garras más largas y más afiladas que cualquier cuchillo —continuó porfiando el alimañero, inmune a las razones que exponía su interlocutor.

Ni uno ni el otro pensaban dar el brazo a torcer y Montalvo empezaba a aburrirse. Los dejó bufándose entre ellos y decidió darse un garbeo por el monte, a ver si sacaba algo en claro de los comentarios que fuera pillando al vuelo. Como no fue así, al final se volvió al monasterio. Les había chafado la función a los compinches de Miguelito, pero le disgustaba la factura con la que se había llevado a cabo la raposería.

Don Marcial desmontó a Púrpura al llegar a la cuadra y buscó al mozo entre las balas de paja sin dar con él. En su lugar se encontró, para su sorpresa, a *mademoiselle* Perrault, que se había tomado la libertad de meterse en el establo y estaba acariciándole el lomo a Tormenta. Se le antojó tan tierna la estampa que hasta le supo mal soltarle una tosecilla para que se diera cuenta de que tenía compañía. La francesita primeramente pegó un respingo, sobresaltada. Luego se giró hacia su contemplativo patrón y quiso medio esbozar una sonrisa que se truncó nada más reconocerlo. Habría albergado, por un instante, esperanzas de que fuera otro quien rondase a su alrededor. Alguno más joven y levantisco.

—*Monsieur* Montalvo, *excusez moi*. No sabía que estaba usted aquí —se disculpó ella, tan asustada como un ratoncillo.

—No sabía yo que a usted le gustasen los caballos, *mademoiselle* Perrault —la saludó él con un refinamiento en el que la muchacha no advirtió intenciones retorcidas, lo que no quería decir que no existieran.

—Oh, *oui*. Y Tormenta *est si douce…*

—¿Y cómo sabe que esa yegua se llama Tormenta?

A la maestra se le subió el rubor a la cara. Tragó saliva y se sinceró, considerando que no había nada que ocultar.

—Su hijo me lo ha dicho.

—Ah, mi hijo...

Ahora que se fijaba, la joven se había cortado el cabello, que llevaba suelto en lugar de recogido con sus hasta entonces habituales trenzas de raíz. No estaba el señor Montalvo muy seguro de que la madre Agnès fuera a darle el visto bueno a aquello de ir con el pelo sin atar. A él, después de observarla con detenimiento, le pareció que el cambio la había embellecido al otorgarle un aire todavía más aniñado.

—*Monsieur* Montalvo, ¿puedo hacerle una pregunta?

El hombre asintió sin abrir la boca ni quitarle los ojos de encima.

—Es sobre las alumnas becadas...

—¿Le están dando problemas?

—*Oh, non. Au contraire, monsieur* —se apresuró a aclarar *mademoiselle* Perrault.

—Menos mal. No suelo coincidir demasiado con la priora en lo concerniente a políticas educativas. Respeto a la madre Agnès, no vaya a malinterpretarme. Lo que pasa es que sus ideas están trasnochadas. No entiende que hay que modernizarse si queremos que Nuestra Señora de Roche Amère siga siendo un ejemplo para los demás colegios de señoritas —le confesó a la maestra, dejando de lado las dobleces en su charla, al menos por el momento—. Pero, en lo que concierne a las becadas, tengo que manifestar mi rotundo acuerdo con ella. No aportan nada a la institución más que incordios para las estudiantes que sí pueden beneficiarse de una educación que esas desdichadas ni aprecian ni aprovechan. Sabe el cielo que si he procurado mantenerlas aquí es por cumplir con la voluntad de mi difunta esposa. Fue ella la que se empeñó en crear las bolsas de estudio para niñas pobres. Es una parte de su herencia la que nutre la obra de caridad de la que las becadas podrían sacar algún partido, si fueran de mejor ralea.

Si don Marcial hubiera prestado atención al gesto de la joven, habría detectado de inmediato el chasco que se había llevado al escuchar sus palabras. Pero al viudo, por algún motivo, se le antojó inapropiado sostenerle a Céline Perrault la mirada al tiempo que mentaba la memoria de su mujer.

—*Quels mots durs, monsieur!* Quizás no esté al corriente... Yo misma fui una alumna pobre que estudió gracias a la caridad de personas compasivas como la madre de Miguel.

Igual pensó, ingenua de ella, que su confidencia tendría un efecto conmovedor en la opinión del dueño del monasterio. Ni mucho menos fue así. Lo único que consiguió fue recordarle, por una concatenación de ideas, el asunto del que quería tratar con ella desde hacía días.

—No recuerdo ahora si se lo comenté cuando nos conocimos... Mi buena Raquel me dio seis hijos, nada menos —divagó don Marcial, dejando a Céline un tanto confusa ante aquel viraje tan brusco en el tema de conversación—. Tres están ya casados. Al segundo lo descuento porque se ordenó sacerdote, y al quinto deben faltarle años hasta que dé con la mujer que le haga sentar la cabeza. Los demás... Bueno, todos supieron elegir adecuadamente con quién formar sus propias familias.

—Me alegro por ellos.

—No digo que antes de pasar por el altar no tontearan. Quien esté libre de pecado...

Él lo estaba, por ejemplo, aunque era consciente de que lo suyo había sido un caso sin parangón. Puro amor verdadero. Algo que la mayoría de los hombres morirían sin haber conocido siquiera.

—Luego está Miguel, por supuesto. —Al referirse don Marcial al benjamín, a la maestra volvieron a enrojecérsele las mejillas y le brillaron los ojos con un fulgor aguamarina—. Ese chico es harina de otro costal. De los demás me fío, pero de Miguel... De Miguel no... Nos habrá oído darnos gritos... No, no lo niegue ni me aparte la mirada. Buena gana de ocultarlo. Si su madre levantara la cabeza y lo viera, con esos arrobos jacobinos y esa manía de perderse en el monte y de preocuparse más por las bestias que por sus semejantes, se volvería a meter bajo tierra. Dichoso muchacho. No sé qué será de él algún día. No aprecia otra compañía que no sea la de esos exaltados que le han metido ideas absurdas en la mollera. Esa, y la de las bestias, claro.

—Las bestias... —repitió la francesa, asustada por la virulencia con la que se había expresado don Marcial.

—¡Oh, sí! Las bestias... Si me permite que le dé un consejo, *mademoiselle* Perrault, le diré que, mientras viva aquí, debería andarse usted con más cuidado.

Al decirle esto, le dio unas palmaditas en el brazo izquierdo; luego dejó su mano apoyada sobre la de ella. Céline Perrault no se atrevió a retirarla sin más por mucho que la incomodase el contacto de aquellos dedos tan suaves como nervudos. Por eso fingió que le había hecho gracia la advertencia y se echó un poco hacia atrás antes de taparse la boca, como si le diera vergüenza su propia hilaridad. Una hilaridad a todas luces fingida para librarse de unas confianzas con las que no se sentía cómoda.

—¿No pensará también usted que debo cuidarme de los lobos?

—De los de dos patas, *mademoiselle* —le susurró tomándola de nuevo de la muñeca para que no se apartara otra vez.

—No creo en lobisones, *monsieur* Montalvo —le dejó claro al viudo después de retirar la mano de un tirón, esta vez sin miramientos.

—Yo tampoco. Le estoy hablando de hombres, *mademoiselle*, en concreto de Miguel. No sé a qué viene que anden tanto juntos. No querría entrometerme en su vida, la verdad. Si me tomo la molestia de ponerla sobre aviso es por hacer con usted una obra de caridad, como la que se hace con esas niñas becadas por las que tanto se preocupa. Conozco bien a mi hijo. Es un soñador de esos que podría llegar a hacerle pensar a una chica decente que sus intenciones son honestas. No digo que en su cabeza no lo sean, no me malinterprete, pero me dolería que se estuviera usted creando falsas expectativas. A ver cómo se lo explico... Por mucho que ahora él ande dando por saco de pueblo en pueblo, jugando a ser cómico o titiritero, no deja de ser quien es, y al final entrará en razón. Tan solo espero que no se aproveche de usted si la pilla desprevenida ahí detrás de una bala de paja, que no la haga creer que va en serio con una maestra extranjera que no tiene donde caerse muerta, porque eso no va a ocurrir. *Comprenez-vous, mademoiselle?*

Tuvo que comprender, y de paso contener el llanto. Quien no acabó de comprender nada fue don Marcial. Si a la señorita Perrault se le humedecieron los ojos y se le empantanó de rabia la garganta no fue porque la hubiera ofendido con su abominable discurso, sino porque, al lanzarlo, le había recordado sin pretenderlo que su hijo, tal y como le había confesado él mismo antes de entrar en el refugio de pastores, ni siquiera veía en ella una mujer, sino una cosa monjil, fea y nariguda, con un acento irritante. Alguien con quien ni se le habría pasado por la cabeza darse una alegría detrás de una bala de paja ni dentro de un refugio de pastores.

Mientras tanto ella —en eso sí había acertado el cacique— a Miguel lo amaba con toda el alma.

19. RÓMULO Y REMO

La noche del 17 de abril nadie logró conciliar el sueño en el monasterio hasta bien entrada la madrugada. El motivo no fue tanto que los ánimos anduvieran caldeados —que lo andaban— como que los dos Montalvo residentes, Miguel y su padre, estuvieron dándose voces hasta aburrirse el uno de los reproches del otro. El hijo acusaba a don Marcial de haber perpetrado la matanza de ganado para hacerla pasar por un ataque de lobos y, encima, de haber dejado el encargo en manos de unos patanes que habían degollado a los animales sin molestarse en emular las heridas que podrían haber causado los cánidos. El padre, por su lado, le llamaba botarate y otras lindezas peores, le recriminaba que se mezclase con gentuza y le prevenía sobre el riesgo que corría si no dejaba de hacer el tonto.

En aquellas disputas estuvieron enredados hasta que, alrededor de las dos, Miguel dio la bronca por concluida, pegó un portazo de esos que despabilan a los muertos y se metió en su cuarto. Al día siguiente debió madrugar muchísimo, porque nadie lo vio marcharse. La doncella descubrió el dormitorio del muchacho vacío cuando entró a limpiárselo. No había dejado ni rastro de su paso por el monasterio, y mucho menos pistas sobre su nuevo paradero. Tampoco es que hiciera falta. A nadie le cupo duda alguna de que se había trasladado a la casa de la maestra, lo que terminó de dar que hablar, porque si una mujer soltera cohabitando con un hombre era cosa inconcebible, con dos ya era para poner el grito en el cielo.

Aquellos días no pasaron demasiados visitantes por la biblioteca, y encima no todo el mundo iba por los libros. Los había que sí, y eso alegraba a los misioneros, pero tampoco faltaban quienes se dejaban caer por la escuela con la voluntad de cotillear. Luego estaba un grupo que no iba ni a lo uno ni a lo otro, sino un poco por las dos cosas y también a hacer algo de vida social. Esto último no desagradaba en absoluto a la maestra, que encontraba positivo haber convertido la escuela en un punto de encuentro en el que los vecinos pudieran hablar los unos con los otros mientras hojeaban una enciclopedia o se deleitaban mirando un cuadro. Hasta entonces, la única alternativa con la que se había contado en Castroblanco había sido una tasca en la que se daban cita los más borrachos del pueblo para beber vino peleón y aguardiente de orujo. El problema era que solo existía un tema de conversación: el ataque que habían sufrido ovejas y vacas unos días atrás.

Darío y Mina lo comprendían perfectamente. Vivían de las reses y se las habían matado. Las discrepancias surgían a la hora de señalar a los culpables. Para algunos no cabía duda: habían sido los lobos. Para otros más suspicaces no estaba el asunto tan claro. Esos pescuezos rebanados no olían a colmillo de fiera alguna, sino más bien a filo de faca. Luego estaban quienes se hacían cruces antes de recordar entre dientes que la Montaña de Luna estaba encantada y que no podía descartarse que la matanza hubiera sido obra de criaturas capaces de volverse lo mismo bestias que hombres. Esta última teoría enfadaba de forma particular a Miguel, que pensaba que hacía falta ser medio lerdo para no ver que aquello había sido una burdísima artimaña urdida por su padre y ejecutada con sumo desacierto por los alimañeros.

Esta convicción le tenía tan comida la moral que, a lo largo de las dos noches que pasó en casa de la maestra, no consiguió apenas pegar ojo. Por mucho que en Castroblanco corriera el rumor de que los tres tarambanas aquellos compartían lecho y arrumacos, lo cierto es que la única que dormía en la cama era Guillermina Gispert. Darío seguía usando el colchón de lana que les había dejado Pepe, y Miguel se echaba sobre una manta en el suelo. Había dormido en catres peores y hasta al aire libre en no pocas ocasiones, durante el transcurso de otras misiones o mientras estudiaba en su hábitat natural algún mamífero silvestre. La madrugada del 20 de abril, el zoólogo agarró el morral que había dejado en el patio y, con cuidado de no despertar a sus amigos, salió de la escuela sin hacer ruido.

Por mucho que hubiera partido peras con su padre y le hubiera jurado que no pensaba volver a tener relación ni con él ni con nada que le recordase su existencia, no había renunciado a la Gimson Patria, que a fin de cuentas había pertenecido al único de sus hermanos que todavía no le había retirado la palabra. Y no era aquella vieja motocicleta lo único de lo que no tenía pensado privarse.

Miguel apagó el motor un rato antes de llegar al monasterio. No quería armar escándalo y espabilar a las monjas ni a las niñas, ni mucho menos a la madre priora. La puerta principal estaba cerrada a cal y canto. La de la fachada este, que daba acceso directo a la casa, tampoco cedió al empujón que le metió con el hombro. Tenía llave, pero tanto le daba en realidad. Rodeó el edificio, se detuvo delante de una de las esquinas y alzó la mirada. Contó tres vanos a partir de un friso de arquillos ciegos y se agachó para recoger unas piedras del suelo. Tenía buena puntería y la luna estaba casi llena, así que no le costó demasiado atinarle al postigo de la ventana que le interesaba. Con el primer guijarro acertó de chiripa. Casi no hizo ruido y el poco que hizo apenas se dejó notar. El segundo y el tercero los lanzó con mucha más fuerza y encima dieron en todo el centro de la ventana. Miguel aguardó una reacción. Temiendo que no la hubiera, buscó en la tierra más piedras con las que sacudirle al tablero de madera que cubría los cristales. Ya estaba incorporándose de nuevo cuando recibió un impacto en el hombro que daño no le hizo más que en la dignidad. El golpe se lo había llevado con un trapo anudado sobre sí mismo y embebido en agua para que cogiera peso. Se habría llevado otro más de no haberse andado vivo para poner sobre aviso a *mademoiselle* Perrault de que era él quien la estaba incordiando a horas tan intempestivas.

—Céline, por favor, relájese, que soy yo, Miguel.

—¿Miguel? *Que faites-vous ici?* —le preguntó sin soltar la jofaina que llevaba en la mano y que seguramente le habría estampado en la cabeza de no haberse identificado tan rápido—. Pensé que eran otra vez los alimañeros, que querían asustarnos.

—¡Qué va! Voy al bosque, a la covacha. ¿Quiere venir conmigo?

—¿A estas horas? *Êtes-vous fou?*

—Todavía hay luna llena, y llevaremos linternas.

La muchacha guardó silencio, como pensándose si debía aceptar la propuesta. A Miguel le daba la impresión de que se moría de ganas de acompañarlo, pero algo le impedía decírselo abiertamente. Algo que no era la oscuridad ni la noche.

—Céline, tiene mi palabra de que merecerá la pena.

Todavía le dio unas vueltas, apoyada con los codos en el alféizar de la ventana mientras se pasaba las manos por la cara, acaso para desperezarse, acaso exasperada ante la insistencia de Miguel o ante su propio deseo de hacerle caso. Igual aún estaba valorando la posibilidad de arrojarle la jofaina a la cabeza. Pero no. No era eso.

—Espéreme en la caballeriza, que ahora bajo —claudicó al fin.

Y en la caballeriza aguardó a *mademoiselle* Perrault, ensillando a Coral y a Tormenta y tratando de no mirar hacia el bastidor de madera en el que ya habían estirado la piel del lobo muerto. En breve la retirarían y su padre la haría colocar a modo de alfombra en la biblioteca o en algún salón. En el despacho ya no entraba ni un pellejo más. Tal era la obsesión de Marcial Montalvo por cobrarse una pieza tras otra y tal su afán por no consentir que volviera a oírse un solo aullido en la Montaña de Luna.

—*Monsieur* Montalvo...

De no haber abierto la boca, Miguel la habría tomado por un aprendiz de mozo de cuadra. Acostumbrado a ver siempre a Céline con su atuendo monjil y sus largas trenzas, tardó en reconocerla con un suéter de punto blanco, un bombacho a cuadros y una gorra Gavroche de pana que llevaba calada hasta las orejas.

—¿Ya no quiere que nos llamemos por el nombre de pila, *mademoiselle*?

Le tendió las riendas de Tormenta y se quedó mirándola fijamente mientras se encaramaba al lomo del animal. Se le hacía muy extraño verla de aquella guisa, vestida con pantalones y con la cabeza cubierta por una prenda no menos masculina. De cuando en cuando, Mina y algunas de sus amigas usaban elegantes boinas ladeadas en lugar de sombrero y se ponían pijamas de estilo oriental, aunque esto último rara vez fuera de casa. En el caso de la señorita Perrault, resultaba mucho más chocante.

—¿Por qué tan temprano, Miguel? —le preguntó, recalcando el nombre propio—. Faltan un par de horas para que salga el sol.

—Porque la harpía de la madre Agnès la tiene atada en corto y no quiero crearle problemas. A estas horas todo el mundo duerme. Además, en el pueblo y en el monte andan las cosas revueltas por culpa de mi padre. No sería seguro acercarnos a la covacha más tarde.

—¿Teme que se les escape un tiro?

—O que algún alimañero nos siga y descubra dónde está la loba.

A Céline se le dibujó una mueca de horror en el rostro. Sería porque la había desvelado en mitad de la noche o porque la luz que emitían las bombillas de filamento de tungsteno de sus linternas no resultaba muy favorecedora, pero a Miguel le dio la sensación de que a la muchacha le ocurría algo. Nunca la había encontrado tan seria ni tan distante y, desde luego, nunca así de poco habladora. Una cosa era que se cuidara de no hacer ruido y otra que hubiera que sacarle las palabras a fuerza de repetirse. Solo confiaba en que aquella mella en su ánimo no fuera fruto de la persecución a la que la estaba sometiendo la priora.

Para cuando llegaron al claro en el que debían dejar sus monturas, apenas si habrían cruzado el uno con el otro tres o cuatro frases, a cada cual más insulsa e intrascendente. Tan parca actitud no era propia de la joven vivaracha y parlanchina con la que había recorrido el mismo camino unos pocos días antes. Tenía que pasarle algo. Algo que no quería compartir con él y que le estaba robando la alegría. Algo que, además, la hacía sentir incómoda a su lado. De esto se percató al tratar de ayudarla a bajar de Tormenta. No lo hizo porque pensara que ella sola no iba a poder apañárselas. Ya había comprobado que era una amazona competente. Tan solo quiso sujetarla para que no tropezara al estar todavía tan oscuro. Ella, como con disgusto, se sacudió las manos de Miguel de encima. No lo hizo bruscamente ni con enfado; solo con firmeza. ¿Acaso la había ofendido de alguna manera? «Bueno, sí que lo había hecho, y no pocas veces», reflexionó él en silencio, «pero nunca antes había dado muestras de tomarse sus pullas demasiado a pecho».

—No debería haber venido —se sinceró por fin Céline mientras emprendían el ascenso a pie por el bosque de hayas.

—No diga eso. No van a pillarla. Conozco bien la rutina de las monjitas.

—No es solo por eso. Es que esto, esta manía mía por andar con usted... Con ustedes —se corrigió enseguida—, metiéndome donde no me llaman, acabará por traerme más padecimiento que otra cosa.

Se expresó con la voz rota y en un tono tan amargo que a Miguel se le pasaron las ganas de hacer más mofas a cuenta de acentos irritantes o beatas meapilas. No acababa de entender lo que ocurría, pero no era la primera vez que tomaba conciencia de que no todo el mundo podía imitar su estilo de vida. Él tampoco estaba pasando por su mejor momento, buena gana de negarlo. Se sentía a un solo paso de renegar para siempre de la humanidad entera, harto de embustes y oscurantismos, harto de odios infundados y de prejuicios. Harto, sobre todo, de los que no se daban cuenta del daño que sembraban a su paso y de los que disfrutaban sembrándolo. Harto de moralistas, de caciques y de alimañeros. Harto hasta de sí mismo. Por eso había decidido que merecía la pena correr el riesgo y llevarse a Céline con él, porque necesitaba volver a contemplar un brillo de pura emoción en la mirada de otro ser humano. Y no recordaba haber visto nunca uno tan vibrante y sincero como el que había encendido sus ojos verdes la mañana en que había compartido con ella el secreto de la loba desterrada.

Todavía con más sigilo que en su anterior visita, Miguel sacó del morral un bulto envuelto en un papel basto y grueso de color marrón. Algunas manchas de sangre delataban la naturaleza de su contenido. Dejó el paquete medio abierto en el suelo. También, a una distancia prudencial, colocó una linterna que alumbraba el entorno con una luz muy tenue. Después corrió a esconderse junto a Céline en el refugio de pastores.

Permanecieron en silencio, casi conteniendo la respiración, asomándose por turnos al agujero en la pared, hasta que distinguieron una sombra moviéndose en la oquedad. Era la loba. Esta vez tardó muy poco en atreverse a salir de su escondrijo. Miguel quiso pensar que podía deberse a que se estaba habituando a recibir alimento de aquella manera. Puede que incluso se estuviera acostumbrando al olor de los seres humanos. Al suyo, sobre todo. Ninguna de las dos opciones le entusiasmaba. Peor aún se le antojaba la tercera: que la pobre loba estuviera pasando tanta hambre como para ignorar el miedo.

—Está mucho más flaca —observó Céline con un susurro.

No le faltaba razón. No se debía solo al hambre, pero Miguel no quería estropearle la sorpresa a su amiga.

—¿No ve algo que se mueve dentro de la covacha?

—No.

—Utilice esto entonces —la conminó entregándole unos pequeños binoculares de bronce esmaltado que llevaba en el bolsillo exterior del morral.

—*Qu'est ce que c'est? Jumelles?* ¿Son suyos o se los ha robado a la hermana Lucía?

¿Qué había sido aquello? ¿Un destello de humor? ¿Una pizca de sarcasmo? ¿Estaba *mademoiselle* Perrault sonriendo con gracia maliciosa? ¿Tan extraordinario era el efecto reconfortante que la sola contemplación de una criatura peluda podía provocar en el ánimo de su amiga francesa?

—Le he pagado a Gabriel para que se los robase al padre Ezequiel.

Céline lo miró sin acabar de dar crédito a lo que escuchaba.

—No me juzgue severamente. Tuve que hacerlo. Los usaba para espiarnos desde la torre del campanario. Sé que he incitado a un niño a incumplir el séptimo mandamiento, pero usted sabrá perdonármelo, ¿verdad?

—No soy yo quien debe perdonarle —le recordó tratando de parecer indignada—. Es el Señor.

—El Señor debería dictar un undécimo mandamiento: no husmearás lo que hace el vecino.

—Tiene usted el demonio en el cuerpo —le reprochó Céline, llevándose los binoculares a los ojos antes de asomarlos por el orificio.

Tentado estuvo Miguel de darle una respuesta a esa acusación, una que le diera en qué pensar, pero prefirió dejarlo estar y disfrutar de aquel paréntesis de felicidad en medio de tanta injusticia.

—Fíjese bien. Y enfoque. No a la loba, a la cueva —insistió Miguel, moviéndole la cabeza a la chica con las dos manos para que mirase a donde tenía que mirar.

—*Oui!* ¿Qué es eso? Parecen ratas.

No eran ratas. Eran lobeznos. Unas bolitas de pelo que se agitaban dentro de la covacha y que podrían perfectamente haber pasado por hurones. No era fácil distinguirlos. La luna estaba prácticamente llena, pero no bastaba para iluminar el bosque, y mucho menos la oquedad en la que la loba ocultaba a sus cachorros. Tampoco la linterna era muy potente. No podía serlo si no querían espantarla. Por si fuera poco, los recién nacidos tenían el pelaje oscuro, mucho más que el de su madre. Ni siquiera podía saberse cuántos había allí dentro.

—Tuvo tres. Uno nació muerto. Tuve que retirar el cuerpo de la madriguera mientras ella comía aquí abajo. Aproveché para ver qué tal estaban los otros. Parecen sanos. Tienen los ojitos cerrados y se retuercen como si fueran de goma. Me gustaría que pudiera observarlos más de cerca, pero no sería prudente.

A Céline se le entristeció el semblante al escuchar la triste noticia de que uno de los lobeznos no había sobrevivido. Miguel se apresuró a consolarla.

—No se apene. Es ley de vida. Esta loba es primeriza. Podremos darnos con un canto en los dientes si saca adelante a los dos que le quedan. En condiciones normales, el macho alfa se habría ocupado de alimentar a la hembra durante estas primeras semanas, pero así...

—¿Qué hizo con el cuerpo del lobezno?

—Lo enterré lejos de aquí. Si llegan a encontrarlo, habrían terminado por dar con la madriguera.

La chica asintió con la cabeza gacha. Le devolvió los binoculares a Miguel y le cedió su sitio para que mirase él por la abertura en el muro. Nunca la había visto tan decaída. La visión de los cachorros, aunque fuera de lejos y entre tinieblas, le había servido para animarse durante unos minutos, pero el fenómeno se había revelado pasajero y además había recibido mal la noticia de que uno había muerto.

—Estaba pensando que ni siquiera le hemos puesto un nombre a la loba. Ni a los lobeznos.

Miguel se apartó los binoculares de la cara y se giró hacia ella. Se mordió la lengua. Su primer impulso fue el de preguntarle si le parecía bien que llamasen al padre Ezequiel para que los cristianizase como era debido. Luego se dio cuenta de que Céline hablaba en serio. Y eso se le antojó admirable.

—No es que sea muy bonito, pero estoy seguro de que Darío le pondría Luperca a la madre.

—¿Luperca? Como la loba que amamantó a Rómulo y Remo. También me gustan esos nombres para los pequeños —dio su visto bueno con un atisbo de sonrisa en los labios—. ¿Y para el que falleció?

—Aquí no es costumbre darle nombre a lo que nace muerto, *mademoiselle* —la previno—. Pero las costumbres están para cambiarlas, así que le pondremos Eneas para que todo quede en familia.

—Eneas —repitió en voz baja—. Me gusta.

Luperca devoró las asaduras y entresijos que contenía el paquete sin percatarse siquiera de que dos extraños acababan de bautizarla a ella y a sus hijos. Cuando terminó con el último bocado se relamió el hocico manchado de sangre y regresó a la covacha. A Miguel le dio rabia no tener una mejor perspectiva para poder observarla mientras amamantaba a los lobeznos. Era una de las imágenes más tiernas que había tenido la oportunidad de contemplar nunca y le sabía mal que Céline fuera a perdérsela. Incapaz de resignarse, la agarró de la muñeca y le pidió, llevándose el dedo índice a la punta de la nariz, que se mantuviera en el más absoluto silencio. Se arriesgarían a abandonar el refugio de pastores, aunque solo fuera durante el tiempo imprescindible para que ella pudiera disfrutar también de aquel hermoso espectáculo que les ofrecía la naturaleza.

Juntos salieron de la choza y subieron a lo alto de la inestable techumbre, cruzando los dedos para que no se viniera abajo. Una vez allí arriba, se tumbaron sobre la superficie, un poco para distribuir mejor el peso de sus cuerpos, un poco para dificultar el ser detectados por el animal o por alguien con intenciones perversas. Miguel le devolvió los binoculares a Céline y le dio indicaciones precisas para que supiera cómo enfocarlos mejor.

—*Oh mon Dieu! Je les vois. Ils sont très petits...*

Sonreía de nuevo, como había hecho siempre hasta entonces, con una naturalidad y una inocencia que conmovieron a Miguel casi tanto como a ella la estaba enterneciendo ver a los lobeznos pegarse al vientre de su madre para chupar con sus boquitas la leche que tan voluntariosamente les brindaba. La chica francesa había vuelto a iluminarse como se iluminaba la noche al llenarse la luna en el cielo. En el clímax de su entusiasmo se emocionó tanto que se recolocó la gorra en la cabeza para que la visera no le hiciera sombra ni la entorpeciera. Si Miguel hubiera estado prestando atención a lo que sucedía en la madriguera en lugar de mirarla a ella, quizás no se hubiera percatado de que la joven le había dicho adiós a sus larguísimas trenzas castañas. Pero hacía ya un rato que solo tenía ojos para *mademoiselle* Perrault. La profesora de francés, por su parte, se había olvidado por completo de él, absorta como se hallaba en la contemplación de las dos criaturitas a las que amamantaba la loba. Eso estaba bien, pensó Miguel, que así pudo reflexionar detenidamente acerca de lo perturbadores que, de pronto, se le antojaban unos rasgos que antes le habían dejado frío, de cómo el acento francés ya no le irritaba tanto como al principio y de las razones que habrían llevado a una jovencita orgullosa de su larga melena a prescindir tan de repente de ella.

—Me gustaban mucho.

—*Pardon, qu'est-ce que vous avez dit?* —le preguntó distraída, sin haberse enterado muy bien de qué le estaba hablando. Tenía asuntos más importantes a los que prestar atención; uno de los lobeznos se estaba dando la vuelta, tal vez satisfecho ya con su desayuno, mientras Luperca le lamía el lomo para limpiárselo.

—Sus trenzas, quiero decir. Que me gustaban mucho.

A Céline aquella apreciación la pilló tan desprevenida que no supo qué responder y se quedó con los binoculares colgando y la boca a medio abrir. Se llevó una mano a la nuca, como buscando la mata de pelo de la que se había deshecho, y se puso más roja que un cangrejo de río puesto a hervir. Cualquiera habría pensado que, en lugar de pelona, se había descubierto a sí misma desnuda.

—Fue un *accès de folie*. Un arrebato, que dirían ustedes.

—¿Un arrebato? ¿A cuento de qué?

—Las internas le habían cortado el pelo a una de las estudiantes pobres y se me ocurrió que así me solidarizaría con ella —le explicó, e inmediatamente después soltó un bufido, como una risa de resignación al darse cuenta de lo absurdo de su idea—. Ya ve qué tontería.

—No es ninguna tontería —la enmendó Miguel—. Es un gesto de bondad del que pocas mujeres serían capaces.

—En mi caso carece de valor, *monsieur*. Usted ni siquiera me ve como una mujer. Me lo dijo ahí abajo.

Lo recordaba perfectamente, y bien que le remordía la conciencia por ello. Arrepentido y azorado, ni pensó que a Céline pudiera incomodarla que se tomara la libertad de quitarle la gorra de la cabeza, con delicadeza eso sí, para poder estudiar con detalle el resultado de aquel *accès de folie*, como ella lo había denominado. No había mentido al confesar, también en un arrebato, que le gustaban las trenzas desaparecidas, pero tuvo que admitir que el pelo corto le confería a la jovencita un aspecto aún más dulce, y que además le enmarcaba el rostro de una manera que resaltaba la belleza de unos ojos singulares. «Qué criatura tan excepcional», tuvo que reconocerse a sí mismo. Y no por su apariencia, que acaso también, sino por su manera de proceder y de hablar y de...

Ni siquiera se había dado cuenta, pero todas estas elucubraciones y otras las había hecho sin retirarle la mano de la nuca, ahora vulnerable. No era consciente de en qué momento ni con qué excusa se la había colocado allí. Acaso al retirarle la gorra. No estaba seguro de nada, ni siquiera de cómo iba a reaccionar Céline si intentaba acercársele más o si trataba de atraerla hacia él. Después de cómo se había estado comportando con ella, no podría recriminarle que lo apartara de un empujón o que le soltara una bofetada. Con el carácter que se gastaba, tendría suerte si no lo tiraba del tejado al suelo.

Y, aun así, con todo, tal vez mereciera la pena correr el riesgo.

—Miguel —lo llamó por su nombre con voz temblorosa, sobrecogida por una emoción que no le había conocido antes.

Era miedo. Un miedo atroz.

¿Sería él quien le estaba provocando semejante alarma? No, ni siquiera lo estaba mirando. Se había incorporado y estaba oteando el horizonte a través de los binoculares. Céline ya no miraba al frente, donde se hallaba la madriguera de la loba, sino hacia el pueblo. Miguel se giró, contagiado de su aprensión, y divisó horrorizado una columna de humo que ascendía hacia el cielo.

—*C'est l'école!* ¡Miguel! ¡Es la escuela! —gritó *mademoiselle* Perrault sacudiéndole el brazo para que reaccionara—. ¡La escuela está ardiendo! ¡Tenemos que pedir ayuda! ¡Vamos! ¡Rápido! ¡Mina y Darío están dentro!

20. Como una hermana

Darío Dolagaray todavía no se explicaba cómo había conseguido escapar de las llamas. Del colchón había tenido que levantarlo Mina casi a la rastra, alertada por el vocerío de las mujeres que se arremolinaban en la calle, justo enfrente de la escuela. Habían sido sus vecinas —las que entretenían las tardes fisgando desde detrás de las cortinas a ver si rascaban algún chisme— quienes primero habían advertido el fuego. Suerte que Benita debía andar desvelada —cosas de la edad— y le había llamado la atención un resplandor trémulo en la ventana de la escuela. Le faltó tiempo para salir de su casa y ponerse a dar golpes en la puerta. Montó tal escándalo que se fueron despertando el resto de comadres que vivía en aquella cuesta —no por nada conocida como «la de las viudas»—, que fueron sumándose una a una al griterío. Así, ya fuese desde los balcones, ya fuese a pie de calle, unieron sus voces en una sola y despertaron a la maestra, que dormía en la planta de arriba en compañía del granuja con el que se había arrejuntado.

El granuja en cuestión, esto no hay ni que decirlo, era el bueno de Darío, que llevaba la friolera de veinte días durmiendo en el suelo sobre un viejo colchón de lana. Durmiendo, eso sí, a verdadera pierna suelta. Lo aupó a tirones su amiga, lo guio a tientas escaleras abajo y, en medio de una humareda y un calor asfixiantes, lo sacó a la calle después de vérselas con una cerradura que se resistía a ceder.

Tuvieron una suerte relativa, porque el fuego se había iniciado en la planta de abajo, en la escuela, y les dio tiempo a escapar antes de que las llamas llegaran al rellano desde el que se accedía a la vivienda. Por lo menos pudieron poner a salvo sus vidas. La integridad del inmueble y la de lo que en él se guardaba ya sería más complicada de proteger, y eso que apoyo y arrestos no les faltaron.

A Guillermina Gispert, que tantos vilipendios había sufrido en Castroblanco, le sorprendió comprobar cómo las mujeres de la cuesta se remangaban las faldas y empezaban a sacar cántaros y cubos para llenarlos en la fuente de la plaza. No hizo falta que nadie diera órdenes ni que se organizasen. Todas sabían más que de sobra lo que tenían que hacer. Ninguna estaba tan impedida como para no contribuir de alguna manera a apagar el incendio. Las más fuertes cargaban sobre sus hombros tinas llenas hasta arriba; las que suficiente tenían con cargar años a sus espaldas se ocupaban de avisar a otros vecinos. Benita, que sabía más por vieja que por diabla, dejó a su hija Micaela acarreando tinajas de agua y se plantó en la casa del cura. Había que reunir tanta ayuda como fuera posible y para eso lo mejor era que las campanas tocaran a fuego. La mujer golpeó la puerta con los nudillos y con la aldaba, pero nada. Llamó a gritos a don Ezequiel, no una, sino una docena de veces. Se desgañitaba la comadre para que el padre le hiciera caso y le decía que hiciera el favor de abrir el ojo, que la escuela estaba ardiendo. Nada. Todo en balde. Mucho y muy profundamente dormía el padre.

Escamada, Benita se echó unos pasos para atrás y levantó la cabeza a ver si veía algo en la planta de arriba, donde el cura tenía el dormitorio. Para chasco suyo, resultó que no solo vio luz en la alcoba, sino también la cabeza calva y abombada de don Ezequiel, que se echó a un lado de un brinco cuando se sintió descubierto. Para dar la orden de que se tocasen las campanas no tenía prisa alguna; para apagar la lámpara del cuarto le faltó tiempo.

—A buenas horas, desgraciado —fue mascullando Benita de regreso a la escuela—, si ya he visto que estás despierto y que no abres porque no te sale del pijo.

En público no era malhablada; a solas se desquitaba y dejaba la lengua suelta. Lo que no iba a hacer era callarse. Ya se encargaría ella de que se enterase todo el pueblo de que al cura no se le había puesto en las narices abrir la puerta ni arrimar una miaja el hombro. De otras artes no, pero lo que era de pegar la hebra entendía a base de bien. Y vamos si pensaba hacerlo. Nada más volver a la escuela puso al tanto al resto de vecinas de lo que había presenciado.

—Valiente cagón, el cura —gruñó Benita pasándole el cubo a Darío, que era el que se estaba metiendo dentro del edificio para echarle el agua a las llamas.

—Ese se ha hecho el dormido por algo —barruntó otra de las comadres.

—¡Necesitamos más agua! —advirtió Mina con desesperación, más preocupada por apagar cuanto antes el incendio que por destapar conjuras eclesiásticas—. ¿Nadie tiene tinajas más grandes?

—Las tenemos, señorita, lo que pasa es que no hay cómo subirlas llenas hasta aquí arriba. Pesan demasiado —le explicó Micaela impotente.

No le faltaba razón a la moza. Estaban llegando más personas dispuestas a ayudar como hiciera falta, pero trasladar grandes cantidades de agua no era tarea sencilla ni siquiera para los más fornidos, y la plaza todavía quedaba a un trecho de la escuela. Si no se les ocurría algo deprisa, no quedaría nada que salvar del fuego; ni los pupitres, ni la pizarra, ni los libros ni las valiosas reproducciones que habían cogido de los almacenes del Patronato sin permiso. Nada. Tampoco sus propias pertenencias, que estaban en la planta de arriba, aunque eso era lo de menos.

Darío, con un pañuelo húmedo atado alrededor de la boca,

no se paraba a pensar en ello. No tenía tiempo. Estaba demasiado volcado en echarle a las llamas tantos cubos de agua como le iban llegando. Si se le quemaban las camisas, iría a pecho descubierto hasta que pudiera comprarse otras nuevas. Si se echaban a perder los cuadros... Bueno, vería qué se inventaba. Ya tendría tiempo más tarde de hacer recuento de lo perdido. Lo primero era lo primero. La que por momentos daba la impresión de desfallecer era Mina, que tan pronto tropezaba como se venía arriba y cargaba con dos tinas a la vez. Esa era su Guillermina, la que nunca se daba por vencida, la que no sabía lo que era claudicar. La maestra que a la hora de escoger destino no le había hecho ascos al pueblo más perdido entre montañas, donde pensó que más falta podía hacer, por lejos que estuviera de Madrid y de la gente que la quería. Por lejos que estuviera de lo que ella más quería.

—¡Venga, Mina! ¡No te rindas! —la animó su amigo desde el umbral de la escuela.

Las palabras de aliento funcionaron. No solo no se rindió, sino que redobló sus esfuerzos y se aventuró a entrar también en el aula para que Darío no se la jugara solo frente al fuego. Por desgracia, no era tanto una cuestión de acercarse más o menos al peligro, sino de que necesitaban mucha más agua. Un par de hombres se atrevieron a entrar también en la escuela, pero no sirvió de gran cosa al no tener con qué sofocar el incendio. A la desesperada, probaron con mantas, con escobas y hasta a pisotones. Todo en balde.

Igual no merecía la pena seguir exponiéndose para nada. La escuela podía darse por perdida y era cuestión de minutos que lo mismo pudiera decirse de la casa. Intentaron convencer a la maestra de que lo dejara por imposible.

—Déjelo usted, señorita. Si de todas formas la estructura estará dañada y habrá que tirarlo todo abajo, si es que no se cae antes solo —procuró hacerla entrar en razón el tío Urbano, que había sido albañil y de cimientos y muros de carga entendía una cosa mala.

El bando de los partidarios de la capitulación iba ganando adeptos. Ya sumaban casi mayoría cuando escucharon un traqueteo que subía calle arriba. Eran las ruedas de un carro sobre el suelo empedrado. Tiraba de él una mula de cabeza corta y cuerpo recio que se daba un brío como no habían conocido muchos purasangres. Guiando a la mula iba Pepe, no menos vigoroso ni decidido que el animal. La sola presencia del carpintero fue motivo de alegría y estímulo para los desgastados ánimos de sus amigos, pero lo que de verdad les hizo recobrar la esperanza fue comprobar que había tenido la ocurrencia de cargar una docena de barriles llenos hasta arriba de agua que había cogido en el río.

—¡Bendito carpintero! —exclamó Benita, y acto seguido le plantó un beso en la frente mientras le agarraba la cabeza con las dos manos para que no se escapara.

Entre el acopio de agua que les había proporcionado Pepe y la maña que se dio tirándola donde más convenía para sofocar el fuego, no tardaron ni media hora en tener controlado el desastre. Todavía echó el carpintero otro viaje más para llevarles unos cuantos barriles con los que asegurarse de que no se reavivaran las brasas y, de paso, para refrescar un poco la escuela, porque allí no había quien parase del calor y a fin de cuentas todo el papel que podía deteriorarse ya había ardido. Eso incluía la biblioteca al completo y los cuadernos de Mina. También el humilde mobiliario se había quemado. Desde los pequeños pupitres de los niños hasta la mesa de la maestra y la pizarra en la que escribía. De los mapas y los dibujos en los que tanto esmero había puesto no quedaba rastro alguno, ni tampoco de los *Caprichos, Desastres y Disparates* goyescos que Darío había distribuido por las paredes.

—El fuego ha llegado a la vivienda —informó el enérgico carpintero después de echar un vistazo—. No ha habido muchos daños, pero las paredes están que da pena verlas. A las cortinas espero que no les tuviera mucho cariño, porque también han prendido enteritas. Seguro que Aurora le cose unas nuevas encantada.

A Mina las cortinas la traían sin cuidado. No podía quitarse de la cabeza otros problemas más graves, como qué iba a ser de las clases ahora que se habían quedado sin sitio donde impartirlas, o cómo iban a explicar Darío y Miguel que de la copia del *Auto de fe* de Berruguete no quedasen más que cenizas. Por lo menos las otras reproducciones se habían salvado. De milagro y solo porque a Darío le había dado pereza meterlas a cubierto y las había dejado enrolladas en el patio, debajo del escenario.

—Vamos, Mina —quiso infundirle valor al verla tan abatida—. Algo se nos ocurrirá. Les escribiré a los demás. Vendrán a ayudarnos. Además, el Ministerio no puede desentenderse de lo que ha pasado aquí. Llamaré a mi hermana, a ver si...

—Darío, deja a Elena fuera de esto, al menos por el momento. No quiero que se preocupe más de lo necesario.

Tan tajante fue que a su amigo ni se le ocurrió rechistar a pesar de que no compartía su punto de vista. No estaban las cosas como para despreciar la ayuda de nadie, pero tampoco iba a ponerse a discutir con una persona que acababa de ver cómo todas sus ilusiones se iban por la borda por culpa de un estúpido accidente. Estaba dándole vueltas a qué decir para reconfortarla cuando oyeron el zumbido de un motor que se acercaba. Darío se asomó y —entre el gentío que todavía permanecía en la calle— distinguió a su amigo Miguel bajándose de la Gimson Patria. Detrás llevaba a una irreconocible Céline Perrault, vestida con ropa de hombre y con el pelo cortado por encima de los hombros.

—¿Cómo está Mina? —se apresuró a preguntar el zoólogo.

—Se encuentra bien. Salimos los dos a tiempo. No tiene más que rasguños —le puso al tanto Darío con idéntica premura—. Anda dentro, con Pepe.

Nunca había visto a Miguel tan agitado. Se metió en la escuela como una exhalación, ansioso por comprobar con sus propios ojos que Darío no le engañaba.

—¿Qué ha pasado aquí, *mon ami*? ¿Cómo ha ardido así *l'école*, tan de repente?

Ojalá hubiera tenido respuesta para esa pregunta. El joven se encogió de hombros, tan desconcertado como la chica francesa, y sacudió la cabeza para indicarle que no le hallaba explicación a lo ocurrido. Al menos ella estaba un poco más tranquila. Triste, eso saltaba a la vista, aunque serena.

—Entre conmigo, si quiere, pero moje antes un pañuelo en uno de esos cubos y cúbrase con él la nariz y la boca para no aspirar el hollín.

Mademoiselle Perrault obedeció y accedió al interior del aula. También a ella se le cayó el alma a los pies al constatar el lamentable estado al que había quedado reducida la escuela. No era para menos. Todos se hallaban devastados. La que más, como era de esperar, Mina, que se había derrumbado, incapaz de contener el llanto al ver llegar a su amigo. Los dos habían corrido a abrazarse y así permanecían, rodeados de los restos calcinados de pupitres y diccionarios. Él la apretaba con fuerza contra su pecho mientras le acariciaba la cabeza, mansamente reclinada sobre su hombro. Solo se separaron durante un instante, el imprescindible para que Miguel le limpiase las lágrimas de la cara mientras la miraba a los ojos y después le diera un beso en la mejilla.

A Darío se le enterneció el corazón hasta que oyó a su espalda un hipido ahogado, como el que se le escapa a quien trata con poco éxito de contener un repentino sollozo. Se giró y se dio de bruces con una escena que, una vez ató cabos, tampoco le extrañó demasiado. No era el calamitoso estado de la escuela lo que había provocado tan espontánea reacción. *Mademoiselle* Perrault observaba a la pareja con los ojos encharcados y las dos manos sobre los labios, como si quisiera impedir que saliera un solo lamento de su boca. No era necesario gemido de dolor alguno ni palabras que expresasen su frustración. Ya entendía él de sobra lo que pasaba, y ya se venía temiendo desde hacía tiempo que le fuera a tocar intervenir para poner orden en un alma confundida y herida de amor.

—Céline, ¿sería tan amable de acompañarme a la planta superior?

La joven ni respondió. Tal era su congoja que ni siquiera prestaba atención a lo que Darío le pedía. Tampoco se sentía con fuerzas para llevarle la contraria, y mucho menos para resistirse a él cuando la tomó cortésmente del brazo y la condujo escaleras arriba. Ni Mina ni Miguel habían reparado en la aflicción de la muchacha, y convenía que siguiera siendo así.

—Tenga cuidado de no apoyarse en las paredes. Aún están muy calientes.

Fue él quien debió ponerlo por los dos, porque la joven francesa seguía como ida, concentrada en no mostrar unos sentimientos que, en realidad, había revelado ya más que de sobra. No aquella noche —que apuntaba amanecer—, sino mucho antes. Darío la condujo hasta la mesa donde habían cenado unos días atrás y retiró una silla para que se sentase. Después, le ofreció un pañuelo que sacó del cajón de una cómoda para que se sonase los mocos. De la misma cogió también un guardapelo de plata que se guardó en el puño izquierdo y se agachó frente a ella mientras le sostenía una mano con afecto.

—Atiéndame, Céline, por favor —le suplicó él con una ternura extraordinaria—. No debemos quedarnos aquí mucho tiempo.

Esto puede venirse abajo en el momento menos pensado. Iré al grano: usted lo está pasando mal por culpa de un amigo mío y me siento en la obligación de hacerle una confidencia y de enseñarle algo que podría apaciguar, si no su dolor, sí al menos unos celos infundados. Porque a usted Miguel le gusta y mucho, ¿me equivoco?

—Me gustan todos ustedes. Han sido tan amables conmigo...

—Digo que está enamorada.

Buena gana de andarse con más rodeos.

—¿Tanto se me nota? —quiso saber, muerta de la vergüenza y resignada a la humillación.

Darío intentó suavizar el apuro y se limitó a menear un poco la cabeza hacia los lados al tiempo que apretaba los labios en un mohín que, en unas circunstancias diferentes, le habría arrancado una sonrisa.

—Eso es lo de menos. Si lo que le preocupa es que Miguel también se haya dado cuenta, quédese usted tranquila. No presta atención a estas cosas y, aunque se la prestara, le importaría un pimiento. No se lo tome como algo personal —la advirtió ante el temor de que se echara a llorar—. Le pasa con todas las mujeres. Si tuvieran cuatro patas, las orejas de punta y cinco pares de pezones, igual se fijaría en alguna. Mientras no se dé el caso, seguirá dedicando sus atenciones a los cánidos silvestres.

—¿Está llamando loba a *mademoiselle* Gispert? Porque a ella sí parece hacerle caso.

—No malinterprete esas muestras de cariño, Céline. Mina es como una hermana. Para él y para mí. En el caso de Miguel porque no tiene otra familia en la que volcarse. Y si la tiene, hace como que no. En el mío, y esto espero que comprenda hasta qué extremo es confidencial, porque casi lo somos. Si no de sangre, sí en lo político.

—Militan en el mismo partido. Eso ya lo sé. Son ustedes bolcheviques.

—Déjese de dictaduras del proletariado, que le estoy hablando de la del corazón —se burló con dulzura de ella—. Verá, ustedes los franceses, para hablar de la cuñada de uno, utilizan una expresión preciosa: *belle soeur*.

—*Oui* —confirmó ella sin terminar de ver a dónde quería ir a parar.

—Nosotros aquí usamos otra más insulsa: hermana política. Pues verá usted, Mina vendría a ser algo así como mi hermana política.

—¿Es que está prometida con algún hermano suyo? Creía que solo tenía una hermana.

—Elena, sí. Es inspectora de primera enseñanza. Permítame que le muestre un retrato suyo.

Muy despacio colocó el guardapelo sobre la mesa y lo abrió para que Céline pudiera contemplar el rostro con forma de corazón que ocultaba la tapa argentada. Parecía una mujer bonita, con el cabello recogido en un moño alto; no uno aburrido y pasado de moda, sino uno elaborado y estiloso. Se daba un aire de familia a su hermano, con ojillos pícaros y unos rizos revoltosos que se le escapaban por detrás de las orejas.

—¿Esta es Elena?

—La misma. Mina guarda esta fotografía ahí, en la cómoda que usa como mesilla de noche, junto a su cama, para tenerla cerquita cuando se echa a dormir y poder darle un beso y desearle dulces sueños en la distancia.

—Deben ser muy amigas.

Tanto tiempo entre rosarios le había hecho a *mademoiselle* Perrault más daño del que había supuesto al principio. Como no había mentido al avisarla del peligro que corrían allí arriba, Darío se dejó de circunloquios y le expuso la situación sin más melindres.

—Vivían juntas en Madrid, en un piso de un solo dormitorio

en Chamberí, cerca de la Glorieta del Obelisco... No sé por qué le cuento esto si no ha pisado Madrid en su vida... El tema, Céline, amiga mía, es que la señorita Guillermina Gispert es una mujer fiel y está muy enamorada desde hace años, aunque no de Miguel Montalvo, como parece usted creer, sino de mi señora hermana, Elena Dolagaray. No les quedó más remedio que separarse porque Mina tenía claro que quería ser maestra rural y Elena trabaja para el Ministerio de Instrucción Pública, por lo menos mientras no la purgue el ministro entrante. A lo que voy es a que ambas lo están llevando mal y es cuestión de tiempo que una de las dos dé el brazo a torcer y vuelvan a juntarse. Mucha vocación, sí, pero no pueden estar la una sin la otra y no echarse en falta. Ojalá dé yo algún día con una mujer que sienta eso mismo por mí... y que me lo haga sentir a mí. De momento —se lamentó Darío sin perder el buen humor—, parece que el hijo de Venus no gasta flechas conmigo. Y ahora haga el favor de quitarme esa cara de susto y prometerme que no va a mencionar en la vida esta confidencia que yo he compartido con usted. Se trata de un asunto muy personal y no querría que ni Mina ni mi hermana creyeran que he traicionado su confianza. Sobre todo mi hermana, que no sabe usted cómo se las gasta.

—¿*Mademoiselle* Gispert es... *lesbienne*?

El estudiante asintió con convicción, aunque sin abrir la boca.

—¿Y Miguel lo sabe?

Asintió nuevamente para no dejar dudas al respecto.

—¿No hay nada entre ellos dos?

—Ya se lo he dicho: son como hermanos.

Céline Perrault había dejado de gimotear. No esperaba enterarse de aquella manera de que ya había alguien en la vida de Guillermina Gispert, y mucho menos de quién era ese alguien. Lo que a Darío no se le escapaba era que aquella revelación podía calmar la desazón de los celos, pero no la del amor no correspondido. En esa él estaba versado y nunca se lo había tomado a mal. A sus escasos veintidós años se había resignado a quedarse soltero, aunque al menos rodeado de buenos amigos. Le habría gustado que la chica francesa hubiera puesto sus ojos en él, en lugar de hacerlo en su compañero. Todo habría sido mucho más sencillo para los dos. Pero el amor rara vez es sencillo. Ni para él, ni para su hermana, ni para Mina ni para Céline. En lo concerniente a Miguel... aún estaba por ver qué le depararía el destino. Primero tendrían que atender otros problemas para los que tal vez fueran a contar con una solución inesperada.

De vuelta a la calle, donde todo el mundo corría menos riesgo de resultar herido, Darío y Céline no solo se reencontraron con Miguel y con Mina. Pepe también estaba allí, y con él Aurora, que acababa de llegar y sostenía a su rorro en brazos.

—Igual no hace falta echarlo todo abajo, pero poner esto de nuevo en marcha va a llevar su buen tiempo y costará un pellizco —le explicaba el carpintero sin quitarle hierro al asunto.

—Se me ocurre una idea... —se atrevió a decir la viuda, tan tímida que dejó la frase a medias hasta que Darío la animó a continuar—. Aquí no pueden meter ya a los niños, ni tener una biblioteca ni nada. Pero igual yo tengo un sitio que haga las veces de escuela hasta que se adecente el estropicio este.

—¿Los piensas meter en el ranero del molino? —se mofó Micaela antes de recibir un pescozón de su madre.

—En el ranero no, claro. Pero...

Aurora tenía un plan. Uno que podía salir muy bien.

21. Ruedas de molinos

Una de las promesas que Mina se había hecho a sí misma antes de partir hacia Castroblanco había sido la de no consentir que Elena creyese que no podía apañárselas sin ella. Era la suya una de esas parejas en las que, amén de mucho cariño y pasión, no faltaba una cierta dosis de competitividad.

Comprometidas con el mismo ideario, autosuficientes y decididas a no depender jamás de nadie, habían cedido en su día una parte de su ansiada independencia con tal de estar juntas. Es lo que tiene enamorarse, que se acaba renegando de todos los firmes propósitos planificados en la adolescencia. A lo que ni una ni otra habían renunciado había sido a ejercer sus profesiones. De ahí venía la única contrariedad a la que habían tenido que hacer frente a lo largo de cuatro años de relación: ni Mina estaba dispuesta a desistir de su sueño de ser maestra rural, ni Elena pensaba abandonar su cargo como inspectora de educación en Madrid.

Por eso llevaban más de un año lejos la una de la otra, no porque ya no se quisieran, sino porque se sabían las dos demasiado jóvenes como para renunciar a todo con tal de quedarse a la vera del ser amado. También por eso, pese a lo insistente que Darío se había puesto, Mina se había resistido a escribirle a Elena para pedirle socorro ante la que se le venía encima.

No era ya solo que se les hubiera quemado la escuela y el alcalde se hubiera desentendido. Era la atmósfera viciada que se respiraba en Castroblanco, con unos vecinos enfrentados a otros, algunos de parte de la maestra, pero otros muchos repitiendo a coro la cantinela que les había enseñado el padre Ezequiel, y que la pintaba a ella como principal responsable del incendio.

Para colmo, las noticias que llegaban de Madrid, con un gobierno en crisis al que le dimitían los ministros de cinco en cinco, tampoco ayudaban a calmar los ánimos.

—Hicieron bien en plantarse —le había oído decir a uno de los guardias que se habían acercado al molino para hablar con ella—. Si a Lerroux le faltan arrestos para mandar fusilar a toda esa escoria, que ahueque el ala y deje actuar a quienes sí los tienen.

—¡Nada! Ni una bala se merecen. De hambre y de asco los dejaba yo que se muriesen, y el gilipollas de Azaña el primero —le había contestado el cabo, y luego había soltado una risotada que le había puesto en danza el mostacho durante medio minuto.

En otras circunstancias, la maestra les habría dado su parecer, pero no estaba la masa para rosquillas.

—Como sea. La cosa es que los liquiden. ¿No tenemos otra vez pena de muerte? Pues a ver si se nota, coño.

El cabo se encogió de hombros. En Castroblanco, al contrario que en otras localidades del norte de la provincia, de las revueltas del año anterior se habían enterado muy de refilón. Trabajadores asalariados allí casi no había. Fábricas, ni una. De sindicatos no habían oído hablar en la vida. Familiares que en su día hubieran emigrado al norte sí que tenían, pero si alguno se había visto involucrado en las huelgas o en las comunas de Mieres o de La Felguera, en el pueblo ni se mentaba. En Castroblanco se malvivía de lo que daban las tierras y las vacas. Eso de los movimientos obreros les sonaba a renegados a los que les habían comido la cabeza en la ciudad. Así les había lucido el pelo, que los que no habían acabado con sus huesos en la cárcel lo habían hecho en un sitio peor.

—¿Y aquí es donde tienen intención de poner la escuela? —se interesó el de los bigotes, cogiéndole a Aurora el vaso de café que le ofrecía. No parecía convencido, a juzgar por su mueca de incredulidad.

Mina agradeció que dejasen de hablar de política.

—Aquí no, señor. En la planta de arriba, que hay más sitio —le aclaró la viuda.

—Al mío échale una pinta de leche, anda... Y que digo yo... ¿A la familia del Gregorio le has pedido permiso? —le soltó el otro guardia de sopetón.

—¿Y por qué habría de hacerlo, si puede saberse? El molino es mío. Como si quiero pintarlo de verde —le respondió Aurora sin inmutarse, porque llevaba ya un tiempo hartita de que todo el mundo la tomase por tonta—. Leche no me queda. Tendrá que ser así, solo.

Dos cuartillos enteros tenía guardados en la fresquera, pero estaba bueno el del tricornio si creía que iba a ofrecérsela a él después de haberle soltado semejante impertinencia. Al guardia le dio lo mismo, o fingió que así era, porque se lo bebió igualmente de tres sonoros sorbos.

—El hermano del Gregorio no las tiene todas consigo al respectivo de esta propiedad —le recordó el cabo—. Y luego está la problemática de ver si les dejan a ustedes montar aquí el tinglado. Tendrán que pronunciarse desde más arriba.

—El molino es de doña Aurora y ella cede gustosa toda esta planta —reiteró Mina—. Y sobre el visto bueno del Ministerio, es verdad que está por personarse aquí una inspectora que habrá de emitir un informe positivo al respecto, aunque no veo razón para que nos lo niegue. Mejor solución es una escuela en el molino a que no haya escuela.

La maestra se guardó una sonrisa astuta para sí misma. Más le valía a Elena haber movido los hilos oportunos para que la inspectora en cuestión se esmerase a la hora de redactar el informe. Si no, cuando volvieran a encontrarse, iba a mandarla a dormir al cuarto de las escobas una semana seguida.

—Una maestra, una inspectora... ¿No van a ser muchas faldas?

—Las que hagan falta, señor guardia. Tengo el armario lleno —bromeó Mina con un punto de maldad que dejó descolocado al agente.

El superior, entre tanto, apuró también su café negro y se dispuso a acometer la cuestión que de verdad los había llevado hasta allí. Soltó el vaso, se frotó las manos en las perneras y se echó un poco hacia atrás, casi recostándose en la silla de mimbre que ocupaba.

—Bueno, lo de la escuela es cosa suya. Yo tengo un hijo y tres hijas. Al chico lo saqué en cuanto cumplió los diez años, y a ellas es que ni intención hice de llevarlas. ¿A qué? Buena gana... Al caso, que estamos aquí porque había que interrogarla al respectivo del incendio y al final ni va a hacer falta que se pase por el puesto. Ya hemos reconocido nosotros el lugar y se ha determinado que ha sido todo derivación de unas estufillas que dejó usted mal apagadas.

—¿Que yo dejé qué? —tuvo que preguntar la maestra, sin dar crédito a lo que escuchaba.

Ni el cabo ni el guardia raso le dieron importancia alguna al pasmo de la maestra. El primero de ellos continuó con lo que ya se tenía por versión oficial de los hechos.

—En la casa de usted... Bueno, en la casa del maestro, se han encontrado unas estufillas de cisco. Nos consta, porque nos lo han contado, que a los niños que iban a clase sin braserillo les proporcionaba usted uno muy rústico. Está claro, señorita, lo que ha pasado en la escuela. Tanto brasero improvisado, tanto circo de tres pistas que ha montado usted allí sin darle discuentos a la autoridad, tanto ir y venir de fulanos... Al final ha acontecido lo que tenía que acontecer.

—¿A quién está llamando fulano? —le exigió que se explicara—. Porque si está hablando de don Darío Dolagaray, sepa usted que no es ningún fulano, sino un invitado mío que ha demostrado más preocupación por el bienestar de los niños del pueblo que todos sus padres juntos. Ahora mismo, mal que les pese, se los ha llevado al río para procurarles unas nociones de higiene y de educación física. Vamos, para que no pierdan los pobres el tiempo en lo que acondicionamos este recinto y puedo volver a darles clase.

—¿Quiere usted decir que fue ese Darío el que prendió las estufillas? —tergiversó por completo el cabo el sentido de sus palabras—. ¡Pues estamos buenos! Porque don Blas se está pensando si denunciarla a usted o no y, mire, en atención a su sexo lo mismo se hace el loco... siempre y cuando usted decidiera marcharse. Ya entiende. Pedir un traslado a otra parte y dejar de dar por saco aquí. Si no, dice que la denuncia a usted por prenderle fuego a la escuela y nos la llevamos presa al cuartelillo.

—¿Al cuartelillo yo? ¿Por tener cuatro estufillas en una pura cochambre que se venía abajo, mezquina, sucia, chorreando humedad y mugre? —se acaloró, cansada de tanta mala fe—. ¡Valiente registro el suyo! ¿Es que no han visto que los cristales de la ventana estaban rotos en el suelo del aula? ¿No les da eso en qué pensar? Nos rompieron las ventanas, echaron dentro combustible y tiraron teas o hachones, o vayan ustedes a saber qué. ¿No les escama lo rápido que se propagó el fuego y cómo olía a gasolina?

—Oler, no hemos olido nada —se justificó el guardia—. Y lo de los cristales, pues se habrán roto del calor.

—¿Y cayeron hacia dentro en lugar de hacia la calle? ¡Menudos cristales curiosos, que se saltan las leyes más elementales de la termodinámica así por las buenas!

El cabo se echó a reír con ganas y le dio un codazo a su subalterno para que lo imitara. Buena cosa le importaba a él la termodinámica, si no sabía ni lo que era.

—¡Que eso es que se rompen con el calor, señorita, y saltan para donde les conviene! —reiteró con arrogancia.

Era como hablar con un alcornoque. No es que fueran idiotas, no. Con eso habría podido lidiar. Lo que a aquellos tipos les faltaba para poder dialogar con ellos eran los más elementales supuestos de la cultura humana, los cimientos que hacen posible cualquier forma de razonamiento. Faltaba un terreno mínimamente abonado en el que entenderse. Allí no había ganas ni capacidad intelectual de las que partir.

—Mire, señorita Ginés...

—Es Gispert —lo corrigió de inmediato.

—Sí, sí, encima con exigencias y nombres finos... Catalana tenía que ser.

—Madrileña, señor guardia. Catalán era mi abuelo.

—¡Lo mismo da! ¡Que aquí en el pueblo ya se ha tenido mucha paciencia con usted! Que ha hecho de la escuela lo que le ha salido de las narices sin que le importase un comino la escandalera, y eso se le ha terminado. Aquí somos como tienen que ser las personas, no como a usted le da la gana de ser. En este pueblo no queremos pingos ni mamarrachos. Si le han quemado la escuela, por algo habrá sido. Haberse comportado como tocaba y la habrían recibido con otros modos —se sinceró el cabo, que había perdido los estribos y llevaba la lengua por delante del pensamiento—. Así que ya está guardando en la maleta todas las faldas esas que dice que tiene y dándose la vuelta para Cataluña o para de donde carajo quiera que haya usted venido, pero aquí no se la aguanta ni un día más. ¿Ha entendido?

El cabo le soltó esta perorata con un tono intimidante y a la vez algo paternalista. Fue esto último lo que más irritó a la maestra, que ya estaba abriendo la boca para defenderse cuando escuchó unas palabras pronunciadas con tanta calma como firmeza.

—Con el debido respeto, agentes, pueden ustedes decirle al alcalde que la señorita Guillermina hace mucha falta en Castroblanco, que aquí se queda a sacar adelante esta escuela como

238

que me llamo Aurora y que a mi casa con amenazas no me viene nadie. Así que ¡ea!, si quieren quedarse aquí que sea para arrimar el hombro y ayudarnos a montar pupitres. A faltar se van a ustedes a la calle. ¡Venga, fuera! Para venir a contar pestes, ¡aire!

Fue la dueña del molino, que se había puesto en pie con los brazos en jarras, la que les soltó estas bravas a los guardias. El cabo no se acababa de creer que la infeliz aquella se les hubiera puesto bravucona. Vaciló un instante, como dudando si debía encararse con ella, soltarle un guantazo para que aprendiera o llevársela presa. Finalmente, superado por una respuesta que no se habría esperado nunca de una coja a la que todos tenían por boba, se limitó a sacudir un poco la cabeza sin atreverse a levantarla y se marchó tirando de la manga de su subordinado, farfullando unas frases a medias que no querían decir nada, porque nada era lo que le había dado tiempo a elaborar en la sesera.

Los guardias civiles no habían sido los únicos que se habían quedado de piedra ante el repentino arranque de ira de Aurora. Mina también se había llevado una buena sorpresa, aunque muy positiva en su caso. Tan pronto como se vieron libres de la engorrosa visita, se echó a reír con unas ganas como hacía tiempo que no se gastaba.

—¡Qué empacho de mulos! —se quejó la viuda a su amiga, y acto seguido se puso a recoger los vasos.

La maestra tampoco se quedó quieta. Las acusaciones que el guardia había vertido sobre ella la habían dejado descompuesta y necesitaba ocuparse en algo útil. Les quedaba mucho por hacer y sabían que les convenía dejar la parte de arriba del molino presentable para que el Ministerio les diera el visto bueno.

El molino, a decir verdad, resultaba hasta más adecuado que la vieja escuela. En su contra solo tenía que quedaba algo alejado del pueblo, pero a los niños tampoco iba a saberles mal darse un paseo para ir a clase. Luz entraba a raudales y espacio tendrían más que de sobra en cuanto apartaran los trastos que en su día había ido apilando Gregorio: una tolva vieja, una mesa llena de sacos apolillados, una escalera que les haría mejor servicio abajo, y seis o siete cajas que antaño se usaron para depositar el cereal. Pepe les había pedido que no se deshiciesen de nada, que alguna utilidad hallaría él a todos aquellos materiales.

Si en el futuro volvía a ponerse en marcha el molino, bastaría con la planta de abajo. Que se hubiera construido una segunda había resultado providencial para la continuidad de la escuela, aunque del todo innecesario para la de la molienda. No era aquella una región tan húmeda como para precisar que los sacos de grano y de harina tuvieran que apartarse del suelo, y desde luego no era tal el volumen de trabajo que hiciera falta un almacén aparte en el que guardar estos productos. Eran casi ochenta metros cuadrados los que ocupaba la planta del edificio, en el que entraba el sol a raudales gracias a la formidable claraboya del tejado y a las dos ventanas orientadas al sur y al oeste.

Después de pasarse meses apañándoselas de mala manera en un cuchitril, a Mina aquello le parecía un auténtico palacio, y eso que ni por fuera ni por dentro podía presentar un aspecto más humilde, con unos muros toscos de pizarra y un sencillo tejado a dos aguas que protegía una estructura más o menos rectangular. Sin embargo, el trabajo de mampostería había sido tan fino y el aislamiento del que se había provisto tan eficaz que no pasaba ni una gota del agua del río al interior. Muy cálido no sería, pero tan frío como la vieja escuela tampoco, y bastaría con abrir un poco alguna de las ventanas cuando hiciera falta ventilar. Entre tanto, tenían faena por delante para dar y regalar. Quitar telarañas, barrer los suelos, limpiar cristales...

—El cabo ese es dañino como un demonio —le aseguró Aurora mientras arrastraba el polvo con una escoba.

—Ya me he dado cuenta.

—Pero él no me preocupa. Es un bobo, como el otro que lleva al lado. Es peor el que habla por su boca. Ese sí que me da miedo.

Mina intuía más que de sobra a quién se refería.

—Ya lo sé, ya.

—No hablo de don Blas ni del padre Ezequiel —insistió en dejarle claro—. A estos los ha mandado venir el señor Montalvo.

—Estoy al tanto, Aurora —reconoció Mina, que prefería dejar el asunto de lado, no fuera a acabar salpicando a Miguel.

—Ya me daba miedo antes, por Pepe. Cuando se presentó a alcalde se quedaron con ganas de darle un escarmiento. Y el año pasado, cuando se montó la que se montó en Villablino y en Sabero, y anduvo la Guardia Civil por aquí en busca de los mineros que se habían escapado, me temblaba todo el cuerpo, a ver si con la excusa de haber socorrido a alguno se lo llevaban preso. Yo a Pepe lo quiero mucho, que se ha portado muy bien conmigo y siempre desinteresadamente, no como otros —le confesó la compungida viuda—. Y ahora a usted, señorita, también la tienen en el punto de mira. Ese don Marcial Montalvo es malo con codicia.

Como de alguna manera tenía que devolverle a Aurora la paz de espíritu que le habían robado, le soltó lo primero que se le ocurrió.

—Los caciques como Montalvo se sirven del miedo para que se cumpla su voluntad. No dejes que se salgan con la suya. No les tengas miedo.

Así dicho no se antojaba gran cosa. El inconveniente residía en que Aurora no tenía miedo de lo que pudieran hacerle a ella, sino a la gente a la que quería.

—¿A usted le gustaría casarse algún día, señorita?

Aquella pregunta, que tan poca relación guardaba con la conversación que hasta entonces habían mantenido, dejó a la maestra un poco descolocada. Respondió, pese a ello, sin dejar de frotar las ventanas, con toda la sinceridad que sus condiciones le permitían.

—¿Pasar por el altar y que un cura me dé su bendición para querer yo y que me quieran? No, eso no va conmigo. Ahora bien, ¿compartir mi vida con una persona a la que amara de todo corazón, que me hiciera feliz y a la que yo pudiera hacer feliz a su vez? Sí, ¿por qué no?

No podía correr el riesgo de contarle a la joven viuda que ese plan ya lo había llevado a la práctica durante algún tiempo y que nunca había sido tan dichosa como entonces. Aunque Aurora tenía un corazón de oro y un intelecto rápido y despierto, no estaba segura de que fuera a reconocer como tal la clase de amor del que ella le estaba hablando.

—Yo de casada fui muy infeliz. Que ahora le doy vueltas y pienso que lo mismo me lo merecía, porque me casé con mi marido sin quererlo ni una pizca, solo porque fue el primero que me lo propuso. Eso tiene que ser hasta pecado. Normal que el Señor me castigara.

A punto estuvo Mina de interrumpirla para decirle que nadie se merecía que la derrengaran a palos, ni que la vejaran ni que la hicieran de menos, pero enseguida comprendió que era mejor dejar que se explayase con libertad porque no lo estaba haciendo en busca de consejo, sino para soltar un lastre con el que debía llevar demasiado tiempo cargando.

—Y resulta que ahora que estoy viuda y coja me salen pretendientes de debajo de las piedras, no porque me quieran, sino por lo que vale este molino y las cuatro tierras del Gregorio. ¡Pues mejor que lo aprovechen los niños y que sirva para algo bueno! Ahora, ¿casarme? No volveré por agua a esa fuente. Le he cogido asco a todos los hombres y se me revuelven las tripas solo de pensar que vuelva uno a arrimárseme.

—Bueno, mujer, ya será menos —le dijo Mina por no seguir

callada, porque en verdad no podía hacerse una idea de cómo la comprendía.

—No exagero ni una miajita, puede usted creerme. Yo me quedo soltera con mi pituso, que es lo único puro y decente que pudo salir del bruto de mi marido. A los tíos no quiero ni verlos —se mantuvo en sus trece mientras repasaba con la escoba las esquinas.

—Quién sabe. Igual algún día conoces a alguien que merezca la pena.

Al decir esto la maestra, Aurora se la quedó mirando un segundo, con la boca medio abierta y una expresión en la cara de estar a punto de pronunciar una respuesta de las que salen del alma.

—Lo mismo ya lo he conocido y lo que pasa es que es demasiado bueno para mí.

Llena de curiosidad y algo sorprendida, Guillermina dejó de frotar los cristales y se volvió hacia la dueña del molino con ganas de saber más. La asustaba un poco la posibilidad de que, a pesar de los recelos de los que acababa de hablarle, se estuviera planteando decirle que sí a alguno de los zotes que la pretendían, aunque mal empezaba cualquier cortejo cuando una de las partes se creía indigna de la otra. Por otro lado, no dejaba de ser una buena noticia que Aurora gastase el suficiente buen humor como para fijarse en algún mozo, por mucho que fuese alguno de los patanes que le iban detrás. A lo mejor, con un poco de suerte, resultaba ser alguien de fuera del pueblo.

—No irás a decirme que Darío te ha camelado con ese mirar meloso que se gasta.

—¿El señor Dolagaray? ¡Ay, no, por la Virgen santísima! ¿Dónde iba a ir yo con un hombre de hablares tan finos? Si no entiendo ni la mitad de lo que dice. Se le ve muy honrado y muy dulce, y se da maña con la costura, pero yo con alguien así a la media hora me habría quedado dormida.

Entonces debía temerse lo peor. Mina guardó silencio, procurando mantenerse en una postura que diera la sensación de ser relajada y sin expresar más preocupación de la imprescindible, porque si era Miguel Montalvo el objeto de sus pasiones, Aurora hacía bien en resignarse. No había podido ir a echarle el ojo a un perro más verde que aquel.

—Si fuera yo digna de ello, me gustaría que me quisiera Pepe, pero como no lo soy, pues me quedaré sola con mi pituso y tan contenta. A otro que no sea él, no lo aguantaría cerca.

—¿Pepe? ¿Qué dices, alma de cántaro, si tiene edad para ser tu padre?

—¿Y qué me importa eso? Si un día el Pepe se levanta y tiene una iluminación y decide que me quiere, pues entonces me pienso lo de volver a casarme. Pero como eso sé que no va a pasar, pues viuda estoy la mar de a gusto.

—Pero ¿cómo va a pasar? Si debe andar cerca de los cincuenta. ¿Cómo pensaría él que tú...? En fin, ya me entiendes.

—Si tiene cincuenta como si tiene cien. El Gregorio era joven y buen mozo, y toda la lozanía la echaba en hacerme picias.

—Visto así... —le concedió Mina con un vaivén de cabeza.

—Yo no sé por qué a Pepe lo quiero, pero lo cuento como lo siento. ¿Que está mal sentirse así? Igual. No lo sé. ¿Qué le voy a hacer? Ya me juzgará Dios el día que me muera, y de paso que me explique por qué ha puesto dentro de mí estas inclinaciones si luego había de condenarme por ellas —se explicó la viuda con tanta sencillez como inteligencia—. Será que una es mala y punto. No sé. Lo mismo no tendría que haberle contado esto a usted, señorita Mina, que ahora debe pensar que soy una golfa o una desvariada, o las dos cosas a la vez. ¡Vaya impresión que debe haberse llevado de mí!

La mejor, sin duda alguna. Si alguien tenía razones por las que sentirse avergonzada, esa era ella. Se había atrevido a despreciar los sentimientos de su amiga solo porque no coincidían con lo que habría esperado de una mujer bonita y en edad de merecer. Quizás debiera hacer examen de conciencia. Arrastraba, a fin de cuentas, los mismos prejuicios que pretendía erradicar en otros. ¿Por qué no iba a comprenderla Aurora si también le abría su corazón?

—¿Sabes qué? —se atrevió a arrancarse Mina, aburrida de guardárselo todo dentro—. Voy a contarte yo a ti otra intimidad, porque resulta que, aquí donde me tienes, a mí también me pondrían de desvariada para arriba si dijera a quién quiero yo.

—¡Al señor Dolagaray! —se la jugó Aurora, porque era lo que se rumoreaba en el pueblo.

Guillermina Gispert dejó escapar una risa cómplice y se acercó un poco a su amiga para contarle el secreto al oído. Secreto que algo sí tenía que ver con la familia Dolagaray y que, todo sea dicho, a la dueña del molino tampoco le cayó tan de susto como se había figurado la maestra.

22. Demasiado bueno

Hacía ya cuatro días de lo del incendio y, por lo que la madre Agnès sabía, los guardias aún no se habían atrevido a arrestar a la maestra ni al tunante que convivía con ella. Ni tampoco a Miguel Montalvo, que a buen seguro estaba tan enredado en el asunto como los otros dos. Aunque la priora no era amiga de supercherías, cada vez estaba más convencida de que lo mínimo que podía haber acontecido en la escuela era que aquellos tres hubieran celebrado alguna suerte de aquelarre libertario. Menos mal que don Marcial había reunido el sentido común suficiente para poner a su hijo de patitas en la calle... si es que lo había hecho y no había sido el muy perdulario quien había tomado la decisión de marcharse.

No creía en nada más la vieja monja que en lo que había que creer. Ni en brujas ni en lobisones. Ella no era una aldeana analfabeta ni una novicia sin conocimiento. Todo alarde de fantasía le provocaba un rechazo intestino. Por eso no consentía que a las internas les llegasen cuentos de hadas ni historias de terror. Con todo, no descartaba que allí abajo, en Castroblanco, los autoproclamados misioneros no se hubieran conchabado con alguna fuerza maligna. Era la única explicación que le hallaba a la atmósfera enrarecida que envolvía ya no solo al colegio, sino al pueblo entero.

Nada marchaba como debía en un lugar en el que hasta entonces las cosas habían ido como la seda, un oasis de cordura y formalidad en un país puesto patas arriba. Los ánimos andaban revueltos y ni don Blas ni el padre Ezequiel eran capaces de reconducirlos como habría tocado. Todo por culpa de aquella panda de bolcheviques y de sus ocurrencias. Primero la de prestarles libros a los niños y querer enseñar a leer a las mujeres. Luego los espectáculos obscenos y aquello de ponerles películas. Ganas de meterle tonterías en la cabeza a una gente incapaz de descifrar tales entelequias. Y después, por si fuera poco, la matanza del ganado y la escuela envuelta en llamas. Normal que estuviera todo el mundo revuelto. Eso era lo que les convenía a los alborotadores, un escenario bien abonado con caos y anarquía para que su semilla prendiera con fuerza en las mentes más débiles. Ya se lo veía venir desde hacía tiempo. Lo que no podía esperarse era que los efectos de tal desatino traspasaran los muros del antiguo monasterio.

Se repetía sin cesar que no podía culparse por ello, que no había sido ella quien le había abierto al mal las puertas del internado. Lo había hecho don Marcial, y no una, sino dos veces. La primera, cegado por la debilidad que le imbuía su propia sangre. La segunda, por unos ojos de gata.

El diablo se había instalado en las tripas mismas de un lugar santo y había empezado a esparcir su veneno por doquier. No había forma de explicar cómo si no podía el desorden haberse hecho dueño del colegio en tan solo unas pocas semanas. Las niñas andaban cada vez más alborotadas con las mandangas de los lobisones y las hermanas, en lugar de enmendarlas, se habían sumado al delirio. Hasta sor Prudence se había dejado arrastrar, y en su caso era mucho peor, porque a las fantasmagorías de las demás se añadía el deterioro que había ido sufriendo la anciana en los últimos tiempos. La pobre mujer se quedaba traspuesta en cualquier parte, lo mismo en misa que encima del plato de sopa, desbarraba en cuanto abría la boca y se desorientaba un día sí y otro también. Algunas tardes había que ir a buscarla a las ruinas de la antigua iglesia y otras al cementerio. Siempre se justificaba diciendo que había ido a guardar las ovejas antes de que se las llevara el lobo. Sobra explicar que nunca en Nuestra Señora de Roche Amère habían tenido rebaño ni necesidad de velar por él.

No era este, ni mucho menos, el único desbarajuste al que había tenido que hacer frente la priora. ¡Si hasta se habían cometido hurtos! Lo nunca visto en el monasterio. El jardinero aseguraba que le habían desaparecido unos pantalones y una gorra que se ponía para faenar. Unos meses atrás la madre Agnès ni habría valorado la posibilidad de que les hubieran entrado a robar. De aquellas, no descartaba ya nada. Y eso no era todo. Una de las becadas había amanecido una mañana con el pelo como el de un paje. Ella sostenía que se lo habían cortado a la fuerza otras alumnas de bien. Estas, sin negar la mayor, se defendían alegando que lo habían hecho por una pura cuestión de higiene. Al parecer, la becada tenía la cabeza plagadita de liendres y temían que se las pegara. No iba a castigarlas por eso, claro está. La que había actuado de mala fe había sido, cómo no, *mademoiselle* Perrault, que había decidido por su cuenta peinar a la piojosa con unos caracoles que había fijado con pomada. La había dejado bonita, sí, demasiado para una inclusera recogida por caridad. Normal que la hermana Brígida se hubiera escandalizado al verla y le hubiera desbaratado a manotazos todos aquellos rizos que lucía la chiquilla en la cabeza.

Luego estaba el asunto del molino, que quedaba a poco más de una hora a pie del convento. A la mema de la dueña debían haberle comido la cabeza aquella panda de perdidos y no había tenido otra ocurrencia que cedérselo para que montaran allí una nueva escuela pública. Como si no fuera suficiente con tener tan cerca del monasterio a la prole de los campesinos, encima la maestra y sus amigos se habían instalado también allí mismo. Para colmo se había presentado una pindonga nueva, con la misma facha de viciosa que el resto, toda escotada, con los labios y los ojos pintados. La madre Agnès no había llegado a contemplarla con sus propios ojos, ni falta que le hacía. El padre Ezequiel le había contado que trabajaba en el Ministerio de Instrucción Pública. La habían mandado para darle el visto a lo de improvisar una escuela en el molino. Menuda idea, poner a una zorra como aquella a velar por el redil.

Comentaban que era intratable. La otra al menos miraba de medio guardar las formas; esta se gastaba unos humos de mucho cuidado. Le habían dicho que era hermana del fulano que se beneficiaba a la maestra y que debían venir de una familia bien relacionada. Dinero no podía faltarle, porque calzaba zapatos caros, vestía ropa elegantísima y hasta conducía su propio coche. Tenía el cabello largo, larguísimo, abundante y lustroso, como torzales de seda. Según el padre Ezequiel, se lo recogía con un revoltijo en la coronilla y se lo sujetaba con horquillas de cabeza plateada, como si se creyera una dama japonesa, pero también la habían visto paseándose por las calles con toda la melena suelta, que le llegaba hasta la cintura. La viva imagen de la caída en desgracia de la humanidad.

Sodoma y Gomorra a tres kilómetros escasos de Nuestra Señora de Roche Amère. Y don Marcial mano sobre mano. Al presidente del patronato ya ni le preocupaba el baile de ministros que se traían en Madrid, y eso que tenía un hijo en el Parlamento y otro en el Ejército. Lo único que le quitaba el sueño era que se descubriera que uno de los granujas del molino también era sangre de su sangre. Eso y la gata de ojos verdes, que lo tenía como hechizado con aquella falsa modestia con la que lo distraía de su comportamiento intolerable.

Tal y como se había imaginado desde el principio, la favorita de la madre Joanne les había salido díscola. Por más que se le insistía en la necesidad de asistir a los rezos, ella hacía su voluntad. Algunos días se saltaba uno; otros dos. Del monasterio entraba y salía cuando le apetecía y era como si le diera igual que se le recriminase su indisciplina. Iba por los pasillos como un alma en pena, pálida como un cirio pascual y con la mirada perdida, buscando acaso una conmiseración que no merecía y que desde luego nadie en Nuestra Señora de Roche Amère le ofrecería. Nadie salvo el propio Marcial Montalvo, que no solo seguía sin negarle el saludo cada mañana, sino que hacía todo lo posible por cruzarse con ella en el claustro, se detenía a preguntarle qué tal se encontraba y hasta le dedicaba alguna sonrisa. Como si no supiera, el muy necio, que era a la barragana de su propio hijo a la que estaba ofreciendo su mejor cara. Algo que ella agradecía con un desinterés que rozaba la displicencia.

Todo, si se paraba a pensarlo, había empezado a torcerse desde que ella había hecho acto de presencia en el colegio. ¿Por qué no iba a denunciarla? ¿Por qué se refrenaba a sí misma en lugar de entrar en el despacho de don Marcial, donde estaba reunido con el padre Ezequiel y con el alcalde, y los ponía en su sitio? Hatajo de hombres negligentes a los que les temblaba la mano cuando había que imponer cordura. ¿A qué esperaba el sacerdote para señalar a los que les habían reído las gracias a los forasteros? ¿A qué los guardias para encerrar a la maestra del pueblo? ¿No había pruebas suficientes de que había sido ella la causante del incendio? Ella y el otro bandido. Y la dichosa *mademoiselle* Perrault, a la que nadie había visto la noche en cuestión hasta que, casualidades de la vida, se había presentado en la escuela en compañía de Miguel Montalvo. ¡Qué vergüenza al enterarse! ¿Qué iban a pensar los padres de las internas si llegaban a sus oídos las correrías de la nueva profesora de francés? Le daba tanta rabia que hasta le dolía. Podía sentir un tormento casi físico acumulándosele en la laringe, como una brasa atravesada de espinas que la estuviera consumiendo viva.

Maldita la hora en la que había nacido mujer. De haber tenido la suerte de hacerlo varón, se habría bastado más que de sobra para arreglar aquel sindiós, en lugar de tener que quedarse esperando tras la puerta, tratando de cazar al vuelo alguna frase que se pronunciase más alta y le diera alguna pista de lo que se maquinaba allí dentro. Si es que se maquinaba algo.

En estas andaba cuando oyó el chillar cadencioso y plañidero de las niñas repitiendo las oraciones al terminar la lección. Estaba acabando la clase de francés y en breve saldrían al claustro para atravesarlo de camino a la sala de costura. Lo último que deseaba la priora era que la descubrieran allí plantada, como un perro a la puerta de su amo, así que echó a andar hacia el aula que ya iban abandonando. No quería ser vista en una actitud tan poco digna, encogida y con la oreja pegada al picaporte como una vulgar portera, pero no tenía inconveniente en que la observaran caminando bien derecha y debieran, una por una, ir inclinando sus cuerpecillos frente a ella, en señal de respeto. Esperaba, sobre todo, que tuviera que hacerlo *mademoiselle* Perrault. Uno de los escasos consuelos que no habían podido sustraerle todavía era el de solazarse con la angustia que se apoderaba de la joven cada vez que se cruzaban.

No sería distinta esta ocasión.

La jovencita, que aún no la había visto, se adelantó a las dos filas de alumnas, dispuesta a conducirlas con toda la rectitud necesaria para que no se salieran ni un palmo del orden establecido. Lo hacía sin perder ni su fastidiosa dulzura ni el aire cariacontecido del que ya parecía incapaz de desprenderse. Le agradó a la priora comprobar que el rostro de Céline Perrault lucía más apagado. Se le empezaba a marcar el contorno de los ojos, más hundidos e inexpresivos día tras día, mientras que en los labios, antes siempre listos para esbozar una sonrisa, ahora se le había quedado grabado un rictus de aflicción permanente. Sufría. Fuera cual fuera el motivo, *mademoiselle* sufría. No todo lo que merecía, pero algo le nublaba el ánimo, porque en cuestión de días su declive había sido notorio.

Al menos le quedaba humor para dedicarle una carantoña improcedente a sus favoritas, que no eran nunca las alumnas de bien, sino las más miserables y problemáticas. A la priora le molestó en particular que, al pasar a su lado, la maestra detuviera su mano en el hombro de la interna expósita a la que le habían pelado la cabeza. Gestos como aquel estaban fuera de lugar y podían echar a perder la disciplina de las demás alumnas. ¿Qué clase de confianzas eran aquellas? Tendría que reprenderla de nuevo, aunque ya se imaginaba que le iba a dar lo mismo. Aceleró el paso para que no se le escapase, dudando si haría mejor en conformarse tan solo con abofetear a la niña o si podría permitirse el gusto de sacudirle un guantazo también a la profesora. Nunca antes le había puesto una mano encima, y quizás fuera más efectivo y no menos humillante ponerla a fregar cazuelas. El problema con los correctivos era que don Marcial, de enterarse, seguramente habría manifestado su disconformidad. Resultaba del todo imposible enderezar a quien contaba con la protección de un hombre a quien debían tanto. Pero un bofetón bien dado no iba a poder ahorrárselo por mucho que se enfadase el muy mentecato. Encima le resultaría mucho más reconfortante y le restaría a la francesita cualquier atisbo de autoridad que aún conservase ante las niñas.

La decisión estaba tomada y la muñeca en alto cuando la puerta del despacho de don Marcial se abrió. De allí salieron, muy serios, los tres hombres a los que tan solo unos minutos antes también habría querido abofetear, a ver si espabilaban. Primero don Blas, con la cara embotijada y toda la pinta de haberse bebido solito botella y media de *brandy*. Detrás, el padre Ezequiel, como poseído por un espíritu inquieto que le obligara a sacudir todo su corpachón con un brío impropio de él. Por último, salió del despacho el mismo Marcial Montalvo, que se giró sobre sus pulcros talones para cerrar con llave antes de acompañarlos a la salida. A la madre Agnès se le heló la sangre en las venas cuando lo vio clavar la mirada en la figura menuda de *mademoiselle* Perrault. Se le volvían las pupilas puras llamas nada más reflejársele en ellas la mujer que había desatado una lujuria hasta entonces amansada. ¿No le daría vergüenza, a sus años?

—¡Madre! —reclamó su atención una vocecilla temblorosa y medio ahogada desde la otra esquina de la panda—. ¡Madre!

No eran maneras de llamarla, dando voces delante de todo el mundo. La hermana Tránsito se estaba poniendo en ridículo al requerirla con tanta insistencia. Sin llegar a correr, sí que caminaba tan deprisa como para que le faltara el aire y tuviera que remangarse los bajos de la túnica para no tropezar. Los tres hombres se volvieron hacia ellas, brevemente distraídos por lo que parecía tan urgente. También las niñas y la chica francesa se giraron intrigadas, aunque en su caso con el disimulo que les exigían las buenas formas.

—Que el Señor la guarde, madre —recordó la hermana el saludo de rigor y de paso la reverencia, que tuvo tanto de torpe como de apresurada—. Ha llegado un telegrama para usted. Parece cosa importante.

A punto estaba ya de soltarle un exabrupto a sor Tránsito cuando se fijó en el remite del mensaje y se le olvidó todo el enfado. Ni siquiera se percató de que ni *mademoiselle* Perrault ni las niñas le prestaban atención. Tampoco lo hacía el padre Ezequiel ni don Blas, ni mucho menos Marcial Montalvo, que se había vuelto enteramente hacia la profesora de francés y no despegaría ya la vista de ella hasta que desapareciera por la entrada de la galería norte. A la priora se la habrían llevado los demonios si hubiera presenciado cómo era el hombre incapaz de apartar sus ojos de ella, cómo se le encendían las mejillas ya menguadas por la edad y cómo ni se molestaba en ocultarlo. Pero la madre Agnès no vio nada, concentrada como estaba en el origen del telegrama. Le faltó tiempo para leerlo, sin llevárselo siquiera a sus dependencias. Le corría demasiada prisa enterarse de cuáles eran las nuevas que se le anunciaban.

Tuvo que revisar tres o cuatro veces lo que en él ponía y, aun después, volvió de nuevo sobre las escuetas líneas. No daba crédito a lo que veía. Demasiado bueno para ser cierto.

23. Sin alma

Elena Dolagaray a veces daba hasta miedo. Era una fuerza de la naturaleza, impetuosa y algo maniática, no especialmente delicada, aunque sí estilosa e hipnótica. Al contrario que su hermano pequeño, no se sentía a gusto prescindiendo de las comodidades que la fortuna familiar podía procurarle. Al conocer a Darío, con sus pantalones de lana y sus camisas sin corbata, nadie habría sospechado que podría haberse permitido buenos trajes de seda importados de Londres, de haber tenido algún interés en ello. El humilde Darío no era amigo de sajar por las buenas a sus padres, como no fuera para adquirir algún libro particularmente caro que no le prestaran en la biblioteca de la universidad. Su hermana mayor, sin embargo, no veía inconveniente en gastar un dinero que tarde o temprano iba a heredar. Prefería los pantalones a las faldas y el punto al satén, pero a ella sí se le notaba que se hacía confeccionar la ropa en las mejores sastrerías de Madrid, cuando no de París. Ni que decir tiene que mucho más caro que cualquiera de sus vestidos había resultado el Citroën Rosalie de cuatro cilindros que conducía con una ligereza que a Guillermina Gispert no acababa de hacerle gracia. Eso sí que no habría podido costeárselo en modo alguno con su sueldo de inspectora de educación.

Lo mismo les sucedía a la hora de moverse con soltura en determinados círculos sociales. Aunque los dos tenían acceso a puertas que la mayoría de los mortales no sabían ni que existían, a Elena le bastaba con hacerse anunciar para que se las abrieran de par en par. Solo así se explicaba que le hubiera resultado tan fácil que la enviasen precisamente a ella a Castroblanco para determinar si aquello de plantar una escuela en un molino tenía trazas de legalidad.

—¿Cómo pintan las cosas con el nuevo ministro, Elena? —le preguntó Mina, que no se atrevía a abordar asuntos más personales por el momento, y menos delante de tanta gente como se había reunido aquella tarde en el molino.

—Ni tan mal —respondió ella con indiferencia—. Me esperaba algo peor. Por lo menos no es de la CEDA.

Que iban a obtener un informe positivo no había ni que ponerlo en duda, pero a todos les preocupaban los aires cada vez más rancios que iba adquiriendo el Ministerio de Instrucción Pública y Bellas Artes. Al ritmo al que iban, ya ni los contactos y el buen hacer de Elena Dolagaray los sacarían de apuros.

—¿Y sobre lo del fuego? ¿Se han pronunciado?

Fue Miguel, que se había sentado a descansar un rato en un banco después de pasarse el día lijando maderas, el que lanzó la cuestión. No era un tema baladí. Antes de que la inspectora pudiera abrir la boca para contestar, Aurora se apresuró a recordarles que los guardias andaban con ganas de arrestar a Mina como autora del incendio.

—No es que tenga sentido, claro está —se apresuró a aclarar la viuda, que no quería que la recién llegada creyera ni por un momento que ponía en duda la inocencia de su amiga—, pero cuando vino aquí la pareja de guardias civiles dejaron bien claro que, o se iba, o se la llevaban.

—Eso es culpa del cura —sentenció el tío Urbano, que se había ofrecido a arreglarles unas panzas que tenía el techo y se había quedado a tomar un café de puchero con ellos.

No era el único en el pueblo que, después de los últimos sucesos, había empezado a cambiar de parecer con respecto a los forasteros y se había remangado para echar una mano. En su caso, se había implicado hasta el punto de comprometerse a levantar un par de paredes y apañar un espacio que pudiera servirle a la maestra como habitación y cocina. Si le daban tiempo, igual hasta se las ingeniaba para agenciarle un cuarto a Aurora en el que pudiera concentrarse en sus zurcidos y sus embastes sin perder de vista al rorro. Aunque un poco basto, había resultado ser un buen tipo el viejo.

—Del cura y del señor Montalvo —añadió.

Por mucho que el viejo albañil tuviera toda la razón, nadie supo qué contestarle. A aquellas alturas, no quedaba otro aparte de él entre los presentes que no estuviera al tanto de que Miguel era el hijo del cacique. Podrían habérselo dicho, porque ya daba lo mismo, pero ninguno quiso ser el primero en mencionarlo y procuraron no mirarlo muy de seguido para que no se sintiera aún más violento. Guardaron un engorroso silencio hasta que a Aurora se le ocurrió cómo romperlo mientras saciaba su curiosidad.

—Y usted, señorita Elena, ¿no se queda en Castroblanco?

La interpelada se echó a reír antes de sacar de dudas a la joven. De buena fe, pero con ganas.

—¿Yo? ¿Aquí? Si no hay dónde.

—Con sus amigos de usted y con su hermano. Le hacemos sitio aquí mismo.

—No. Se lo agradezco en el alma, pero no tengo yo hechas las costillas a estas maderas tan duras. Eso Darío y Miguel, que son más recios.

Elena se había buscado una habitación en una hostería de camino a La Robla. En coche no tardaba más de media hora y le importaba un bledo el mal estado de la carretera. Una cosa era hacer el esfuerzo de hospedarse durante unos días en una fonda de mala muerte y otra muy diferente renunciar a la intimidad de un cuarto propio y al confort de una cama mullidita. Requería además la señorita Dolagaray espacio para almacenar su sofisticado vestuario un aseo en el que acicalarse convenientemente y que alguien le sirviera el desayuno por la mañana. De esto último podría haberse ocupado su hermano pequeño, si no hubiera sido un dormilón de primera categoría. Lo más probable, de haberse quedado en el molino, es que hubiera terminado preparándole el café ella a él. Mina daba por supuesto que, aparte de todos estos inconvenientes, estaba también el de que todavía no hubiera terminado de perdonarla por haberse marchado de Madrid. Aún les costaba hablarse. No sabían bien ni cómo tratarse la una a la otra, porque enfadadas no estaban, pero dolidas sí, y ni siquiera tenían claro cómo andaban las cosas entre ellas.

—Que vengan ese cura y esos guardias a llevarse a Mina, si tienen arrestos para vérselas conmigo —se envalentonó Elena, aunque no lo bastante como para añadir al padre de Miguel a la lista—. Y del Ministerio, despreocupaos. Como comprenderéis, tienen otros asuntos más importantes de los que ocuparse que de un chamizo echado a perder.

Guillermina Gispert iba camino del año en Castroblanco. Sus amigos, apenas un mes, pero se les había hecho media vida. Algo tenían el valle y la montaña que volvía irreal todo lo que quedase más allá del río. Se desdibujaban los recuerdos pasados y se le concedía excesiva trascendencia a cualquier memez escuchada allí. Que si los mozos querían partirle la cara a Darío, que si había hombres lobo en el monte, que si iban a arrestar a la maestra...

En esta y en otras reflexiones parecidas andaba Mina cuando se les presentó Pepe en la puerta. Llevaba el carro, tirado como siempre por su mula cuellicorta, hasta arriba de tablas. Miguel, que no veía la hora de poner fin a su recreo para ocuparse en algo que lo distrajera de sus cavilaciones, lo ayudó a descargarlas. No había dos iguales, porque las había rescatado de veinte lugares distintos. Unas eran restos de arquetas, otras de cajones o marcos de puertas, tablones de obra y hasta la tapa de un escritorio. El carpintero les había dado formas variadas, las había trabajado para amoldarlas a su plan y después las había atado con cordeles para que fueran más fáciles de transportar. Al principio no entendieron muy bien qué era lo que pretendía al llevarles las maderas así, sin más. Pensaron que igual iba a trabajar en el molino en lugar de hacerlo en la serrería. No tenía mucho sentido, porque allí arriba no contaba con las herramientas ni el espacio adecuado, aunque entendían que prefiriera estar acompañado, sobre todo por Aurora, a la que llevaba ya unos días mirando de una manera distinta, aunque todavía ambigua.

No desbarraban del todo. Lo que había ingeniado el avispado carpintero les proporcionaría bancos y pupitres mucho más pronto de lo previsto, primero porque reduciría el tiempo que habría que dedicarle a cada mueble, y segundo porque iban a poder colaborar todos.

—Espléndidos no van a quedar, pero, como decía mi abuela, entre lo bonito y lo hermoso, lo provechoso. ¿Ven estos tarugos? —les preguntó enseñándoles un pequeño cilindro de madera—. Pues nos van a servir para ensamblar los listones. Solo hay que buscar los agujeros que he hecho con la broca y meterlos con cuidado antes de juntar las tablas. Así nos ahorramos tener que encolar y clavar puntas. En una tarde, tendremos los pupitres montados y listos para que los mozalbetes puedan apoyar en ellos el trasero.

A Aurora se le iluminó la cara de puro orgullo. Mina seguía sin tener muy claro qué podía ver en un hombre que le sacaba más de veinte años, pero si algo había aprendido de la viuda era a no juzgar la forma de amar de los demás. Seguramente tampoco entendía la joven qué le veía ella a Elena, allí como estaba, reclinada en una butaca de mimbre, indolente a más no poder mientras se observaba las uñas, con una manicura perfecta.

—Pepe, no sé cómo podré agradecerte todo lo que haces por nosotros —reconoció la maestra conmovida.

Él se encogió de hombros, sin otorgarle importancia, y se limitó a darle un consejo.

—Por lo pronto, quédense ustedes unos días aquí y no se dejen ver por el pueblo. No pueden hacerse una idea de cómo de alterados están ahí abajo.

—¡Eso no es nuevo! Entre unas cosas y otras... Ya se calmarán —aventuró el tío Urbano.

—¡¿Qué se van a calmar?! Con lo que ha pasado esta mañana. Esto ya no hay quien lo calme.

—¿Esta mañana? —preguntó perplejo el albañil, y acto seguido Pepe comprendió que ni el viejo ni ninguno de los otros estaban al tanto de lo ocurrido.

—¿Y ahora qué más? —le suplicó Aurora que les informase.

—Han encontrado muerto a uno de los loberos. Y a otro fuera de sí, todo magullado y soltando incongruencias.

—¿Muerto?

—En la montaña, en un barranco. Colgando de un árbol. No voy a entrar en detalles porque hay señoritas delante...

—Entre, entre usted sin miedo, que no tenemos intención de desmayarnos —le garantizó Elena sin inmutarse.

Y Pepe accedió, porque entendía que llevaba razón y que era su deber moral compartir con ellos todo lo que sabía.

—Ha tenido que ser de madrugada, casi de noche si me apuran. Los del pueblo hace ya días que se cansaron de batir el monte en busca de lobos. Hay quien sigue defendiendo a pies juntillas que la matanza fue cosa suya, pero la mayoría desconfía. Son muchos los que se han dado cuenta de que eso no pudieron hacerlo animales y culpan a los propios alimañeros. También empieza a escucharse, por lo bajini, que lo mismo hasta lo ordenó... ya saben quién.

Lo sabían, pero el único que se atrevió a abrir la boca fue Miguel.

—Mi padre.

—Su padre, efectivamente —tuvo que darle la razón el carpintero para sorpresa del tío Urbano—. Sea como sea, los que no cejan en el empeño de dar con el lobo que según ellos mató a las reses son los alimañeros.

—Hemos oído los disparos —corroboró Mina.

—Salen a rastrear el bosque todos los días, antes del alba, y no descansan hasta el atardecer. Al menos eso es lo que dicen. Pues bien, a eso de las siete de la mañana, cuando todavía estaba amaneciendo, uno de ellos encontró a otro malherido. Se había caído por un barranco, se había partido una pierna y se había dado un buen golpe en la cabeza. Estaba consciente y hablaba, pero no decía más que tonterías y encima apestaba a orujo. Sus compañeros no le hicieron mucho caso, lo arrastraron hasta el pueblo y allí ya se dieron cuenta de que no les quedaba otra que llamar a un médico, porque la cosa parecía seria. Pues bien, tuvo que ser precisamente el doctor quien le pusiera un poco de atención a las majaderías que largaba el paciente. Contó algo de que habían tenido la suerte de dar con el rastro de una loba a unos veinte minutos del monasterio, yendo hacia el norte. La habían tenido a tiro y se les había escapado por poco, pero estaba ya agotada y la daban por muerta cuando sintieron una presencia a sus espaldas, algo entre la espesura que los acechaba. Asustados, se volvieron y dispararon un par de veces a ver si espantaban a lo que quiera que fuera aquello, bestia o bandido.

Al llegar a este punto, Pepe se levantó del banco y se sirvió una taza de café. Todos aguardaban expectantes a que continuase, salvo Aurora, que ni siquiera se atrevía a levantar la vista. Tras un breve titubeo, el carpintero prosiguió.

—No tengo motivos para desconfiar de la palabra del médico. Es un hombre sensato. Lo que pongo más en duda es que el alimañero no mintiera. Eso, o que se hubiera figurado que lo que vio era verdad, porque estaba claro que el tipo iba como una cuba —les advirtió antes de ir al grano—. Según él, los tiros los pegaron al aire.

—Un alimañero no desperdicia munición con tiros al aire —señaló Miguel con rabia.

El carpintero asintió antes de recordarle que solo estaba compartiendo con ellos la versión del herido.

—Si hasta aquí la historia resulta difícil de creer, esperen a ver cómo sigue —les puso sobre aviso—. Al disparar ellos, de entre los árboles salió una bestia con toda la intención de embestirlos. El alimañero no pudo fijarse muy bien, porque todavía estaba oscuro y encima se movía muy deprisa, pero ha jurado por el alma de su madre que aquello no era un lobo, que se desplazaba medio a cuatro patas medio a dos, muy deprisa, que estaba cubierta de pelo y que tenía unas garras que helaban la sangre con solo verlas. Era más grande que un lobo, aunque no tanto como un oso, y se movía con una energía que parecía cosa de otro mundo. Él y su compañero tuvieron que echar a correr para que no los cogiera. Todo el tiempo estuvieron escuchando los resoplidos de la criatura a sus espaldas. No pararon en ningún momento, ni siquiera cuando llegaron al barranco. Uno, el que le relató todo esto al médico, no se atrevió a saltar al río porque no sabía nadar. Se dejó caer por la pendiente. Lo pagó con los dientes y los huesos antes de llegar abajo. Dice el doctor que ese no vuelve a andar derecho en la vida.

—Merecido lo tiene —lo enjuició Miguel sin alterarse. Darío y Mina se miraron entre ellos, como queriendo excusar la crueldad que acababa de soltar su amigo.

—Pues este por lo menos vivirá para contarlo, porque cuando volvieron los demás al monte para ver si daban con el otro, lo encontraron enganchado en las ramas de un haya, con las tripas fuera. —Pepe se tomó un breve respiro para darle un sorbo al café y valorar si debía reanudar la historia—. Los alimañeros juran y perjuran que eso ha tenido que hacerlo un monstruo... Un lobisón, quieren hacernos creer. El médico ha visto el cuerpo y sostiene que fue mala suerte, que al caer desde tan alto las ramas secas debieron rasgarle el vientre. Lo que sí es verdad, y les pido perdón por hablar con esta crudeza, es que, al salírsele fuera los intestinos, algún animal debió aprovechar para darse un banquete, porque faltan partes del cadáver. Mayormente vísceras, aunque también algunos dedos del pie derecho.

Unos más y otros menos, casi todos habían palidecido al escuchar el relato del carpintero. Aurora era con diferencia la más afectada, blanca como un cadáver, con los ojos humedecidos y los puños clavados en la boca. Mina y Darío, además de impresionados, se sentían intranquilos por las consecuencias que aquella muerte pudiera acarrear. Elena y Miguel, por su lado, eran los que mejor se lo habían tomado, impasibles los dos, la una porque era como si tan sangrienta anécdota no fuera con ella, el otro porque, como ya había dejado claro, no habría movido un dedo para salvar la vida de un lobero.

—El desgraciado no llevaba muerto más que unas horas. Todavía apestaba a alcohol, igual que el superviviente. A mí no me cabe duda de que tuvo que ser un accidente, pero ya se sabe cómo son estas cosas. Ahora circulan versiones para todos los gustos. Que si lo han matado los lobos, que si ha sido un lobisón, que si habrá sido un asesino y por eso lo han encontrado de esa manera, enganchado en un árbol y mutilado... A los alimañeros les interesa que se extienda cualquiera de las dos primeras; don Blas y el padre Ezequiel no pueden apoyar esos cuentos paganos, así que andan metiéndole el miedo a la gente con lo de que habrá sido un criminal que todavía andará suelto por el monte.

A Pepe se le notaba nervioso, no por él, sino por sus amigos. Y sobre todo por Aurora, que no había despegado la mirada del suelo desde que él había empezado a hablar. Tampoco había dicho palabra, pero eso estaba a punto de cambiar. Lo hizo en cuanto Elena dio su parecer al respecto.

—¡Lobisomes! ¡Qué despropósito! ¿Cómo puede todavía la gente tragarse esas supercherías?

—No son supercherías, señorita —la enmendó la viuda con tanta educación como firmeza—. Los que hemos crecido aquí no nos dejamos engañar tan fácilmente como piensan ustedes. Lo que ocurre es que hemos visto cosas. Cosas que escapan al entendimiento.

Lejos de ofenderse por la llamada de atención de Aurora, Elena Dolagaray se mostró abierta a escuchar lo que tuviera que decirle. A veces podía meter miedo, sí, pero solo a quienes no la conocían bien. Sus amigos sabían que era una persona mucho más considerada de lo que aparentaba. Si la mujer quería darle sus razones para no descartar la existencia de criaturas mitológicas, ella la escucharía respetuosa.

—Cuando nosotros hablamos de cuélebres o de lobisones, ustedes se figuran que son como esos espectros de las novelas, de mentira, o como los gigantones y los cabezudos que sacan a desfilar en algunos pueblos, que están hechos de madera o de cartón piedra y no asustan más que a los tontos y a los niños. Pero no son así. No, para nada. Son de carne y hueso, tan reales como nosotros. Si se encontrasen con uno de ellos, no lo distinguirían de una persona cualquiera. Y esa sería su perdición, porque son peligrosos —les advirtió circunspecta—. No los juzguen. Tampoco es culpa suya. Están malditos. Nacen condenados, sin alma, como el que tiene la desgracia de nacer sin ojos o sin manos. Lo que pasa es que, como están vacíos, se les mete dentro el espíritu de un animal, de un lobo, y ya no pertenecen al mundo de los hombres, sino al de las bestias. Son vástagos de la montaña, y a su debido tiempo la montaña los reclamará para que velen por ella, igual que hacen los padres con los hijos cuando no pueden valerse por sí solos.

Los hermanos Dolagaray amaban las historias; toda clase de historias. Las de terror también. Escucharon la de la viuda con respeto y sincero interés. No dejaron de considerar en ningún momento que aquello fuera otra cosa que un cuento con el que asustar a los críos y a los incautos. Con idéntica consideración la atendieron Pepe y el tío Urbano, que ya conocían aquella leyenda y no le concedían credibilidad alguna; y lo mismo Miguel y Mina. Esta última, a pesar de reservarse su opinión para no ofender a Aurora, era del mismo parecer que los demás. Lo que no tenía tan claro era que la muerte del alimañero hubiera sido un accidente. Esta sospecha también se la guardó para sí misma. Hizo como si no tuviera nada que aportar al respecto y procuró que la conversación virase hacia otras cuestiones menos fúnebres y más prácticas. Cuándo pintar las paredes, por dónde sacar el tiro de la chimenea que el tío Urbano les había prometido construir o qué merendar aquella tarde. Pan con queso fue la respuesta a esta última cuestión.

Solo al caer la noche, ya después de cenar, cuando Elena se había vuelto en su Citroën Rosalie a la fonda y Darío estaba dando cabezadas mientras leía a Horacio en el colchón, reunió el valor necesario para coger a Miguel del brazo y sacarlo a la fresca.

—¿Qué quieres? —le preguntó él extrañado nada más cerrar ella la puerta del molino.

—Baja la voz, que no quiero que nos oiga nadie —le ordenó Mina, y lo hizo con tal severidad que no le quedó otra que obedecer.

—¿Qué pasa? —preguntó de nuevo, ahora en un susurro.

A Mina le costó lo suyo decidirse a hablar, en buena medida porque no sabía ni por dónde empezar. Después de cavilar unos segundos, comprendió que no le quedaba otra que ir directa al fondo del problema y se le desenredó la lengua.

—Miguel, tú anoche no dormiste en el molino... —todavía le costaba expresarse, porque, por primera vez en su vida, uno de sus amigos, seguramente el más querido, le suscitaba un recelo que rayaba en el horror—. Miguel, dime la verdad, por favor te lo pido... ¿Has matado tú a ese hombre?

24. El pasaje de los conversos

A Darío le había dado por hacer bromas a costa de cómo Miguel pensaba sacar a *mademoiselle* Perrault del internado. En mala hora se le había ocurrido compartir con él los detalles de su plan para acceder al interior del monasterio y guiar a Céline hasta el camino de tierra donde los esperaría Elena al volante de su Citroën Rosalie. Solo un aspirante a poeta podría haberle sacado tanto jugo a la imagen donjuanesca que de su amigo se hacía: deslizándose a hurtadillas por algo que se figuraba un pasadizo secreto, aguardando a que ella le abriera una puerta desde dentro y saltando desde una ventana a los jardines para huir en caso de ser descubierto. Todo ilusiones de un romántico entusiasta.

La verdad es que ni Miguel conocía ningún pasadizo secreto —tan solo una salida trasera que llevaba años cerrada—, ni *mademoiselle* Perrault era una crédula novicia. Habrían podido encontrarse en la puerta principal si la madre Agnès no hubiera dado orden de que se cerrara con llave todas las noches, casi con toda seguridad porque estaba al tanto de las excursiones nocturnas de la francesa. Ni siquiera se había producido entre los dos jóvenes el más mínimo coqueteo, ni mal ni bienintencionado. Si se veían noche tras noche era solo para comprobar juntos que Luperca y sus lobeznos se encontraban sanos y salvos.

No había fundamento alguno en la insistencia con la que Darío comparaba al zoólogo con el burlador de Sevilla, pero tampoco iba a discutir, sobre todo porque ni él ni Mina estaban al corriente de que sus escapadas tenían como única finalidad la de pasarse las horas contemplando a los lobos. No se lo habrían creído y habrían puesto en tela de juicio la naturaleza de su relación. Por una parte, le habría importado un comino; por otra, le habría entristecido que sus amigos hubieran resuelto que se estaba aprovechando de una jovencita tan noble. Ninguno de ellos perdía de vista que iban a tener que decirse adiós en cuestión de días y que seguramente no volverían a encontrarse. Por eso y porque se sabía un auténtico zote en todo lo concerniente al arte del galanteo, había preferido tragarse unas emociones a las que no sabía muy bien cómo enfrentarse.

Buena gana de arriesgarse a pasar un apuro y hacérselo pasar a Céline si no había esperanza alguna de que aquello tirase para adelante, para empezar porque tenía la certeza de que no le había perdonado del todo lo insensible que había sido con ella en demasiadas ocasiones. Lo suficiente como para ofrecerle su amistad, sí. Al fin y al cabo, así era aquella mujer: compasiva y generosa. Pero ni se le pasaba por la cabeza la posibilidad de que pudiera llegar a sentir por él nada parecido al amor. Si se la estaba jugando al volver al monasterio era porque esa noche iban a despedirse de Castroblanco con una velada especial y no podía permitir que se la perdiera. Además, le había prometido que esta vez iban a llevar también a la pequeña Paulina, que se moría de ganas de ver una de aquellas películas de las que su profesora favorita le había hablado.

De poco le sirvió a Miguel el firme propósito de no alterarse cuando escuchara el pasador de la puerta descorrerse. Primero se le pusieron los pelillos de los brazos de punta porque le dio por pensar que igual habían sorprendido a las prófugas en los corredores y era la madre priora la que había salido a su encuentro. Después, al cerciorarse de que era Céline la que había abierto, se le erizaron los de la nuca. Iba a costarle más de lo previsto ignorar el cúmulo de sensaciones que amenazaban con arrasar su buen juicio.

—Miguel, *je vous présente* Paulina.

—Buenas noches, señor —lo saludó la niña, tratando de contener la excitación.

—Buenas noches, Paulina —le contestó él, no menos alterado.

Con la excusa de que era ya noche cerrada —encima noche de luna nueva— y de que podían tropezar al no ver apenas nada, Miguel, linterna en mano, se empeñó en ir el primero hasta la curva en la que Elena los esperaba. Algo había de cierto en su desvelo, aunque también era verdad que así se evitaba tener que mirar cara a cara a Céline.

A Paulina le fascinó el Citroën Rosalie de color cereza casi tanto como su dueña. Pocos placeres deleitaban a Elena Dolagaray como sentirse reverenciada, y la huérfana no perdió ocasión de mostrar su fascinación por aquella mujer tan elegante y tan divertida, que trataba de sonsacarle chismorreos sobre las monjitas mientras tomaba las curvas de la carretera con la audacia de un piloto deportivo. Si Mina hubiera estado presente, le habría pegado tres voces. Como no lo estaba, pudo impresionar a la niña con su brío al volante. A mitad de camino tuvo el capricho de pedirle a Miguel que intercambiara su asiento de copiloto con el de la chiquilla. A Paulina le entusiasmó la idea de tal manera que no pudo negarse, por mucho que ello le supusiera tener que compartir el espacio trasero con Céline.

—Está usted muy serio esta noche, Miguel —observó la francesa.

Ella también lo estaba desde hacía semanas, pero no iba a echárselo en cara. No quería amargarle una velada que habían cuidado con esmero para que resultase inolvidable, así que hizo de tripas corazón y se volvió hacia ella con la más tranquilizadora de las falsas sonrisas.

—Es que estoy deseando enseñarle lo bien que hemos dejado la nueva escuela —mintió.

Al oírles hablar, Paulina quiso enterarse de qué iba aquello de una escuela nueva. En Nuestra Señora de Roche Amère nadie les decía nada sobre los niños que estudiaban abajo, en el pueblo. Fue Elena la que se lo explicó todo, encantada de llevar la voz cantante y de encandilar a su nueva admiradora con cada detalle. Tal y como ella lo explicaba, cualquiera habría supuesto que habían convertido el viejo molino en una escuela como por arte de magia. De los madrugones y los dolores de espalda después de cargar con ladrillos y maderos ni se acordó, probablemente porque su aportación al proyecto había sido más bien de índole intelectual. De las labores más pedestres siempre solían hacerse cargo su hermano y sus amigos, que parecían disfrutarlas más.

No sería aquel un evento tan concurrido como la primera de las veladas que los misioneros organizaron en Castroblanco. Poca gente se animó a subir hasta el molino, al menos en comparación con aquella primera sesión del 14 de abril. Más de dos semanas y una serie de acontecimientos lamentables habían pasado factura a los ánimos de los vecinos. Tampoco podían olvidar que las admoniciones del padre Ezequiel se habían vuelto mucho más virulentas. Si al principio se había conformado con prevenir a los fieles del riesgo que corrían sus almas en caso de dejarse embaucar por los forasteros, en los últimos días había dado un paso hacia el ámbito de lo mundano para amenazarlos con otros peligros más prosaicos: el cuartelillo, el desprecio de las personas de bien y hasta la intención de don Marcial de no arrendarle tierras a nadie que no demostrase ser de fiar.

De lo que no podían culpar al cura, no al menos directamente, era de un rumor que había empezado a circular y que los señalaba como causantes de todos los males que habían acontecido en Castroblanco, desde la matanza del ganado al incendio de la escuela. Y, por supuesto, la muerte del lobero. Había muchas personas convencidas de que no cesarían las desgracias hasta que no se marchasen del pueblo. Había hasta quien creía que no solo eran responsables de una manera indirecta, sino que habían sido los autores materiales de aquellas atrocidades, prendiéndole fuego a la escuela e invocando a los lobisones para que hicieran correr la sangre en la montaña. Miguel trataba de no tomar punto en aquellos bulos absurdos. Se decía a sí mismo que no debía, por mucho que se lo pidiera el cuerpo, disgustarse con los habitantes de Castroblanco. De haber nacido él en una humilde choza en lugar de en un monasterio reconvertido en casa solariega, también se habría dejado llevar por el miedo y por las supersticiones. A fin de cuentas, por eso estaban allí. Para proporcionarles un poco de luz a quienes siempre habían permanecido condenados al oscurantismo.

Lo que más le había dolido era que Mina hubiera dudado de él, porque, más que una amiga, era una hermana. Luego, al ver lo mal que le había sentado, se había deshecho en disculpas y justificaciones, pero el perfil de la sospecha había quedado al descubierto. No podía negar que desaparecía en mitad de la noche, que si le preguntaban salía con evasivas y que no había sentido ni un pellizco la muerte del lobero. Eso era cierto. Lo que no sabían sus compañeros era que mantenía los labios sellados por no involucrar a Céline. Estaba convencido de que ni Darío ni Mina habrían pensado mal de ella por reunirse a escondidas con él. Lo que no habría podido quitarles de la cabeza habría sido el prejuicio de que si se encontraban era para dar rienda suelta a la debilidad que sentían el uno por el otro. Y ahí habrían errado, porque Miguel sí sentía un afecto sincero y lacerante por *mademoiselle* Perrault, pero ella en él no veía más que un amigo. De eso estaba seguro.

En cualquier caso, esa noche Miguel tenía otros espectadores a los que atender. Fueran veinte o veinte mil, si se habían aventurado a acercarse al molino, todos merecían pasarlo bien. Por muy accidentado que hubiera sido su paso por la Montaña de

Luna, los misioneros iban a esforzarse para cerrar de la mejor manera posible el capítulo más bizarro de cuantos habían vivido desde que se habían unido al proyecto.

Era triste buscar entre el público las caras churretosas de Gabriel y de los otros niños y no encontrar apenas ninguna. Ellos eran la razón principal que los empujaba a querer continuar con las Misiones por muchas trabas que encontrasen. Los niños. Por lo menos aquella huérfana a la que Céline le había cogido tanto cariño sí estaba allí, sentadita entre su protectora y Elena Dolagaray, sonriente y ajena al infierno que había dejado arriba en el internado. Tendrían que volver, claro, pero no antes del retablo de fantoches, de las canciones y los poemas, ni del cine. Las películas siempre triunfaban. Aquella noche primero proyectaron un documental sobre la Indias Orientales Holandesas y después una vieja adaptación de *Alicia en el país de las maravillas*. Nadie sabía muy bien de dónde había salido la cinta, que estaba algo dañada e incluía escenas desconcertantes, sobre todo aquellas en las que aparecían animales interpretados por actores con disfraces un tanto grotescos. Por suerte, lo mismo a Paulina que al resto de los allí presentes les encantó.

Con la intención de evitar conflictos, no se repartieron más folletos ni ejemplares de la Constitución. Lo único que sí hizo Darío antes de dar por concluida la velada fue pronunciar unas sentidas palabras de agradecimiento a todo el pueblo de Castroblanco. Obvió con el mejor tino cualquier alusión a los sucesos más desagradables y supo arrancarle un aplauso a la concurrencia. Mientras su buen amigo aún hablaba, Miguel curioseó por el rabillo del ojo lo que hacía *mademoiselle* Perrault. Se había movido hacia un lado para que Paulina, agotada por las emociones, pudiera apoyar la cabecita en su regazo. Se le antojó una imagen conmovedora y al mismo tiempo tristísima. La pequeña, ya medio dormida, tan feliz como ignorante de lo poco que le faltaba para regresar a un colegio en el que, por lo que él sabía, le hacían la vida imposible. Y Céline, tan bonita como siempre, sujetando entre sus manos blancas las de la niña sin perder detalle de lo que Darío relataba. Le brillaban los ojos, le temblaban los labios, como si se negara a perder del todo una sonrisa que iba y venía, y que al final se esfumó como por arte de magia.

Miguel se sintió desolado. Tendría que haberle dicho antes que se iban en un par de días, que sus vidas estaban en Madrid, en la Universidad Central, y no en una montaña perdida en mitad de la nada. Darío tenía muchos libros que leer antes de llegar a ser profesor y él había dejado su tesis a medias. En Castroblanco habían hecho lo que habían podido; acercarle a la gente un chispazo de alegría, un tenue reflejo de la luz que ansiaban compartir, un brevísimo vistazo a un mundo desconocido, acaso una semilla capaz de prosperar. También dejaban a sus espaldas una escuela mejor que la que habían hallado a su llegada... y miedo. Mucho miedo.

¿Era precisamente eso lo que nublaba el dulce semblante de Céline? ¿Qué otra cosa, sino? Miedo a vérselas con la madre Agnès. Miedo a no ser capaz de mejorar las condiciones de las internas becadas. Miedo a la soledad, porque, por muy mal que se hubiera portado con ella al principio, al menos al final le había brindado su compañía y su comprensión. Y ahora se marchaba.

Todos, incluido él mismo, le insistieron en que se quedase a cenar con ellos en el molino, pero *mademoiselle* Perrault tuvo que declinar la invitación. Debía llevar de vuelta a Paulina al colegio cuanto antes, primero porque no quería que la echasen en falta y segundo, porque la pobrecita se había quedado dormida del todo en uno de los bancos. Con todo el dolor del mundo, Miguel cargó con la chiquilla en brazos y la metió en el Citroën Rosalie. Elena sacó una manta de angora del maletero y se la echó por encima para que no se enfriara durante el trayecto.

—Es una cría muy espabilada —observó la señorita Dolagaray al tomar una curva, mucho más cuidadosamente que a la ida, por deferencia a la pequeña durmiente.

—No puede usted hacerse una idea —le dio la razón Céline—. Si le cuento que se maneja mejor con el francés que muchas de sus compañeras... Y eso que las monjas no le dejan ir a las clases. Lo ha aprendido ella solita, estudiando por su cuenta.

—¿No tiene padres?

—*Pas que je sache*. La mayoría de las becadas son niñas hospicianas.

—¡Qué pena! Me gustaría poder hacer algo por ella.

Miguel, que conocía bien a Elena, sabía que no hablaba por hablar. Podía transmitir una imagen de frivolidad, pero en el fondo era más generosa y combativa que cualquiera de ellos. Tan solo tenía una forma diferente de librar sus batallas.

—No se me ocurre cómo —se lamentó Céline.

—Bueno, usted déjeme a mí —le dijo ella con convicción—. No dude en escribirme si esta criatura requiere cualquier cosa. Ropa, libros, una recomendación para un buen liceo... Miguel, coge de la guantera una de mis tarjetas de visita y dásela a *mademoiselle* Perrault.

Al girarse hacia atrás para entregarle la tarjeta a Céline, el joven se fijó en que se había quitado el abrigo para colocarlo debajo de la cabeza de Paulina, a modo de almohada.

—¿No tiene usted frío? —le preguntó al darse cuenta de que encima de la blusa no llevaba más que una chaquetilla de punto sin cuello.

—No. No se preocupe.

Pese a sus reticencias, Miguel se empeñó en que se echara su jersey sobre los hombros. Al volverse de nuevo hacia delante se dio cuenta de que Elena lo miraba de reojo, un poco divertida y un poco estupefacta. Ya no quedaba nadie de entre sus amigos más cercanos que no estuviera al tanto de su pesaroso enamoramiento. Eso lo enrabietaba y le hacía morirse de vergüenza al mismo tiempo. El de los amores no correspondidos había sido siempre Darío. Aquello era nuevo para él.

Como habían hecho a la ida, Elena se quedó esperando en el coche a una distancia prudencial mientras Céline y Miguel devolvían a Paulina al internado. Aunque desde fuera no podía echarse el pestillo, habían tenido la precaución de dejar la puerta cerrada para no suscitar sospechas si a alguien se le ocurría darse un paseo nocturno por el jardín, algo que no parecía muy probable.

—La única que podría hacerlo es sor Prudence, que a la pobre se le va la cabeza y se desorienta, pero hace un par de semanas que la madre Agnès dio orden de cerrarle la celda por las noches para evitar males mayores —le explicó a Miguel en voz muy baja para no despertar a Paulina, a la que él llevaba cogida, con la cabeza reclinada en su hombro—. Bueno, será mejor que de aquí no pase, no vaya a verlo alguien. Deme a la niña, que yo la subiré a la planta de arriba.

Céline extendió los brazos para que le entregara a la pequeña, pero él se mostró reacio.

—Creo que sería más conveniente que las acompañase hasta arriba. Seré sigiloso, pierda cuidado. Conozco bien el monasterio y sé que antes de llegar a los dormitorios hay escaleras que subir y puertas que abrir, y esta cría, aunque está flacucha, ya pesa lo suyo.

—¿Y si se entera su padre?

—Que me denuncie —respondió encogiéndose de hombros—. Así le haré compañía a Mina en el calabozo si al final la arrestan.

A Céline no pareció hacerle demasiada gracia la broma, pero acabó aceptando la ayuda que le ofrecía. No estaba del todo segura de haber sido capaz de cargar con Paulina hasta el dormitorio. Podría haberla despertado para que caminase por sí misma, pero le sabía mal no dejarla dormir del tirón.

No tuvieron necesidad de cruzar el claustro porque Miguel conocía un recorrido distinto que llegaba a la escalera desde la galería occidental, a través de un corredor descuidado por el que debía hacer siglos que no pasaba nadie.

—*Où sommes-nous?*

—En el pasaje de los conversos. Es la forma más segura de llegar a los dormitorios de las internas. Por aquí es por donde accedían al resto de estancias los novicios de origen oscuro. Es habitual encontrarlos en los monasterios cistercienses; no tanto en los franciscanos. No sé darle una explicación de por qué aquí hay uno. Lo importante es que nos vendrá bien para que no nos descubran.

—¿Origen oscuro?

—Bastardos, judíos conversos... Ya sabe. Cualquiera que no pudiera acreditar que su sangre fuera cien por cien de cristiano viejo.

—¿Tan malo era eso como para que no pudieran entrar por el mismo pasillo que los demás?

—A mí no me pida cuentas. Son cosas de ustedes, los creyentes.

De nuevo tuvo que morderse la lengua nada más cerrar la boca. ¿Por qué era tan imbécil como para seguir atacando a *mademoiselle* Perrault incluso cuando estaba a punto de decirle adiós?

Una disculpa habría sido de recibo, pero no se atrevió a brindársela. No volvieron a decir nada ninguno de los dos. No habría sido prudente una vez que ya habían llegado al corredor de los dormitorios. Los de las monjas estaban demasiado lejos como para que pudieran oírlos, pero mejor no arriesgarse a que lo hiciera alguna de aquellas mocosas malcriadas de las que le había hablado. Solo al acercarse a la puerta del dormitorio común, Céline le hizo un gesto para que se detuviera mientras ella abría la puerta.

—Ahora sí, márchese y déjeme que cargue yo con Paulina y que la meta en la cama.

—Me quedaría más tranquilo si pudiera despedirme de usted después de comprobar que todo está en orden.

—Entonces mejor aguarde en mi cuarto, que es ese de la derecha, no vayan a verlo en el pasillo. Tome la llave y cruce los dedos para que ninguna de las niñas se despierte.

Ni se le pasó por la cabeza rechistar. Siguió sus indicaciones al pie de la letra y se sentó a los pies de su humilde cama para esperarla. No tardó mucho; el tiempo justo para echar un vistazo a su alrededor. Tampoco es que hubiera demasiado que fisgar. La habitación no podía ser más sencilla ni los muebles más viejos. La frazada que le habían proporcionado estaba toda raída y el colchón se hundía bajo su peso. Tenía, eso sí, un buen montón de libros, aunque al no contar con estantería ni con balda alguna, estaban todos apilados sobre la mesilla de noche. Reconoció la maleta que le había ayudado a descargar de la camioneta el día que llegaron al monasterio. Al recordarlo no pudo evitar que se le dibujase una mueca un poco estúpida en la cara, la misma con la que su anfitriona lo sorprendió al entrar en el cuarto. Muerto de la vergüenza, Miguel se puso en pie de inmediato.

—Soy yo, no se altere.

Se había alterado precisamente porque era ella.

—¿Todo bien?

—Eso parece. Las demás niñas seguían dormidas, o han fingido que así era. No me sorprendería que mañana la madre Agnès me llamase a su despacho para amonestarme. Ya no me importa. Sé que es cuestión de tiempo que me echen de Nuestra Señora de Roche Amère. Si le soy sincera, casi lo estoy deseando, aunque no tengo ni idea de a dónde iré cuando eso ocurra.

—Venga con nosotros a Madrid —le propuso sin pensarlo.

—¿Y qué iba a hacer yo en Madrid? No, si esto no estaría tan mal si no fuera por la madre priora y por...

Se quedó en silencio, como si se arrepintiera de haber hablado demasiado.

—¿Por qué, Céline?

—Por *votre père* —le soltó de repente. Se habría dicho que las palabras le quemaban en la boca y no había tenido otro remedio que escupirlas.

—¿Mi padre?

No acababa de entender a qué se refería. Creía que ella y su padre mantenían una relación razonablemente cordial.

—No me gusta cómo me mira ni cómo me trata. Me incomoda y me hace sentir... sucia. ¡No me malinterprete, por favor! No es que se haya sobrepasado, pero...

No fueron necesarias más explicaciones. No pensaba poner en tela de juicio la revelación que a Céline tanto le había costado hacerle. Le bastaba su palabra. Lo único que pudo ofrecerle como consuelo fue un abrazo que, enseguida se dio cuenta, podría haberla contrariado aún más. Por fortuna, ella lo recibió de buen grado, cobijándose en su pecho y agradeciéndole el gesto. No había nada obsceno en aquella clase de intimidad que compartieron durante unos instantes, nada lascivo ni confuso. Solo el apoyo incondicional de un amigo sincero. Y eso era, con toda seguridad, lo que necesitaba en ese momento.

—*Merci*, Miguel, *merci beaucoup* —le dijo después de retirarse apenas unos centímetros, los suficientes para mirarlo a los ojos.

Fue entonces cuando se alzó sobre los dedos de sus pies y rodeó con sus manos el cuello de Miguel para atraerlo hacia ella. Le besó en los labios, sumiéndolo en un estado de desconcierto del que le costó liberarse. Fueron apenas unos segundos en los que se quedó atontado como un adolescente, pero que bastaron para que Céline interpretase que la estaba rechazando.

—Perdóneme, por favor... Lo siento mucho —se disculpó, completamente mortificada al tomar conciencia de lo que acababa de hacer.

Por suerte para ella, aquel sufrimiento no se prolongó demasiado. Ni siquiera tuvo tiempo de apartarse de Miguel antes de que fuera él quien la atrajera hacia sus labios para besarla.

—Te quiero, Céline. Te juro que te quiero y que no voy a consentir que te pase nada malo.

25. Lo que nace muerto

A la mañana siguiente, Céline apenas probó bocado en el desayuno, y si lo hizo durante el almuerzo fue solo para no despertar suspicacias. Se moría por hablar con alguien de lo que había pasado la noche antes, pero no tenía con quién. No era la primera vez que se sentía así desde que había llegado a Castroblanco. Qué reparador habría sido para ella tener con quien desahogarse después de cada uno de los desplantes de la madre Agnès, o al descubrir las injusticias que allí se cometían. Puede que hasta se hubiera atrevido a contarle que no le gustaba la forma en la que el señor Montalvo la seguía con la mirada cuando se encontraban en el claustro, ni cómo le había cogido la mano y la había obligado a escuchar de su boca comentarios del todo inoportunos. Así no habría caído en la tentación de contárselo todo a Miguel. Era lo único de lo que se arrepentía porque, por muy mal que se llevaran, no dejaba de ser su padre.

¡Cómo echaba de menos a su querida madre Joanne! Con ella habría podido sincerarse y hablarle hasta de lo que sentía por el joven zoólogo. Estaba segura de que no la habría juzgado severamente por haberle besado ni por haberse dejado besar. Nunca había sido como las monjas puritanas de Nuestra Señora de Roche Amère; prueba de ello era la cantidad de historias de amor que les había leído a sus pupilas. Sin duda se alegraría por Céline en cuanto se enterase de que estaba enamorada. Quizás debiera escribirle para contárselo, aunque le daba miedo que la carta se extraviara y cayera en malas manos. Además, ya le había enviado media docena desde que había salido de Montauban y ninguna había recibido contestación. Esto último la tenía particularmente preocupada, aunque prefería pensar que la madre Joanne no habría sacado todavía tiempo para ello, volcada como vivía en sus muchas obligaciones.

Ya tendría ocasión Céline de relatarle con detenimiento todas las cuitas y las pocas satisfacciones que había experimentado a lo largo de aquellas cinco semanas. Los besos y las palabras de amor que había intercambiado con Miguel en su habitación habían obrado maravillas en su estado de ánimo, pero ni toda la pasión del mundo habría podido hacer que se esfumasen sus problemas. Seguía atada a un internado que odiaba, a la autoridad de la madre Agnès y al acecho casi constante de don Marcial.

En estas cavilaciones andaba sumida cuando, al salir de la última lección de Matemáticas de la tarde, sintió que una de las puertas de la panda occidental se abría. Por suerte para Céline, no resultó ser la del despacho de la madre Agnès. Respiró aliviada, aunque volvió a detenérsele el corazón al comprobar que eran los goznes de la puerta del señor Montalvo los que habían chirriado. Aceleró el paso, temerosa de que fuera a dirigírsele con cualquier pretexto. Estaba segura de que, nada más verla, adivinaría lo que había acontecido entre ella y su hijo. Después de todo, ya le había advertido en las cuadras que se anduviera con cuidado.

Antes de girar en la esquina para subir los primeros peldaños de la escalera echó la vista atrás con cautela y se fijó en los tres hombres que salían al claustro. Uno era don Marcial, tan tieso y espigado que le sacaba más de una cabeza a los otros dos. Céline no se podía detener más sin arriesgarse a que la descubrieran, así que se tuvo que conformar con una mirada rápida que le bastó para identificar al más bajito y chaparro como el alcalde. Al tercero en discordia no lo había visto antes por el monasterio; daba igual, porque el uniforme verde aceituna lo delataba. Era un guardia civil, quizás un alférez, aunque no estaba segura porque no entendía nada de galones ni de jerarquías militares.

Tampoco le hacía falta para deducir que el padre de Miguel no se traía nada bueno entre manos.

Esperó en el rellano a que don Blas y el guardia se fueran y a que el señor Montalvo volviera a meterse en su despacho. Solo cuando se sintió a resguardo se asomó de nuevo al claustro. No le quedaba otra, porque se acercaba la hora de cumplir con el oficio de Vísperas y no podía saltárselo si no quería que la priora la abroncase de nuevo. Bastante se había expuesto la noche antes al escaparse con Paulina y meter después a Miguel en su habitación.

Céline tuvo que echarse una carrera para llegar a la capilla. Las monjas ya estaban entonando el primer canto con sus voces plúmbeas y monótonas cuando ocupó su sitio en una de las últimas bancas.

—*Deus, in adiutorium meum intende. Domine, ad adiuvandum me festina. Gloria Patri, et Filio, et Spiritui Sancto. Sicut erat in principio...*

—Llega tarde, *mademoiselle* Perrault —le reprochó sor Tránsito en tono quedo.

—Lo siento —se disculpó ella con la cabeza gacha.

—Estaba preocupada por usted —le susurró la monja sin mirarla.

—*...et in saecula saeculorum. Amen. Alleluia* —proseguían las otras.

—No tenía motivos para ello —la tranquilizó Céline, tratando de no llamar la atención de las demás orantes.

—Oh, sí que los tengo, con los rojos esos que han incendiado la escuela y que han matado al lobero. El padre Ezequiel está seguro de que, si no los detienen pronto, vendrán al monasterio y también le prenderán fuego, y que pasarán a las niñas a cuchillo y a nosotras... —sor Tránsito tragó saliva y se santiguó antes de continuar—. A nosotras nos violarán.

De no haberle causado auténtica consternación semejante patraña, Céline se habría echado a reír. ¿Matar a las niñas? ¿Quién? ¿La buena de Guillermina y el intachable Miguel? ¿Violar a las monjas? En el peor de los casos, Darío habría tratado de conquistar a alguna novicia recitándole sonetos.

—Pero ¿qué dice, hermana?

—Lo que oye. Al lobero lo ha tenido que matar uno de ellos, que lo levantó en volandas, lo clavó en un haya y le sacó las tripas para afuera.

Esta vez fue Céline la que se persignó, pasmada ante el tropel de barbaridades que el sacerdote había ido predicando.

—Pero yo eso no me lo creo —apostilló sor Tránsito arrugando su rolliza papada.

—Demos gracias al Señor —se congratuló la joven.

—Eso han sido los lobisones —le garantizó con una convicción inusual en una mujer tan poco segura de sí misma—. Han vuelto por culpa de los forasteros.

Tratar de hacer entrar en razón a la monjita habría sido un esfuerzo inútil. Creía en sus disparates con la misma vehemencia con la que creía en la Asunción de la Virgen María. Mejor quedarse callada y hacer como que la había persuadido con sus absurdas teorías, sobre todo porque la hermana Brígida no dejaba de mirarlas y no quería que tuviera que reprenderlas. Céline entonó los salmos e himnos de rigor y fingió prestar toda su atención a la lectura del Nuevo Testamento. En realidad, su mente estaba en otra parte, lejos de Jerusalén, deseando rematar el Padrenuestro para escapar de aquel mar de hábitos y que llegase cuanto antes la noche, a ver si a Miguel le daba por volver a tirar piedras contra su ventana.

Pero primero tendría que vigilar a las niñas para que no se salieran de la fila camino al refectorio. Faltaba muy poco para la cena. Luego vuelta a la capilla y después a acostarlas a todas. «Paciencia —se dijo para sobrellevar la espera—, un par de horas y podrás estar sola, si es que es eso lo que deseas, tontorrona».

—Hermana Tránsito, ¿se da cuenta de si ha asistido esta tarde la hermana Prudence a los rezos?

No era precisamente sor Tránsito la más indicada si de darse cuenta de algo se trataba. Céline entendía que la hermana Brígida le había hablado a la monja con el único propósito de que ella escuchase la pregunta. Hacía días que casi ninguna de las hermanas le dirigía la palabra salvo que fuera del todo imprescindible. Así debía haberlo dispuesto la madre priora.

—La hermana Prudence no ha asistido a ninguno de los rezos —confirmó Céline.

—Pues en su celda no está y en el refectorio tampoco. Eso es que anda otra vez extraviada por ahí fuera. Alguien debería salir a buscarla antes de que se haga de noche.

Sor Tránsito no llegó ni a abrir la boca. Era una miedosa patológica y no habría salido sola del monasterio después del atardecer ni por todas las torrijas del mundo. La aterraban los disparos de los alimañeros, la posibilidad de que la embistiera un jabalí, la de que la atacase un hombre lobo y, sobre todo, la de que la violase uno de los misioneros. Como también la espantaba la sola idea de contrariar a la hermana Brígida, buscó con la mirada a *mademoiselle* para que fuera ella la que se ofreciese. A fin de cuentas, era la que se estaba haciendo cargo de ir a buscar a sor Prudence cada vez que se perdía.

—Yo iré, descuiden.

Nadie contestó. Nadie le dio las gracias; ni siquiera sor Tránsito, tan temerosa de las iras de la priora como de las de los licántropos. A Céline no pudo importarle menos. Sentía una lástima inmensa por la hermana Prudence, a la que se le iba tanto la cabeza que a veces no atinaba ni a volver a su celda después de ir al baño y acababa sentada en el retrete, esperando a que alguien fuera a rescatarla de su perplejidad y la devolviera al mundo de los casi cuerdos. Aunque no se lo hubieran solicitado, habría salido igual en su busca.

Mademoiselle Perrault recorrió los parterres, colmados ya de begonias y de rododendros, y no halló ni rastro de la anciana. Debía haber ido al cementerio. Tendría que echar a andar, como ya tenía por costumbre, en dirección al noreste. De no haber sido por el desasosiego que le generaba lo que pudiera ocurrirle a la pobre mujer, hasta habría disfrutado el paseo. Todavía había luz y la temperatura era tan agradable que no echaba en falta ni una chaquetilla con la que abrigarse. Más que un castigo, un paseo en soledad suponía un regalo para ella. Pero mejor que de eso no se enterasen en el colegio. Y mucho menos de que, mientras iba de camino al camposanto, fantaseaba con la idea de que Miguel anduviera por allí, y se tropezaran el uno con el otro, y pudieran estar juntos un momento antes de tener que separarse para que ella hiciera lo correcto y ayudase a sor Prudence a regresar a su celda.

Por desgracia, aquella tarde Miguel no andaba por allí. No era extraño; estaría ocupado, haciendo la maleta para volver a Madrid. Pero no se marcharía sin despedirse antes de Luperca y de los cachorros. Ni de ella. O quizás ella no le importase lo suficiente como para perder tiempo en decirle adiós. Quizás llevase razón el señor Montalvo, y lo que para Céline había significado tanto para Miguel no hubiese sido más que una distracción. O un error. Este último pensamiento la arrancó de sus ensoñaciones y, más angustiada, se concentró en sus pesquisas.

Llegó al cementerio y llamó a voces a la hermana Prudence. No sirvió de nada. La achacosa monjita estaba tan sorda como la misma tapia del camposanto. Dio una vuelta por entre las tumbas, mirando al suelo, no siendo que se le escapase algo que le indicara dónde buscar; un moquero caído, una huella en el barro. Nada. El que sabía seguir rastros era Miguel. Se sentó un segundo para pensar hacia dónde dirigirse. Lo hizo sobre la lápida que le quedaba más cerca, justo al lado del muro de pizarra. Era una sepultura discreta con una cruz de hierro forjado y una inscripción labrada en la piedra:

Raquel Ruiz Velasco
1869-1909
Amada esposa y madre

En cuanto comprendió que allí reposaban los restos mortales de la madre del hombre al que amaba, se puso en pie de un brinco. ¡Qué irreverencia! Dio unos pasos hacia atrás y hasta murmuró unas disculpas, como si la difunta pudiera oírla desde el subsuelo. Lo que no tenía muy claro era por qué se estaba disculpando.

Tan azorada se sintió que tuvo que echar a andar de nuevo, sin pensar muy bien en el rumbo. Habría vuelto a llamar a voces a la hermana Prudence, por si acaso se le desatascaban por un instante las orejas, pero le sabía mal perturbar con sus gritos la paz de los muertos. Especialmente desde que había tomado conciencia de que aquellos eran los muertos de Miguel. Cuando quiso darse cuenta, se había alejado lo bastante como para perder de vista el muro de pizarra. El sol empezaba a ocultarse ya tras las montañas y el silencio, antes reparador, se le antojaba ahora opresivo. No se oía nada, ni el graznido de un grajo ni el viento entre las ramas de los árboles. Nada en absoluto salvo una especie de resuello como de fatiga. Céline tuvo que detenerse y concentrarse para estar segura de que venía justo de detrás de una loma. A pesar del mal pálpito que la embargó, continuó hacia delante hasta que su determinación obtuvo la debida recompensa.

No era un espíritu ni un lobisón lo que la aguardaba, sino

la desaparecida hermana Prudence, ofuscada con algo que no acertaba a ver si era un pedrusco o un tocón de roble mal talado.

—¡Hermana! —la llamó Céline cuando estaba aún a unos metros de ella— . ¡Hermana Prudence!

Era como gritarle al viento. Tuvo que insistir cuatro o cinco veces más. Con todo, la monja no se enteró hasta que no la tuvo a un palmo de distancia. Por lo menos no se sobresaltó. Un susto a su edad podría haber resultado fatal.

—¡Buenos días, muchachita! Hoy has madrugado, ¿eh?

Creía que era aún temprano, por la mañana. Céline no perdió el tiempo sacándola de su error.

—Hermana, ¿qué está haciendo aquí sola? *Allez*, vamos al colegio, que empieza a refrescar.

—¿Refrescar? No, ya es primavera —observó la monja, acertadamente—. Esta es la época en la que las lobas paren a sus cachorros. También lo hacen las mujeres que gestan en sus vientres la mala semilla, pero no se lo digas a nadie.

A Céline se le pusieron los vellos de los brazos de punta al escuchar tan oscuro galimatías de boca de la vieja. Había perdido del todo la razón. Pobre mujer.

—No se haga de rogar, hermana, y acompáñeme. ¿No querrá que tenga que volver yo sola al monasterio?

Probó a jugar la baza de la compasión. Si sor Prudence no alcanzaba a entender que debía regresar a Nuestra Señora de Roche Amère por su propio bien, quizás sí se sintiera en la obligación de acompañarla a ella. El ardid solo dio resultado a medias.

—¿Sola? —se giró hacia Céline—. Una muchachita como tú no debería andar sola por esta montaña.

La hermana parecía disgustada ante lo que consideraba una imprudencia por parte de una jovenzuela incauta. Ya se le pasaría. La demencia no le permitía retener nada en su cabeza durante demasiado tiempo: ni las ideas ni los disgustos. Bastaría con darle unos minutos para que se calmase antes de volver a intentarlo.

Mientras esperaba, Céline echó una ojeada a su alrededor y advirtió que, en el suelo, entre la maleza, asomaban unos hierros retorcidos. Uno aquí, otro par más allá... "El más próximo estaba justo al lado del tocón, que resultó ser una suerte de losa sin labrar, cubierta de musgo y zarzales. Echó otro vistazo a su alrededor y comprendió que los hierros eran cruces. Estaban en otro cementerio, y aquel muñón de granito que tanta atención merecía por parte de la monja era una lápida tan tosca y deteriorada que podría haber pasado por una piedra de las que usaban las lavanderas para frotar la ropa en el río. Al quitarle la maleza de encima, dejó al descubierto una inscripción de una sola línea:

24 de junio de 1909

Ni un nombre, ni unas palabras con las que honrar al difunto. Tan solo una fecha, probablemente la de la muerte de quienquiera que estuviera allí enterrado. De la de nacimiento, ni rastro.

—Desconocía la existencia de este otro camposanto, hermana.

—Aquí ya no viene nadie. Solo están los huesos de los frailes que no fue posible llevarse al nuevo. Y los de este pobre. No dio tiempo ni a bautizarlo. De todas formas, don Marcial no habría consentido que lo enterrasen con el resto de la familia. No dejó ni que lo viera la madre. Mejor. Bastante mal lo pasó ya.

La hermana Prudence seguía soltando incoherencias. Tenía la mirada perdida en el horizonte, pero Céline comprendió que se refería a la tumba que tenía a sus pies. Leyó una vez más la inscripción, echó cuentas y notó que se le estremecía hasta el alma.

—Hermana, ¿quién reposa en este sepulcro?

—El hijo de doña Raquel, pero es un secreto. No lo cuentes.

No esperaba una respuesta tan franca; mucho menos tan directa y al mismo tiempo tan confusa.

—¿A la mujer del señor Montalvo se le murió un hijo?

—¡Ay, hija, qué cosas tienes! ¡Le nació muerto! —le contestó de malas maneras—. ¿Cómo iba a vivir, si estaba contrahecho? Con los dedos de las manos rígidos y doblados hacia dentro, y la cabeza toda deforme. Daba una pena mirarlo... Y miedo. También daba miedo.

—Por eso solo hay una fecha en la lápida...

La hermana asintió.

—Fue una bendición que no saliera adelante.

Una afirmación cruel, al modo de ver de Céline.

—Si es el hijo de don Marcial, ¿por qué no hay un nombre en la tumba?

—Aquí no es costumbre darle nombre a lo que nace muerto.

No era la primera vez que se lo decían. Había otro motivo, y la hermana estaba a punto de revelárselo.

—A su madre ni se lo enseñaron, y el padre quería incinerarlo para que no quedase ni rastro de semejante fenómeno. Fui yo la que lo convenció de que el pobre monstruito no tenía la culpa de haber venido así al mundo y que merecía una sepultura cristiana. Lo más que consintió fue que lo enterraran aquí, donde los frailes, pero él no ha venido nunca —le explicó sor Prudence con una lucidez desacostumbrada en ella—. No es buena persona, el señor Montalvo.

Céline tuvo que darle la razón.

—No lo es, no.

No fue aquella la única reflexión que hizo, aunque sí la que se atrevió a compartir con la anciana monja. También le estaba dando vueltas a las fechas, que no acababan de encajar con el relato que ella conocía acerca del nacimiento de Miguel. Sabía, porque él se lo había contado, que le faltaban menos de dos meses para cumplir veintiséis años. También sabía que su madre había fallecido a las pocas semanas de nacer él, por lo que no había podido dar a luz más hijos, ni vivos ni muertos, ni deformes ni perfectos. Alguien no decía la verdad. Lo lógico habría sido pensar que era la monja la que no atinaba, sumida en las brumas de la demencia. Lo más probable era que aquella historia no tuviera base alguna y que en la tumba reposase el cadáver de algún mendigo o suicida al que hubieran enterrado allí por caridad.

Pero Céline no podía quitarse otra posibilidad de la cabeza; la de que bajo tan discreta losa sí se hubiera ocultado el cuerpo del hijo deforme del señor Montalvo. Un hijo al que hubieran suplantado después con un huérfano cualquiera para ahorrarle a doña Raquel el disgusto. Alguna vez, mientras observaban a Luperca desde el refugio de pastores, Miguel admitió que de pequeño había llegado a preguntarle a su padre si no lo había adoptado, porque no podía ser más distinto de él ni de sus hermanos. Don Marcial siempre lo había negado. No hizo mucho caso a aquella anécdota, en buena medida porque estaba más pendiente de los lengüetazos con los que Luperca le limpiaba el lomo a Rómulo y a Remo. ¿Qué más daba, además, que fuera o no adoptado? No cambiaba nada. ¿O sí? ¿Se sentiría más digna de él si descubriera que era el hijo de un músico gitano y no de un cacique? No necesariamente. Además, buena gana de engañarse. Miguel era el vivo retrato de su padre, solo que con la cara algo más redonda y las facciones más dulces. Los ojos eran idénticos, negros y expresivos, como lo eran las cejas, la nariz recta y el mentón bien definido. Lo único que los distinguía era la naturaleza de sus sentimientos.

—Hermana, ¿no se supone que fue precisamente por esas fechas cuando doña Raquel dio a luz al hijo pequeño del señor Montalvo? ¿Cómo es eso posible?

—No te enteras de nada —le respondió la monja con una condescendencia humillante—. Doña Raquel tuvo mellizos. Primero dio a luz a este y luego al otro. Menudo alivio cuando su padre vio que el segundo sí le había salido sano. No se fiaba ni del médico. Lo examinó de arriba abajo, buscándole fallas hasta en las vergüenzas. No encontró ni una, por supuesto, porque donde la tenía no podía mirar con los ojos.

—¿Dónde estaba esa falla, hermana?

—En el alma.

Al escucharla, Céline respiró aliviada. Por un momento había temido que Miguel sufriera alguna dolencia incurable.

—El alma de Miguel no puede ser más pura.

—¡Te equivocas! Pura era la del primer mellizo, del que su padre no quiere ni oír hablar. El segundo era el auténtico engendro.

—Solo dice eso porque Miguel es un revolucionario —saltó Céline para defenderlo de una acusación injusta.

—¡Es un monstruo! Siempre me lo he temido, desde que era un crío y venía aquí a pasar los veranos. Y ahora lo he confirmado. Ha sido volver él y desatarse el caos. No puede ser casualidad. Primero todas esas ovejas muertas y después el asesinato del alimañero... ¡Ha sido él!

—¡Miguel no le haría daño a una mosca! —replicó ella, olvidando que estaba hablando con una mujer que no era dueña ni de sus actos ni de sus palabras.

—A su madre la poseyeron los lobos cuando estaba encinta de él, por eso nació prematuro la Noche de San Juan. Ha traído la desgracia a esta casa y no parará hasta vernos a todas muertas. A no ser que alguien lo mate a él antes.

—¡Cállese, hermana, por Dios! ¡Qué barbaridades está diciendo!

A Céline se le había revuelto el estómago de escucharla. No le concedía ni la más mínima credibilidad, pero era horroroso que fuera siquiera capaz de inventarse algo así. Semejante sarta de desvaríos no podía ser fruto más que de una mente enferma.

Tan solo le quedaba la esperanza de que se le pasara el arrebato de locura y, ya más tranquila, pudiera llevársela de vuelta al monasterio, donde cruzaría los dedos para que no le fuera a nadie con tales disparates. Lo último que hacía falta en Nuestra Señora de Roche Amère era que a las niñas y a las hermanas les diera por pensar que Miguel era un hombre lobo.

Ya estaba anocheciendo cuando consiguió mover a sor Prudence del cementerio. No quería enfadarse con ella por mucho que el cuerpo se lo pidiera. Tampoco podía arriesgarse a decir nada que desatase en ella la insania que la había empujado a inventarse aquello de que Miguel había matado al alimañero. Al ir acercándose ya al internado, Céline discurrió que sería mejor cambiar de tema para distraerla y que se le olvidara todo lo concerniente a niños deformes y asesinatos. Decidió hablarle de las clases, que fue lo primero y menos relacionado con asuntos morbosos que se le ocurrió.

—Usted les daba las lecciones de francés a las niñas, ¿verdad, hermana? ¿Le gustaba?

—Mucho —reconoció recuperando su indulgencia habitual—. Ahora van a traer a una maestra francesa, pero no creo que se le dé ni la mitad de bien que a mí.

—Seguro que no, hermana.

La monja se empavonó al ver que la apoyaba y hasta empezó a caminar más deprisa y más erguida.

—Tú también eres nueva. ¿Has venido para dar clases?

—Sí, hermana. Así es.

Parecía que iba bien la cosa.

—¿Y piensas quedarte mucho tiempo?

Solo quería seguirle la corriente y que llegara lo más calmada posible al internado, pero a Céline no se le daba bien mentir, de manera que le dijo la verdad.

—Lo cierto es que no, hermana.

—Mejor. Este no es sitio para una muchachita como tú. Aquí corres peligro, con todos esos ateos y lobisones sueltos.

Lo de aquella mujer no tenía remiendo. Mejor asentir y ponerle buena cara, a ver si así se quedaba tranquila sentadita en el refectorio hasta la hora de la cena. Como no se fiaba ni un pelo, la propia Céline se encargó de echar la tranca en la puerta principal. De todas formas, su intención era quedarse con sor Prudence hasta que tuviera que ir a por las niñas. No contaba con que sor Tránsito saliera a su encuentro, toda sofocada, para darle el relevo. No es que fuera a quedar liberada de sus obligaciones, sino que la aguardaban otras inesperadas.

—La madre Agnès desea verla, *mademoiselle*. No me ha dicho qué es lo que quiere, pero parecía importante.

Si se hubiera tratado de una regañina más, sor Tránsito no habría hecho hincapié en lo de que parecía importante. Eso ya puso a Céline en guardia. Se temía que alguna de las internas, probablemente Victoria o Anita, se hubiera percatado de su ausencia la noche antes y le hubiera ido con el cuento a la priora. Igual hasta la habían seguido a su cuarto después de dejar a Paulina en la cama o habían visto a Miguel escabulléndose por el pasillo de madrugada. Ya era tarde para lamentarse. Asumió que de nada serviría retrasar lo inevitable y enfiló la panda en dirección al despacho de la priora.

—¡*Mademoiselle*! —la llamó sor Tránsito—. Por ahí no. En el despacho de don Marcial.

No quedaba duda alguna de que sus sospechas eran atinadas. Buena gana de engañarse a sí misma. Buena gana también de tratar de engañar a nadie. ¿Qué iban a hacer? ¿Abochornarla? ¿Mentar a Jezabel o a alguna otra libertina bíblica? Bien; que lo hicieran. Resignada, Céline dio media vuelta y golpeó con los nudillos la puerta tras la que la aguardaban. Una voz seca de mujer le dio permiso para que pasase.

26. Sangre y plata

No era don Marcial de ese tipo de personas que sienten vergüenza con facilidad. Altivo, orgulloso y seguro de sí mismo, daba siempre por sentado que eran los demás quienes debían sentir embarazo por sus actos. Tampoco en aquella ocasión le tocaba a él rendir cuentas por las faltas cometidas; sin embargo, una desazón hasta entonces desconocida se había apoderado de sus nervios y lo mantenía abatido, impotente hasta para levantar la mirada del suelo. Apenas si fue capaz de dirigir sus ojos hacia la puerta cuando la muchacha francesa la abrió. Notó que se volvía un puro manojo de nervios, como siempre que la veía. Esta vez, además, se sentía confuso. ¿Cómo había podido engañarlo así?

No quería ni tenerla delante. La madre Agnès, por el contrario, no podía disimular el placer que aquella situación le causaba. Había acabado demostrando que llevaba razón al desconfiar de la forastera.

—Que el Señor la guarde, madre. —Se inclinó la joven ante ella. Ni en aquel trance, consciente como debía ser ya de que algo no marchaba bien, olvidó sus modales—. Buenas tardes, señor Montalvo.

Él no le devolvió el saludo. No habría sabido en qué tono hacerlo. Lo único que deseaba era perderla cuanto antes de vista y borrar de la memoria su imagen. A duras penas podía soportar su presencia, que le provocaba un fárrago de emociones contrapuestas. La expresión de la priora, por otro lado, era un libro abierto. No cabía en sí de dicha y pensaba recrearse tanto como le fuera posible con tan tensa situación. La tuvo esperando un buen rato, en silencio, deleitándose con su incertidumbre, sin pedirle que tomara asiento ni darle indicio alguno de por qué la habían hecho personarse allí. Disfrutaba prolongando innecesariamente la angustia de la joven y, de paso, la de don Marcial. Le había servido de parapeto a la francesita ante cada amago de escarmiento que la priora se había propuesto aplicarle, y ahora iba a ser él el escarmentado.

Cuando por fin habló, la monja no ocultó su satisfacción.

—No me gustó usted nunca. A los demás los enredó con esos aires de mosquita muerta, pero a mí no. Valiente joya nos endosó la madre Joanne... Por cierto, se me pasó comentárselo, pero hace unos días llegó un telegrama informándome de su fallecimiento. Una gripe mal curada, al parecer.

Solo una mujer tan sádica como aquella podría haber anunciado una muerte con semejante indolencia. Tan abismal era la desigualdad entre el desinterés mostrado y la gravedad de la noticia que a Céline no le quedó otro remedio que buscar en el señor Montalvo un gesto que la desmintiera. Al confirmársela él con un leve asentimiento, a la chica le fallaron las piernas y tuvo que encontrar apoyo en el respaldo de una silla. Por muy defraudado que se sintiera, no iba a consentir que una señorita se desplomara en su despacho sin mover un dedo. Se levantó rápidamente y la ayudó a sentarse antes de ofrecerle una copa de *brandy* que ella rechazó de inmediato. La madre Agnès no vio con buenos ojos aquel gesto de caridad y quiso dejar constancia de ello.

—Don Marcial, no permita que lo engatuse.

En circunstancias distintas, no le habría consentido que se dirigiera a él en esos términos, pero entonces cualquier atisbo de debilidad habría podido comprometerlo. Lo único que le quedaba era asistir al proceso con el mayor aplomo posible y rezar para que el escándalo no los salpicase a él ni al colegio. Regresó a su asiento sin abrir la boca y dejó que la madre Agnès continuase con su diatriba.

—Menos mal que la madre Thérèse ha tomado las riendas del santuario de Montauban y está poniendo orden donde claramente ha imperado la anarquía. Prefiero no imaginar el trabajo que le espera a esa bendita, tras todos estos años de desgobierno.

No soltaba una palabra que no tuviera la intención de hundírsele a Céline en el corazón para terminar de partírselo en mil pedazos. Resultaba admirable, por otro lado, cómo ella resistía, firme en su propósito de no derrumbarse por mucho que la presionara la vieja monja.

—Ha empezado por donde es debido, revisando la biblioteca particular de su predecesora. La buena madre Thérèse me ha escrito escandalizada, y no solo por la cantidad de obras prohibidas de las que la madre Joanne había hecho acopio, sino por los documentos que ha encontrado ocultos entre sus páginas. Certificados de nacimiento, partidas de bautismo, inscripciones de matrimonio, documentos de viaje... Su primer impulso fue el de deshacerse de todo. Imagino que en el último momento recapacitó. Ya debía temerse algo. No es fácil que a las almas nobles les pasen desapercibidas las fechorías que cometen las que han sido corrompidas por el Maligno.

Aquella apostilla no iba tan dirigida hacia Céline como hacia el señor Montalvo. Quería la priora que no le quedase duda de que también lo consideraba responsable de todo lo acontecido.

—Aquellos documentos la guiaron hasta los archivos del santuario de Roche Amère. Estará pensando usted, *mademoiselle*, que una cantidad tan ingente de papeles y fichas no se revisa así como así. Por suerte, la madre Thérèse es lista y supo en cuáles centrarse. Separó la paja del grano y se dio cuenta de que los documentos que la muerta ocultaba en su biblioteca eran auténticos, mientras que algunos de los que figuraban en los archivos oficiales habían sido falsificados. Sabe ya por dónde voy, ¿verdad?

Céline no le dio el gusto de venirse abajo. Alzó la cabeza y asintió. A don Marcial no le pasaron desapercibidas las lágrimas que le caían por la cara. Tuvo que contenerse para no tenderle su propio pañuelo. Casi tanto como para no abofetearla por el bochorno que estaba haciéndole pasar. Así de violentas eran las pasiones que en él despertaban —pese a todo— sus ojos de berilo, enrojecidos y llorosos, aunque no por ello menos cautivadores.

Ajena por completo a los encantos de la muchacha, la madre Agnès se dispuso a asestarle la estocada definitiva, la que la hundiría para siempre en el descrédito y puede, con algo de suerte, que en algo aún peor. La cárcel o un reformatorio en el que le borrasen a golpes la sonrisa y la dulzura, y esa aura falsamente angelical con la que embobaba a los hombres y confundía a las mujeres. Bien sabía ella en qué estado podía quedar la mayor de las beldades después de pasar unos años recluida entre muros correctores. Con los dientes mellados y una giba en la espalda, en el mejor de los casos; a veces calvas y hasta con las narices rotas. Ya no embrujaría a ningún tonto más; ni al majadero de Miguelito ni a su padre.

—No le sorprenderá enterarse de que entre los documentos falsos se hallaban algunos en los que figuraba su nombre: un certificado de empadronamiento y una partida de bautismo. Tendrá que disculpar que no se los muestre; la madre Thérèse ya se los ha entregado a las autoridades de Montauban para que tomen las medidas convenientes. Lo que sí me ha hecho llegar es el certificado de nacimiento de una niña, en París, hace unos veintidós años. Esa es la edad que usted dice tener, ¿no?

—*Oui*, madre —respondió ella.

—¿Puede decirme cómo llamaron a esa niña? No se haga la loca. Lo pone ahí —le señaló la monja la línea exacta en la que habían anotado el nombre de la criatura.

—«Céline» —obedeció con voz temblorosa.

—Y a continuación hay un apellido, ¿no? ¡Venga, léalo también! Después de todo, es el suyo. ¡El de verdad! No el que lleva usando usted años, sino el verdadero. ¿Se siente con ánimo de pronunciarlo o me va a obligar a leerlo a mí?

Todo lo que logró fue soltar algún balbuceo entrecortado primero por sus propios sollozos y después por la voz colérica de don Marcial, que le exigía que confesara de una vez.

—¿Puede dejarse ya de pantomimas y decirnos quién demonios es usted? ¿Quiénes eran sus padres? ¿Cómo acabó en el santuario de Montauban? ¿Cuál es su verdadero nombre? ¡El que recibió al ser bautizada!

—Mis padres eran buenas personas, señor Montalvo. Acabé en el santuario de Montauban porque, después de que ellos murieran, me acogieron allí —explicó con toda la entereza que pudo reunir—. Céline es mi verdadero nombre y, por respeto a la memoria de mi padre, la madre Joanne se preocupó personalmente de que nunca fuera bautizada. Por eso la partida que encontraron en los archivos de Roche Amère es falsa, como la inscripción en el padrón de Poitiers. La verdad es que nací en París, cerca de *la rue des Ecouffes en*, en el distrito de Saint-Gervais.

—En pleno barrio judío —apostilló don Marcial, como si fuera algo despreciable.

—Mi padre era judío, sí. Su apellido era Segal —reconoció sin atisbo alguno de sonrojo.

—Tampoco de eso hay garantía, porque aquí lo único que consta es que esta desgraciada es hija de una tal Madeleine Dubois, natural de Eymoutiers, y de un tal Ittay Segal, que al parecer no estaban ni casados —la acusó la madre Agnès de seguir mintiendo—. Lo único que sabemos es que Céline Perrault no existe; fue una invención de la madre Joanne. Eso y que esta muchacha es una farsante.

—La madre Joanne cambió mi apellido para protegerme. No

hay más mentira que esa. Céline es mi verdadero nombre, soy huérfana y me eduqué en el santuario de Montauban. Después estudié en la École Normale d'Institutrices de Limoges y vine aquí para ser maestra. ¿Tanto cambia un apellido la historia de una persona?

Al modo de ver de la madre priora, sí lo hacía. Por eso le replicó sin dudarlo.

—Lo cambia todo. Usted usurpó el lugar que le habría correspondido a una niña cristiana. ¡Y ni siquiera tuvieron la decencia de bautizarla! ¿Cómo se atreve a justificar lo que hizo la madre Joanne? ¿Y lo que hizo usted al seguir usando una identidad que no era suya en lugar de denunciarla al enterarse de lo que había hecho?

—¿Denunciarla? ¿Qué clase de traición habría sido esa? La madre Joanne cuidó de mí. Me dio cariño, un hogar y una...

Una educación, habría añadido si la madre Agnès no se hubiera abalanzado sobre ella para atizarle una bofetada en la cara. Céline se quedó helada, boquiabierta, y se llevó la mano derecha al carrillo palpitante. No era su intención ofender la fe de la priora, pero le salió por puro instinto el gesto de girar la cabeza, como ofreciéndole la otra mejilla. La monja, acaso porque pensara que estaba burlándose de ella o de los evangelios, levantó el brazo para propinarle un segundo bofetón aún más fuerte. No llegó a dejarlo caer porque don Marcial la detuvo a tiempo, sujetándole la muñeca y recriminándole su comportamiento.

—¿Qué cree que está haciendo?

—Castigar a esta perdida. ¡Haga el favor de dejar de protegerla! ¿No ve que podría ser su hija?

—¡Por eso la protejo!

No era verdad, por supuesto, pero la priora, por muy fuera de sí que estuviera, no podía llevar más allá sus insinuaciones y acusarlo de haberse encaprichado de una joven que, más que su hija, podría haber sido hasta su nieta.

—Márchese, madre. Mejor arreglarlo por las buenas.

—¿Por las buenas? Esta mujer es una impostora. Hay que entregarla a las autoridades.

—Por eso le digo que se marche, porque ya me encargo yo. Usted váyase a vigilar a las hermanas, que buena falta les hace, y a rezar y a poner velas por el alma de esta pecadora. Pero de lo que vaya a ser de ella aquí en la tierra, olvídese, porque no le atañe. Si hay que denunciarla, yo lo haré. Si hay que llevarla presa, ya me cuidaré yo de que vengan los guardias.

—¡Pero...!

—He dicho que se marche.

Esta última frase la pronunció sin alterarse, sin levantar la voz ni mostrar el menor signo de nerviosismo. Sin embargo, algo en la entonación o en el rictus de la cara bastó para amedrentar a la generalmente envarada madre priora, que acató la orden sin rechistar. Lo hizo humillada, conteniéndose para no sincerarse de una vez con él, derrotada no de una, sino de muchas formas distintas. Cerró la puerta despacio, sin hacer ruido, y don Marcial y Céline se quedaron a solas en el despacho.

Si confiaba en que la chica se calmase al verse libre de la presencia de su enemiga, iba desencaminado. A la pena por la muerte de su mayor benefactora y a la incertidumbre por lo que fuera a ser de ella, se añadía ahora la desconfianza que le generaba saberse a su merced. Se lo notaba en la cara, en cómo se echaba hacia atrás para alejarse de él, en cómo lo rehuía... No era una actitud nueva, aunque sí injustificada, a su modo de ver. No tenía intención de dañarla en modo alguno. No mientras confesase su culpa y se plegase a su voluntad.

—No creas que te disculpo por lo que has hecho. Meterte aquí, haciéndote pasar por quien no eres, enseñando documentos falsos y aprovechándote de nuestra buena disposición hacia ti... Es imperdonable.

Delante de la madre Agnès al menos había tratado de defenderse. A él ni siquiera le dirigía la palabra.

—¿Es que no vas a decir nada?

Saltaba a la vista que habría preferido no hacerlo, pero, dada su insistencia, transigió y le retó a que hiciera lo debido.

—Debería denunciarme.

¿A qué venía tanto desprecio? No le entraba en la cabeza. ¿Cuándo se había portado mal con ella? Siempre había sido cercano y atento, mucho más de lo pertinente. ¿A qué se debía tanta aspereza? ¿Acaso a la advertencia que le había hecho acerca de Miguel? ¿Tanto la había ofendido? No tenía motivos para ello. No se había excedido en absoluto al manifestarle sus temores con respecto a las intenciones de su hijo, ni tampoco a su ingenuidad. Uno era confiado en exceso y la otra tonta de remate. Solo así se explicaban las pocas precauciones que habían tomado noche tras noche para reunirse en las caballerizas antes de escaparse juntos hacia el bosque. Quizás hubieran sorteado con fortuna la vigilancia de las monjas, pero él conocía demasiado bien a su hijo.

—¿De verdad quieres que haga eso? ¿Quieres que llame al alférez? La madre Joanne cometió un delito muy grave al falsificar tus documentos y tú te convertiste en su cómplice al usarlos. ¿Tienes idea de lo que te harán? Van a juzgarte e irás a la cárcel.

Céline se encogió de hombros, aceptando su destino con estoicismo.

—Muy bien. Mantente en tus trece. Allá tú.

—¿Qué voy a hacer? Dije que era mío un apellido que es el que he usado desde que tengo memoria. Si eso es un crimen, estoy dispuesta a pagarlo —se hizo cargo ella de su responsabilidad—. No hay otra alternativa.

—¿Quién ha dicho que no la haya? —le preguntó él, mostrándose de repente mucho más comprensivo—. Sabes que no soy solo el presidente de un estúpido patronato. Tengo amigos y dinero para enterrar a medio Ministerio de Justicia. Puedo hacer que se traspapele ese certificado y que nadie vuelva a mencionarlo jamás. ¿Quieres que tu apellido sea Perrault? ¿O Dupont o Chevalier? Puedo hacer que lo sea sin necesidad de falsear ningún documento. Con solo mover yo un dedo, te registrarán donde tú elijas con el nombre que prefieras. Quita esa cara, por Dios, que ya sabes cómo funcionan las cosas en este país; no pueden ser tan distintas en el tuyo.

Al decirle esto, se acercó a ella con una resolución que la pilló desprevenida. Tanto que no fue capaz de reaccionar y retirar las manos cuando se las cogió. No le hizo daño ni ejerció demasiada presión; al contrario, fue todo lo afectuoso que consideró oportuno para demostrarle que seguía contando con su favor. Entendió, al no retirarse ella como había hecho en otras ocasiones, que le estaba dando carta blanca para que continuase exponiendo su propuesta, y ya no se refrenó.

—No pudo haber tanta mala fe por tu parte. Tú no eras más que una niña. Fue esa madre Joanne la que te hizo creer que debías secundar sus falsedades. Eras una infeliz y te dejaste arrastrar. Debe ser cosa de ese linaje tuyo tan torcido. También por eso te dejaste seducir por Miguel, ¿verdad?

Si hubiera sido don Marcial un hombre menos pagado de sí mismo, acaso habría entendido que el centelleo en sus ojos verdes era un signo de pura congoja, no una invitación a que siguiera adelante con sus insinuaciones. No lo hizo, y consideró apropiado acercarse todavía más a la aterida Céline, que no podía ya ni dar un paso atrás, paralizada como se sentía por culpa de una proximidad física que a todas luces no deseaba. Él no desistía de su empeño por demostrarle que no solo podía, sino que debía encomendarse a su amparo, ajeno por completo al pánico que la mantenía rígida.

—Prefiero no figurarme hasta qué punto se habrá aprovechado de tu debilidad moral. Yo nunca te haría eso, ¿lo sabes? Nunca —le repitió ya con la boca pegada al oído, acariciándole la muñeca con las yemas de los pulgares—. Podría, y más ahora que dependes de mi buena voluntad para no acabar en prisión. Solo con las falsedades de las que has echado mano bastaría para encerrarte, pero es que, además, si todo esto sale a la luz, no sería extraño que las miradas se volvieran hacia ti y te acusaran de haber incendiado la escuela, o incluso de haber destripado al lobero.

Estas poco veladas amenazas fueron las últimas palabras que don Marcial emitió antes de rodearle la cintura con una mano mientras que, con la que le quedaba libre, la sujetaba del cuello, no porque creyera que podía escabullirse, sino a modo de galanteo. Se equivocaba del todo al suponer que Céline recibiría sus besos de buena gana, que no se resistiría y que terminaría dedicándole a él las mismas atenciones que, sin duda, había derrochado con su atolondrado benjamín. Nada más sentir la humedad de su boca sobre los labios, trató de apartarlo de un empujón. No pudo echarlo de su lado ni quitárselo de encima. Aunque ya no era joven, don Marcial conservaba la buena talla y las fuerzas de sus años mozos, así que de poco sirvió su determinación por zafarse de aquella presa que la mantenía pegada a un hombre por el que no sentía otra cosa que un profundísimo desprecio. Lejos de permitir que se soltase, él le sujetó las dos manos a la altura del pecho y perseveró en su propósito de someter a Céline, si bien no con las mismas artes que le habían servido a su hijo, sí con otras más contundentes.

—No seas estúpida, Céline. ¿A dónde vas a ir? Aquí ya no puedes quedarte, pero podrías vivir en León, por ejemplo, a cuerpo de reina, y yo iría a verte. Con discreción, sin comprometerte, por supuesto.

Como nada de lo que decía causaba el efecto deseado en la impostora, se dejó de contemplaciones y la arrastró hasta el escritorio para que no pudiera desembarazarse de él nuevamente. Terminaría cediendo, estaba convencido de ello, pero era terca como una mula y no resultaría fácil hacerla entrar en razón. Por eso tuvo que empujarla de malas maneras, tirando al suelo la mitad de los retratos que con tanto esmero había dispuesto sobre su mesa. Cayó el de Santiago, partiéndose el cristal al estrellarse sobre la madera; cayeron también el de Felipe, el de Simón, el de Mateo y el de Bartolomé, aunque estos salieron ilesos al ir a dar a la mullida alfombra de piel de oso pardo. Ni el de doña Raquel ni el de Miguel volcaron siquiera, de manera que Céline se los encontró a unos escasos centímetros de su cara cuando el señor Montalvo se la aplastó contra la superficie de la mesa.

—No grites —le advirtió él al tiempo que le levantaba la falda hasta la altura de las caderas.

Y Céline no gritó, pero no porque el miedo se lo impidiera ni porque estuviera resignada a dejarse hacer, sino porque había tomado la decisión, tal vez inspirada por la imagen del hombre al que sí amaba, de no consentir que nadie, nunca, volviera a ponerle una mano encima si ella no lo deseaba. Dejó de forcejear el tiempo indispensable para que su captor se confiara y relajase un poco su presa, deslizó despacio el brazo izquierdo por el escritorio y agarró uno de los marcos de plata. Se volvió con tanta rabia y tanta fuerza hacia él que don Marcial ni se vio venir el ataque. Antes de que pudiera darse cuenta, ya le había propinado no uno, sino tres o cuatro golpes en la sien con la esquina del portarretrato. Los dos últimos estuvieron un poco de más, porque al segundo estacazo su agresor se desplomó sobre la piel del oso. Estaba inconsciente, con los ojos cerrados y un hilillo de sangre resbalándole desde la frente hasta el cuello. Aun así, Céline no se contuvo. Él no pudo sentirlo, privado de sentido como se hallaba, pero ella le dio un puntapié en el abdomen para desquitarse por lo que había tratado de hacerle. No hizo nada más. No lo tocó siquiera. Podría haberle rebanado el cuello con un abrecartas en venganza, pero lo dejó allí tirado, ridículo, con el pantalón a medio desabrochar y un gesto estúpido dibujado en el rostro.

Así lo encontrarían al cabo de un par de horas, dolorido y maltrecho. De ella no había ni rastro. Por su habitación no había pasado para recoger nada. Tampoco había pedido auxilio ni había intentado siquiera contarle a alguna de las hermanas que don Marcial había intentado forzarla. ¿Para qué, si ninguna la habría creído? O acaso sí lo habrían hecho, pero igualmente habrían considerado que la culpa había sido suya. A él, por el contrario, nadie le pidió explicaciones. A ese respecto, podía quedarse tranquilo. Dieron por buena su versión de los hechos, pobre y borrosa, y llamaron a sor Águeda para que le cosiera unos puntos en la cabeza.

La hermana Tránsito, entre tanto, devolvió a la mesa los retratos que estaban enteros, recogió los cristales del que se había roto para que nadie se cortara con ellos y localizó junto a la puerta el que faltaba. Aquel era el que la fugitiva debía haber enarbolado para atacar a don Marcial. Todavía tenía un cuajarón de sangre pegado, además de un par de cabellos canosos que debían haber sucumbido al impacto con el vértice del marco, testigos mudos de lo que allí hubiera podido ocurrir. Lo frotó con un trapo para borrar cualquier huella del violentísimo episodio y lo colocó donde correspondía, justo en medio de los otros seis.

Desde la silla en la que se había sentado, debajo de la lámpara para que sor Águeda tuviera una mejor visión del descalabro que habría de zurcir, el herido alcanzaba a contemplar perfectamente la fotografía de su difunta esposa. La inútil de sor Tránsito no había sido capaz de limpiar el marco en condiciones y todavía quedaba un resto de sangre en la parte de atrás. En cuanto la monja enfermera terminó de remendarle el cráneo, se levantó y cogió el retrato para quitarle la sangre. No fue difícil. No tanto, al menos, como sobreponerse a la sensación de que, de alguna manera, había traicionado a su esposa muerta. Lo había hecho atraído por una pécora extranjera, por una embustera, por unos ojos verdes que le recordaban a los de la difunta hasta el punto de haberle hecho perder la razón, pero el caso era que se había rendido ante una mujer que no solo no era ella, sino que había demostrado ser todo lo contrario: una bruja, una harpía, una embaucadora que lo había embriagado con el vino de su inmoralidad.

Y que pagaría por ello.

27. SORTILEGIOS Y HECHICERÍAS

Ni siquiera después de haber aviado una vivienda de lo más apañada en el molino, accedió Elena a pasar una noche allí. Cenar sí cenaba con sus amigos, pero después cogía su Citroën Rosalie y se iba a dormir a la posada. Guillermina Gispert no se lo tomaba a mal, porque ya la conocía. Cuando hacía falta, era tan valiente y echada para adelante como su hermano pequeño, pero no le gustaba privarse de nada mientras no fuera imprescindible.

«Vente tú conmigo a la hostería», le había contestado a Mina cuando le había pedido, tragándose su orgullo, que se quedara a dormir con ella.

No habría podido decirle que sí por mucho que se muriera de ganas de hacerlo. En adelante, el molino no sería solo su escuela, sino también su hogar. O al menos el hogar del maestro que se ocupara a partir de entonces de los niños de Castroblanco, porque ella cada vez veía más oscuro su porvenir allí, con la gente murmurando a sus espaldas y los guardias a la espera de que cometiera algún traspié para llevársela al cuartelillo. Una vez que sus amigos se hubieran marchado, no sería nada sencillo resistir. Y tenían previsto marcharse esa misma tarde, después de comer.

Era aquella una partida que no apetecía a nadie. Darío no se quedaba con la conciencia tranquila dejando sola a Mina. Elena, que se encargaría de llevarlos a todos de vuelta a Madrid en su coche, se moría de ganas de hacer las paces, montarla en el asiento del copiloto y no volver a separarse ya nunca más de ella. Y luego estaba Miguel, que había pasado de la euforia al desaliento en cuestión de horas, aunque en su caso era otro el origen de tal malestar.

Apenas habían vuelto a hablar desde que tuvo la osadía de preguntarle si había estado implicado en la muerte del lobero. Tan mal se lo había tomado él, que ni le había respondido. Había soltado una retahíla de exabruptos antes de largarse, eso sí, echando más pestes y lamentando que su mejor amiga se mostrase más consternada por un alimañero que había recibido su merecido que por su propio bienestar. A Miguel, que no era de naturaleza rencorosa, se le había pasado el enfado relativamente rápido, pero el disgusto y la decepción seguían ahí dentro, y se le notaba. Por eso no se atrevía a lanzarse sobre él y sonsacarle. Algo se venía barruntando, porque Elena, que lo mismo tenía de astuta que de cotilla, ya le había ido con el chisme de que Miguel había tardado una eternidad en despedirse de la francesa en el monasterio. Casi una hora la había tenido esperando en el coche.

«Mucho colegio de monjas y mucho rosario, pero la gabacha está disfrutando aquí en el monte de lo que la mitad de las alumnas de la facultad de Ciencias de la Central se han quedado con las ganas de probar en la capital», le había asegurado a Mina. Porque Elena, entre otros muchos defectos, era un poquito lenguaraz y malpensada. Y por eso, además de por su cintura de avispa, de sus caderas rotundas, de sus ojos de miel y de los hoyuelos que se le marcaban cuando sonreía, se había enamorado de ella. Porque una al final se queda tan prendada de las tachas como de las virtudes.

Con *mademoiselle* Perrault pasaba algo. El qué, ya no lo sabía. Igual se le había declarado y ella lo había mandado a paseo con sus lobos, o igual se habían prometido en secreto y no sabía él cómo justificar ante sus camaradas lo de ir a casarse de traje y por la iglesia. Cualquier cosa era posible estando el perro verde de Miguel Montalvo de por medio, y más con la francesa, que era casi igual de rara.

En definitiva, por poderosos que fueran los motivos de sus

amigos para querer o no despedirse, lo que tocaba era marcharse. Tenían vidas en Madrid que habían dejado en pausa y que debían retomar. Hasta ella se estaba replanteando, por mucha rabia que le diera, seguir el malintencionado consejo de los guardias y solicitar un traslado. ¿Y si volvía a Madrid? ¿Y si se permitía a sí misma no ser, por una vez, la más abnegada de las mujeres y gozar de la felicidad que le proporcionaba levantarse cada mañana al lado de la persona amada... en un buen colchón de plumas?

La tentación era poderosa; casi tanto como su sentido del deber. Claro que echaba de menos compartir su día a día con Elena, pero no dejaba de darle vueltas a si no estaría comportándose como una cobarde al renunciar a su plaza en Castroblanco. Aparte, aquello también tenía sus momentos gratificantes, como el de recibir cada mañana a los críos, sentar a los pequeños delante y dejar que los mayores colgaran sus chambergos en los percheros nuevos y se arrellanaran en los pupitres de atrás, cómodos y calentitos. Tampoco podía cerrar los ojos a una realidad más triste, y es que, aunque era cierto que ahora contaban con una escuela mucho mejor, algunos de los padres se habían cerrado en banda a seguir llevando a sus hijos a clase. Tal vez fuera porque ya hacía buen tiempo y los mandaban a coger berros y cardillos, o a cuidar del ganado, pero no le cabía duda de que a muchos les habían prohibido asistir a sus clases porque en el pueblo hablaban mal de ella. Había quien se había tragado los embustes del padre Ezequiel y creía a pies juntillas que había sido la maestra la que le había prendido fuego a la escuela vieja. Otra en su lugar se habría indignado, pero Mina no quería juzgar con severidad a una gente que, buena gana de obviarlo, todavía creía en leyendas de lobisones.

La ausencia que más le pesaba era la del pequeño Gabriel. Le remordía la conciencia por haber abierto la boca, aunque hubiera sido con la más noble de las intenciones, para tratar de convencer a su madre de que le permitieran seguir estudiando. Al hacerlo, sin querer, había condenado al más espabilado de sus alumnos a no volver a pisar un aula. Nada había sabido de él ni de su hermano Basilio desde que su padre la había amenazado con agarrarla por los pelos y arrastrarla hasta la plaza para meterle tres tiros delante de todo el pueblo. Estaba enterada, gracias a Aurora, de que los mandaban todas las mañanas a cuidar las cabras o a coger sacos de manzanilla dulce que luego iban a vender a pie a La Robla. Difícil no sentirse responsable cuando, quizás, de haberse mantenido ella callada les habrían dejado seguir yendo a clase por lo menos hasta media mañana. Por eso casi se le saltaron las lágrimas de alegría cuando, mientras velaba por que sus alumnos fueran entrando en orden al molino, vio que se acercaba corriendo el canijo de Gabrielín. Creyó, por un momento, que le habrían levantado la inmerecida penitencia y que de nuevo le permitían ir a la escuela con sus compañeros.

La maestra se engañaba al hacerse tales ilusiones. En lugar de con su pizarrín, el niño cargaba con un morral de pastor que abultaba casi la mitad que él y que le hacía retorcer el hombro de mala manera para no arrastrarlo por el suelo. No regresaba a la escuela; bastaba verle la carita que traía para darse cuenta. Llegó con la lengua fuera, asfixiado por la carrera que se había pegado cuesta arriba. Tenía que darse prisa para hablar con la señorita Mina antes de que su padre o sus hermanos se dieran cuenta de que había dejado a las cabras solas.

—Gabriel, cielo mío, respira un segundo, que se te va a salir el corazón por la boca.

Pero el chavalín no podía perder ni ese segundo.

—*Ceñorita*, no *zabe uzté* la que hay liada en el pueblo...

—¿Qué ha pasado ahora, Gabriel?

Se esperaba ya cualquier cosa, desde otro ataque de falsos lobos al hallazgo de un nuevo cadáver.

—Nada de *ezo* —explicó el niño—. *Ez* la *franceza*.

—¿*Mademoiselle* Perrault?

Miguel, que estaba cargando ya su equipaje en el maletero del Citroën, levantó la cabeza en cuanto oyó que mentaban a Céline. Elena, que andaba sacándole brillo a los espejos retrovisores del automóvil, también aguzó el oído. El único que permaneció impertérrito fue Darío, y solo porque seguía durmiendo como un bendito.

Gabriel asintió un poco amedrentado por el semblante de Miguel, que había dejado las maletas en el suelo y se le había acercado con una gravedad que le había hecho dar un paso atrás para alejarse de él.

—¿Qué le ha pasado a Céline? Cuéntanoslo —le suplicó Mina, preocupada por la chica, pero más aún por cómo fuera a reaccionar su amigo en caso de que le hubieran hecho algo malo.

—Que *ez* una *impoztora*, una criminal. *Rezulta* que todo *ez falzo*, el nombre, todo. Ni *ciquiera ez criztiana*.

—¿Qué dices, Gabriel? *Mademoiselle* Perrault es una mujer abierta de ideas, pero muy creyente.

—*Naranjaz* de la China. *Noz* ha mentido a *todoz*. No *ce* llama como ella dice. *Ez* judía y trajo *papelez falzoz* para que la contrataran en el internado. Y cuando la han pillado ha querido matar al *ceñor* Montalvo y luego ha *zalido* por *pataz*.

—¿Que ha querido matar a don Marcial?

El niño iba a asentir cuando Miguel se agachó frente a él y lo agarró por los hombros para que le hablara directamente.

—¿Dónde está ahora Céline? —le preguntó con unas formas que no le hicieron ni pizca de gracia al chaval—. ¿Y qué es ese embuste de que ha intentado matar a mi...?

—A *zu* padre de *uzté*, *cí*. Ya lo *zabe* todo el mundo —le cortó el pequeño en cuanto vio que vacilaba, y luego se lo quitó de encima para que lo protegiera su maestra, igualmente sorprendida, pero mucho más amable—. El padre Ezequiel lo contó ayer en *miza*, que la *franceza ez* judía, que intentó matar a don Marcial abriéndole la cabeza a *golpez*, que ha venido a *Caztroblanco* para *acecinar niñoz* y para envenenar los *pozoz* porque *ezo ez* lo que hacen los *judíoz*... *Zon perverzoz* y *mezquinoz* y *eztán llenoz* de rencor hacia los *criztianoz*. Por *ezo* ha vuelto al hijo del *ceñor* Montalvo en *zu* contra con *zortilegioz* y *hechiceríaz*, para *vengarce* de él por *cer* buen creyente.

—Todo eso es falso. Lo sabes, ¿verdad, Gabriel? —trató de asegurarse Mina de que aquellas mentiras no habían calado en la mente del niño.

El chiquillo dudó. Primero miró a Miguel, con desconfianza, y luego otra vez a su maestra.

—¿No *ez* hijo *ezte* del *ceñor* Montalvo? Porque un aire *cí ce* da.

—Miguel es hijo de don Marcial, eso sí es cierto —le reconoció ella—, pero todo lo demás no puede serlo. Céline Perrault no mataría ni a una mosca, conque menos a un hombre.

Eso Mina lo tenía claro y estaba convencida de que Miguel era de la misma opinión. Por eso le extrañó tanto advertir en él una expresión como de estar dejando abierto un resquicio a la posibilidad de que sí fuera real lo que les estaba relatando el enano. Algo sabía que no había compartido con ella. Algo que quizás estuviera relacionado con la mala cara que arrastraba.

—*Ez* verdad. El cura dice *muchaz mentiraz*, lo *cé*, pero *ezto ez* verdad. Al *ceñor* Montalvo lo han *vizto* con una venda en la cabeza. Y *loz guardiaz eztán buzcando* a la judía. No *zolo* por lo del padre de *ezte*. El lobero que *eztaba* herido, el que decía que había *cido* un *lobizón* el que había matado a *zu* compañero, ahora ha recuperado la memoria y jura que fue ella la que *lez zalió* al encuentro en el *bozque* y dio muerte al otro, al que apareció con *laz tripaz* por fuera.

—¿Una señorita que no levanta ni metro sesenta del suelo y

no debe pesar ni cincuenta kilos ha hecho huir a dos alimañeros armados? —se admiró la maestra de la credulidad de la gente.

—*Ez* bruja, *ceñorita*. *Loz loberoz* encontraron un *ezcondrijo* en el *bozque* en el que tenía *guardadaz unaz teaz* y *unoz frazcoz* con *alcoholez* o alguna poción con la que debió prenderle fuego a la *ezcuela*, y cuando fueron a cogerlo todo para llevarlo al *puezto* de la Guardia Civil y dar parte, *ce lez* apareció como *ci* fuera una *beztia*, toda *dezfigurada*, con *laz manoz* como *garraz*, y echó a correr *traz elloz* a cuatro *pataz*. Por *lo vizto* puede *convertirce* en lobo a voluntad.

—¿También es ahora *mademoiselle* la responsable del incendio? Me alegra que te hayan quitado de encima ese sambenito a ti, Mina, pero me pregunto si queda algún crimen que no le atribuyan a esa pobre muchacha.

A Elena no le faltaba razón. Se había unido a la absurdísima conversación después de dejar el trapo y el abrillantador sobre el poyo de la entrada. Todavía tenía que limpiar los faros, porque no pensaba ponerse en carretera sin haber dejado el automóvil impecable, pero le daba en la nariz que su partida iba a retrasarse. Nadie iba a irse de la Montaña de Luna hasta que no se aclarase todo aquel asunto sobre la francesa. Y Miguel menos que nadie.

—¿Dónde está ahora Céline? —le preguntó Miguel al chavalillo, sin más contemplaciones ni ganas de atender a infundios absurdos.

—No *zaben*. La *eztán buzcando loz guardiaz* para llevarla *preza*. Dice el cura que, como la cojan, no vuelve a ver la luz del *zol*, que la encierran y echan la llave al río. Y también andan *loz loberoz detráz* de ella. El padre de *uzté* ha ofrecido una *recompenza* muy gorda para el que la encuentre. *Pienzan* que debe andar por el monte. A otro lado no puede haber ido, porque no ha tenido cómo. En el colegio no han echado en falta *yeguaz* ni nada, *zolo* una moto —al decir esto último, Gabriel desvió la mirada hacia la Gimson Patria aparcada a la puerta del molino.

—¿Crees a tu padre capaz de denunciarte por robo? —le preguntó Elena a Miguel, no del todo en broma.

—A estas alturas, lo creo capaz de cualquier cosa.

Como si Mina no tuviera ya suficientes dudas acerca de si debía o no quedarse en Castroblanco, encima aquello. Ya no era solo que pudieran acusarla a una de pirómana o de ramera; también de bruja y hasta de convertirse en loba. Y de haber matado a un alimañero borrachuzo que seguramente se habría caído solo de la melopea que debía llevar el desgraciado. No creía, ni por asomo, que Gabriel se hubiera inventado nada. Picardía gastaba a raudales, pero malicia ninguna.

Se arrodilló a su lado, le hizo una carantoña en la cabeza y después, como no pudo contenerse, lo abrazó muy fuerte mientras le daba las gracias por haber confiado en ella. Gabriel tuvo que marcharse otra vez corriendo, porque ya había descuidado a las cabras más tiempo del debido, así que no hubo tiempo de hacerle más preguntas. Lo que sí hizo Elena fue deslizarle una perra gorda en el bolsillo antes de que se despidieran.

—Vas de dura, pero te pierden los críos, Elena.

—Anda que a ti no —le contestó la inspectora—. Si en el fondo no somos tan distintas. Es solo que nos puede el orgullo.

¿Era aquello, al fin, una ofrenda de paz? ¿O sencillamente la puntilla que necesitaba para tomar la decisión de volver con ella a Madrid? Se le fue el santo al cielo y la cabeza a las nubes dándole vueltas a la indirecta de Elena. Se les fue a las dos, en realidad, y por eso ni repararon en que Miguel se había subido a la Gimson Patria hasta que no oyeron el ruido del motor al arrancar. Le gritaron para que esperase un momento, para hablarlo todos juntos antes de hacer nada de lo que luego fueran a arrepentirse. Por descontado que también ellas querían encontrar a Céline Perrault antes de que lo hicieran los guardias o los loberos, pero conociendo a Miguel, si se marchaba solo en su busca, podía causar incluso más problemas. De nada sirvió que le dieran voces. No las escuchaba. Tampoco las veía con la polvareda que había provocado a su alrededor al derrapar. Cuando empezó a disiparse la nube de tierra, ya se alejaba por la carretera que conducía a la montaña.

—¿Crees que va al internado? —le preguntó Elena a Mina, temerosa de que fuera a enfrentarse con su padre y aquello llegase a mayores.

—No, no lo creo. Este sabe dónde encontrarla, y fijo que es en el bosque.

—Entiendo —asintió sin perder un instante, e inmediatamente abrió la puerta del automóvil para montarse decidida—. Voy tras él, a ver si lo cojo por el camino.

—Espera, que voy contigo.

—No. Tú quédate aquí, que los críos deben estar al caer y no puedes dejar la escuela sin nadie al cargo. Y saca de la cama al gandul de mi hermano y ponlo al día de todo lo que ha pasado, anda.

Llevaba razón Elena. No habría perdido el tiempo discutiendo con ella aunque no se hubiera bajado del coche para estamparle un beso en los labios antes de encender el contacto. En lo que no confiaba Mina era en que fuera a dar caza a su amigo por mucho rendimiento que pudiera sacarle al motor de cuatro cilindros del Rosalie. Por aquellos senderos tortuosos, la motocicleta tenía todas las de ganar. Más allá del internado, el coche ni podría seguir y, a partir de ahí, ya no habría nada que hacer, porque la montaña era el terreno de Miguel. Él la conocía al dedillo, no solo porque hubiera pasado los veranos de su infancia en el monasterio, sino porque había nacido allí y, de alguna manera, mantenía una conexión casi mística con aquella tierra.

Un vínculo invisible que lo ayudaba a guiarse incluso en las noches de luna nueva, cuando la niebla se extendía por entre los
árboles y no permitía ver más allá de las propias narices. Miguel,
además, contaba con otra ventaja: la de haber partido en busca
de una persona por la que sentía algo especial. Hasta Elena, que
no llevaba ni cinco días en Castroblanco, se había dado cuenta.
Eso también tenía que importar.

28. Cierra los ojos

Habría llegado antes a caballo, pero no era tan inconsciente como para detenerse en las caballerizas del monasterio y coger a Coral. Seguro que lo estaban esperando. De hecho, se curó en salud dejando la Gimson Patria bien escondida entre unos agracejos de ramas delgadas y angulosas, con unas espinas aguzadas que contribuirían a que nadie fuera a hociquear donde nada se le hubiera perdido. Subir a pie le llevó mucho más que hacerlo a lomos de su yegua; a cambio pudo tomar atajos por los que no se habría atrevido a guiar al pobre animal, atrochar por algún despeñadero escarpado y meterse por andurriales de cuya existencia nadie más tenía conocimiento.

A Elena, ni que decir tiene, la dejó atrás a los diez minutos de haber arrancado. Ella no le preocupó ni por un segundo. Era a los guardias y a los alimañeros a los que quería evitar a toda costa; no porque les tuviera miedo o respeto, sino por temor a que fueran a seguirlo y, sin querer, los condujera al escondite en el que debía haberse guarecido la fugitiva. Lo último que deseaba era que, por un descuido suyo, la cogieran desprevenida. Y luego estaba también el asunto de Luperca y los cachorros. Si daban con Céline, era fácil que, de la misma, descubrieran la covacha de la loba. ¿Dónde, sino, iba a haberse ocultado, huyendo de aquella caterva de malnacidos, el peor de ellos su propio padre? No podía dejar de darle vueltas a qué habría ocurrido para que ella hubiera tenido que escapar así, tan de repente, y hubiera preferido esconderse sola en el bosque antes que recurrir a él o a Mina o a Darío.

Miguel se aproximó muy poco a poco a la entrada del refugio

de pastores, poniendo cuidado en dónde pisaba, no fuera a hacer crujir alguna rama seca o, peor, hacer saltar el cepo que algún cazador hubiera enterrado entre el barro y la hojarasca. No quería asustarla, y mucho menos salir herido. Con una pierna escabechada no le sería de utilidad ninguna.

—Céline —susurró su nombre antes de asomar la cabeza por el hueco de la entrada—. Soy yo, Miguel.

La muchacha no respondía, así que se metió en el chamizo, no sin antes echar un último vistazo alrededor para asegurarse de que nadie lo había seguido. A pesar de que era de día, dentro estaba oscuro. Entre que le costó que se le acostumbraran los ojos a la penumbra y que estaba hecha un cuatro detrás de unas ramas, a Miguel no le fue sencillo reconocerla a la primera, y eso que iba vestida con el ridículo uniforme que la obligaban a ponerse en el internado. Nunca la había visto tan desencajada, nunca tan presa del miedo y de la vergüenza. Ni siquiera cuando le repitió media docena de veces más que era él y que había ido solo a buscarla abandonó ella su actitud huidiza. No quería ni que se le acercara. Temió entonces que su padre le hubiera causado algún mal que estuviera tratando de encubrir.

—¿Te ha hecho algo mi padre? ¿Te ha pegado? —le preguntó—. Si te ha puesto una mano encima...

—No me ha pegado.

—Vale —dio él la respuesta por buena—. ¿Puedo acercarme?

Ella no le dijo ni que sí ni que no. No pudo hacerlo porque los sollozos no se lo permitían. Despacio, como cuando se trataba de aproximarse a la madriguera de alguno de los animales a los que observaba para llevar a cabo sus estudios, Miguel se le arrimó, se agachó a su lado y le levantó la cabeza para comprobar por sí mismo que decía la verdad. No pudo distinguir marcas ni cardenales. Estaba destrozada, pero por dentro, no por fuera.

—Cuéntame qué ha pasado.

Ni siquiera le sostenía la mirada. Algo se lo impedía. Algo que había borrado de un plumazo el deseo y la ternura con la que unos días antes se había derretido en sus brazos. Las sospechas de Miguel, cada vez más terribles, fueron volviéndose demasiado concretas como para ignorarlas.

—¿Ha intentado abusar de ti?

Dos lágrimas como dos piñones le cayeron por las mejillas y ya no hicieron falta más explicaciones. Con todo, Céline creyó necesario sincerarse.

—Creo que he matado a tu padre, Miguel —le reveló antes de echarse a llorar con más fuerza.

De no haber sido por lo sórdido de la situación, a Miguel le habría hecho gracia la gravedad con la que confesó.

—Mi padre no está muerto. Por lo que sé, anda a tu caza y captura con un vendaje en la cabeza. Poco chaperón para lo que se merece —le confesó, y luego se tocó la frente para indicarle, más o menos, dónde debía tener el desperfecto don Marcial—. Y poco comparado con lo que le haré yo si...

—*Il ne s'est rien passé*. No quieras vengar mi honra, que no hay nada por lo que resarcirme. Ya me encargué yo de quitarme a tu padre de encima antes de que pudiera *obtenir ce qu'il voulait*.

La entereza con la que se explicó, en parte debida al alivio que le causó enterarse de que no había liquidado a don Marcial, animó a Miguel a exponerle, aunque fuera a grandes rasgos, la gravedad del escenario que la aguardaba fuera del refugio.

—Céline, nos han avisado de que están lanzando unas acusaciones muy serias contra ti. Mi padre debe haberse sentido tan humillado que ha convencido a todo el mundo de que has cometido una cantidad absurda de crímenes. Te está buscando la Guardia Civil, y también los alimañeros. Ahora dicen que, en lugar de Mina, fuiste tú la que prendió fuego a la escuela.

—Eso es falso —se apresuró a desmentir.

—¡Lo sé! Estabas aquí, conmigo. ¿No te acuerdas? También dicen que eres una farsante y que el nombre que utilizas es inventado. Que eres una hechicera judía y que has venido a Castroblanco para embrujarnos a todos, envenenar los pozos y asesinar a los niños.

Todo esto lo enumeró Miguel mientras le asomaba una mueca burlona a los labios. A Céline no acabó de agradarle, acaso porque no considerase de recibo que hiciera bromas con según qué asuntos, acaso porque no tuviera el ánimo de espíritu para seguirle la corriente.

—¿Y no crees que pueda haber algo de cierto en todo eso? —lo desafió ella a que mostrara su parecer.

—Bueno, está claro que odias a los niños. No hay más que ver lo mal que los tratas a todos y cómo te rehúyen en cuanto te huelen —ironizó Miguel, incapaz de controlar su naturaleza socarrona, ni siquiera en las ocasiones más inoportunas—. Nadie se ha quejado de los pozos desde que tú estás aquí, aunque puede que algún día comparta contigo una anécdota curiosa sobre las aguas que llegan al monasterio. Siempre te han gustado las historias, ¿no es cierto? Las fábulas y los cuentos; *Barba azul*, *El gato con botas*, *Caperucita Roja*. Hablas de muchos de ellos, pero tus favoritos son los de...

—Charles Perrault —se adelantó ella—. También eran los favoritos de la madre Joanne.

—Podía ser una casualidad, ese apellido tuyo: Perrault. Pero no creo en las casualidades.

Miguel arrugó la nariz al reconocer que alguna duda ya albergaba desde hacía tiempo, quitándole cualquier atisbo de importancia a cuáles fueran las razones que la hubieran llevado a usar una identidad ficticia.

—Ella eligió ese apellido para mí. Cuando llegué al santuario de Montauban solo tenía seis años, pero recuerdo perfectamente que hasta entonces había llevado otro: Segal, el de mi padre. No me habrían permitido quedarme en un colegio católico siendo judía, así que la madre Joanne se las apañó para hacerme pasar por gentil. Pensarás que fue retorcido lo que hizo, pero yo no tenía familia. A mi madre ni la conocí. Murió al nacer yo. Sé que era de Eymoutiers, un pueblo del distrito de Limoges del que no habrás oído hablar en la vida...

—En realidad sí. Se rumorea que es la única región de tu país en la que queda algún lobo.

Céline recuperó algo de aplomo al escucharlo; luego tomó aire para continuar con el relato de sus orígenes.

—Lo poco que sé de ella es lo que me contó la madre Joanne; que era hija de campesinos pobres y que la enviaron de muy joven a servir como fregona en París. Allí consiguió trabajo en la casa de los padres de Joanne Catherine, que llegaría, pasado el tiempo, a priora del santuario de Notre Dame de Roche Amère. Precisamente en aquella casa fue donde conoció a un hombre llamado Ittay Segal, un judío que regentaba una librería en Saint-Gervais. Al tratarse de una familia que no elegía a las amistades en función de sus creencias ni de su nacionalidad, por allí pasaba gente de todo pelaje y condición. Mi madre tuvo una aventura con un librero asquenazí como podría haberla tenido con un compositor bohemio o con el deshollinador. El caso es que fruto de aquel *affaire*, llegué yo al mundo. Y de la misma, ella le dijo adiós. Te suena, ¿verdad? —Céline tuvo que pararse a tomar aire antes de seguir hablando—. Tampoco la mía fue una infancia desgraciada. Mi padre se hizo cargo de mí y pasé aquellos primeros años en Saint-Gervais, correteando por su librería. Conservo algunos recuerdos nebulosos de aquella época, todos bonitos salvo los relacionados con su muerte y con lo que vino inmediatamente después. De la noche a la mañana me convertí en un problema. Él, pese a ser muy querido en su comunidad, no tenía parientes cercanos en París, y mis abuelos de Eymoutiers no querían ni oír hablar de mí.

—¿Nadie en la comunidad de tu padre quiso hacerse cargo de ti?

Haciendo gala de una dulzura fascinante, Céline se encogió de hombros. No le guardaba rencor a nadie, aunque motivos no le faltasen. Gratitud hacia su benefactora, por otro lado, le sobraba.

—Yo era la hija natural de una criada francesa y de un inmigrante polaco. Ellos no estaban casados, y yo, que en el fondo no era nada, resultaba demasiado gentil para los judíos, y demasiado judía para los franceses. Fue a la madre de Joanne Catherine a la que se le ocurrió mandarme al santuario en el que había ingresado su hija y hacerme pasar por una niña cristiana para que pudiera encajar en alguna parte.

—Por eso falsificó tus papeles.

—Me hizo pasar por huérfana de un matrimonio católico para conseguirme una plaza en Montauban. Su plan era que, llegado el momento, pudiera recuperar mi verdadera identidad, pero pronto se dio cuenta de que en Francia no pintaban bien las cosas para la gente *comme moi*.

—¿La gente como tú?

—La gente con sangre judía. Vosotros aquí tenéis vuestras disputas. Nosotros en Francia también tenemos las nuestras. La madre Joanne creía que ese odio acabaría pasándome factura si se desvelaba quién era yo, así que me convenció de que debía echar a volar. Sobre todo cuando la madre Thérèse empezó a sospechar. Tampoco hizo falta que insistiera; ya sabes que siempre he tenido el deseo de conocer mundo. Ella tan solo me ayudó a buscar un sitio en el que pudiera sentirme segura... aunque ahora creo que se equivocó.

Miguel bendijo en silencio aquella equivocación que le había hecho cruzarse en el camino de Céline. También en silencio tuvo que darle la razón a la madre Joanne; de sobra estaba al tanto de lo que se cocía en Europa y de lo juicioso que había sido el consejo que le había dado a su protegida al recomendarle que pusiera pies en polvorosa. Quizás, si de él hubiera dependido, la habría mandado más lejos aún. Pero eso habría supuesto, casi con toda seguridad, que no se hubieran conocido. Y por ahí no estaba dispuesto a pasar. Solo de pensar en la posibilidad de no haber coincidido nunca con ella se le formaba un nudo en el estómago. Tanto le repelía la sola idea que tuvo que contenerse para no abrazarla y besarla como nunca había abrazado ni besado a nadie antes. Le daba demasiado reparo después de lo que había hecho su padre. Se conformó con tomarla de la mano para que al menos supiera que podía contar con él.

—¿Me das la mano? ¿Ya no me besas como hiciste en mi cuarto la otra noche? No, no te disculpes. *C'est normal.* Debes aborrecerme ahora que sabes que te mentí y que no soy quien tu creías...

No necesitó ni una sola señal más para inclinarse sobre ella y besarla en los labios. ¿Por quién lo había tomado? No podía permitir que pusiera en tela de juicio, ni por un instante, la firmeza de sus sentimientos.

—Te juré que te quería y ahora me reafirmo, Céline. Te quiero y no puedo vivir si tú no me quieres a mí.

—¿Me quieres aunque te mintiera?

—¿En qué me has mentido a mí, Céline? ¿Qué me importa dónde nacieras, quiénes fueran tus padres o el credo que procesaran?

—¿Te da igual que no sea cristiana?

Estaba bromeando, claro. De sobra sabía que a Miguel eso le traía sin cuidado, y que lo más probable era que hubiera tenido que hacer un esfuerzo para pasar por alto sus inquietudes espirituales, siendo él un ateo recalcitrante.

—¿Y qué le voy a hacer? Tendré que quererte lo mismo. Judíos, cristianos, taoístas... Todos creen que el dios de los demás no existe... y todos están en lo cierto.

—No tienes remedio, ¿verdad?

Iban a tener que limar muchas aristas para que lo suyo saliera adelante, pero de eso ya se ocuparían a su debido momento. Primero tendrían que salir del bosque y luego del pueblo. Convencer al resto del mundo de que no había nada de malo en manipular partidas de nacimiento y usar identidades falsas no sería tarea sencilla, pero demostrar que Céline no había tenido nada que ver con el incendio y que a don Marcial le había abierto la cabeza porque había intentado propasarse con ella pintaba todavía más complicado. Necesitarían tiempo, medios y la colaboración de algún abogado competente para probar su inocencia. Necesitarían, en definitiva, la ayuda de Elena, que era la más resolutiva de todos, amén de la que mejores contactos tenía.

Alentados por su mutua compañía, salieron del refugio y dejaron que los rayos del sol los deslumbrasen por un instante. Todavía no distinguían más que siluetas y destellos cuando un ruidillo como de hojas al frotarse unas contra otras les hizo volverse hacia la covacha de Luperca. Habían estado tan centrados en sí mismos y en sus tribulaciones que se habían olvidado por completo de la loba y de sus cachorros. Se habían retratado a sí mismos como unos pésimos amigos del animal, que debía haber abandonado su humilde guarida para decirles adiós, ya que ellos parecían dispuestos a marcharse sin despedirse.

Por desgracia no era la peluda Luperca la que había salido a su encuentro para detenerlos, sino uno de los alimañeros, con las barbas mal afeitadas y una escopeta con la que los apuntaba. Al acostumbrárseles la vista a la luz, vieron que no estaba solo. Detrás de él iba otro, igualmente desastrado, que también los había encañonado con una escopeta comida de óxido y la culata tan podrida que mirarla daba más pena que susto.

—Los brazos *pa'rriba* —les ordenó el primero.

Céline obedeció de inmediato. Miguel se tomó su tiempo. Conocía demasiado bien lo cobardes que podían llegar a ser los alimañeros. Más de un hombre había resultado herido por culpa de sus cepos traidores, y también alguno se había llevado un tiro por accidente, porque eran malos con ganas a la hora de apuntar; pero de ahí a que tuvieran los arrestos necesarios para dispararle a una mujer a quemarropa, iba un trecho. Y menos al hijo del cacique que les daba de comer, por mucho que hubiera puesto precio a su cabeza. Los querían a los dos, sí, pero vivos.

—Y si no, ¿qué? —se envalentonó.

—Si no, te meto una bala entre ceja y ceja —lo amenazó el lobero.

—Estás tardando —le provocó Miguel, consciente de que no tenía nada que temer—. Vamos, Céline, que estos miserables no se atreven con nada que levante cinco palmos del suelo.

Esto último lo dijo con tal convencimiento que hasta los alimañeros se miraron el uno al otro acongojados. La muchacha le tendió la mano para que la guiase lejos de allí e incluso se permitió el exceso de sonreírle tímidamente. Su satisfacción, por desgracia, no duró demasiado. Antes de que hubieran podido avanzar diez metros, un disparo a su espalda los hizo echarse al suelo. Miguel, arrepentido de su bravuconada, se arrastró por el barro para tratar de cubrir con su cuerpo el de Céline. Su mayor temor, en ese momento, era que la hubiese alcanzado una bala. Ya iba a preguntarle si estaba bien cuando oyó un segundo disparo que le hizo echarse a temblar.

Al menos Céline estaba sana y salva, a juzgar por la viveza con la que le señaló una silueta detrás de ellos, en lo alto del refugio. Una viveza y un odio tales que a Miguel no le hizo falta mirar dos veces para cerciorarse de quién se trataba. Todavía tenía la venda manchada de sangre en la frente, pero se movía con una agilidad impropia de un hombre de su edad. No le costó ni lo más mínimo bajarse de un salto del techo del chamizo. No trastabilló, no perdió el equilibrio y hasta se diría que descendió con apostura. Tanta como la que exhibía con el manejo del revólver aún humeante que empuñaba. Nunca había sido aficionado a la caza, pero eso no quería decir que no supiera disparar.

De esto Miguel estaba al tanto. También de que su padre era un excelente tirador. Por eso prefería que lo estuviera apuntando a él y no a Céline. También por eso supo que si el tercer disparo se había quedado a unos centímetros escasos de alcanzarla no había sido por accidente. El mensaje estaba claro. Y sus ideas, por fin, también. Lo único que sobraba eran las palabras. Se levantó tan deprisa como pudo para no darle tiempo de reaccionar y lo embistió con toda su fuerza. Padre e hijo se fueron al suelo, donde forcejearon como dos salvajes por el control del revólver hasta que uno de los alimañeros le colocó a Miguel la boca de su escopeta sobre la sien, obligándolo a claudicar.

A don Marcial no le impresionó la estampa de su hijo pequeño de rodillas y con las manos cruzadas tras la nuca en señal de rendición. Al contrario, quiso llevar su venganza un paso más allá y no dudó en levantar el revólver y apretar el gatillo, solo que no disparó a Miguel, sino a Céline. No pretendía acabar con su vida; eso habría sido demasiado fácil. Había apuntado a la pierna, justo al punto hasta el que le había recogido la falda cuando ella se había revuelto en su despacho y le había atizado con el marco de plata en la cabeza. El viejo cacique disfrutó al disparar casi tanto como al ver saltar la carne y correr la sangre.

El grito de dolor de Céline los ensordeció a todos. Don Marcial, cegado por la ira, ni se vio venir el puño de Miguel, que se había puesto en pie y le atizó primero un derechazo torpísimo —no se había peleado en la vida y no tenía ni idea de cómo golpear— y luego un empujón que lo devolvió al suelo. Tampoco los alimañeros se vieron venir la amenaza que se cernía sobre ellos bajo la forma de una loba furiosa que saltó encima con la mandíbula abierta y los dientes dispuestos para clavárseles donde más daño pudieran hacer. El primer envite de Luperca derribó a uno de los cazadores, que quedó fuera de combate el tiempo suficiente para no poder auxiliar al segundo cuando se le enganchó del tobillo, donde le hincó los colmillos hasta hacerlo sangrar. Luego fue a por don Marcial, al que le lanzó una dentellada a la altura del cuello. No le hizo daño, porque el hombre estuvo lo suficientemente rápido como para atizarle un culatazo en el hocico con el revólver. La loba retrocedió, aturdida, y el alimañero que primero había caído a tierra aprovechó para disparar. No acertó, pero le faltó poco. El siguiente tiro sí lo habría hecho si Miguel no lo hubiera desestabilizado a tiempo de una patada en la rodilla.

Luperca, lejos de darse por vencida, había tomado impulso de nuevo para saltar sobre su agresor. No parecía dispuesta a perdonarle el golpe que le había propinado con el revólver. Arremetió de nuevo contra él y esta vez se aseguró de tarascarle bien el brazo con sus poderosas mandíbulas. El dolor le hizo soltar el arma y Miguel no perdió un segundo para hacerse con ella, aunque no fue capaz de decidir a quién le convenía apuntar. Titubeó, se giró primero hacia su padre, que trataba de librarse del animal; luego se volvió hacia el alimañero al que acababa de derribar. Se olvidó por un momento del otro, al que Luperca había mordido en el tobillo. Fue ese el que levantó su escopeta, colocó la cantonera del arma contra su hombro y disparó a la loba, que soltó de inmediato a su presa.

No estaba muerta, pero sí malherida, y eso fue más de lo que Miguel pudo soportar. Las dudas se disiparon como por arte de magia. Los escrúpulos también. Hacía años que no empuñaba un arma, desde que su padre le había enseñado a usarlas siendo todavía un mocoso. No habría recordado cómo montarla ni desmontarla, ni tampoco cómo abrir el tambor, pero apretar el gatillo no le resultó difícil. Solo tuvo que apuntar al bulto que tenía delante para acertarle al cazador en el pecho.

Céline le había gritado que no lo hiciera, pero no la había escuchado. Tampoco lo hizo cuando le suplicó que parase antes de apuntar al segundo alimañero. Estaba demasiado fuera de sí para atender a razones. Nunca antes en su vida se había sentido así. No al menos que él recordara. Las súplicas del cazador, que se supo muerto antes de recibir la bala en el vientre, tampoco sirvieron para aplacar la furia de Miguel.

Únicamente la expresión de espanto en el rostro de Céline le hizo recuperar la cordura por un momento. ¿Por qué lo observaba llena de miedo, como si fuera un monstruo, cuando acababa de salvar su vida y también la de la pobre Luperca? ¿Por qué sus hermosos ojos verdes no dejaban traslucir otra emoción que no fuera el horror? ¿Dónde habían quedado la gratitud y el deseo? ¿Qué veía entonces él para que todo eso se hubiera esfumado?

Solo entonces se paró a reflexionar sobre lo que había hecho. Había matado a dos hombres. Él, que temblaba cuando tenía que abrirle la barriga a un ratón en el laboratorio de la Facultad de Ciencias, acababa de arrebatarle la vida a dos seres humanos y ni siquiera se había inmutado. Era lógico que Céline no reconociera a la persona que le había prometido amor eterno. Era lógico que, ahora que se había revelado como un asesino, su sola presencia le infundiera terror. Él mismo se sentía así y hasta dudaba de que aquello no hubiera ocurrido antes y lo hubiera borrado de su memoria. ¿Y si Mina había estado en lo cierto al preguntarle si no habría tenido algo que ver con la muerte del alimañero que apareció con las tripas fuera? La sola posibilidad lo sacudió por dentro y dejó caer el revólver sobre la hierba, a sus pies. Dio unos pasos vacilantes hacia Céline, a la que se le había ido el color, en parte por la impresión, en parte porque había perdido mucha sangre, e intentó balbucir unas palabras que no acertó a articular.

Cuanto más se acercaba a ella, más horror mostraba la muchacha. Si su pierna malherida se lo hubiera permitido, se habría puesto en pie y habría echado a correr para escapar, pero no podía más que arrastrarse por el suelo para intentar alejarse de él. Empezaba a temerse que aquella reacción no se debiera solo al efecto que hubiera tenido en ella el haber sido testigo de dos muertes a su modo de ver bien merecidas. Había algo más. Algo en él que nunca antes había advertido y que la horrorizaba.

—Miguel...

Al menos seguía llamándolo por su nombre. Él, por más que lo intentaba, ya no podía pronunciar el de ella.

—Miguel, a tu espalda...

Era su padre, que había recogido el revólver y le apuntaba a la cabeza. A esa distancia era imposible que fallase.

—Ojalá te hubiera retorcido el cuello cuando naciste, igual que hice con tu mellizo. Pensé que él era el monstruo. Me equivoqué.

Miguel se volvió henchido de rabia hacia Céline y puso toda su fuerza de voluntad en recuperar el suficiente control de sí mismo para hacerle una última súplica antes de perder definitivamente la razón.

—Céline, cierra los ojos. No quiero que veas esto.

29. El séptimo hijo

Los días se confundían unos con otros en la cabeza de Céline. Sobre todo al principio, cuando su consciencia iba y venía, y cada vez que abría los ojos se encontraba en un espacio distinto, alguno seguramente fruto de su mente enfebrecida. Lo primero de lo que tenía recuerdo era de haber sido trasladada en el interior de algún vehículo, quizás el Citroën Rosalie de Elena, tapada con muchas mantas, pero muerta de frío mientras Guillermina Gispert le sostenía la cabeza y le rogaba que no se durmiera. Debía haberla decepcionado, porque no tenía recuerdo de nada más hasta despertar en una habitación desconocida donde era Darío el que la velaba. Tampoco entonces se había mantenido consciente demasiado tiempo. El frío había desaparecido; en su lugar había hecho acto de presencia un dolor atroz en la pierna izquierda. Un dolor que le había hecho acordarse de cómo había terminado así.

Entonces volvió la fiebre y comenzaron las pesadillas.

A veces, cuando se despabilaba, seguía siendo Darío el que estaba junto a ella, sentado en una silla al lado de la cama, ofreciéndole agua para que calmara la sed y recolocándole las almohadas para que estuviera más cómoda. A veces era su hermana Elena la que le daba el relevo. Fuera quien fuera de los dos, se sentía protegida al tener a alguien cerca. Odiaba perder el conocimiento, porque entonces ellos se desvanecían, como lo hacía también aquella habitación extraña en la que la cuidaban, y en su lugar se descubría a sí misma de nuevo en el bosque, desvalida y aterrada en mitad de una noche oscura. No temía a la soledad; nunca lo había hecho. Temía no estar sola. Temía a lo que hubiera acechándola entre las tinieblas, respirándole en la nuca y escabulléndose presuroso cuando se volvía para ver qué era. De cuando en cuando podía distinguir una sombra que se apartaba de su vista antes de que le diera tiempo a identificar de qué se trataba.

Aquellas pesadillas no suponían nada en comparación con las que llegaron después, cuando el bosque se tornó mucho más espeso y lóbrego, y la angustia que le provocaba no le permitía ni respirar. Lo único bueno era que sus despertares se fueron volviendo mucho más frecuentes, aunque generalmente iban precedidos de unas visiones horrendas en las que era perseguida por los alimañeros, por don Marcial o por una criatura aberrante de la que no podía vislumbrar más que unos penetrantes ojos amarillos.

La herida en la pierna seguía mortificándola. La bala le había perforado el músculo y había quedado alojada muy cerca del hueso. Todavía tardaría algunos días en recuperarse lo suficiente como para que pudieran explicárselo, pero al sacársela había sido del todo imposible que el nervio no resultase afectado. Por el momento bastante tenía con luchar contra la infección y la pérdida de sangre que había sufrido. Ya tendría tiempo de asimilar lo cerca que había estado de morir.

Solo a medida que fue mejorando le fueron rebajando la dosis de calmantes. La morfina la mantenía en un estado de letargo que le permitía sobrellevar el dolor, pero que también la arrastraba a un pozo de alucinaciones que la hacían reñir con su memoria. Sus sueños, por perturbadores que resultasen, se iban volviendo más lúcidos poco a poco. Céline iba tomando conciencia de que los alimañeros habían muerto. De que Miguel, por mucho que le pesase recordarlo, los había matado. Hasta le perdió el miedo a don Marcial, porque daba por sentado que tampoco él seguía con vida. Era la criatura lo que la atemorizaba. La espantaba su inquietante manera de desplazarse, a ratos a cuatro patas, a ratos erguida sobre unos cuartos traseros, tan largos y nervudos que la hacían alzarse muy por encima de la estatura de un hombre normal. No la sobrecogía menos la forma antinatural de sus zarpas, que según como se mirasen podían antojarse manos casi humanas, ni la boca amenazante, sembrada de dientes afilados como puñales.

La atemorizaba porque, igual que al recuperar la memoria de lo sucedido en el bosque había ido tomando conciencia de que el resto de peligros ya no debían atormentarla, nada le hacía pensar que aquella abominación hubiera surgido de su imaginación. Cierto que su mente le había jugado antes malas pasadas, como, por ejemplo, hacerle confundir al amable caballero que se pasaba a verla cada mañana con Darío, pero incluso aquellos pequeños errores se habían acabado revelando fundados. El caballero en cuestión se daba un aire a Darío porque era su tío por línea materna, el doctor Ignacio Iturrioz. Era, de hecho, igual de moreno que él, con los mismos ojos castaños y vivos y los mismos rizos que embellecían tanto la cabeza de su sobrino como la de Elena. Compartía con sus sobrinos predilectos, aparte de todos estos rasgos físicos, una alegría por vivir envidiable y una habilidad pasmosa para caer bien a todo el mundo. Su buen talante y optimismo contribuyeron al restablecimiento de la salud de Céline tanto o más que las sulfonamidas y las compresas empapadas en agua fría.

Fue precisamente el doctor Iturrioz el que la informó de que se hallaba en León, en una pensión de confianza a la que la habían trasladado oculta en el asiento de atrás del Citroën de Elena. Había sido ella la que se había puesto en contacto con él, tan desesperada por proporcionarle atención médica a la maltrecha Céline como por no delatarla. No debía sorprenderse, ya que la estaban buscando por toda la provincia, acusada de un tropel de delitos a los que ahora se sumaban tres muertes.

—Entonces Montalvo está muerto —fueron sus primeras palabras.

Iturrioz se lo confirmó, aunque sin entrar en detalles. Ella no se atrevió a preguntar por Miguel. Se moría de ganas de hacerlo, aunque al mismo tiempo se negaba a pronunciar su nombre. Por la forma en que los demás la miraban, debían intuir que así era.

Quedarse tan cerca de Castroblanco no era seguro en modo alguno, así que, tan pronto como la convaleciente se vio capaz de emprender el viaje, Elena se la llevó a Bilbao, donde se quedaría en casa de su tío para que terminase de sanar, siempre procurando llamar lo menos posible la atención, porque estaban todos bajo sospecha desde que en Castroblanco había pasado lo que había pasado.

El asunto era que el apartamento de soltero del doctor Iturrioz no tenía nada de discreto. Ocupaba una planta entera de un edificio isabelino ubicado justo a la entrada de las famosas Siete Calles de la capital vizcaína, con sus vigas de maderas nobles de Guinea y su escalera de mármol verde. Aquella vivienda, más que un apartamento, a Céline se le antojó una mansión colgada del cielo gris, porque encima estaba en el último piso. Eso le permitía, al menos, disfrutar de unas vistas prodigiosas desde el balcón de la habitación en la que la alojaron. Le tenían advertido que no se dejara ver demasiado, no fuera a levantar sospechas, pero estando tan arriba podía asomarse de tanto en tanto para que le diera un poco el aire. Desde allí entretenía las mañanas viendo pasar las gabarras por debajo del puente del Arenal, y los tranvías por encima; las noches de estreno las pasaba maravillándose con los atuendos que se gastaba lo más granado de la burguesía bilbaína para asistir al teatro Arriaga. Después de comer la sentaban en una butaquita de mimbre y hablaban con ella del tiempo o de lo rápido que iba mejorando. Céline asentía sin demasiado convencimiento. No había mucho más en lo que pudiera dar, porque salir lo tenía terminantemente prohibido, y visitas no recibía más que las de Darío y Elena, aparte, claro, de las del propio galeno, que la tenía en palmitas. Servicio le constaba que había; mínimo una cocinera y una doncella, que era la que le servía las comidas y le hacía la cama al mediodía. Preguntas no hacía, así que Céline elucubró que, o era prudente como ella sola, o debía estar acostumbrada a que el doctor metiera mozas en casa.

Hubo dos detalles, entrado ya el mes de junio, que le dieron en qué pensar. El primero fue que una mañana, en la bandeja del desayuno, al lado de las tostadas y el café con leche, le dejaron un ejemplar de *El Liberal*. Era la primera vez que le proporcionaban noticias del mundo exterior, lo cual parecía indicar que estaban relajando el círculo de protección que habían forjado en derredor suyo. El segundo fue un bastón de madera de haya con el mango de plata maciza que Ignacio Iturrioz le llevó para que se apoyara al caminar.

—¿Significa esto que podré salir a pasear en breve?

Al doctor se le notó lo mucho que le fastidiaba no poder decirle que sí; casi tanto como comunicarle las malas nuevas que la aguardaban.

—Significa que deberá acostumbrarse a usarlo. Aunque la bala no alcanzó el hueso, sí desgarró los tejidos blandos; la piel, los tendones, parte del músculo, la arteria y el nervio. No le voy a decir que se sienta afortunada por haber sobrevivido, pero...

—... pero no volveré a caminar como antes.

El médico no se anduvo con rodeos.

—Es un milagro que conserve la pierna.

Céline se sorprendió a sí misma por la frialdad con la que recibió tan triste informe. Debía haberse vuelto más insensible al salir con vida del trance. A lo mejor es que había hecho un pacto con el diablo y le había vendido parte del alma a cambio de una segunda oportunidad. Parte del alma y de la pierna, que había quedado mutilada para siempre, aunque eso era, con diferencia, lo que menos le importaba. Igual había llegado el momento de enfrentarse a lo que había ocurrido y hacer las preguntas pertinentes, aun a riesgo de tener que encarar ella también algunas cuestiones para las que no sabía si tendría respuesta.

Por muy en deuda que estuviera con el doctor Iturrioz, no era con él con quien debía hablar. Educadamente, le requirió que se retirase y se preparó para recibir a los hermanos Dolagaray de pie, con la mano apoyada en la empuñadura de plata del bastón, todavía tratando de adaptarse a las molestias que en adelante la acompañarían y también a aquella extraña indolencia con la que estaba aprendiendo a conducirse.

—*Mademoiselle*, por favor, siéntese —le pidió Darío nada más verla en pie, y acto seguido le acercó una silla que ella rechazó, porque prefería dar vueltas por la habitación, al menos mientras la pierna se lo permitiera.

—Me han salvado ustedes la vida y no tengo manera de agradecérselo.

—No diga eso, Céline —se enfadó Elena—. Usted habría hecho lo mismo por cualquiera de nosotros.

Eso no podía negarlo, pero, aun así, le sabía mal poner a sus bienhechores en el brete que se les venía encima si se empeñaban en protegerla.

—Sé que me buscan las autoridades. Me acusan de asesinato, *entre autres choses.*

—Nunca entregaríamos a una inocente —se apresuró a dejar claro Darío.

—¿Inocente? ¿Cómo están tan seguros de que lo soy?

Los dos hermanos se miraron el uno al otro, sorprendidos. Fue Elena la que expuso sus argumentos.

—Bueno, no contamos con prueba alguna que demuestre que

no fue usted la que disparase a los loberos que hallaron muertos en el bosque, pero seamos serios, *mademoiselle*. ¿Acaso tiene usted la más remota idea de cómo usar un revólver? ¿Sabe cómo se carga, cómo se amartilla y cómo se le quita el seguro?

Por cómo se explicaba, no cabía duda de que Elena sí sabía.

—A la distancia adecuada, cualquiera puede apretar el gatillo y acertarle a un hombre en el corazón.

—No digo que no, *mademoiselle*, pero no la veo a usted matando a un hombre.

—Entonces déjenme salir a la calle.

—Puede que el juez no sea del mismo parecer —argumentó Elena.

Y no le faltaba razón. Tampoco tenía ella ánimo para pasearse por la orilla de la ría ni por la plaza Mayor. Lo que sí necesitaba era limpiar su conciencia. Eso y dejar de hacerse la dura y sentarse en la silla que Darío le había ofrecido antes de que el dolor la venciera.

—No recuerdo cómo salí del bosque, pero sí quién mató a los alimañeros y están ustedes en lo cierto: no fui yo. Fue Miguel.

El nombre le quemó en la lengua al pronunciarlo. Ni a Darío ni a su hermana pareció pillarles de improviso la revelación. Si acaso, él se mostró un poco más incómodo, como si también le resultase embarazoso abordar un asunto sobre el que tendrían que volver quisieran o no.

—Créanos cuando le damos nuestra palabra de que tampoco nosotros entendemos cómo llegó hasta el molino, pero de alguna forma tuvo que hacerlo, porque fue allí, a la puerta, donde la encontramos, medio desangrada e inconsciente. No digo yo que no llegase por su propio pie; es mi tío el que niega que tal cosa fuera posible, como no fuese a la rastra. Y mucho camino y muy escarpado habría tenido que recorrer con una pierna reventada para llegar desde donde hallaron los cadáveres...

—Alguien tuvo que cargar con usted —se dejó Elena de circunloquios.

—Seguramente Miguel. —Esta vez fue Darío el que sacó el nombre de su amigo a relucir, y lo hizo sin ocultar un deje como de rencor que no pegaba demasiado con su carácter por lo general complaciente.

Si hacía caso de la fecha que figuraba en la cabecera del periódico que le habían llevado por la mañana a la cama, hacía ya más de un mes que la habían rescatado y unas dos semanas que había recobrado el conocimiento. En todo ese tiempo había preguntado por Mina, que seguía en Castroblanco tratando de guardar las apariencias, por Aurora y hasta por Pepe, pero ni una sola vez había mostrado interés por lo que pudiera haber sido de Miguel Montalvo. Ya no podía posponer más el trago, por amargo que le resultase. No sin ser injusta con los demás, que no merecían que les ocultasen la verdad.

—Él mató a los alimañeros. Créanme. Yo lo vi. Les disparó a bocajarro con el revólver de su padre.

Por mucho que lo sospecharan, no resultaba fácil de aceptar.

—Imagino que lo hizo para defenderla a usted —quiso justificarlo Darío.

—Supongo... Quiero decir que...

No sabía lo que quería decir porque ni siquiera quería creer lo que había visto.

—Miguel también mató a su padre.

Al escuchar aquellas palabras, Elena se volvió extrañada hacia su hermano. También él parecía desconcertado. Vaciló antes de hablar, sin acabar de conceder crédito a lo que oía. La información de la que él disponía contradecía aquella versión de los hechos y así tuvo que manifestarlo.

—El cuerpo del padre de Miguel no tenía heridas de bala.

Fue Céline entonces la que se revolvió en su asiento. Lo hizo sin pensar, o acaso pensando demasiado, y notó una punzada en el muslo, donde don Marcial le había abierto la carne de un balazo.

—A Marcial Montalvo le desgarró el cuello un animal salvaje, probablemente un lobo.

Darío asintió muy serio, corroborando lo que su hermana contaba. A Céline se le nubló la vista y perdió el equilibrio incluso sin moverse de la silla. Elena tuvo que sujetarla para que no se cayera desplomada sobre la alfombra. Demasiadas emociones para una muchacha todavía convaleciente. Sobre todo para una que estaba tratando de encontrarle sentido a unos recuerdos que la atormentaban.

—Darío, no me mienta, por Dios se lo pido, aunque no crea usted en Él —le suplicó—. Dígame dónde está Miguel. ¿También lo están escondiendo? ¿O es que lo tienen preso?

—No sabemos dónde está, *mademoiselle* —le confirmó él con una sinceridad que no le permitió dudar ni por un instante de que estuviera diciendo la verdad—. Usted apareció de la nada en el molino, pero de él no tenemos noticias desde entonces.

No era Darío Dolagaray de esa clase de hombres que se hacen pasar por tan insensibles como para que no se les humedezcan los ojos cuando la pena se apodera de ellos. Nunca había exagerado al llamar hermano a su amigo. Lo quería lo mismo que a Elena, y eso era una barbaridad. Había tratado de mantener la esperanza durante los primeros días, aferrándose a la idea de que tenía que haber sido él quien hubiera cargado con Céline para que la socorrieran, pero, a medida que transcurría el tiempo, iba desmoralizándose. No era absurdo suponer que se ocultase en la montaña; después de todo, había matado a dos hombres; y si lo prendían lo tendría difícil para no pudrirse en prisión. Y eso si no se las apañaban para hacerlo pasar por terrorista tirando de su filiación política y lo fusilaban, como habían querido hacer con algunos de los huelguistas asturianos el año antes. Pero tantos días sin una señal ponían a prueba su confianza en la astucia de su mejor amigo.

—Dicen que a Marcial Montalvo lo mató una bestia. ¿Encontraron rastro de alguna cerca de allí?

Darío movió la cabeza hacia los lados para indicarle que no. Céline pensó en Luperca. Con todo lo que había presenciado, todavía le restaba humanidad para preocuparse por la loba y sus cachorros. Lo último de lo que se acordaba era de que la habían herido en el lomo, pero confiaba en que hubiera escapado con vida. Lo que ponía más en duda era que hubiese podido atacar y dar muerte a Marcial Montalvo. Igual Miguel se había quedado en el monte para cuidarla hasta que se recuperase, como los Dolagaray estaban haciendo con ella. Habría sido muy propio de él lo de sacrificarse por un animal en apuros. El tipo de gesto estúpido y desinteresado que habría hecho que se enamorase todavía un poco más... si hubiera podido quitarse de la cabeza que tenía las manos manchadas de sangre. O puede que algo peor, si hacía caso de lo que la hermana Prudence le había contado en el cementerio.

Pocos placeres eran comparables para Céline al que hallaba en los cuentos populares. Lo mismo le daba leerlos que contarlos, o si hacía falta inventárselos. Sin embargo, las leyendas que había escuchado en Castroblanco nunca le habían hecho gracia. Y entonces menos todavía. No quería volver a oír hablar de séptimos hijos nacidos la Noche de San Juan, ni de niños sin alma ni de hombres a los que se les volvían los ojos amarillos bajo el brillo de la luna llena. Lo que ella había visto —o había creído ver— había acontecido a plena luz del día y, además, tenía que haberlo soñado.

—Céline, Guillermina no abandonará la Montaña de Luna mientras Miguel no aparezca. Eso téngalo por seguro. Para él, igual que para usted, hemos previsto una vía de escape.

—¿Una vía de escape?

—No se deje engañar por las apariencias. Aquí donde me ve, no es la primera vez que tengo que ayudar a algún compañero a salir del país con el rabo entre las piernas.

—Es algo en lo que los Dolagaray tenemos cierta experiencia desde los tiempos del rey Felón —le confesó Darío.

—Pierda cuidado, que a usted no la vamos a repatriar a Francia. Estamos al tanto de su situación y nos consta que allí no pinta bien el panorama para su gente. En realidad, no lo hace casi en ningún rincón de Europa. Es usted una mujer lista, *mademoiselle*. Ya debe sospechar que se aproximan tiempos difíciles para todos.

—¿Mi gente? Ahora mismo son ustedes mi única gente.

—Y no le fallaremos, Céline —le garantizó Elena, al tiempo que sacaba de un cartapacio un legajo de documentos—. Disculpe que seamos tan directos, pero buena gana de andarnos con rodeos. Esto es un pasaporte suizo que le permitirá abandonar el país sin levantar sospechas. Es falso, como podrá suponer, igual que el nombre que figura en él. Esto otro es un billete de tercera clase para un vapor de la Compañía Trasatlántica que saldrá dentro de una semana para Veracruz, pero solo lo hemos sacado para despistar a la policía. Este otro es el que tenemos previsto que utilice; es un pasaje en primera en un crucero que saldrá del puerto de Bilbao y permanecerá seis días en Londres, tras lo cual está previsto que regrese a Santander, pero el plan es que usted solo haga el trayecto de ida.

—Tenemos amigos en Inglaterra que la ayudarán —le prometió Darío con una sonrisa un poco forzada que trataba de resultar tranquilizadora.

La sola idea de abandonar el país de aquella manera, como una criminal, le provocaba tanto vértigo como si estuviera a punto de dejarse caer desde el balcón del apartamento de Ignacio Iturrioz.

—Sé que parece una solución muy drástica, pero debe comprender que Marcial Montalvo era un hombre muy influyente. Sus hijos no lo son menos y no van a permitir que la mujer a la que consideran responsable de su muerte se vaya de rositas.

—¿Y Miguel? Es su hermano.

—Para él también hay un pasaporte falso y otra reserva en el mismo vapor. Si aparece a tiempo, subirá al barco con usted. Si no, lo hará más adelante y se reunirán en Londres.

La confianza y el optimismo de los que hacía gala Elena Dolagaray habrían convencido a cualquiera de que era solo cuestión de tiempo que Miguel se presentase tan campante, ya fuera en Bilbao o en Londres; pero Céline no compartía su entusiasmo. Ella examinó los documentos y los pasajes detenidamente, sin acabar de decidir si estaría haciendo lo correcto al aceptar el auxilio que le ofrecían para escapar de una condena injusta. Levantó la mirada hacia Darío, que la observaba en silencio, tratando de infundirle valor para que dijera que sí. Debía creer que sus reticencias se debían a que no quería irse sin esperar a su amigo.

—Si alguien puede sobrevivir en la montaña, ese es Miguel —le garantizó tomándola cariñosamente de la mano—. Tenga fe. Volverá.

Pero ella no sabía si quería que volviera.

30. Un pedazo del paraíso

—Portobello es deslumbrante en esta época del año, ya verá.

Por cómo se lo vendía la señorita Dolagaray, cualquiera habría dicho que Céline se disponía a emprender unas vacaciones en lugar de una huida. En realidad, ninguna de las dos perdía de vista cuáles eran las circunstancias que empujaban a la joven a marcharse, pero la animosa inspectora de educación era de la idea de que nunca había bien que por mal no viniera. Tener que escapar suponía una contrariedad; hacerlo porque la acusaban de crímenes horrendos tampoco era motivo de alegría. Sin embargo, Elena no exageraba cuando alababa las bondades de la que, para ella, era la ciudad más apasionante que nunca hubiera pisado nadie.

—Tiene que prometerme que irá a unas galerías de las que voy a darle las señas. Jesse Smith's, se llaman. Venden las flores más vistosas que pueda imaginarse. Desayunar con un ramo de orquídeas hawaianas en la mesa hace que merezca la pena levantarse de la cama, créame. Ya me encargaré yo de que le hagan llegar un buen centro cuando esté instalada allí.

A Céline nunca le habían regalado ni un humilde ramillete de margaritas, pero desde que la tenían escondida en Bilbao no faltaban flores frescas cada mañana en el jarrón de su mesilla de noche. Todas aquellas atenciones la pillaban de nuevas y la abrumaban, sobre todo cuando se paraba a pensar en el capital que se estaban gastando por ella. Y las flores eran lo de menos. Prefería no calcular el dispendio que había hecho Elena en comprarle ropa nueva.

Ciertamente algún trapo requería, porque de Castroblanco

había salido con lo puesto. Y lo puesto hubo que echarlo a la basura, porque estaba todo hecho jirones y manchado de sangre. Por no tener, no tenía ni una muda para cambiarse de bragas. Elena se frotó las manos cuando vislumbró la oportunidad de agenciarle a *mademoiselle* un guardarropa completo. Era, para ella, como sacar del cajón de los juguetes su muñeca favorita y empezar a probarle vestiditos y canesús, solo que esta vez la modelo era de tamaño natural y los ropajes venían de los almacenes Amann y de El Palacio de las Medias. Como sacarla de casa de su tío no era una opción y el tipo no lo tenían ni medio parecido, Elena tuvo que tomarle ella misma las medidas para encargarle unas blusas y unas faldas en una modistería de la calle Lotería, amén de algún modelo lo suficientemente decente como para poder lucirlo en las cenas del crucero.

—Le he traído un par de camisas de punto a rayas para que salga a pasear por cubierta. Ya sabe lo que le ha dicho mi tío: aunque le duela, tiene que caminar un rato cada día. Póngase, cuando lo haga, uno de estos sombreros de fieltro tan coquetos. No querrá que se le queme ese cutis tan delicado, ¿verdad? Ya sé que no es temporada, pero no me he podido resistir a esta boina para cuando llegue el invierno. Estaba muy bien de precio.

Con el delicado asunto de la lencería, Elena se la jugó bastante. Con la talla hizo un cómputo aproximado y más o menos acertó. La francesa iba tan escasa de busto como de caderas, así que le pidió a la dependienta algo pequeño y discreto, más que nada porque le daba en la nariz que, muy al contrario que ella, la muñeca no tenía las carnes acostumbradas a plisados de encaje. En lo que concernía al calzado, hubo que hacer concesiones: los tacones estaban vetados por culpa de la pierna lisiada, así que se inclinó por zapatos perforados de estilo Oxford, tan elegantes como confortables. Otra concesión que le dolió como un pellizco en la barriga fue tener que encargar faldas con el dobladillo por debajo de las pantorrillas. Ella prefería que fueran más cortas, de corte sesgado y como mucho hasta media pierna, más en la línea de la moda londinense, pero entendía que, para una mujer que todavía estaba bregando con una fastidiosa cojera, podía resultar más agradable desviar la atención de sus extremidades inferiores.

También eligió algunos cinturones anchos y jerséis de colores que consideró que le favorecerían: melocotón, *beige* y aguamarina. Este último le haría juego con los ojos. Para que no metiera la pata en el barco, le explicó cuándo debía usar cada tipo de tejido: paño de algodón durante el día, rayón o crepé de seda por la tarde. El satén, el tafetán y el terciopelo mejor reservarlos para la noche.

—¿De verdad es este dispendio necesario? —se sintió en la necesidad de preguntar, apabullada al ver más ropa sobre su cama de la que habría podido estrenar a lo largo de lo que le restase de vida.

—Por supuesto —contestó tajante Elena—. Sé que debe parecerle un capricho, y no voy a negar que disfruto con esto. No me juzgue; la moda es mi debilidad. ¿Por qué se cree que Mina y yo hacemos tan buena pareja? Pero hay una razón más poderosa: si una muchacha bonita embarcase en primera clase y no deslomase a los mozos con tres o cuatro baúles bien cargaditos, haría sospechar hasta a los grumetes. Y no podemos permitirnos que nadie desconfíe de usted.

—*Je comprends.*

Pero no comprendía nada, porque no le entraba en la cabeza que a alguien le hiciera falta tanto trapo diferente para taparse las vergüenzas cuando había gente en el mundo pasando frío por no tener con qué cubrirse.

Elena, entretanto, no dejaba de sacar paquetes con más atavíos que iba mostrándole orgullosa.

—Ahora están muy de moda las mangas abullonadas y los cuellos marineros. Yo los llevo porque soy como un reloj de arena, con este culazo de mesonera que tengo, pero a usted no le hacen falta. Son solo para que los hombros parezcan más anchos y las caderas más estrechas. Con su silueta puede prescindir de esos emperifollamientos sin preocuparse. Muchas matarían por esa figura —la alabó Elena con absoluta sinceridad—. No me extraña que Miguel se fijara en usted.

No hubo maldad ni segundas intenciones en aquella apostilla impertinente. Elena se había venido arriba, tan entusiasmada con su tarea de hacer pasar desapercibida a Céline entre el pasaje de primera que se olvidó de que lo que vestía y desvestía no era un maniquí relleno de aserraduras, sino un ser humano que no estaba atravesando su mejor momento.

—Perdone —se disculpó de inmediato—. No debí decir eso.

Ciertamente no debió, pero no por los motivos que ella suponía.

—Debe ser muy duro para usted, estar aquí encerrada, sin saber nada de él.

Céline no respondió. No habría sabido cómo hacerlo sin inventarse una mentira. Si hubiera dicho la verdad, la habría tomado por una loca o una desaprensiva. Elena, malinterpretando su silencio, trató en vano de enmendar la torpeza, pero lo único que consiguió fue empeorar las cosas.

—Entiendo su preocupación, pero estoy segura de que el día menos pensado lo veremos aparecer por esa puerta. Usted no hace mucho que lo conoce, pero los que lo llevamos sufriendo años sabemos cómo se las gasta. Se le cruzan las clavijas, coge el petate y se echa al monte sin dar explicaciones a nadie. Nos vuelve locos, nos hace perder el sueño pensando en qué habrá sido de él, y cuando ya estamos que nos subimos por las paredes, vuelve como si nada, hecho un gorrino, hasta las orejas de mugre y con los cuadernos lleno de apuntes y de garabatos, porque mire que lo intenta, pero no es buen dibujante —le refirió Elena, a la vez tierna y mordaz, intentando transmitirle una chispa de esperanza de la que, por mucho que disimulase, tampoco ella iba tan sobrada—. Escúcheme, por favor, no quiero ser indiscreta, pero aquella noche que los llevé hasta el monasterio a ustedes y a la niña...

—Paulina —le recordó el nombre de la pequeña.

—Sí, Paulina. Qué criatura tan dulce... Aquella noche me di cuenta, antes de que Miguel me dejara esperando casi una hora en el coche, de que había algo entre ustedes.

—Menos de lo que se imagina —quiso quitarle hierro al asunto, con la esperanza de que lo olvidara—. Solo somos amigos.

Elena no puso demasiado empeño en fingir que se había creído el embuste de Céline. Habría estado un poco de más. Aquellas últimas dos semanas, Darío las había pasado ya en Madrid, en parte para que a nadie le diera por interesarse sobre qué maquinaba tanto Dolagaray junto en el norte, un poco también por no echar el curso entero a perder. Guillermina seguía en Castroblanco por cabezonería y por si había noticias sobre el paradero de Miguel. El doctor Iturrioz, por su parte, era una compañía tan adorable como imprescindible. Aquel hombre le inspiraba simpatía y confianza hasta el punto de levantarle la moral con el terapéutico poder de su sola cordialidad. Aunque la herida de la pierna ya estaba casi curada, él, que tenía experiencia tratando a heridos de bala por haber servido de joven en Cuba, podía aconsejar mejor que nadie a Céline para que recuperase tanta movilidad como le fuera posible. Pero nada ni nadie podía suplir el sostén que la resuelta Elena supuso para ella a lo largo de aquellos días difíciles. Tanto, que a ratos estuvo tentada de contarle toda la verdad. No llegó a hacerlo, finalmente, porque no habría sabido por dónde empezar.

«Verá usted, Elena, yo he querido mucho a su amigo, pero entienda que después de haberlo visto matar a dos hombres, mis sentimientos hayan cambiado», se le ocurrió como preámbulo. Y luego meditó acerca de cómo sugerir que los delirios de una monja vieja y chocha la habían llevado a concluir que Miguel Montalvo debía ser, por mucho que le pesase, una especie de hombre lobo: «Suena raro, pero si lo analiza con detenimiento, tiene todo el sentido del mundo. Al haber nacido después de su mellizo, resulta que es el séptimo hijo varón de una misma madre. Además, vino al mundo la Noche de San Juan. Y tampoco hay pruebas de que nunca se haya quedado dormido en el bosque con el rostro vuelto hacia la luna llena, ni de que no haya bebido agua de la huella de un lobo».

Mejor no abordar la cuestión, no siendo que en lugar de montarla en el vapor la encerraran en el cercano psiquiátrico de Santa Águeda. Ganas de subirse al barco gastaba las justas, pero ya eran más que de enfundarse una camisa de fuerza y pasarse lo que le restara de vida pegándose coscorrones contra cuatro paredes acolchadas.

Un par de días antes de que llegase la fecha de partida, Elena apareció con un juego de maletas y un baúl precioso a juego. También con un bolso de viaje grande y un bote de tinte para el pelo.

—Si por mí fuera, la ponía de rubia platino peligrosa, pero entiendo que cuanto menos llame la atención mejor para todos. Tendrá que bastar con un rubio ceniza para cambiarle un poco el aspecto. El maquillaje hará el resto.

De nada le sirvió a Céline rezongar y prometer que no se quitaría el sombrero ni para dormir. La llevó al baño y le metió la cabeza en el lavabo.

—Pero si le va a quedar divino. ¡Con esa piel tan blanca y esos ojitos tan claros!

Todavía no había terminado de acostumbrarse a llevar el pelo corto y de pronto el espejo le devolvía el reflejo de una mujer rubia, con los labios pintados de rojo frambuesa y una sombra de ojos violeta que se moría por borrar con un pañuelo mojado en agua y jabón. Lo que no podía negar era que Elena se había salido con la suya. Hasta a ella misma le costaba reconocerse, vestida con una ropa demasiado cara y tan arreglada como una actriz de Hollywood. Nunca antes habría creído que pudiera darse el caso de no parecerse una a sí misma, pero en aquellas se veía.

Delante de Elena y de su tío no ponía pegas al disfraz. De sobra entendía que era lo más sensato enmascararse con sedas y afeites que nada le pegaban. Tampoco lo hizo la mañana previa a su partida. Si el vapor salía de Santurtzi a media tarde, desde el desayuno tuvo allí a la inspectora, haciendo honor a su cargo para que ni un detalle fallase. Los papeles listos y en regla, los pasajes a mano —tanto el que debía usar para subir al crucero como el que había sacado con destino a Veracruz para despistar a la Policía—, las maletas y el baúl a punto para ser recogidos y facturados, la fugitiva impecablemente peinada, no fuera alguien a intuir que no era la señorita una turista suiza, sino una prófuga de la justicia.

Tomaron los tres un almuerzo temprano y ligero para que Céline no tuviera que embarcarse con el estómago pesado. Apenas habían terminado el plato de queso con membrillo que tomaron como postre cuando la doncella les hizo saber que dos mozos estaban esperando a la puerta para llevarse el equipaje de *mademoiselle* al muelle. En menos de una hora, llegaría también el conductor del auto-taxi que se la llevaría a ella. No habría sido prudente que la acompañasen ni Elena Dolagaray ni el doctor; su presencia en el puerto podría haber hecho saltar las alarmas y si algo tenían claro es que allí la vigilancia no iba a escasear.

Tuvieron, en consecuencia, que darse todos los abrazos de despedida en el recibidor del apartamento. También las palabras de agradecimiento de Céline —que no fueron pocas ni fingidas— tuvieron que pronunciarse allí arriba; y lo mismo las de ánimo por parte de sus protectores.

—Prométanos que no saldrá del camarote hasta que no lleguen a mar abierto. Nada de salir a curiosear cuando paren en Santander o en Gijón. Después es aconsejable que dé paseos cortos por cubierta. Y en cuanto llegue a Londres, escríbanos, por favor —le pidió Ignacio Iturrioz.

Ella asintió obediente, con un gesto que repitió después de atender a los consejos de Elena acerca de cómo combinar cinturones y fulares.

—Hay algo que querría darles —les anunció antes de montarse en el elevador—. Son unas cartas que escribí anoche. Estas dos, para Darío y para Guillermina. No podría marcharme sin darles las gracias. Háganselas llegar, para que sepan que los llevo en el corazón. Estas otras son para ustedes, *mes anges gardiens*. No hay palabras para expresar mi gratitud hacia usted, doctor. Le debo la vida y que me haya salvado la pierna —le dijo antes de darle un último abrazo—. De usted, Elena, todavía tengo que abusar un poco más. Hay algo muy importante que le pido en la carta. Es un favor enorme, pero nadie mejor que usted y que Guillermina para encomendarles una buena obra.

Lo que no les confesó fue que la noche antes, incapaz de conciliar el sueño, había redactado una quinta carta que había roto en mil pedazos esa misma mañana. Aquella, que no mencionó, se la había dirigido a Miguel Montalvo, por si acaso daban con él sus amigos antes de que lo hicieran los guardias o los buitres carroñeros. Había decidido, en el último momento, que no tenía sentido nada de lo que había escrito y por eso se había desecho de ella. Por eso y porque todavía la rondaban las pesadillas en las que una bestia de ojos amarillos la perseguía por entre las hayas del bosque.

Se subió en el auto-taxi venciendo el deseo de volverse hacia el balcón que había constituido su único contacto con el exterior durante la convalecencia y saludó con cortesía al chófer. El trayecto se le hizo lo suficientemente corto como para no darle demasiadas vueltas a la cabeza. Lo entretuvo, además, disfrutando desde el coche de un paisaje que hasta entonces solo había podido otear a lo lejos. Se admiró al contemplar de cerca las imponentes vidrieras, celosías y florones del mercado de la Ribera y encontró curiosa la estampa que componían las niñeras y las mujeres que descansaban en las escaleras de la iglesia de San Jorge. Le supo mal decirle adiós a una ciudad bulliciosa como aquella sin haber podido transitar por sus calles ni haberse asomado a sus puentes para ver pasar las barcazas y las gabarras, sin haberse mezclado con afiladores, barrenderos y lecheras. Sin haber hecho otra cosa, en definitiva, más que padecer fiebre, sufrir pesadillas y cojear de un lado a otro de un dormitorio.

Céline llegó al puerto con tiempo de sobra para embarcar en el vapor La Habana. Así se lo había recomendado Elena Dolagaray para evitarse el jaleo que se formaría cuando empezasen a llegar los viajeros menos precavidos y se apelotonasen todos en las pasarelas. Lo que ella debía hacer era subir a bordo, hablar lo menos posible, buscar su camarote y quedarse allí leyendo hasta que abandonasen el país. No parecía muy complicado. Podría haber seguido las instrucciones al pie de la letra y encontrarse fuera de peligro en cuestión de horas. Una vida diferente la esperaba en Londres. Una vida nueva, pero acaso no lo suficientemente nueva, porque seguiría fundamentándose en las ruinas de la que dejaba atrás. Eran ruinas valiosas, por supuesto, porque en ellas dejaba las amistades desinteresadas que había hecho en la Montaña de Luna, pero también siniestras.

Había luchado a brazo partido contra su propia mente para dilucidar cuánto había de delirio y cuánto de recuerdo fidedigno en las imágenes que todavía la atormentaban en sueños y, a veces, con solo cerrar los ojos. Había tratado de convencerse a sí misma de que lo había soñado todo, pero en el fondo sabía que no había sido así, que no había hecho caso a Miguel cuando le pidió que cerrase los ojos y una imagen horrible se le había quedado grabada para siempre en la retina.

—¿Es ese su barco, señorita? —le preguntó el conductor del auto-taxi señalando el Habana, un buque majestuoso que se divisaba en el puerto.

Céline, que sujetaba con la mano izquierda los dos pasajes que le habían entregado, titubeó durante unos segundos antes de negar con la cabeza.

—Déjeme aquí.

Habría sido una imprudencia revelarle sus intenciones a un desconocido, pero seguía resultándole difícil decir mentiras, quizás porque la única que había mantenido a lo largo de toda su vida le había terminado costando demasiado cara. Se bajó del automóvil y recogió el bolso de viaje que el chófer sacó del maletero. Le dio las gracias y una propina. Elena había insistido en que aceptara, aunque solo fuera a modo de préstamo, una cantidad de dinero con la que ir tirando hasta que pudiera apañárselas por sí misma. No había sido plato de gusto tomar el sustancioso fajo de billetes que tan generosamente le entregó, consciente como era de que no podría devolverle ni una peseta. Tampoco le agradaba la perspectiva de defraudar a quienes se habían jugado su propia seguridad a cambio de salvarla a ella, pero no tenía la menor intención de subirse al Habana.

Lo sentía porque todo el equipaje que Elena tan dadivosamente se había ocupado de comprarle ya la esperaba en el camarote de primera clase y nadie lo reclamaría. Igual podría hacerlo la propia familia Dolagaray cuando volviera el vapor a Bilbao, y, si no, pues que le aprovechase a quien se lo quedase. A ella no le habrían servido de mucho aquellos atuendos tan exclusivos en la bodega de tercera clase en la que pasaría las tres semanas de travesía que le quedaban por delante. Bastante iba a desentonar ya con aquellos relucientes zapatitos que se ensució adrede antes de ponerse a la cola de los viajeros más pobres.

—Señorita, disculpe, creo que a usted deben atenderla en esa otra fila.

Tímidamente le mostró el billete y el pasaporte al subagente de embarque que la había hecho detenerse, convencido de que se había equivocado y tenía que dirigirse, por fuerza, a las ventanillas reservadas para los viajeros de primera o segunda clase. El funcionario, al comprobar que el pasaje era, efectivamente, de tercera, no ocultó su sorpresa. Miró de arriba abajo a la viajera y arrugó la barbilla.

—¿Puede enseñarme la autorización de su padre o tutor?

—Tengo veintiséis años. Me dijeron que no la necesitaría. Puedo mostrarle una cédula personal con mis datos, si lo desea.

Todo era falso, tanto la cédula como la edad que aseguraba haber cumplido. Confiaba en que el maquillaje que tan habilidosamente le había aplicado Elena le sirviera para hacerse pasar por una mujer algo mayor, porque sabía que, al natural, sus rasgos parecían los de una muchacha todavía más joven.

El subagente la revisó con detenimiento. Se tomó su tiempo para comprobar que todo estaba en regla y finalmente volvió a dirigirse a Céline con una mezcla de desconfianza y paternalismo.

—¿La aguarda alguien de su familia en su destino? ¿Alguien que se haya comprometido a ofrecerle su vigilancia y amparo para evitarle a usted caer en la corrupción de las buenas costumbres?

Entendía Céline que aquella pregunta era una formalidad con la que el subagente estaba obligado a cumplir, de modo que guardó la compostura y respondió sin perder la calma.

—Me esperan las primas de mi padre, sí, pero nos explicó el señor notario que, al contar yo con más de veinticinco años, no hacía falta traer justificación documental de su compromiso.

Tal fue la templanza con la que se expresó la joven que el funcionario tuvo que encogerse de hombros, dar por buena su declaración y plantarle un sello en los papeles. Céline le regaló una sonrisa en agradecimiento y recogió el bolso de viaje que había dejado apoyado sobre unos tablones antes de subir como buenamente le permitió su pierna por la escala de tercera clase.

—¡Señorita Dumont!

A punto estuvo de echar a perder la mascarada al tardar más de la cuenta en volverse hacia el subagente que la había llamado por el apellido que figuraba en su nuevo pasaporte.

—¿Sí?

—Si me acepta un consejo, no pierda un minuto y vaya cuanto antes al foso del castillo de proa para elegir litera. Es la zona menos mala para dormir. Luego ya, una vez que el buque se desamarre del muelle, puede ir a echar un ojo a cubierta y escoger un rinconcito que le parezca conveniente para acomodarse durante el día. Tenga en cuenta que a los dormitorios no van a dejarles entrar más que de noche.

Ya iba a darle Céline las gracias por la sugerencia cuando el hombre se llevó la punta de los dedos a la gorra con la que se cubría la cabeza y tuvo a bien desearle un buen viaje, dentro de lo que le cabía esperar.

—No le auguro una travesía agradable. La comida será insuficiente y salada, el camastro tendrá más chinches que lana y será afortunada si no le roban esos zapatos tan bonitos mientras duerme, pero tómeselo como una aventura. Y piense en lo que la aguarda al llegar a puerto. Dicen que Veracruz es un verdadero pedazo del paraíso al que a Dios se le olvidó prohibirnos el paso.

Al otro lado del mundo

1942

CARTA DEL DOCTOR IGNACIO ITURRIOZ BARQUÍN AL PROFESOR CÁNDIDO LUIS BOLÍVAR Y PIELTÁIN

15 de octubre de 1942
Río Piedras

Mi muy querido amigo:

Permíteme que me interese, antes de nada, por Amelia y por los niños. ¿Cómo están las chicas? ¿Y mi tocayito? Debe ser ya todo un hombre. Tengo ganas de verlos. Por desgracia, no será en breve. Dudo mucho que pueda viajar a Ciudad de México en lo que resta de año. Me retienen en Río Piedras mis obligaciones en la nueva Escuela de Medicina Tropical. No podría, ahora mismo, desatenderlas sin defraudar a quienes tanto han confiado en mí a la hora de apostar por este proyecto. ¿Tendrá futuro? No lo sé. ¿Lo tengo yo en esta isla volcánica? Quiero pensar que sí, aunque no pierdo la esperanza de volver a casa (a la de verdad) cuando todo esto acabe. Si es que acaba algún día. Entre tanto, procuraré dar lo mejor de mí mismo aquí en estas planicies costeras. Quizás el curso entrante sí pueda haceros esa visita prometida. Ganas no me faltan, y no solo porque quiera que me presentes a tus colegas de la Escuela Nacional de Ciencias Biológicas, a quienes tanto y en tan buenos términos debes haberles hablado de mi humilde persona y del trabajo que estoy desarrollando en San Juan.

No son únicamente cuestiones profesionales las que me empujan a desear que nos veamos cuanto antes. Te debo mucho y querría tener la oportunidad de agradecértelo en persona. De no haber sido por tus gestiones (y también por las del cónsul Gilberto Bosques) no disfrutaría ahora de la compañía de mi sobrina Elena. Y no solo de la suya; también de la de su inseparable compañera, la señorita Guillermina Gispert, y de la de Paulina Pinedo, esa chiquilla huérfana a la que tomaron bajo su protección cuando estuvieron en las montañas de León, antes de que se desatara esta barbarie que nos lo ha quitado todo, salvo acaso la cordura.

A ti te lo debo y nunca te lo agradeceré bastante. Sé que cuidaste bien de ellas desde que llegaron a Veracruz, pero no he descansado hasta verlas aquí conmigo, en Puerto Rico, y he podido abrazarlas. No son las primeras ni serán las últimas que tengan que escapar de ese manto oscuro que se extiende por Europa y que no sé si podremos descorrer algún día. ¿Qué digo? Claro que sí podremos. Hombres como tú y como el cónsul dais perfecta prueba de ello. ¿Cuántas vidas ha salvado ya? Miles entre españoles, judíos y gentes de toda nacionalidad y credo. Cuatro buques llenos de inocentes a los que, estoy seguro, se sumarán más mientras haga falta. Cruzo los dedos para que no sea necesario que esta bendita labor deba mantenerse mucho tiempo y que si más gente sube a esos barcos sea para regresar a sus hogares y no porque tengan que abandonarlos.

Me siento afortunado de que Elena, Guillermina y Paulina lograsen salir a tiempo de Marsella, pero me pregunto si tendrán la misma buena suerte todos los españoles que se refugiaron en los castillos de Reynarde y de Montgrand. Prefiero no pensar en lo que pueda llegar a ser de ese pobre continente nuestro si no ganamos la guerra.

Discúlpame, por favor. Sabes que no me gusta dejarme arrastrar por el pesimismo. Es solo que por un momento he caído en la tentación de lamentarme como el viejo amargado en el que me niego a convertirme. Por suerte, las campanadas de El Carrillón de la torre me han sacado de esas borrascas oscuras. Te envío, junto con esta carta, una postal del edificio para que puedas ver lo curioso que quedó al final.

Y centrémonos de una vez, que divago.

Como te decía, ya tengo a Elena aquí conmigo. Su sola presencia me llena de dicha, y más cuando la veo rodeada de quienes la quieren tanto como yo. La señorita Gispert ha demostrado ser la única capaz de contener un poco ese carácter suyo tan particular, y la pequeña Paulina... Bueno, Paulina es ya toda una mocita, lista y guapa como ella sola. Muestra predilección por las ciencias y apunta para doctora, así que igual ha entrado en la familia una discípula sin yo proponérmelo siquiera. No descarto que el día de mañana sea ella la que nos tome el relevo y acabe dando con el remedio definitivo contra el paludismo y la oncocercosis. Elena me ha confesado que desea adoptarla legalmente antes de que cumpla la mayoría de edad y sea imposible llevar a cabo los trámites. Ya está el asunto en manos de un abogado de confianza.

De quien por desgracia seguimos sin tener noticias es de Darío. Tuvo la oportunidad de subirse al Nyassa con su hermana, pero prefirió quedarse en Francia. Me siento mal conmigo mismo al tener que admitir que nunca habría imaginado a mi sobrino como un héroe de guerra, y menos en tierras galas. Siempre tuve claro que iba para poeta; y tengo yo la culpa, que de chico le inculqué el amor por los clásicos. Igual por eso, precisamente, no debería extrañarme que haya elegido partirnos el alma a mí y a su hermana al tomar las armas para defender lo que queda de Europa. ¿No las tomaron antes que él otros letraheridos como Manrique y Byron? Confiemos en que no comparta con ellos su triste final. Héroe, pase; mártir, nunca. No sé si podría superarlo. A veces, a quienes nos faltaron las oportunidades o las ganas de ser padres se nos antoja querer a los sobrinos como si fueran nuestros propios hijos.

Dejémonos, ahora sí, de penas. Darío estará bien. No me queda otro remedio que repetírmelo a mí mismo, ya que no tengo forma de confirmarlo. De quien sí puedo pedir novedades es de su mejor amigo, ese zoólogo asilvestrado que se niega a reunirse con nosotros en Puerto Rico porque ha encontrado, o eso dice, su pedazo de paraíso en Ciudad de México. Me alegro por él; le guardo el mismo afecto que al resto de esa pandilla de zascandiles que se ha formado en torno a mis sobrinos. Pero no vayas a creer que se queda allí solo porque le agrade el clima o porque esté a gusto a tu lado en la Escuela de Ciencias Biológicas. No. Esto te lo advierto porque me ha puesto al tanto Elena, que ya sabes cómo es, de que es otro asunto el que lo retiene en México. Resulta que, durante los meses que mi sobrina y la señorita Gispert pasaron allí bajo tu protección, estuvieron ayudándolo con unas pesquisas que lo traen de cabeza desde hace años. Apuesto a que, por mucho que os veáis cada día, nunca te ha hablado de esa investigación suya. No te enfades con él. No es nada personal. Es solo que, en lo concerniente a amoríos, siempre se ha manejado con una reserva de lo más escrupulosa. Y sí, por mucho que te sorprenda viniendo de este muchacho, el objeto de esas pesquisas no es otro que una mujer.

Tendré que ponerte en antecedentes, porque, si no, no vas a entender nada.

Verás, antes de tener que marcharme yo mismo de Bilbao, ayudé a una jovencita francesa a hacer lo propio. Era amiga de Darío y de Guillermina. Y sobre todo de Miguel. Recuerdo la urgencia con la que se pusieron en contacto conmigo para sacarla del país. Primero hubo que obrar poco menos que un milagro, porque cuando la pusieron en mis manos estaba más muerta que viva. Pobrecita. Era la muchacha más dulce y adorable que puedas figurarte, incapaz de hacerle daño a nadie. Todavía no había estallado la guerra, pero habían recaído sobre ella unas acusaciones tan falsas como terribles. Logró huir, sí, aunque no solo de quienes la perseguían, sino también de quienes más la querían. Y quien más la quería de todos era precisamente Miguel Montalvo. Puedes creerme cuando te digo que esa chica lo es todo para él. Tanto que no ha dejado de buscarla desde que se enteró de su desaparición. Y de eso hace ya siete años.

Aquella época no puede traerle recuerdos gratos a la memoria. Coincidió en el tiempo con un escándalo que no habrás olvidado: la muerte de su padre. También de aquellas, Miguel anduvo en paradero desconocido durante unas cuantas semanas. Nunca ha querido darnos explicaciones de dónde se metió ni de por qué no dio señales de vida. Yo siempre he pensado que hizo bien escondiéndose primero y yéndose después tan lejos como pudo, porque en su pueblo corrieron rumores muy raros y no faltó quien quisiera cargarle a él no solo aquel, sino otros cuantos muertos. Las circunstancias que rodearon el suceso no pudieron ser más siniestras y quizá influyesen en la decisión de la chica de esfumarse. A Miguel de lo de su padre no pudieron acusarlo formalmente, porque estaba claro que lo había matado algún animal salvaje, casi seguro que un oso, pero en Castroblanco murió más gente aquel día... y todas las pruebas apuntaban a que nuestro amigo tuvo algo que ver con ello. No hicimos preguntas, porque las respuestas que requeríamos ya las teníamos; Miguel estaba sano y salvo y tanto su padre como los secuaces que lo acompañaron se merecían el final que hallaron. No entraré en detalles, porque no son necesarios. Baste decir que si la señorita francesa estuvo a punto de perder la vida fue por culpa de esos canallas.

Nos pareció entonces que aquellos fueron días funestos, de puro desconcierto, como creímos que jamás veríamos otros. Nos equivocábamos.

El caso es que aquella chica puso pies en polvorosa y, por más vueltas que le dimos, no hubo manera de dar con ella; ni siquiera cuando Miguel regresó. ¿Por qué lo hizo? Nunca lo sabremos. Acaso porque lo había dado por muerto; acaso porque huyera más bien de su recuerdo. Eso rebasa ya mi discernimiento. Acaso no lo sepa ni ella misma.

Pasaron años sin que mi sobrina ni sus amigos supieran nada de ella. No al menos hasta que la fortuna quiso reunirlos a todos en México y, de pura chiripa, se dio Elena de bruces con una hebra de la que fue tirando hasta dar, hace muy poco, con esa Ariadna extraviada. La amiga de una amiga conocía a alguien que decía haber coincidido con una maestra que caminaba ayudada por un bastón y que se decía natural de Ginebra, pero a la que delataba el acento francés. Por fin tenía Elena hacia dónde orientar sus indagaciones. No tuvo que irse muy lejos. Ya en el 35 habían llevado a cabo indagaciones en Veracruz y alrededores, presumiendo que acaso hubiera dado uso a aquel billete de tercera clase que le habían conseguido para despistar a las autoridades. De nada había servido. Luego habían tirado sondas en Reino Unido, en Uruguay, en Cuba y hasta en Brasil, a ver si alguna los guiaba a buen puerto. Pues resulta, casualidad o no, que han ido a dar con ella ahí al lado, como quien dice. ¿Creerás que la chica trabaja en una escuela rural cerca de Ciudad de México, en el Valle del Tezontle?

Está bien y eso es lo importante. No se han atrevido todavía a ponerse en contacto con ella por temor a contrariarla. Recuerda que se alejó de ellos *motu proprio* y no tienen ni idea de cómo reaccionará si se entera de que han descubierto dónde está. Temen que hasta vuelva a escaparse.

Y dirás que por qué te cuento esta historia, en lugar de explayarme, como hago de habitual, sobre dermatosis e inflamaciones de los ganglios linfáticos. Dejemos los simúlidos a un lado y ayudemos, si te parece bien, a este Teseo que echa de menos a su princesa cretense. Mi sobrina, que ya sabes cómo es, ha tramado un plan que igual se excede en lo efectista, pero al que no me opongo. Requiere para llevarlo a buen término de tu participación. Nada que vaya a darte demasiados quebraderos de cabeza, descuida. Tan solo tendrás que escribir una carta. Una invitación, de hecho...

Un palacio de cristal

Había conocido mejores tiempos aquel edificio de hierro, tabique prensado y cristal. No dejaba de resultar impresionante, y a la vez opresivo y enigmático, siempre en penumbra a pesar de sus enormes ventanales y su estructura ligera. Lo habían construido a principios de siglo, siguiendo un diseño alemán. Un millonario mejicano se había encaprichado de aquella armazón que a muchos se les daba un aire al Crystal Palace londinense, aunque más bien parecía haberse diseñado con la intención de emular al entonces tan en boga *art déco* francés. Había desembolsado una pequeña fortuna por él, pero los negocios no debieron irle del todo bien y la inversión no le salió tan rentable como esperaba. A todo aquel hierro dulce terminó dándosele una utilidad distinta de la que el magnate proyectaba al adquirirlo. Por una serie de carambolas del azar, la mole de vidrio acabó albergando en su interior el Museo de Historia Natural de Ciudad de México.

Si los alumnos de la Escuela Rural de Los Sauces lo hubieran conocido diez años antes, en su momento de mayor gloria, habrían coincidido con cientos de visitantes más, a veces hasta miles, muchos niños como ellos a los que sus profesores llevaban de excursión. También estudiantes de ciencias y curiosos que se acercaban para dejarse impresionar por los fósiles de reptiles marinos y los grandes mamíferos disecados. Desafortunadamente, el museo llevaba ya algún tiempo de capa caída, puede que a causa de una gestión ineficiente y del desinterés de las autoridades, puede que también por la guerra. De lo que había querido ser un palacio majestuoso se había apoderado un dejo de abandono inocultable. Recordaba, echándole algo de imaginación, al castillo de alguna princesa que hubiera caído en un sueño profundísimo por culpa de un maleficio. Solo le faltaban espinas de zarzales rodeándolo para que nadie perturbarse el sueño de los malditos. Al menos eso fue lo que pensó la maestra en cuanto accedieron al interior del edificio.

Desde fuera le había dado otra sensación, como si fuera más bien una especie de catedral futurista, con sus dos torres altísimas que recordaban a campanarios. Dentro, la cosa cambiaba. La luz tenue y lo artificioso del diseño intensificaban el efecto hasta el extremo de llegar a temer que alguno de los niños fuera a asustarse. El origen de aquel museo, como el de tantos similares, había sido un gabinete de curiosidades de los que se estilaban en el siglo XVIII, y algo de aquel espíritu entre mórbido y extravagante todavía impregnaba la colección que se exhibía bajo su techumbre de duelas de pino machimbradas. Ni los humildes fósiles amonites ni los dioramas la preocupaban; sin embargo, algunos de los esqueletos y especímenes conservados en formol podían impresionar a los más asustadizos. Se sintió aliviada cuando comprobó que, lejos de darles miedo, a los críos aquellos restos lo que les despertaban eran las ganas de fabular.

—¿Ese esqueleto es de una niña como nosotras? ¿Se portó mal cuando vino a ver el museo y por eso la dejaron aquí?

La pequeña Daniela era inquieta y nerviosa como una lagartija. También era, con mucho, la favorita de la maestra.

—No —le garantizó a su pupila predilecta, divertida ante la ocurrencia—. Es de un bonobo. Son como chimpancés que viven en las selvas de África central.

—Pues parece una niña —opinó su amiguita Martina—. Y ese otro es como un perro enorme que se hubiera puesto de pie sobre dos patas.

—¡Eso es un gigante! —la corrigió Daniela, absolutamente convencida de estar en lo cierto.

—Te crees muy acá, Daniela, pero los gigantes no existen —protestó Martina, que siempre estaba a la greña con ella a pesar de ser uña y carne.

—En México no, claro, pero en otros lugares del mundo, a saber. Y aquí hay huesos de todas partes. Igual en África central hay gigantes —argumentó Daniela—. ¿A que sí, señorita?

A la maestra le resultaban tan graciosas que las dejó discutir un poco más antes de sacarlas de su error y continuar con la visita a la galería de Anatomía Comparada. No podía hacerles daño dejar volar un poco su imaginación. Ya habían discutido un rato antes, al ver la reproducción de una ballena azul que colgaba del techo, a cuenta de si podría verdaderamente Jonás haber sobrevivido tres días en el vientre de un cetáceo. También lo habían hecho frente a los huesos de un mamut al que Daniela había identificado de inmediato como Saumanasá, uno de los cuatro elefantes que sostenían el universo de acuerdo con la religión hindú, y después al pasar al lado de la réplica en yeso del célebre Diplodocus Carnegie, al que Martina se había negado a reconocer como el dragón al que había dado muerte san Jorge. Quizá sí les llenaba las cabezas con demasiadas historias fantásticas, pero si no soñaban durante la infancia, ¿cuándo lo harían?

—Puede que sí los haya. Nunca he estado en África. No sabría deciros —dejó que decidieran por sí mismas en qué preferían creer—. Ahora volved a ser amigas y no os separéis de mí. Solo me faltaría que os perdierais. Hemos quedado dentro de media hora con el científico que va a hacernos de guía en la sección de entomología. *C'est un homme très occupé* y ha sido muy amable al ofrecerse para hablarnos de la colección de insectos del museo. No estaría bien que llegásemos tarde. De todas formas, si queréis, podemos aprovechar que estamos en la de geología para echarle un vistazo rápido a las geodas. Ya veréis qué bonitas.

La respuesta no convenció ni a la una ni a la otra, pero al menos sirvió para que dejasen de reñir unos minutos en los que se entretuvieron husmeando las vitrinas de la colección mineralógica. No debieron deslumbrarlas aquellos pedruscos ni la mitad de lo que lo habían hecho los animales, porque no tardaron demasiado en volver a litigar.

—Yo tampoco he estado nunca en África, pero dudo que allí vivan gigantes —porfió obstinada Martina, aburrida de formaciones magmáticas y rocas metamórficas.

—Pues no veo por qué no tendría que haberlos —se mantuvo también en sus trece Daniela.

—Claro. Porque tú lo digas —se revolvió la primera—. Y en Dinamarca hay sirenas y en España hombres lobo.

La sonrisa de la maestra tembló al escuchar aquella réplica pueril, como si se hubiera despertado en ella un recuerdo demasiado macabro para lidiar con él. Aquella primera crisis no fue dura de dominar. Estaba ya acostumbrada a lidiar con reviviscencias inoportunas. Había desarrollado sus propias artimañas para engañar a la memoria y espantaba los recuerdos como si de avispas se trataran.

Era cuestión tan solo de tomarse unos segundos, de obligarse a poner buena cara y de convencerse a sí misma de que no había perdido las ganas de bromear con sus estudiantes. Se encontraba ya con ánimo para continuar la visita cuando comprendió de la peor forma posible que el destino se estaba burlando de ella. Pensó primero que el insustancial comentario de Martina le había causado en el seso más mella de la esperada y que estaba alucinando. Luego comprendió que no era una mala pasada de su mente, que sus sentidos no la traicionaban y que tampoco lo hacía su juicio, y fue entonces cuando sintió una sacudida por dentro, como una suspensión del correr de la sangre que la dejó lívida.

—Pues claro que en Dinamarca hay sirenas, pero en los museos no encontraréis ninguna porque son muy listas y no se dejan atrapar por los pescadores.

Los niños se volvieron sorprendidos hacia el hombre que acababa de dirigírseles. Ninguno lo conocía de nada, pero a todos les cayó bien de inmediato. Incluso a la desconfiada Martina, a la que había rebatido por las buenas su postura acerca de las sirenas danesas. Daniela se preguntó si no sería el profesor que los había invitado al museo. La maestra les había dicho antes de salir de la escuela que era un gachupín, y aquel tenía todas las trazas de serlo. Pinta de estudioso tampoco le faltaba, con su traje de *tweed* de tres piezas, sus gafitas con montura redonda de metal y un bigote que a ella le pareció de lo más gracioso. Lo único que no le encajaba era su edad. Por lo que sabía, el señor que iba a enseñarles en qué se distinguían las cucarachas de los escarabajos era muy importante, un sabio de los que ya no quedaban, pero de joven ya no tenía nada. Aquel otro, sin embargo, no debía ser mucho mayor que la maestra. No se le veía ni una sola cana, ni siquiera en las sienes ni en las patillas, donde antes les salen a los hombres según les van cayendo los años encima. Tampoco tenía arrugas en la cara ni se le marcaba la tripa. Ni siquiera usaba bastón, como sí hacían otras personas, incluida la maestra, aunque en su caso se debía a un accidente que había sufrido años atrás y que la había dejado un poco coja de la pierna izquierda. O eso les había contado.

—¡No manche! ¿Ha estado usted en Dinamarca para saber si allí hay o no sirenas? —le preguntó Daniela, todavía reticente.

—¿Yo? —Se señaló a sí mismo con el dedo índice en el pecho—. Claro que sí. Y también en África central, en el Golfo de Guinea, y allí me contaron que hace siglos sí que vivían gigantes en sus grutas. Por lo visto eran muy cordiales. En su día recibieron a Enrique el Navegante con una hospitalidad exquisita. Todas las noches lo agasajaban con cenas deliciosas a base de guisos de atún recién pescado y frutos secos, y antes de irse a la cama le contaban leyendas africanas para que no se aburriera. Debían ser una gente estupenda aquellos gigantes. Por desgracia, se extinguieron. Nadie conoce el motivo.

Los niños escuchaban absortos, algunos convencidos por la aparente seriedad del hombre de que decía la verdad, otros más recelosos y con el ceño arrugado, pero igualmente dispuestos a dejarse engañar si hacía falta con tal de que siguiera entreteniéndolos con aquellos disparates tan divertidos.

—¿Y en Dinamarca vio sirenas?

—Solo a lo lejos, en el estrecho de Skagerrak. Son bastante esquivas, aunque fascinantes, la verdad. ¿Queréis que os cuente algo más sobre ellas?

La maestra creyó reconocer desde el principio la voz de aquel hombre que con tanta cordialidad había cautivado a sus alumnos. En cuestión de minutos los había dejado a todos con la boca abierta, persuadidos de que en África todavía podían encontrarse huesos de gigantes y de que Islandia debía estar plagada de mujeres inteligentísimas con cola de pez en lugar de piernas. El acento, el tono y hasta el ritmo al hablar le habían traído a la memoria a una persona en la que no había dejado de pensar ni un solo día desde hacía siete años. Alguien a quien le costaba un poco soltarse a la hora de hablar en público, pero que, una vez arrancaba, sabía meterse en el bolsillo a la audiencia más difícil. Las dudas que albergaba con respecto a su identidad eran mínimas, y podría haberlas disipado tan solo con pronunciar su nombre. No lo hizo antes porque temía romper el encantamiento. Quizá no fuera más que un fantasma y corriera el riesgo, al dejarse vencer por la curiosidad, de devolverlo al más allá. O quizá es que era allí donde prefería dejarlo, en el reino de los muertos.

—¿Queréis que vayamos a la galería de los mamíferos para que os enseñe el murciélago más grande del mundo? A no ser que os dé miedo, claro.

—¿Es un vampiro? ¿Nos chupará la sangre? —se preocupó Daniela.

—No lo creo. Solo se alimenta de fruta. Además, está muerto. Lo trajeron hace décadas de Filipinas.

—¡Yo sí quiero verlo! —exclamaron cinco o seis críos, y los demás se les unieron excitados.

—¡Perfecto, pues! Venid conmigo entonces —los animó con una palmada a que lo siguieran, solo que antes hizo una pausa y, con un tono algo más grave, se dirigió a la adulta al cargo, que hasta entonces ni siquiera se había dignado a dirigirle una sola palabra—. Si la señorita Dumont no tiene inconveniente, por supuesto.

Los niños giraron sus cabecitas hacia ella, todos a la vez, deseando que dijera que sí. No había forma de ponerle pegas al plan sin levantar una ola de quejas inaguantables, de manera que a la maestra no le quedó más remedio que levantar sus ojos aguamarina hacia el desconocido. Si no le hubiera escuchado primero, quizás le habría costado un poco más reconocerlo. O no. ¿Para qué engañarse? Hay personas a las que se distinguiría incluso entre la más concurrida multitud, sin que importe que hayan engordado o hayan perdido peso, o que se hayan cambiado la raya de lado o se hayan dejado un bigote. Da lo mismo que lleven gafas o hayan mudado el jersey de lana por un chaleco ceñido, y las botas por zapatos con detalles de hilo grueso. Esas personas, que son especiales por alguna razón, hacen saltar una especie de alarma con solo posar la vista en ellas.

—Miguel... —susurró cuando por fin se volvió hacia él, que estaba apoyado en una gaveta de ébano, detrás de un tropel de niños que se habían quedado de piedra al ver a su maestra, normalmente tan jovial y dicharachera, completamente sobrecogida. No podía creerlo. Era real y lo tenía frente a ella, casi con la misma sonrisa cautivadora que le había regalado cuando, siete años antes, se había subido a una camioneta cochambrosa para llegar a Castroblanco.

Casi, pero no la misma.

Algo no era igual. La seguridad que derrochaba siete años antes había dejado paso a un aire como de timidez o vergüenza que no pegaba nada con el carácter que le recordaba. Enseguida comprendió cuál era la causa de aquella novedosa falta de confianza. Con los niños seguía siendo el mismo que había conocido en la Montaña de Luna, pero con ella las cosas habían cambiado. ¿Cómo no iban a haberlo hecho si llevaban esos siete años sin saber nada el uno del otro? Oculto primero el uno, luego la otra... Jugando al ratón y al gato.

—¿Y bien? ¿Podemos dar comienzo a la visita?

—Pues... Lo cierto es que ya habíamos quedado con el profesor Cándido Bolívar...

—El profesor les envía sus más sinceras disculpas, pero ha tenido que ausentarse por una expedición en las grutas de Cacahuamilpa que ha habido que prolongar. Cuestiones climatológicas, o algo así. Me ha pedido que sea yo quien los acompañe esta mañana.

—Cuestiones climatológicas... —repitió la maestra, escéptica.

—Las lluvias torrenciales, ya se sabe...

—¿Lluvias? ¿En esta época del año?

Le habían tendido una trampa y había picado como una ingenua. Atando cabos, cayó en la cuenta de que Miguel tenía que haber coincidido con el profesor Bolívar en la Facultad de Ciencias de la Universidad Central mientras los dos vivían en Madrid. Seguro que eran amigos. Debía haberlo sospechado al recibir la invitación. ¿Por qué habría de molestarse una eminencia como Bolívar en invitar al Museo de Historia Natural a la maestra de una escuela rural perdida en la serranía del Ajusco? Qué pánfila había sido.

—Tendrá que bastarles conmigo —zanjó él, con una humildad que no admitía desacuerdo.

No era justo lo que habían hecho al liarla de aquella manera, involucrando a unos niños que esperaban pasar el día entre dinosaurios y escualos, y a los que ya no podía llevarse de allí sin echar por tierra sus ilusiones. Miguel la conocía lo suficientemente bien y sabía que no sería capaz de largarse sin más; no en esta ocasión. No en aquella tesitura. Si hubiera actuado de otra forma, haciéndole llegar una carta o un telegrama, le habría dejado una vía de escape para esfumarse de nuevo sin dar explicaciones, sin enfrentársele. Como una cobarde. Pero aquella mañana tendría que quedarse con él, aunque fuera guardando las distancias.

Céline Segal, que había usado el apellido Perrault durante la mayor parte de su vida, y desde que embarcó rumbo a México se hacía llamar Céline Dumont, accedió de no muy buen grado. Los niños mostraron su entusiasmo al ver a la maestra asentir, ajenos por completo a la rigidez que se había ido apoderando de su rostro y a la incertidumbre con la que la observaba el desconocido.

—Niños, este señor es don Miguel Montalvo —comenzó a presentárselo, ya que iba a pasar con ellos buena parte de la mañana, pero de inmediato se enmendó a sí misma—. Doctor Miguel Montalvo, a estas alturas, supongo.

El aludido dio a entender, más con gestos que con palabras, que le traía sin cuidado cómo se refirieran a él. Se le notaba en extremo cauteloso, a la expectativa de cómo fuera a actuar ella. No fue hasta que no les hizo un gesto a los niños para que lo siguieran que se relajaron las posturas, que no la tensión: habría podido cortarse con un cuchillo afilado. Caminaba delante Miguel, indicándoles a los niños por dónde debían ir, y ellos obedecían sin chistar. Detrás del todo iba Céline, velando para que no se quedara ninguno rezagado, y también para mantener una distancia prudencial con el que había sido, en el pasado, algo más que un buen amigo. De vez en cuando él se volvía y la buscaba con la mirada; siempre la hallaba mustia y esquiva. No podía ponerle otro gesto, por mucha pena que le dieran aquellos ojos negros, suplicantes. Llevaba años tratando de olvidar, pero no lo había conseguido. No se había librado de toda aquella amalgama de emociones que llevaban torturándola desde que casi había muerto en la montaña; una suerte de conmiseración que a veces se disfrazaba de un odio sordo y profundo, a veces de espanto; a veces todavía de algo muy similar al amor.

—¿Es ese? Si es como un chihuahua con alas.

Martina mostró su parecer antes siquiera de que sus compañeros hubieran terminado de colocarse alrededor de la vitrina en la que se exhibía el cuerpo embalsamado del extraordinario murciélago. Sus alas extendidas tenían una envergadura que superaba la altura de la mayoría de los críos que se arremolinaban en torno suyo, pero no le faltaba razón a la niña al compararlo con un perro. No se trataba de uno de esos murciélagos bisojos que metían miedo solo con mirarlos de cerca. Aquel despertaba hasta ternura, con sus simpáticas orejillas y su hociquillo puntiagudo.

—Un poco sí —admitió Miguel—. De hecho, se conoce popularmente como zorro volador filipino.

—¿Y no muerden a las personas?

—Solo si te confunden con un higo, y es poco probable que eso ocurra, porque, al contrario que la mayoría de sus primos quirópteros, ven bastante bien. Por eso no necesitan usar la ecolocalización... ¿Sabéis lo que es la ecolocalización?

Como no lo sabían, se lo explicó del modo más entretenido que se le ocurrió, poniendo un montón de ejemplos y usando las palmas de las manos para imitar las orejas de los murciélagos. No había perdido la gracia, eso tenía que reconocérselo. Tanto era así que Céline se sorprendió a sí misma a punto de sumarse a las carcajadas de sus alumnos. Se contuvo justo a tiempo.

Frugívoros, insectívoros y hasta vampiros que se alimentaban de la sangre de otros animales, todos causaron sensación, y eso que algunos eran realmente feos, cegatos y con unas excrecencias nasales que provocaban pavor. No podía quedar ahí la lección de Historia Natural, por supuesto. La clase se habría sublevado. Hubo que continuar con los marsupiales, los mamíferos semiacuáticos y los pájaros. Despertaron especialmente el interés de los críos dos huevos situados uno al lado del otro. El primero, que era de colibrí, no superaba el diámetro de un guisante. El segundo, que era de avestruz, lo tomaron por el de un dragón.

—¡Que los dragones no existen! —se enervó Martina.

—Pues antes hemos visto uno a la entrada.

—Ah, pero eso no es un dragón —les explicó su solícito guía—. Ese es Dippy, el diplodocus. Un dinosaurio.

—¿Comía personas?

—Lo habría tenido difícil para encontrar alguna en el periodo jurásico —bromeó Miguel.

—Los dinosaurios se extinguieron mucho antes de que apareciéramos los seres humanos en la Tierra —les aclaró pacientemente su maestra, que por vez primera intervenía en la disertación del zoólogo.

—¿Ves, Daniela, que no hay dragones de verdad? —se jactó su amiga y contrincante.

—¡Cómo que no los hay! —se desmarcó él de inmediato de tan rotunda afirmación—. Claro que sí los hay. Viven en Indonesia, solo que no son tan grandes como los de las leyendas, no vuelan y, que yo sepa, no suelen raptar princesas.

—¿Echan fuego por la boca?

—Tampoco. Decepcionantes, ¿verdad? Venga, no os desaniméis, que voy a enseñaros una sirena.

—Pero si antes ha dicho que aquí no tenían ninguna —protestaron algunos.

—En verdad, es un *tlacamichin*, un hombre pez... Un manatí, pero los marineros los confundían con sirenas. Incomprensible, con esos bigotes que se gastan —al decir esto, se atusó el suyo y los niños volvieron a reírse.

Incluso a Céline se le escapó una sonrisilla que a Miguel no le pasó desapercibida. No fue lo único en lo que reparó. Llevaban ya media mañana de aquí para allá, contemplando, estudiando y hasta emulando a toda clase de bichos, y a ella empezaba a pasarle factura el costurón de la pierna izquierda, que la obligaba cada poco a buscar dónde sentarse y a moverse más despacio que el resto. Al darse cuenta, Miguel se abrió camino entre los críos, que se hicieron a un lado para dejarlo llegar hasta la maestra. No se lo pensó demasiado y le ofreció su brazo para que se apoyara en él, pero ella lo rechazó. Saltaba a la vista que no iba a consentirle que se tomara ninguna clase de confianza, ni siquiera una así de caballerosa.

—Gracias —lo despachó con una sequedad lacerante—. Me apaño más que de sobra con el bastón.

Esto se lo dijo con los ojos entrecerrados y señalándole la empuñadura de plata, haciendo un ademán no de amenaza, pero sí de desafío, con el que prácticamente lo estaba invitando a apartarse. Él retrocedió, con el orgullo tan maltrecho como era de esperar, y continuaron con la visita.

—Ahora veréis, cuando lleguemos a la galería de los sirenios, que los manatíes se asemejan mucho a las morsas y a las focas, pero curiosamente sus parientes vivos más cercanos son los elefantes.

Esto se lo iba contando mientras atravesaban el ala dedicada a los mamíferos carnívoros. La distribución que de las diversas especies animales se había hecho en el museo era rigurosa, aunque un tanto desordenada, por lo que tocaba dar a veces unos rodeos que habrían pasmado a Linneo. Ya podían ver al fondo las aletas de los dugongos, pero todavía estaban rodeados de esbeltos cánidos salvajes. Tanukis japoneses, zorros de Bengala y coyotes resultaron del agrado de los chiquillos, a pesar de que a su imprevisto cicerone parecía correrle cierta prisa por abandonar cuanto antes aquella sección del recinto. De nada le sirvió toda su diligencia. Por un lado, Céline no podía seguir su ritmo; por otro, Daniela se había quedado embelesada admirando la reproducción de un lobo gris canadiense.

—Doctor Montalvo, ¿en España quedan hombres lobo?

A Céline le corrieron escalofríos de muerte por todo el cuerpo. No había una pizca de malicia en tan cándida consulta. No podía ni debía enfadarse con la niña por haber mostrado curiosidad. Antes habían preguntado por vampiros y dragones sin suscitar una reacción como la que pudo observar entonces en Miguel, que no sabía qué responder ni a dónde dirigir la mirada, con la boca entreabierta y titubeante.

—Eso son mitos, Daniela —intentó la maestra ayudarlo a salir del paso—. No existe tal cosa. Ni en España ni en ningún otro lugar del mundo.

La pequeña asintió despacito, queriendo dar por bueno aquel dictamen pese a sentirse un poco defraudada ante la perspectiva de que uno de sus monstruos preferidos no fuera más que una invención sin fundamento.

—En realidad... Bueno, esto que veis aquí es una reproducción en resina de un lobo canadiense. En España los lobos aunque son más pequeños y poseen unas marcas muy características en las patas, como en forma de cruz... Pero eso ahora no viene al caso —empezó a discurrir Miguel, inseguro al principio, con algo más de aplomo después—. Lo que quería contaros es que en las tierras en las que viven estos lobos grises, en América del Norte, algunos nativos creen que todos los seres humanos albergan algo de lobo en su interior. No es algo que deba asustarnos, como querían hacernos creer las leyendas europeas, que pintan al lobo como un ser sanguinario que mata por el mero placer de matar. El único animal que conozco que hace eso es el hombre. Para esas tribus del norte, ese lobo interior es una bendición, un espíritu astuto y audaz que, llegado el momento, despertará para guiar a aquel que sepa dejarse conducir por él. El espíritu del lobo no es un demonio que se apodere de la voluntad de un hombre para convertirlo en un monstruo, sino un aliado que se manifestará cuando sea necesario para ayudar a tomar una decisión difícil, salvar una vida o...

—¿O qué, señor? —le pidió uno de los niños que acabara.

—Para proteger aquello que se ama —concluyó con un temblor en la voz que delataba su turbación.

—Entonces, sí existen los hombres lobo —declaró satisfecha Daniela para escarmiento de Martina y de todos los que no creían en criaturas fabulosas—. Solo que no son malos, ¿verdad?

De nuevo pilló desprevenido al zoólogo, que no supo qué contestar. Sin pretenderlo, se le fue la vista hacia Céline. La halló con la guardia baja, los ojos humedecidos y dispuesta a responder por él.

—No, Daniela. No necesariamente.

Alguno de los críos debió señalar algo al fondo, en la galería de los mamíferos marinos, porque no esperaron ni a su maestra ni a Miguel y echaron a correr en tropel hacia los sirenios. Alguien tendría que haberlos regañado para que fueran con cuidado y se comportasen como debían, pero las dos personas que estaban en ese momento a su cargo tenían otros asuntos en la cabeza. Se habían quedado solos frente al lobo de resina, en silencio, sin rehuirse la mirada. Podrían haberse dicho mil cosas, haberse hecho el uno al otro mil preguntas y reproches. Sin embargo, lo único que sucedió fue que él volvió a ofrecerle su brazo para que se apoyara al caminar y que ella esta vez no le dijo que no.

* * *

Los niños de la Escuela Rural de Los Sauces se habían llevado el almuerzo en tarteras para comer al salir del museo. Devoraron sus tamales y sus gorditas de carne y queso en un parque que quedaba muy cerca, apenas a unos minutos, y después se pusieron a saltar a la comba y a jugar unos con otros a las atrapadas. Sentada en un banco, la maestra vigilaba que ninguno se metiera en líos ni se partiera una pierna. A su lado, Miguel Montalvo también observaba a los chavales sin abrir la boca. Habían tenido tiempo de ponerse al día, al menos en lo concerniente a sus amigos. Poco más de media hora había bastado para que Céline Segal se enterara de que Darío se había unido a la resistencia francesa, y de que Mina y Elena vivían ahora en San Juan, con el doctor Iturrioz. Le complació enormemente escuchar que se habían llevado a Paulina con ellas y que iban a adoptarla. La súplica en su carta no había caído en saco roto.

—Legalmente tendrá que adoptarla solo Elena —había puntualizado él al anunciarlo—. Ya imaginarás.

Claro que imaginaba. Y también recordaba el malentendido que tantos sinsabores le había ocasionado en su día suponer que Mina y él eran pareja. Habría resultado hasta gracioso, de no haberse cruzado al final un obstáculo mucho más infausto en su camino.

—No está bien esto que has hecho, Miguel; esta forma de engañarme, enredando a mis alumnos —le echó en cara Céline finalmente, ya que él no sacaba el tema.

—Si te hubiera escrito, habrías vuelto a huir.

—Sí, es posible —admitió ella.

—¿Por qué lo hiciste? ¿Por qué no esperaste por mí en Londres?

—No sabía ni si estabas vivo —se defendió ella—. Y aunque lo hubiera sabido...

—Yo pensaba que... —la interrumpió.

—¿Qué?

—Que estábamos enamorados.

—También yo lo pensaba. Pero luego descubrí algo horrible sobre ti —le confesó ella, sin expresar ni alegría ni amargura, como quien ratifica lo evidente; y a continuación volvió a sumergirse en un incómodo silencio hasta que reunió el valor necesario para girarse hacia él y poner sobre la mesa la cuestión que llevaba años robándole el sueño, cuando no provocándole pesadillas—. Tengo que saberlo. ¿Mataste tú a tu padre?

No esperaba una respuesta complaciente. Con el entrecejo fruncido, Miguel se encogió de hombros.

—¿Qué más da? Ha muerto muchísima gente. Él por lo menos sí se lo merecía por lo que te hizo.

Al decir esto clavó la mirada en el bastón que Céline había dejado sobre el banco, atravesado entre los dos, como marcando los límites del abismo que todavía los separaba. No iba a ser tan sencillo.

—Ya te advertí que no quería que me vengases.

—Te habría matado, Céline.

—Quizás eso era lo que Dios había planeado para mí.

—¡Oh! —se desesperó él—. Confiaba en que a estas alturas

habrías desechado esas ideas absurdas sobre dioses, y ángeles, y santos y...

—¿... y hombres lobo? —sugirió ella sin amedrentarse mientras acariciaba la medallita de plata que todavía le colgaba del cuello, y de la que él no podía apartar los ojos.

No iba a ser nada sencillo. El paso de los años les había hecho madurar, pero no los había vuelto más transigentes. Tal vez no pudieran perdonarse nunca por lo que habían hecho. Ni por lo que eran.

—Acabo de ver cómo le hablabas a los niños de las creencias de las tribus del norte, con un respeto absoluto y sin prejuicios de ningún tipo, pero eres incapaz de comprender que, para mí, arrebatarle la vida a otro ser humano es sencillamente inexcusable. Solo Dios tiene ese poder.

—¡Ni siquiera sé cuál es ese Dios del que me hablas, Céline! —exclamó Miguel sin poder contenerse.

—¡El que te ha hecho como eres! —le respondió ya sin poder refrenarse ella tampoco, sintiendo que le azotaba el alma una racha de indignación, venida no entendía de dónde—. ¡El que hace que te quiera!

Tuvieron aquellas seis últimas palabras un efecto del todo rehabilitador en Miguel; en un instante, pasó de la cólera al desconcierto. Luego, después de que el gesto se le descongestionara y los ojos negros se le llenaran de luz, Céline detectó en él un hálito de esperanza que podría llegar a arrepentirse de haber avivado. Claro que también podría llegar a arrepentirse de lo contrario. Incapaz ya de actuar con sensatez, escogió dejar de cavilar y dejarse guiar por ese lobo que, según los pueblos del norte, todos llevamos dentro. Extendió la mano sobre los listones de madera del banco hasta alcanzar con las puntas de sus dedos los de Miguel. Quiso estrechárselos, pero el bastón todavía se interponía entre los dos. Tuvo que retirarlo, cambiándolo de lado para que no incordiara ya más. Eliminado el estorbo, ya solo les faltaba superar sus propios escrúpulos.

—¡Órale! ¡Daniela! ¡Daniela, para! Mira para allá, anda.

Daniela obedeció a Martina y dejó de saltar a la comba.

—¡La señorita y el doctor se están besando en el banco!

—¡No manches! Ya decía yo que se gustaban.

—No lo has dicho, Daniela, no seas mentirosa. Dijiste que no se caían bien. Que ella había sido grosera con él.

—Tonterías. Encima, ¿qué más dará?

—¡Ay, qué mal! Si la señorita se casa se irá de la escuela y no volveremos a verla.

La perspectiva de perder a la señorita Segal no les hizo ni pizca de gracia a las niñas. Por fortuna, Daniela recapacitó enseguida y tranquilizó a su amiga con un razonamiento irrefutable.

—No sé yo. A la señorita tiene que gustarle mucho ese doctor, pero no creo que vaya a dejar de enseñar solo porque él le pida que se casen.

—¿No?

—No. Ni modo. Y si así fuera, seguro que el espíritu del lobo que la señorita lleva dentro despertaría y la conduciría por la senda correcta para que nunca deje de ser maestra.

Siete años antes se habían besado por vez primera en una de las celdas de un antiguo monasterio franciscano. La imagen de aquella oscurísima noche de luna nueva se vio alumbrada de nuevo por unos sentimientos que habían ardido durante demasiado tiempo, y que habían corrido el riesgo de sofocarse. Estaban muy lejos de la Montaña de Luna, pero podían volver, si lo deseaban, a revivir aquel recuerdo. Sería distinto, por supuesto, porque ellos ya no eran los mismos. Tampoco las circunstancias. Ya no tendrían que esconderse ni que mentirse el uno al otro, pero nadie estaba diciendo que fuera a ser fácil.

Ni tampoco que no fuera a ser hermoso.

Nota histórica

Las Misiones Pedagógicas nacieron en 1931 como una iniciativa del Gobierno de la II República española. Con este proyecto se pretendía luchar contra la lacra del analfabetismo y las carencias educacionales que padecían los habitantes de muchas de las áreas rurales del país, sobre todo las más aisladas. Además de afamados intelectuales como Miguel Hernández, María Zambrano, Luis Cernuda, María Moliner o Federico García Lorca, también participaron en ellas de manera completamente altruista multitud de maestros y estudiantes anónimos que se embarcaron en un viaje maravilloso con el que llevaron libros, arte, cine, teatro, poesía y esperanza a gente que nunca había tenido acceso a la educación. Las trabas que les puso el gobierno del bienio radical-cedista, la posterior Guerra Civil y finalmente la dictadura terminaron con una experiencia cultural única en la historia de España.

Los personajes y hechos descritos en esta novela son enteramente ficticios, salvo por un par de referencias a políticos e intelectuales históricos (como el profesor Cándido Luis Bolívar y Pieltáin o el diplomático mexicano Gilberto Bosques Saldívar) a los que me he tomado la libertad de incluir en esta aventura. El primero fue presidente de la República durante la Guerra Civil Española, pero también un reputadísimo científico que se vio obligado a refugiarse en México al acabar el conflicto. El segundo salvó a miles de republicanos españoles, así como a otros muchos ciudadanos europeos perseguidos por el nazismo (incluidos casi cuatrocientos judíos) al tramitarles visados mexicanos para que pudieran huir de Francia.

Agradecimientos

Tengo que darles las gracias a tantas personas que temo dejarme a más de una en el tintero. Comienzo pidiendo perdón a cualquiera que vaya a pasárseme. Aunque la memoria haga de las suyas, el corazón os tiene presentes.

Gracias a Kate Lynnon, Marco Granado, Marta Inés Rodríguez y Montse Ruiz, que me ayudaron a afilarle las garras al #ProyectoLobitos antes de dejarle asomar el hocico al mundo exterior. Gracias también a todos mis compañeros de la Asociación de Castilla y León de Fantasía, Ciencia Ficción y Terror y, muy especialmente, a las Moiras.

Gracias enormes a Mariano Villareal, que apostó por mí cuando no me conocía nadie, y a Jorge Iván Argiz (te debo una de fantasmas, guiño, guiño, codazo, codazo), a Ricard Ruiz Garzón y a toda la gente que hace grande al fandom.

Gracias a la poeta Charo Ruano, que me dio paz cuando estaba temblando de miedo antes de mi primera presentación. Eres un amor de persona.

Gracias a todo el equipo de Versátil por haber confiado en el manuscrito que os envié y convertirlo en *El evangelio del lobo*.

Gracias, por supuesto, a mi familia. Sois mi manada.

Y gracias a David, porque escribir una historia de amor teniendo tanto y tan cerca es lo más fácil del mundo. Te quiero, lobito.